占星術殺人事件

SENSEIJUTSU SATSUJIN JIKEN KAITEI KANZENBAN
© 2013 Soji Shimada. All Rights Reserved.

First published in Japan in 1981 by Kodansha Ltd., Tokyo.
Publication rights for this Portuguese edition arranged
through Kodansha Ltd., Tokyo.

Imagens: DarkSide, ©Dreamstime.com, ©Freepik

Tradução para a língua portuguesa
© Erika Lie Yamamoto, 2023

Diretor Editorial
Christiano Menezes

Diretor Comercial
Chico de Assis

Diretor de MKT e Operações
Mike Ribera

Diretora de Estratégia Editorial
Raquel Moritz

Gerente Comercial
Fernando Madeira

Coordenadora de Supply Chain
Janaina Ferreira

Gerente de Marca
Arthur Moraes

Gerente Editorial
Bruno Dorigatti

Editora
Juliana Kobayashi

Capa e Projeto Gráfico
Retina 78

Coordenador de Arte
Eldon Oliveira

Coordenador de Diagramação
Sergio Chaves

Designer Assistente
Jefferson Cortinove

Finalização
Sandro Tagliamento

Preparação
Ayumi Anraku

Revisão
Fabiano Calixto
Rodrigo Lima
Retina Conteúdo

Impressão e Acabamento
Gráfica Geográfica

DADOS INTERNACIONAIS DE CATALOGAÇÃO NA PUBLICAÇÃO (CIP)
Jéssica de Oliveira Molinari - CRB-8/9852

Shimada, Soji
  Assassinatos do Zodíaco de Tokyo / Soji Shimada ; tradução de
Erika Lie Yamamoto. — Rio de Janeiro : DarkSide Books, 2023.
368 p.

  ISBN:978-65-5598-303-6
  Título original: Senseijutsu Satsujin Jiken Kaitei Kanzenban

  1. Literatura japonesa 2. Ficção policial
  I. Título II. Yamamoto, Erika Lie

23-4042   CDD 895.6

        Índice para catálogo sistemático:
              1. Literatura japonesa

[2023]
Todos os direitos desta edição reservados à
DarkSide® *Entretenimento LTDA.*
Rua General Roca, 935/504 — Tijuca
20521-071 — Rio de Janeiro — RJ — Brasil
www.darksidebooks.com

ASSASSINATOS DO ZODÍACO DE TOKYO

SOJI SHIMADA

島田荘司

TRADUÇÃO
ERIKA LIE YAMAMOTO

DARKSIDE

PRÓLOGO 11

AZOTH 13

I. UMA LACUNA DE QUARENTA ANOS 40

MANUSCRITO DE BUNJIRO 136

II. CONTINUANDO O RACIOCÍNIO 168

III. NO ENCALÇO DE AZOTH 200

DESAFIO AO LEITOR 265

IV. A CHEGADA DA TEMPESTADE
DE PRIMAVERA 266

SEGUNDA CARTA DE DESAFIO 281

V. A MAGIA DA NÉVOA DO TEMPO 282

A VOZ DE AZOTH 330

POSFÁCIO 350

PRÓLOGO

Até onde eu sei, este é o caso mais misterioso que conheço. Acho até que seja um crime impossível, sem casos similares no mundo.

Trata-se de um caso de assassinato em série um tanto quanto bizarro, que ocorreu no ano 11 do período Shōwa (1936) em Tokyo. O autor era completamente desconhecido (sem exagero), pois não foi possível colocar a culpa em nenhum dos personagens.

Dessa forma, obviamente, o caso seguiu sem solução; e por mais que o Japão inteiro tivesse ficado em polvorosa, usando todo o conhecimento a fim de procurar pelo autor dos crimes durante mais de quarenta anos após o ocorrido, o mistério permanecia intocado até a chegada da primavera do ano 54 do período Shōwa (em 1979), época em que eu me envolvi no caso.

Ainda por cima, os registros deste caso estavam bem detalhados e todas as pistas foram completamente divulgadas e, mesmo assim, nada foi descoberto. Era um caso de complexidade realmente inacreditável, para dizer o mínimo.

Todas as pistas necessárias serão mostradas e ficarão evidentes para o leitor, conforme avançar na leitura, muito antes de obter a resposta.

AZOTH

Este é um romance que escrevi para mim mesmo, nunca cheguei a pensar em mostrar para ninguém.

No entanto, agora que ele tomou forma, preciso considerar que outras pessoas talvez possam vir a lê-lo. Assim, prevendo o que pode acontecer, devo esclarecer, para o meu próprio bem, que isto se trata de um "romance" e que faço deste o meu testamento ou algo similar.

Caso minha obra se torne rentável após a minha morte, como aconteceu no caso de Van Gogh, espero que as pessoas que leram este "romance" interpretem os meus desejos adequadamente e processem o meu legado conforme o seu livre-arbítrio.

Heikichi Umezawa
Sexta-feira, 21 de fevereiro de 1936

Fui possuído por um demônio.

Algo que tem vontade própria vive dentro de mim. Meu corpo está sob seu controle e fica totalmente à mercê desta coisa.

Esta coisa é bem perversa. E prega peças, como se fosse uma criança. Tenta me amedrontar usando vários artifícios.

Uma noite, vi um molusco enorme, do tamanho de um bezerro, atravessando o meu quarto estendendo seu tentáculo e deixando um rastro de muco no chão de madeira. Ele surgiu por debaixo da minha mesa e seguiu avançando bem devagar.

Em outra ocasião, no final da tarde, havia duas ou três lagartixas escondidas em cada uma das sombras que se formavam por causa da minha janela com grade de ferro e em todos os outros pontos escuros do meu quarto. Essa era a realidade que aquilo que habita meu corpo fazia questão de me mostrar.

Em uma manhã de primavera, acordei morrendo de frio, quase congelando até os ossos. Era obra do demônio interior. Com o tempo, perdi minha juventude, assim como a minha força física, o que permitiu que esta coisa dentro de mim empregasse sua força cada vez mais.

De acordo com Celsus, para exorcizar o demônio de uma pessoa possuída era preciso castigar o paciente alimentando-o apenas com pão e água e, em seguida, bater com um porrete.

O Evangelho segundo Marcos diz o seguinte: "Mestre, eu te trouxe meu filho, que está possuído por um espírito impuro. Este espírito o domina, lança-o em convulsões e o faz espumar; quase nunca o abandona, e o está destruindo. Eu o levei aos seus discípulos, mas não conseguiram curá-lo".

Desde pequeno, tentei de tudo para expulsar este demônio interior, até autoflagelação. Eu sabia, desde a infância, que estava possuído.

Encontrei esta informação em um certo livro: "Na Idade Média, as pessoas queimavam um incenso forte na frente do paciente que estivesse possuído pelo demônio. Quando o paciente tinha uma crise e desmaiava, um pouco do seu cabelo era arrancado e colocado em uma garrafa com tampa. Ao fazer isso, era como se o demônio tivesse sido preso, e o paciente conseguia se recuperar."

Pedi às pessoas do meu convívio que fizessem isso quando eu tivesse uma crise. Como ninguém queria fazer isso por mim, eu mesmo tentei, mas era impossível fazer uma coisa dessas sozinho. No fim das contas, fiquei com fama de louco. As pessoas tentaram atribuir o que acontecia comigo a algo terrivelmente medíocre, a epilepsia.

Quem nunca passou por isso jamais entenderia. Meu sofrimento ultrapassou os limites dos fenômenos fisiológicos, fazendo com que eu transcendesse a dimensão espiritual, perdendo a vergonha e a dignidade. Senti-me como se estivesse prostrado ante um ritual solene, sem meios de resistir, e foi em meio a esse estado de transe que me dei conta de que todas as minhas ações são apenas passageiras neste plano.

Dentro de mim havia um demônio que parasitava meu corpo e, claramente, tinha vontade própria. Isso tinha um formato esférico, acho até que posso chamar de "bola histérica", como era conhecida na Idade Média.

Normalmente esta coisa fica na parte inferior do meu abdômen, próxima à região pélvica, mas de vez em quando ela sobe até minha garganta, abrindo caminho pelo estômago e esôfago. Isso acontece uma vez por semana, sempre às sextas-feiras. Nessas ocasiões, sou derrubado no chão, minha língua se contrai, meus lábios tremem e fico espumando, exatamente como as descrições de São Cirilo. Ouço as terríveis gargalhadas dos demônios ao pé do ouvido, e sinto inúmeros pregos cravados por eles no meu corpo.

Larvas, cobras e sapos surgem diante de mim, um após o outro, pessoas e animais mortos aparecem no meu quarto e répteis cobertos de sujeira se aproximam de mim, passando a roer meu nariz, orelhas e lábios. Ouço o sibilar da sua respiração e o terrível odor fica impregnado no ambiente. É por isso que não estranho nem um pouco o fato de usarem répteis em rituais e cerimônias de bruxaria.

Além disso, ultimamente não chego a espumar (agora, raramente desmaio), mas sinto os estigmas do meu peito sangrar quando chega a sexta-feira. De certa maneira, trata-se de uma provação ainda pior do que perder os sentidos. Sinto que passei a me exaltar, assim como Catharine Cialina, do século XVII, ou Amelia Bicchieri de Vercelli, do século XIII.

É o demônio dentro de mim, me forçando a obedecê-lo. Essa é a razão das inúmeras impertinências que tive de suportar. Preciso agir. E essa ação significa criar, com a ajuda do demônio, uma mulher perfeita conforme o desejo dele; uma deusa, em certo sentido, e na expressão mais popular, uma bruxa. Devo gerar uma mulher onisciente e onipotente neste plano.

Tenho sonhado com isso muitas vezes, dia após dia, repetidamente. Os sonhos são o ponto de partida de qualquer magia. As plantas medicinais indicadas por Plinius são boas, mas o que dá mais efeito é uma mistura que eu passo no corpo. Eu asso os lagartos até transformá-los em cinzas, misturo tudo em um bom vinho e passo no corpo antes de dormir. Eu, que me tornei uma marionete nas mãos do demônio, ou melhor, já me transformei nele, vejo todas as noites nas minhas alucinações uma mulher de beleza estarrecedora, fruto da minha criação.

Eu seria incapaz de pintar em uma tela sua beleza estonteante, seu poder psíquico, sua força física e seu vigor. Já não consigo mais segurar o ímpeto insano de vê-la, mais forte do que uma prece, e desejo ter a chance de olhar para ela ao menos uma vez antes de morrer.

O nome dela é "Azoth". Refere-se ao Azoth (pedra) do Filósofo. Ela, sim, é a mulher ideal que venho buscando há mais de trinta anos para pintar numa tela. Ela é o meu sonho.

De acordo com meu entendimento, o corpo humano se divide em seis partes. A cabeça, o tórax, o abdômen, os quadris, as coxas e a parte inferior das pernas.

Na astrologia ocidental, o corpo humano, matéria que é uma espécie de bolsa, é um reflexo do universo em miniatura. Com rigor, há planetas que são guardiões de cada uma dessas seis partes.

Áries, guardião de ♂ (Marte), domina a cabeça. Isso significa que a cabeça, que é um canto do universo corporal, é o território dominado pelo signo de Áries. Por reger essa região, ♂ é também o que dá forças para a cabeça.

O tórax faz parte do território de Gêmeos e também do território de Leão. Consequentemente, é regido tanto por ☿ (Mercúrio) que é o planeta regente de Gêmeos, quanto pelo ☉ (Sol), que é o planeta regente de Leão. No caso das mulheres, podemos dizer que a presença dos seios, que são parte do território de Câncer, faz com que o tórax se encontre protegido pela ☽ (Lua), regente de Câncer.

O abdômen é território de Virgem, cujo planeta regente é ☿ (Mercúrio).

Os quadris são designados a Libra, cujo planeta regente é ♀ (Vênus). No entanto, no caso das mulheres, temos o útero, a parte que tem função reprodutiva, que faz parte do território de Escorpião. Assim, podemos dizer que é protegido por ♇ (Plutão), planeta regente de Escorpião.

As coxas estão no território de Sagitário. Consequentemente, são regidas por ♃ (Júpiter).

A parte inferior das pernas correspondem a Aquário. Consequentemente, está sob regência de ♅ (Urano).

Dessa forma, as pessoas têm uma parte do corpo que recebe o poder do planeta regente. Os nascidos sob o signo de Áries, por exemplo, têm a cabeça fortalecida, e os librianos recebem essa vantagem na parte dos quadris. A identidade astrológica de uma pessoa é determinada pela posição do Sol no momento exato do nascimento, mas falando de forma inversa, podemos afirmar que o fato de ter apenas uma parte fortalecida é o que faz com que sejam reles humanos. Todos têm o esplendor do planeta governante em apenas uma parte do corpo e este é o motivo pelo qual ficam limitados, em vida, a essa existência medíocre chamada ser humano.

Há pessoas com fortalecimento na cabeça, outras no abdômen, e todas, com alguma parte do corpo fortalecida, estão espalhadas pelo mundo. Como seria se a cabeça perfeita, o tórax perfeito, o abdômen perfeito e todas as outras partes fortalecidas fossem extraídas de seis pessoas e combinadas em um só corpo?!

Nasceria então um ser de luz, perfeito, cujas partes do corpo foram todas agraciadas pelos planetas regentes. Como descrever essa criação sem dizer que é um ser transcendente?!

Aqueles que recebem poder geralmente são presenteados também com a beleza. Se este ser de luz fosse produzido a partir de seis virgens, certamente seria uma "mulher" de beleza perfeita. Eu que vim buscando uma mulher de beleza plena em minhas obras não consigo conter a admiração, que quase chega a ser uma veneração, por esta beleza perfeita que há de surgir.

Percebi há pouco tempo que, por coincidência e para a minha felicidade, tenho as seis virgens ao meu alcance. Falando de forma mais precisa, seis virgens de signos diferentes vivem na minha casa sob meus cuidados, e me dei conta de que cada uma tem uma parte do corpo diferente agraciada pelos planetas. Isso serviu de grande ajuda para conseguir este espírito artístico, que é a criação de Azoth.

As pessoas ficam surpresas ao saber que sou pai de cinco meninas.

A mais velha é Kazue, seguida por Tomoko, Akiko, Tokiko e Yukiko. Kazue, Tomoko e Akiko são minhas enteadas, do meu segundo casamento com Masako. Tokiko é fruto do meu casamento com Tae, minha primeira esposa, e Yukiko é minha filha com Masako. Coincidentemente, Tokiko e Yukiko nasceram no mesmo ano.

Minha esposa Masako, que era dançarina de balé, dá aulas de balé e piano para nossas filhas por diversão. As minhas sobrinhas Reiko e Nobuko, filhas de Yoshio, meu irmão mais novo, também são alunas dela. Não lembro exatamente quando aconteceu, mas como a casa do meu irmão é de aluguel e um tanto quanto apertada, minhas sobrinhas se mudaram para minha casa, que agora está repleta de mulheres jovens. A minha enteada Kazue já se casou e tem a sua própria casa. Assim, são seis as garotas que vivem sob o mesmo teto que eu. Tomoko, Akiko, Tokiko, Yukiko, Reiko e Nobuko.

Kazue é de Capricórnio, nascida em 1904; Tomoko é de Aquário, nascida em 1910; Akiko é de Escorpião, nascida em 1911 e Tokiko é de Áries, nascida em 1913; Yukiko é de Câncer, também nascida em 1913; a minha sobrinha Reiko é de Virgem, também nascida em 1913; e Nobuko, irmã de Reiko, é de Sagitário, nascida em 1915.

Isso significa que, convenientemente, tenho três moças com 22 anos completos em minha casa. Chega a ser difícil acreditar que haja seis moças assim reunidas em um só lugar, como se isso tivesse sido planejado.

São seis jovens cujos membros do corpo, da cabeça aos pés, são regidos por planetas diferentes, sem repetição. Comecei a pensar que isso não poderia ser uma mera coincidência. Elas são as matérias primas que me foram dadas. O meu destino está selado. O demônio ordena que eu sacrifique essas jovens para a criação de sua oferenda.

Kazue, a mais velha, tem 31 anos e é a única com idade mais afastada, está casada e mora longe, então a excluí do grupo. Eu extrairia a cabeça de Tokiko de Áries, o tórax de Yukiko de Câncer, o abdômen de Reiko de Virgem, os quadris de Akiko de Escorpião, as coxas de Nobuko de Sagitário e as pernas de Tomoko de Aquário. Então, juntaria todas essas peças para fazer uma mulher. Seria melhor que os quadris fossem de uma libriana e o tórax de uma geminiana, ambas donzelas, mas não se pode querer tudo na vida.

Além disso, como Azoth é uma "mulher", é mais adequado pensar que o tórax é representado pelos seios, e os quadris, pelo útero. Devo ser grato aos céus pela sorte que tenho. Ou seria ao demônio?

Devo seguir estritamente as regras da alquimia para a produção de Azoth. Caso contrário, Azoth não terá vida eterna.

As seis donzelas são os elementos metálicos. Embora ainda sejam metais básicos, serão refinados e se transformarão em ouro ao se tornarem parte de Azoth. Assim como o surgimento do céu límpido e azul, depois que as nuvens de chuva se dissipam. É simplesmente divino.

Meu corpo treme só de pensar. Estou louco para vê-la. Quero que seja a última coisa a ser capturada pelos meus olhos antes de morrer! Os trinta e poucos anos desta minha vida banal que desperdicei com as minhas telas de pintura tinham um porquê. E o motivo era para que eu pudesse pintar a Azoth, que vive em meu coração. Se eu conseguir fazer isto não com pincéis, mas com carne humana de verdade, será maravilhoso! Artistas de todo o mundo, o que mais poderíamos desejar, além disso?

Ninguém sequer sonhou com isso ao longo da história. Será uma obra-prima. Nem a Missa Negra ou a pedra filosofal dos alquimistas, e nem mesmo todas as esculturas já feitas na tentativa de representar a beleza do corpo feminino têm sentido se comparadas à criação de Azoth.

Bem, essas meninas, que são os materiais elementares, terão que perder as suas vidas, por ora. Seus corpos serão cortados em três pedaços para que eu possa extrair uma parte, e o resto será descartado (nos casos de Tokiko e Tomoko, somente em dois pedaços, porque só a cabeça e as pernas são necessárias). Elas perderão a vida secular, mas as partes dos seus corpos serão aprimoradas e viverão para sempre. Elas não terão do que reclamar ao servirem para tal propósito.

Obedecendo aos princípios da alquimia, o trabalho deve ser iniciado enquanto o sol estiver em Áries.

Tokiko, responsável pela cabeça, é de Áries. Portanto, sua vida deve ser tirada por meio de ♂ (além de ♂ ser o símbolo de Marte, ele representa o ferro na alquimia).

Yukiko, responsável pelo tórax, é de Câncer. Logo, sua vida deve ser tirada por meio da ☽ (embora ☽ seja o símbolo da Lua, também representa a prata na alquimia).

Reiko, responsável pelo abdômen, é de Virgem. Portanto, ela deve engolir ☿ para morrer (☿ é o símbolo de Mercúrio e representa também o mercúrio na alquimia).

Akiko, responsável pelos quadris, é de Escorpião. Atualmente o planeta regente do signo de Escorpião é ♇ (Plutão), mas é melhor que sua vida seja tirada por meio de ♂ seguindo o costume da Idade Média, quando o planeta ainda não havia sido descoberto.

Nobuko, responsável pelas coxas, é de Sagitário. Então sua vida deve ser tirada por meio de ♃ (embora ♃ seja o símbolo de Júpiter, também representa o estanho na alquimia).

Tomoko, responsável pelas pernas, é de Aquário. Atualmente o planeta regente deste signo é ♅ (Urano), mas quando ele ainda não havia sido descoberto na Idade Média, era representado por ♄. Assim, é melhor que sua morte chegue por meio de ♄ (o símbolo ♄ se refere a Saturno e representa o chumbo na alquimia).

Assim que os corpos delas estiverem disponíveis, devo começar purificando os seus corpos e o meu. Farei isso utilizando a mistura de vinho com um tipo de cinzas.

Em seguida, removerei as partes desejadas de cada uma com um serrote de ♂ e vou montá-las cuidadosamente sobre uma placa de madeira com uma cruz entalhada. Usar pregos para prender as partes tal qual estátua de Cristo poderia ser uma opção, mas não quero correr o risco de causar marcas ou ferimentos desnecessários. Como no Oráculo de Hécate, o ideal é que eu faça uma escultura de madeira de Azoth antes, bem lustrada, e a enfeite com pequenos lagartos.

Então, passarei para a fase de preparação do fogo oculto. Assim como Hontanus, muitos alquimistas interpretaram o fogo oculto como fogo de verdade, o que fez com que seus experimentos falhassem. É uma estupidez. A água que não molha as mãos ou o fogo que queima sem chama é produzido através de um certo tipo de ⊖ (sal) e incenso.

Em seguida, é preciso misturar cada elemento que constitui o Zodíaco (doze signos), ou seja, todo o sangue e pedaços de carne possíveis de se obter de criaturas como carneiro, boi, bebê, caranguejo, leão, moça virgem, escorpião, bode e peixe, e acrescentar também carne de rãs e lagartos a tudo isso, para cozinhá-los em um forno. Este forno é o Atanor, ou seja, o forno cósmico.

Nessa hora, vou entoar uma invocação que encontrei a partir da obra *Refutação de Todas as Heresias*, que foi escrita por Orígenes ou Santo Hipólito.

Vinde, Bombo do inferno, da terra e dos céus,
deusa dos caminhos e das encruzilhadas.
Portadora da luz, vagais pela noite, sois inimiga da luz,
amiga e companheira da noite.
Vós, que exaltais com o latido dos cães e com o sangue que jorra,
Que vos mistura com os fantasmas e andais entre os túmulos.
Vós, que tendes sede de sangue e assusta os mortais.
Gorgo, Morno e lua de mil formas,
Vinde até nós e tende clemência pelo nosso sacrifício!

Essa mistura deve ser selada dentro do "Ovo filosofal". Ele deve ser mantido na temperatura que a galinha mantém o ovo no período de incubação. Em um dado momento, isso se transformará na panaceia (seria o remédio mágico para todos os males?).

Com esta panaceia, as seis partes que formarão Azoth serão unificadas num corpo, que ganhará vida como uma mulher que pertence à aliança da luz, onisciente e onipotente, possuidora de vida eterna. Eu me tornarei um adepto (significa aquele que desvendou o mistério), e o corpo de luz de Azoth se tornará indestrutível.

As pessoas costumam cometer o engano de achar que a "*Magnum opus*" (grande obra) da alquimia se refere à transformação do metal básico em ouro, mas isso é pura idiotice. Os químicos da era moderna inferiorizam o fato de que a alquimia teve contribuição significativa na química nos tempos primordiais, assim como no caso da astronomia, que provavelmente se desenvolveu no útero da astrologia, e, por isso, talvez eles queiram atribuir uma imagem vulgar à alquimia. Da mesma forma que um estudioso renomado passa a alegar que o pai bebum não é, verdadeiramente, seu pai.

O verdadeiro objetivo da alquimia está em uma dimensão muito mais elevada. É um meio de concretizar a verdadeira natureza que se esconde no conhecimento mundano, em direção à perfeição. É concretizar a existência suprema daquilo que geralmente é expresso de forma simples, como "beleza suprema" ou "amor supremo". A nossa consciência, tão desvalorizada quanto um chumbo num contexto da mediocridade perigosa exigida pelo caráter mundano, é restaurada e passa por uma transformação fundamental graças a esse processo, conseguindo se elevar ao nível de conhecimento sublime, da mesma forma que a transmutação do ouro. O "zen" deve ser correspondente a isso, no Oriente. Dessa forma, a conclusão eterna de todas as coisas ou o ato de criação do que pode ser chamado de "salvação universal" é o verdadeiro objetivo da alquimia.

Portanto, os alquimistas podem até ter tentado criar o ouro, mas isso deve ter sido como brincadeira ou pela razão de que a maioria dessas pessoas não passava de charlatões.

Muitos dos que não conseguiram desvendar o mistério foram em busca do primeiro elemento em minas subterrâneas, mas os elementos não são necessariamente feitos de metal ou mineral. Segundo Paracelso, "você pode encontrar isso em todos os lugares. As crianças brincam com isso". Se o verdadeiro primeiro elemento não se refere ao corpo feminino, o que mais poderia ser?

Estou bem ciente de que as pessoas me veem como lunático. Posso ser diferente dos outros, mas é isso que me torna um artista. A parte que difere uma pessoa das outras é, em geral, chamada de talento. Como é possível chamar de arte algo que seja parecido com a obra de outra pessoa? A criação existe apenas dentro da rebeldia.

Não sou do tipo que gosta muito de sangue. Mas sendo um artista, admito que jamais esquecerei a emoção de quando vi a dissecação de um corpo humano. Não consigo, de maneira alguma, controlar minha atração por corpos que não estão em condições normais. Sempre tive muita vontade de desenhar um braço deslocado, e já cheguei a pensar algumas vezes em observar os músculos que vão relaxando com a morte. Acredito que qualquer um que seja artista pense da mesma forma.

Deixe-me contar um pouco sobre mim.

Mergulhei na astrologia ocidental quando era adolescente, graças à ocasião em que fui me consultar com o astrólogo de confiança da minha mãe. A profissão era extremamente rara naquela época. E ele acertou em tudo que disse sobre a minha vida, até o presente momento. Posteriormente, implorei a ele que me ensinasse sobre astrologia. Ele era holandês e tinha sido um missionário cristão, mas acabou perdendo a qualificação por ter se envolvido demais com a astrologia ocidental. O homem passou a ganhar a vida como astrólogo. No período Meiji, ele era, sem dúvida, o único astrólogo ocidental não só em Tokyo, mas em todo o Japão.

Nasci em Tokyo em 26 de janeiro de 1886, às 19h31. O Sol estava em Aquário e meu ascendente estava em Virgem, e o ponto de ascendência (horizonte leste no momento em que nasci) era ♄ (Saturno). Assim, a minha vida passou a receber influência bem forte de ♄. É o meu planeta, o símbolo da minha vida.

O meu interesse foi atraído para a alquimia mais tarde porque eu soube que ♄, que é meu símbolo, representa também o chumbo, o primeiro elemento que se transforma em ouro na alquimia. Foi quando desejei aprimorar as minhas qualidades como artista conhecendo a técnica que elevaria minha essência a algo sublime como o ouro.

Saturno é o planeta que traz os maiores desafios e perseverança no destino de uma pessoa. O astrólogo me disse que desde o ponto de partida da minha vida eu carregava um complexo de inferioridade que era determinante, e que a minha história seria construída pelas superações disso. Ao fazer uma retrospectiva, vejo que ele estava certo.

Desde pequeno, eu tinha uma hipersensibilidade que deixava o meu corpo fraco, por isso nunca fui muito saudável. Além disso, fui aconselhado a ter cuidado com queimaduras. Nem preciso repetir a respeito da minha condição física. Quando estava no ensino fundamental, acabei com uma grande queimadura na perna direita causada pelo aquecedor que ficava na sala de aula em uma das vezes que tive meus ataques. Eu tenho uma cicatriz enorme ainda hoje.

Ele também previu que, em certo período, eu teria um caso com uma mulher, e a concretização disso fez com que duas filhas minhas, Tokiko e Yukiko, nascessem no mesmo ano.

Por ter ♀ (Vênus) em Peixes, eu sentiria uma atração natural por mulheres de Peixes, mas no final das contas, acabaria me casando com uma mulher de Leão. Previu também que, quando eu tivesse 28 anos, passaria por provações que aumentariam as minhas obrigações em relação à família. E exatamente como ele disse, Tae, de Peixes, foi minha primeira esposa. Todavia, depois de me casar com ela, fiquei obcecado por Degas e pintei bailarinas por um tempo. A modelo nessa época era Masako, minha mulher atual. Foi amor à primeira vista e eu forcei a relação, mesmo ela sendo casada, fazendo-a parir uma criança minha. Essa criança é Yukiko. Minha relação com Tae e Masako foi por obra do destino, o que resultou no nascimento de duas crianças no mesmo ano. Eu me divorciei de Tae e acabei ficando com Masako, de Leão. Tudo isso aconteceu exatamente quando eu tinha 28 anos.

Atualmente, Tae vive em Hoya, nos subúrbios de Tokyo, tocando uma tabacaria na casa que comprei para ela. Parece que Tokiko, que ficou sob minha custódia, a visita de vez em quando. A despeito de minha preocupação, a relação de Tokiko com as minhas outras filhas me parece boa. Sempre penso o quanto fui injusto com Tae. Vinte anos se passaram desde o divórcio, mas ainda me sinto culpado pelo que fiz a ela. Acho até que me sinto mais culpado ultimamente. Se a criação de Azoth der algum retorno financeiro para mim no futuro, chego a pensar que poderia dar todo o dinheiro para Tae.

O astrólogo disse que, durante a segunda fase da minha vida, eu viveria com segredos e solitário, poderia ficar trancado em um hospital ou instituição, ou me afastaria da vida secular psicologicamente, vivendo num mundo de ilusão. Ele também acertou com exatidão sobre isso. Eu transformei o antigo armazém no canto do quintal em um ateliê, onde fico isolado. Quase nunca coloco os pés na casa principal.

E em seguida vem a parte que ele previu com maior precisão, na minha opinião. Tenho a combinação (sobreposição) de Ψ (Netuno) e P (Plutão) na nona casa. Isso tem implicações no campo sobrenatural indicando uma vida puramente espiritual, o que significa que eu teria um poder místico e revelações interiores, fascinação por religiões heréticas e começaria a fazer pesquisas de técnicas de maldição e magia. Além de tudo, era sinal de que eu vagaria pelo exterior sem objetivo e, com isso, a minha personalidade e as circunstâncias relativas a mim sofreriam uma mudança abrupta se eu fosse para países estrangeiros. Ele disse que, devido ao movimento da lua, isso aconteceria entre os meus 19 e 20 anos de idade.

Só o fato de Ψ e P estarem alinhados já é bem incomum, e no meu caso, nasci exatamente no horário em que seus movimentos eram intensificados pela nona casa. A segunda metade da minha vida foi guiada por esses dois planetas do mau agouro. Aos 19 anos, saí do Japão e fui para a Europa, onde fiquei vagando principalmente pela França. E foi lá que me foi plantada uma visão da vida com princípios místicos.

Há outras coisas também. Eu não acreditava de forma alguma na astrologia ocidental quando era jovem, e como ato de rebeldia, obviamente agia de forma contrária, mas o resultado sempre deixava o astrólogo satisfeito.

Não só eu, mas toda a minha família e todas as pessoas que têm algum tipo de relacionamento comigo parecem ser manipuladas pelo destino. As mulheres ao meu redor, sendo mais específico. Não sei por qual razão, mas as mulheres relacionadas a mim não têm sorte no casamento.

Eu, que aqui escrevo, também acabei me divorciando da minha primeira esposa. A minha atual esposa, Masako, é a minha segunda esposa e, além disso, sou o segundo marido dela. E agora que eu decidi abraçar a morte, ela está prestes a perder o segundo marido também.

Minha mãe também fracassou no casamento com meu pai. Parece que aconteceu o mesmo com a minha avó. E Kazue, a filha mais velha de Masako, é outra que se divorciou há pouco tempo.

Tomoko já tem 26 anos, e Akiko completou 24 anos. Por morar em uma casa espaçosa e se dar bem com a mãe, parece que desistiram de se casar. Vivendo em uma época nefasta em que há possibilidade de uma guerra contra a China, as chances de ficarem viúvas seriam grandes. Ao pensarem na concretização dessas possibilidades, devem ter ficado satisfeitas com suas habilidades superiores em piano e balé. Masako não é o tipo de mulher que gosta de militares.

No entanto, ao desistirem do casamento, Masako e as meninas começaram a se interessar pelo dinheiro, o que obviamente não tem graça nenhuma para mim. Elas passaram a me importunar, dizendo que era um desperdício não fazer nada na propriedade de 1983 metros quadrados, e que deveríamos construir um conjunto residencial.

Eu disse a elas que podem fazer o que quiserem depois que eu morrer. Yoshio, meu irmão mais novo, deve estar de acordo com elas, já que ele ainda vive em uma casa alugada. Afinal de contas, com a construção do conjunto residencial, ele poderia garantir uma das residências para si gratuitamente.

Pensando bem, não é justo que só eu tenha herdado as terras apenas porque sou o filho mais velho. Mas acho que Yoshio e sua esposa poderiam morar na casa principal, tão espaçosa, junto às outras. Não sei se minha cunhada Ayako faz cerimônia ou se a Masako não permite que eles se instalem; o fato é que, ainda hoje, eles vivem em uma casa alugada na vizinhança.

No final das contas, todos, menos eu, concordam em construir um conjunto residencial. Obviamente me acham um chato, o único contra a ideia. Tenho sentido saudades de Tae nos últimos tempos. Sua única qualidade era ser obediente e não tinha nada de interessante nela, mas do jeito que as coisas estão, é bem capaz de Masako e os outros me envenenarem.

Há um motivo para continuar me opondo veementemente à construção das unidades residenciais. Dentro desta propriedade herdada dos meus pais em Ōhara, no distrito de Meguro, reformei o antigo armazém que fica a noroeste do quintal, transformando-o em um ateliê, e passei a morar nele. Gosto muito deste ateliê. Posso apreciar o verde através da minha janela. Ao construir as unidades residenciais, essas inúmeras árvores seriam substituídas por um monte de olhares curiosos espiando o ateliê. Mesmo que não chegassem a ficar espiando, as pessoas certamente lançariam olhares curiosos a mim por causa da minha fama de esquisito. Este tipo de aborrecimento seria nada mais nada menos do que um grande inimigo para a criação. Logo, não tenho a mínima vontade de concordar com os demais.

Eu gostava do ambiente sombrio deste armazém desde a infância, e sempre vinha brincar aqui. Desde pequeno, tenho essa particularidade de não me sentir confortável em espaços que não fossem completamente fechados. Mas para transformá-lo em ateliê não era bom que fosse escuro demais, então construí duas claraboias enormes. Porém, como a ideia de dar uma chance para os intrusos não me agradava, reforcei-as, colocando grades de ferro, e o vidro foi colocado sobre elas.

Instalei grades de ferro em todas as janelas também, construí uma pia e banheiro e, embora fosse um armazém de dois andares, eliminei o andar de cima e deixei o ateliê com pé-direito alto.

Acredito que a maioria dos ateliês tenha essa composição. Um dos motivos pelos quais deixei o pé-direito alto foi pela sensação de liberdade que isso proporciona, o que é ótimo para a criação. Entretanto, o fator principal foi porque trabalhar com obras grandes quando o teto é baixo não é conveniente. Está fora de questão a tela acabar encalhando por causa de um teto baixo. Além disso, é preciso ter um recuo para olhar para a obra de uma certa distância, e para isso uma parede grande e um local espaçoso se fazem necessários. Além de uma área de circulação ampla.

Gosto tanto do meu espaço de trabalho que passei a dormir aqui. Consegui uma cama metálica com rodízios para hospitais militares. Graças aos rodízios, posso puxar a cama e dormir onde eu quiser, dentro de todo esse espaço.

Gosto de janelas altas. Nas tardes de outono, as grades projetam sombras no piso desse espaço amplo, e o padrão listrado forma dois quadrados de luz no chão. As folhas de outono que caem no vidro pontuam esses quadrados, e ficam parecendo notas musicais.

Gosto de ver também as janelas que eram do andar de cima, situadas nas partes mais altas da parede. Nessas horas, me pego cantando as minhas músicas favoritas, "Ilha de Capri" e "Orquídeas ao Luar", mesmo sem saber a melodia.

As janelas dos lados norte e oeste do térreo eram voltadas para o muro, então as cobri de pintura, deixando apenas a do lado sul intacta. Em vez de janelas por onde não entra luz, prefiro ter grandes paredes. Esse muro de rochas ígneas de Oya não existia na época da construção do armazém, quando eu era pequeno. A porta de entrada e o banheiro recém-instalado ocupam o lado leste.

Nas paredes dos lados norte e oeste, onde havia as janelas que perdi por causa do muro, pendurei onze pinturas nas quais dediquei todo meu esforço. Cada uma delas são pinturas de tamanho grande, medindo 1,6 metro por 1,3 metro; elas fazem parte do conjunto cujo tema são os doze signos do zodíaco e em breve estará completo.

Atualmente, estou trabalhando na produção da última, de Áries. Por ser o trabalho da minha vida, ao terminá-lo, vou finalmente me empenhar na criação de Azoth, e penso em renunciar à minha vida assim que registrar com os meus próprios olhos a conclusão dessa obra.

Talvez seja melhor contar também sobre a época em que eu perambulava pelas ruas da Europa. Conheci uma japonesa no período em que vagava pela França. O nome dela é Yasue Tomiguchi.

Pisei nas calçadas de pedra de Paris pela primeira vez em 1906. Sinto que deixei o modo de vida errante da juventude naquela cidade de pedras. Hoje em dia deve ser diferente, mas naquela época, se um oriental que mal falasse o francês andasse pelas ruas, estaria fadado a ficar solitário, pois não havia qualquer possibilidade de encontrar alguém do seu próprio país. Ao sair pela cidade em noites enluaradas, eu sentia que era o único humano sobrevivente no mundo.

Quando comecei a me acostumar e falar um pouco de francês, senti que aquela solidão foi se transformando em uma melancolia confortável, e costumava andar despropositadamente pelos arredores do bairro Quartier Latin.

O outono de Paris era excepcionalmente deslumbrante para mim, e conforme eu andava pelas calçadas escutando o farfalhar das folhas secas, minha visão começou a se expandir aos poucos e pude sentir emoção em relação a tudo que via. A cor das folhas secas combina muito bem com a cidade cinzenta de pedras.

Foi nessa época que me encantei com Gustave Moreau. Havia uma placa de metal com o número "14" na Avenida De La Rochefoucauld. Desde então, venho alimentando a minha alma com Moreau e Van Gogh.

Encontrei a Yasue Tomiguchi pela primeira vez em uma certa noite de outono, quando passei pela Fonte de Médicis, que ficava no meu percurso habitual. Yasue estava apoiada no corrimão de metal da fonte, distraída. As folhas das árvores ao redor já haviam caído e seus galhos cor de chumbo, esbranquiçados, que lembravam os vasos sanguíneos de idosos, estendiam-se em direção ao céu. Havia começado a esfriar subitamente neste dia, e essa terra estrangeira parecia ainda mais fria aos que eram de fora.

Dava para perceber que Yasue era asiática, e me aproximei, levado pelo saudosismo. A timidez em seu semblante era algo que eu mesmo havia demonstrado no passado. Não sei dizer o porquê, mas achava que ela era chinesa. Como ela também olhou para mim demonstrando uma sensação saudosa, falei a ela que parecia que o inverno havia chegado, em francês. Isso não aconteceria se fosse no Japão, mas o idioma estrangeiro nos deixa menos acanhados. No entanto, essa não foi uma boa abordagem. Ela balançou a cabeça, visivelmente tensa, e fez menção de que iria embora, dando as costas para mim. Fiquei surpreso e desta vez perguntei, em japonês, se ela era japonesa, mesmo ela estando de costas para mim. Neste momento, ela se virou e a sua expressão era de puro alívio, e nos demos conta do destino de nos apaixonar.

No inverno, sempre havia barracas vendendo castanhas torradas naquele bairro. Atraídos pelas saudosas vozes que ofertavam: *"Chaud, chaud, marrons, chauds!"*, nós dois sempre íamos comer castanhas. Nós, que éramos dois japoneses solitários em um país estranho, passamos a nos ver todos os dias.

Yasue e eu somos nascidos no mesmo ano, mas é como se ela fosse um ano mais nova, já que nasci em janeiro e ela, no final de novembro. Pode-se dizer que ela era uma filhinha de família rica que também tinha ido a Paris para estudar arte.

Voltamos juntos para o Japão, quando eu tinha 22 e ela, 21 anos. Anos depois, Paris estaria envolvida na Grande Guerra da Europa (Primeira Guerra Mundial).

Mesmo em Tokyo continuamos a namorar; eu tinha a intenção de me casar com ela, mas a vida em Tokyo era diferente da época solitária de Paris, e Yasue vivia rodeada de amigos. Acabamos nos rompendo porque eu não conseguia acompanhar o seu estilo de vida boêmio. Depois de algum tempo, ouvi boatos de que ela tinha se casado, e ficamos muito tempo sem nos encontrar novamente.

Casei-me com Tae quando eu tinha 26 anos. Yoshio ouviu falar dela na loja de quimonos perto da Faculdade Provincial (atual Universidade Metropolitana de Tokyo) e me sugeriu o casamento arranjado meio que na brincadeira. Eu, que havia perdido a minha mãe doente, estava muito triste e não me importava com quem fosse me casar. Como eu já havia herdado a propriedade e me tornado dono de razoáveis bens, deveria ser um bom partido.

Mas, por ironia do destino, acabei reencontrando Yasue em Ginza alguns meses depois de me casar. Vi que ela estava com uma criança. Quando eu disse a ela: "Então você se casou mesmo", ela respondeu que havia se separado do marido. Ela me contou que agora tinha uma galeria de arte com cafeteria em Ginza. Ela me disse: "Adivinhe o nome do estabelecimento. É inspirado em um lugar inesquecível". Perguntei se era Médicis, e ela disse que sim.

Resolvi deixar que ela cuidasse de todas as minhas obras. Não que tenha vendido muito. Fiz exposições individuais sempre que ela recomendava. Como eu não era dedicado em inscrever obras nos concursos como o Prêmio Nika ou Kōfūkai, o tempo passava e não tinha nenhum resultado concreto, por isso sofria para escrever minha apresentação pessoal. Como a Yasue vinha de vez em quando no meu ateliê, pintei seus retratos, os quais eu fazia questão de incluí-los nas exposições individuais no Médicis.

Yasue era de Sagitário, nascida em 27 de novembro de 1886, e o filho dela era de Touro, nascido em 1909. Sempre que podia, ela insinuava que eu era o pai de Heitaro. Poderia ser uma brincadeira peculiar daquela mulher, mas as contas até batiam. O fato de ela ter escolhido um nome que começasse com Hei também era sugestivo. Se for verdade, só posso dizer que foi o destino.

Por ser um artista do tipo conservador, não tenho muito interesse em pinturas ditas de vanguarda, como as de Picasso e Miró, que andam em alta ultimamente. Os únicos que preenchiam a minha alma eram Van Gogh e Gustave Moreau.

Sei que sou antiquado. Mas gosto da arte que consegue fazer com que eu sinta o "poder" de maneira simples. Para mim, pinturas sem energia não passam de um trapo manchado de tinta. Por isso, se for um abstrato nessa faixa de interpretação, ou nesse sentido, compreendo bem. Uma parte das obras de Picasso e as obras de Fugaku Sumie, que lança seu corpo na tela para pintá-la, fazem parte da categoria que aprecio.

No entanto, tenho a opinião de que a técnica é um critério indispensável para a criação. É preciso que haja diferença entre o que se cria e as marcas de lama arremessada por uma criança em um muro de tijolos. As marcas de pneus que ficam na estrada pavimentada após um acidente de trânsito me emocionam muito mais do que o trabalho de um artista da chamada arte de vanguarda. O rastro da energia avassaladora sobre as pedras, o sangue escorrido com aspecto de fenda de cor carmesim ou como se tivesse brotado por entre as pedras. O belo contraste criado pelas tênues linhas em branco e preto. Isso tudo satisfaz as condições de uma arte com perfeição. São obras que me proporcionam uma emoção profunda, depois das de Van Gogh e Gustave Moreau.

É mesmo. Eu tinha outra intenção ao me autodenominar antiquado. Eu gosto de esculturas também, mas sou o tipo de pessoa que se interessa mais por bonecas. Esculturas de metal, cujo corpo parece feito de arame, não passam de um monte de sucata de ferro para mim. Grande parte do que tem tendência vanguardista não funciona para mim.

Quando eu era jovem, descobri uma mulher muito atraente na vitrine de uma butique perto da Faculdade Provincial. Era um manequim, mas fiquei louco por ela, e ia todos os dias na frente da loja para apreciá-la. Quando precisava ir até a região da estação, fazia de tudo para passar na frente da butique, mesmo que ficasse fora de mão. Chegava a ir cinco ou seis vezes por dia, quando muito. Foi assim por mais de um ano, então eu pude vê-la com trajes de verão, roupas de inverno e vestidos de primavera.

Se fosse nos dias de hoje, pediria ao dono da loja que vendesse a boneca para mim, mas isso sequer passou pela minha cabeça, pois eu era apenas uma criança ainda extremamente tímida. Além do mais, não tinha dinheiro que pudesse usar livremente.

Não costumo ir a bares porque a fumaça de cigarro é irritante e as vozes embriagadas me incomodam, mas comecei a frequentar um ultimamente, chamado Kakinoki. O motivo? Porque o dono de uma fábrica de manequins frequenta esse bar.

Certa vez, deixando-me levar pela embriaguez, contei a ele sobre isso. Então, ele me convidou para visitar sua fábrica, mas evidentemente a Tokie não estava ali, e não havia nenhuma mulher que tivesse um centésimo do charme que ela tinha. Se me perguntar o que é tão diferente, não saberei explicar. Provavelmente ninguém conseguiria distinguir a Tokie das bonecas que havia nessa fábrica, seja pela forma do rosto ou do corpo. Para mim, a diferença era clara. Os valores que elas representam para mim são tão distintos quanto comparar um anel de pérola a um anel de arame.

Acabei pulando essa parte, mas eu a chamava secretamente de Tokie. Isso porque o rosto dela era um pouco parecido com o de uma atriz famosa na época. Eu fiquei completamente obcecado pela Tokie boneca, chegava a ver seu rosto ao fechar os olhos e pensava nela a todo momento. Dediquei vários poemas a ela e desenhei retratos visualizando mentalmente o seu rosto e o seu corpo. Talvez esse tenha sido o ponto de partida da minha vida como pintor.

Do lado dessa butique havia um atacadista de seda crua, e sempre faziam a carga e descarga das carroças movidas por cavalos. Era muito conveniente, pois eu podia fingir assistir àquilo enquanto olhava para Tokie. Ela tinha um rosto pretensioso, cabelos castanhos e ondulados. Dedos frágeis e delicados e pernas finas que eu podia ver se estendendo abaixo da saia. Mesmo agora, passados trinta anos, consigo me lembrar exatamente de como ela era.

Uma vez presenciei a cena em que ela era despida dentro da vitrine para que suas roupas fossem trocadas. Nenhuma outra mulher jamais me fez sentir aquele choque. Meus joelhos tremiam e foi difícil permanecer em pé. Depois disso, passei muito tempo sem compreender o significado e o valor dos pelos na região pélvica do corpo feminino e do órgão sexual coberto por eles.

Além desse exemplo, por várias vezes tive a oportunidade de perceber o quanto Tokie havia distorcido significativamente o que eu era. Inúmeras vezes. Para começar, eu prefiro mulheres com cabelos ondulados. E tenho um extremo interesse em mulheres mudas; sinto atração por mulheres que me incitam a imaginá-las em estado vegetativo, e muito mais.

Sei muito bem que isso vai contra a minha visão da arte, que falei anteriormente, e penso com frequência o quanto isso é bizarro. Isso pode ser notado também pelo fato de eu apreciar obras de Moreau e Van Gogh, artistas de tendências claramente distintas. Talvez a minha visão de arte teria se tornado consistente se eu não tivesse encontrado a Tokie.

Minha ex-esposa, Tae, era desse tipo: uma mulher que parecia uma boneca, em estado vegetativo. Mas o meu outro lado, o lado intenso como artista, quis a Masako.

Tokie foi, definitivamente, meu primeiro amor. E no dia 21 de março, jamais esquecerei desta data, Tokie desapareceu da vitrine. Era primavera. A época em que as flores de cerejeira começavam a desabrochar aqui e ali.

Não é possível expressar em palavras o choque que senti nesse dia. Tudo ficou vazio. Não. Não foi isso. Nesse momento, eu soube que tudo estava perdido desde o início, e foi por isso que parti para uma viagem sem rumo na Europa. Escolhi o velho continente porque Tokie tinha um semblante que remetia a um filme francês a que assisti na época, e eu nutria uma ilusão de que talvez conseguisse achar uma mulher parecida com ela na França.

Depois de alguns anos, quando nasceu a minha primeira filha, sem pestanejar dei-lhe o nome de Tokiko. Ela nasceu em 21 de março, a mesma data em que Tokie desapareceu da vitrine, e não pude deixar de sentir que o destino, misteriosamente, me mandava um sinal.

E com o tempo, deixei de duvidar que Tokie também era de Áries. Além disso, eu passei a acreditar que esta menina é a Tokie que reencarnou e veio a ser minha filha porque ela, que ficava dentro da vitrine, não pôde ser minha. Por isso, eu *sabia* que Tokiko ficaria com aquele rosto conforme crescesse.

Entretanto, a saúde desta minha filha era frágil...

Só agora, depois de escrever até aqui, me dei conta de uma coisa e sinto-me atordoado com a constatação. Amo Tokiko mais do que ninguém, e pode ser que por isso o meu inconsciente queira dar a ela, que não é muito saudável, um corpo perfeito e digno do seu rosto.

De fato, eu sinto um amor desproporcional por Tokiko. Ela é alegre por ser de Áries, mas tem forte tendência à bipolaridade por ter nascido no dia que separa o fogo e a água (o elemento de Áries é fogo, o do signo anterior, Peixes, é água, e o dia 21 é justamente o dia que separa esses dois signos). Quando a vejo deprimida, penso em seu coração frágil e meus sentimentos afloram por ela. Devo confessar que são sentimentos que ultrapassam o amor de um pai pela filha.

Cheguei a fazer croquis das minhas filhas seminuas, tirando a Kazue, mais velha, e as minhas sobrinhas Reiko e Nobuko, usando-as como modelos. O corpo de Tokiko não tem muita fartura. E ainda tem uma pequena marca de nascença na lateral da barriga, do lado direito. Lembro de ter imaginado como Tokiko seria se seu rosto estivesse sobre um corpo de beleza impecável.

Não, não que o corpo dela seja o mais mirrado de todos. Embora nunca tenha visto, suponho que os corpos de Tomoko, Reiko e Nobuko sejam bem mais desafortunadas. Meu desejo é que Tokiko seja uma mulher perfeita. Pensando bem, além de Tokiko, apenas Yukiko é minha filha biológica, então não parece ser tão estranho que eu me sinta dessa forma.

Eu, que não tenho o menor interesse em estátuas de bronze, abro exceção para uma delas. Viajei para a Europa pela segunda vez há alguns anos. Não achei o Louvre muito emocionante. O que mais me tocou não foi Renoir ou Picasso, muito menos Rodin, mas sim a exposição que vi em Amsterdã, na Holanda, das obras de André Milhaud, um escultor que não era famoso. Aquilo foi tão opressivo que fiquei sem ânimo para continuar minha criação durante um ano.

Era algo do tipo que pode ser chamado de Arte da Morte. O local da exposição era um antigo aquário em ruínas.

Havia o corpo de um homem pendurado pelo pescoço em um poste, corpos de uma mãe e filha abandonadas na rua em estado avançado de decomposição, exalando um odor pútrido terrível (só fui perceber que isso era um efeito que fazia parte da instalação cerca de um ano depois).

Os rostos estavam distorcidos pelo medo, os músculos, contraídos pela intensa energia resultante da agonia da morte. Os corpos pútridos mantinham aquela energia condensada, como se estivessem congelados. Tudo isso havia sido representado e fixado ali de forma clara.

Essa expressividade fazia com que esquecêssemos completamente que aquilo era feito de metal, por meio das curvas absolutamente suaves, mesmo sendo de uma única cor.

A obra mais chocante foi a de um homem morrendo na água. As mãos estavam algemadas nas costas enquanto outro homem, de pé e parcialmente submerso, enfiava a cabeça dele debaixo d'água. Havia ainda as pequenas bolhas derradeiras, que pareciam pequenas correntes em direção à superfície, saindo da boca do homem que estava se afogando. Isso acontecia em uma caixa de vidro iluminada internamente, o que fazia parecer um onírico teatro lambe-lambe visto de um salão escuro.

É isso, ali era o local do crime propriamente dito! E a minha memória ainda vaga pelas lembranças do ocorrido.

A sensação de colapso que me deixou totalmente vazio persistiu por um ano, e não conseguia pensar em nada que pudesse superá-las. Foi quando decidi criar Azoth. Com ela, eu poderia superar aquilo.

Acho que preciso ter cuidado com os cães. Naquela exposição da Arte da Morte, era possível ouvir todo o tipo de gritos. Os ouvidos humanos não conseguem escutar sons quando a frequência excede vinte mil ciclos. Mas os gritos antes de virarem sons escondem uma tristeza elevada de trinta mil ciclos, e tenho quase certeza de que o yorkshire que estava no colo de uma senhora, à minha frente, estava escutando, mexendo as orelhas e reagindo atentamente.

O local para a criação e montagem de Azoth deverá ser determinado tão somente por cálculos matemáticos.

Eu poderia produzi-la no meu ateliê, mas seria impossível que deixassem de investigar o ateliê depois que seis jovens desaparecessem de repente. E mesmo que a polícia não o vasculhasse, Masako tentaria entrar. Portanto, preciso adquirir um outro local exclusivamente para isso. Esse será também o local de instalação de Azoth. Será no interior, então não precisarei gastar muito. No entanto, não me atrevo a mencionar o local exato, pensando na hipótese de que este manuscrito possa ser encontrado antes da conclusão de Azoth e da minha morte. Direi apenas que fica em algum lugar da província de Niigata.

Ainda assim, este romance é como se fosse um acessório de Azoth. Estou pensando em deixá-lo junto com ela, bem no centro do Japão. Somente este romance ser exposto aos olhos de terceiros é algo que certamente não acontecerá.

Depois de oferecer as partes do corpo necessárias para Azoth, as partes restantes de cada uma das meninas devem ser devolvidas para as terras que pertençam aos respectivos signos, dentro do território do Império Japonês.

Penso que o local correspondente ao signo é definido pelo metal extraído nessas terras. Isto é, a terra que produz ♂ (ferro) pertence a Áries ou Escorpião. A terra que produz ☉ (ouro) pertence a Leão. Do mesmo modo, a terra que gera ☽ (prata) pertence a Câncer, e o local de onde se tira ♃ (estanho) é de Sagitário, mas também pode ser regida por Peixes.

Seguindo esta linha de pensamento, o remanescente do corpo de Tokiko deve ser devolvido em um local que produz ♂, de Áries, o remanescente de Yukiko deve ser devolvido em um local que produz ☽ , regido por Câncer, o de Reiko deve ser em um local que produz ☿ (mercúrio), de Virgem, o de Akiko deve ser em um local que produz ♂, pertencente a Escorpião, o de Nobuko em um local que produz ♃, de Sagitário, e no caso de Tomoko, de Aquário, seu corpo remanescente deve ser devolvido em um local que produz ♄ (chumbo).

Dessa forma, a *Magnum opus* sem precedentes que é esta produção de Azoth estará concluída, e ela poderá exercer todo o poder que se possa imaginar. Não pode haver descuido em nenhuma parte deste processo. Só alcançarei a *Magnum opus* executando tudo, do começo ao fim.

Não estou criando Azoth apenas por um capricho meu, assim como crio as minhas pinturas ocidentais. É claro que, para mim, é o ponto mais alto da visão estética e sinto um encantamento infinito por ela, mas isso se limita à minha dimensão pessoal. A despeito disso, Azoth precisa ser criada em prol do futuro do nosso Império Japonês. O Império Japonês fez história seguindo por um caminho errado. Podemos perceber vestígios insólitos em toda a cronologia histórica, mas, no momento, nosso país está prestes a experimentar o maior acerto de contas de todos os tempos. Será a hora de pagar pelos erros cometidos nesses dois mil anos. O Império do Grande Japão pode até mesmo desaparecer do globo, se um deslize for cometido. O risco de colapso da nação é iminente. E é a minha Azoth que poderá nos salvar.

Embora seja desnecessário dizer, Azoth é, para mim, a própria beleza, uma deusa e um demônio. É também a cristalização e representação simbólica de todas as coisas mágicas. Os japoneses podem facilmente encontrar uma figura semelhante à minha Azoth se voltarem cerca de dois mil anos na história da nossa terra natal. Nem preciso dizer que me refiro à Rainha Himiko.[*]

Os japoneses eram, originalmente, um povo alegre e sociável que adorava festas, até pelo fato de o Império Japonês pertencer a Libra segundo a astrologia ocidental. No entanto, ao serem dominados por uma etnia coreana e ainda terem sido influenciados pelo confucionismo da China, foram forçados a desenvolver um caráter nacional extremamente contido, em certo sentido até mesmo ardiloso.

Mesmo o budismo acabou perdendo a dimensão original por ter sido importado via China. Eu sou dos que pensam que não deveríamos ter aprendido os ideogramas dos chineses. Omitirei o motivo disso, pois a explicação seria bem extensa. De qualquer forma, acho que o correto seria o Império Japonês voltar ao sistema da época de Yamatai, em que as rainhas dominavam o Japão.

O Japão é o país dos deuses. A afirmação do Clã Mononobe estava correta. Conforme o fluxo da história, ficou evidente a punição por ter abandonado as tradições do Japão antigo — que valorizava os rituais de purificação *misogi* e *harai* e buscava intenções divinas na prática de adivinhação do sistema Futomani — e ter se precipitado na adoração superficial ao budismo por influência do xenofílico Clã Soga. O Japão é o país das deusas.

---

[*] Rainha-xamã do reino de Yamatai que teria governado cerca de trinta países de Wa (atual Japão) entre o final do século II e a metade do século III. Segundo o texto clássico chinês *Gishi Wajinden*, depois de um longo período de guerras, o povo de Wa escolheu Himiko como regente, e com isso os conflitos cessaram. [NE]

Nesse sentido, o caráter nacional do Japão tem similaridades com o do Império Britânico. Se formos buscar uma semelhança com o exterior, sinto que o espírito cavalheiresco do Império Britânico é o que mais se parece com o *Bushido* do Japão.

Agora que não temos a Rainha Himiko, será a minha Azoth que guiará o Império Japonês à salvação, por isso ela deve ser posicionada devidamente no centro do Japão.

Onde fica o centro? Bem, como a hora padrão do Japão se baseia em 135° de longitude leste que passa por Akashi, poderíamos pensar que o local a 135° de longitude leste seria a linha central na direção norte-sul do Japão, mas isso está totalmente errado. A linha central do nosso Império localiza-se, claramente, no ponto 138°48'L, se formos usar essa mesma escala.

O arquipélago japonês é um belo arco. Embora seja muito difícil definir até que ponto deve ser incluído nesse arco, é razoável pensar que seja até as Ilhas Chishima,* pouco antes da Península de Kamchatka, na direção nordeste. E a extremidade sul deve ser Iwo Jima, que flutua ao sul das Ilhas Ogasawara. A Ilha de Hateruma, que faz parte das ilhas de Sakishima em Okinawa, está localizada mais ao sul em termos de latitude, mas devemos dar a devida importância a Iwo Jima, porque esta ilha é a ponta da flecha.

O Império Japonês tem uma aparência realmente bela e peculiar, digna de uma nação pertencente a Libra e regida por Vênus. Não importa quanto tempo fique encarando o mapa-múndi, é impossível encontrar uma série de ilhas tão bonitas em qualquer outro lugar. O formato dessa série de ilhas se parece, de fato, ao corpo de uma bela mulher com proporções agradáveis.

A flecha que se une à ilha em forma de arco é o cinturão vulcânico do Monte Fuji, que se estende até o Oceano Pacífico, e a joia que brilha na ponta dessa flecha é Iwo Jima. Por esse motivo, esta ilha é de extrema importância para o Império do Japão. Um dia, os japoneses perceberão o quão importante Iwo Jima é para este arco que é o nosso arquipélago japonês.

---

* Ilhas Curilas em português. É uma cadeia de mais de vinte ilhas que se estende desde a ilha japonesa de Hokkaido até a Península de Kamchatka, no extremo oriental da Rússia. As ilhas faziam parte do território japonês, mas ficaram sob domínio da União Soviética a partir de 1945, após a Segunda Guerra Mundial, e atualmente são administradas pela Rússia. [NE]

A flecha unida ao arquipélago japonês já foi disparada no passado. Ao acompanhar a sua trajetória, ela segue em direção à Austrália passando à sua esquerda, segue pela lateral da Antártica e passa pelo Cabo Horn para então atingir o Brasil, na América do Sul. O Brasil é o lugar com maior número de imigrantes japoneses. Ao olhar mais adiante, ela passa pelo Império Britânico citado acima, atravessa o continente asiático e retorna.

Quero deixar identificada aqui também a extremidade nordeste do arquipélago japonês com precisão. A maioria das Ilhas Chishima deveria ser incluída no arquipélago japonês. Muitos consideram que Paramushir e a ilha de Onekotan fazem parte do território japonês, mas por serem grandes e estarem próximas à Península de Kamchatka devem ser consideradas como pertencentes à Península, enquanto as fileiras das ilhas menores ao sul de Kharimkotan devem ser consideradas como parte do território japonês. Nesse caso, poderia ser apropriado fazer um corte justo entre Rasshua e Ketoi, mas como as Ilhas Chishima são chamadas assim há muito tempo, a maioria delas deve ser considerada parte do arquipélago japonês. Caso contrário, não ficam bem equilibradas com as ilhas de Okinawa. Essas pequenas ilhas decoram as duas pontas do arco como se fossem cordões, e o arco do arquipélago japonês está pendurado por esses cordões no continente.

A longitude leste da extremidade leste da Ilha de Kharimkotan é de 154°36', e a latitude norte da extremidade norte da ilha é de 49°11'.

Em seguida temos a extremidade sudoeste, sendo a extremidade oeste, evidentemente, a Ilha de Yonaguni. A longitude da extremidade oeste desta ilha é 123°0'L.

Escrevi anteriormente que devemos considerar Iwo Jima como a extremidade sul do Império do Japão, mas devo descrever também onde se localiza a extremidade sul de verdade. A Ilha Hateruma está localizada a sudeste da Ilha Yonaguni. A latitude da extremidade sul desta ilha é de 24°3'N. A localização de Iwo Jima é de 24°43'N no extremo sul da ilha.

E ainda, em relação ao leste e oeste, a linha central entre a Ilha de Kharimkotan no extremo leste e a Ilha Yonaguni no extremo oeste, ou seja, o valor médio, é de 138°48'L. Esta linha, sim, é a linha central do nosso Império Japonês. Ela conecta a ponta da Península de Izu com a região quase ao centro da Planície de Niigata, em sua parte mais proeminente ao norte.

O Monte Fuji também está mais ou menos situado sobre esta linha (130°44'L). Esta linha tem um significado muito importante para o Império Japonês. Provavelmente teve um significado importante na história japonesa. Isso se aplica tanto ao passado quanto ao futuro. Como tenho uma espécie de sensibilidade espiritual, posso dizer isso claramente. Eu sei que tem.

Esta linha de 138°48'L é extremamente importante.

O Monte Yahiko está exatamente na extremidade norte desta linha, a 138°48'L. Ouvi dizer que aqui se encontra o Santuário Yahiko. Este santuário é um lugar significativo no âmbito da magia. Deve haver uma pedra divina aqui. Corresponde ao umbigo do Japão, por assim dizer. Não devemos negligenciar esta terra. O destino do Japão depende dela. Quero visitar este Monte Yahiko em Echigo sem falta, antes de morrer. Pretendo ir, definitivamente. Se por acaso eu sucumbir sem conseguir cumprir meu propósito, espero que meus descendentes o visitem no meu lugar. Sinto o poder que esta linha exerce em me chamar, especialmente no Monte Yahiko, no extremo norte.

Em cima dessa linha estão os números quatro, seis e três, a partir do sul. Somando-os, temos o número treze, que agrada ao demônio. Minha Azoth será posicionada no centro deste número treze.

I
UMA
LACUNA
DE
QUARENTA
ANOS

1

"O que é isso?"

Mitarai fechou o livro, jogou-o para mim e voltou a se deitar no sofá.

"Já leu?", perguntei.

"Só a parte do manuscrito do sr. Heikichi Umezawa."

"E então?", perguntei, com uma boa dose de entusiasmo. No entanto, Mitarai, que estava completamente desanimado, disse:

"Bem...", e não fez questão de responder a minha pergunta. Depois de um bom tempo, falou: "Parece até que eu li uma lista telefônica".

"E o entendimento dele sobre a astrologia ocidental? Tem muita coisa errada?"

Por ele ser um astrólogo, essa pergunta o fez recuperar um pouco da sua altivez.

"Ele tem uma postura dogmática. O que determina a característica no corpo é o ascendente, e não o signo solar. Falar do corpo só com base no signo solar não tem muito a ver. Mas ele está certo na maior parte, no que diz respeito ao restante. Não parece ter errado em nada nos conhecimentos básicos."

"E em relação à alquimia?"

"Nessa parte, acho que tem alguns erros primários. Os japoneses costumavam cometer esse tipo de erro antigamente. Eles pensavam, por exemplo, que o beisebol era um treinamento espiritual para os americanos. Acho que o engano é comparável a dizer algo do tipo: 'se a minha pessoa não conseguir acertar a bola, devo cortar meu ventre para me redimir'. Ainda assim, ele está à frente das pessoas que acham que o chumbo pode ser transformado em ouro."

Eu, Kazumi Ishioka, sempre gostei de tudo que fosse misterioso. Posso até considerar um vício. Se eu ficasse mais de uma semana sem ler livros do gênero, começava a ter uma crise de abstinência. Acabava indo parar na livraria e, quando me dava conta, estava procurando a palavra "mistério" nas contracapas.

Por conta disso, já li quase tudo que tenha relação com mistérios publicados até os dias de hoje, tais como a controvérsia de Yamatai e o caso do roubo de 300 milhões de ienes.* Devo ser aquele tipo de pessoa que tem um fraco por assuntos que colocam a inteligência à prova.

No entanto, dentre os inúmeros mistérios não solucionados que existem no Japão, acho que não há nada que desperte mais interesse do que os "Assassinatos do Zodíaco de Tokyo" que aconteceram antes da guerra, em 1936, na mesma época do Incidente de 26 de Fevereiro.**

Dentre os casos com que eu e Mitarai nos deparamos em ocasiões diversas, este era excepcional. Na verdade é, sem sombra de dúvida, o maior crime dentre todos eles, um crime fora da curva, e era tão incompreensível que parecia impossível de ser solucionado, bizarro e, além de tudo, tinha uma proporção enorme.

Não é exagero dizer que este crime envolveu todo o Japão, e inúmeras pessoas de QI elevado competiram entre si, esgotando os seus conhecimentos por mais de quarenta anos para tentar resolvê-lo. O fato de o mistério persistir até 1979 praticamente do mesmo jeito que estava na época em que o caso ocorreu é inacreditável, o que significa que o autor do crime era mesmo extraordinário.

Como o meu QI não chega a ser baixo, até tentei decifrar o caso, mas este mistério é tão complexo que fiquei de mãos atadas.

---

* Maior roubo em valores monetários cometido no Japão. No dia 10 de dezembro de 1968, em Tokyo, um homem usando uniforme e motocicleta similares aos da polícia abordou um carro de transporte de valores, forjou indício de possível explosão e fez os ocupantes saírem do veículo. O homem fugiu com o carro levando cerca de 300 milhões de ienes que estavam sendo transportados. O autor do crime nunca foi identificado e o caso prescreveu em 1975. [NE]

** Conhecido como *Ni-Ni-Roku Jiken* ou Incidente 2-26, foi uma tentativa de golpe de estado conduzida na madrugada de 26 de fevereiro de 1936 por jovens oficiais militares e cerca de 1400 soldados do exército. Os rebelados, sob influência de uma facção imperialista radical, atacaram oficiais do governo e ocuparam prédios do centro político e militar do país, nos bairros de Nagata-cho e Miyakezaka, em Tokyo. A rebelião terminou quatro dias depois com a intervenção do imperador e a rendição dos jovens oficiais. [NE]

A cronologia deste caso foi publicada na época do meu nascimento, em forma de não ficção, em conjunto com o manuscrito que parecia ser um romance pessoal de uma das vítimas, Heikichi Umezawa, mencionado anteriormente, sob o título *Família Umezawa — Assassinatos do Zodíaco de Tokyo*, tornando-se um best-seller instantâneo. Ouvi dizer que virou um fenômeno, a ponto de centenas de Sherlock Holmes amadores do Japão inteiro se candidatarem para discutir suas teorias sobre o caso.

Embora desperte interesse pelo fato de o assassino não ser descoberto e por se transformar em um labirinto sem saída, este crime bizarro, sem precedentes, certamente fisgou o coração dos japoneses porque refletia, de modo simbólico, o período obscuro que antecedia a Guerra Pacífico-Asiática.

Falarei os detalhes do curso do caso posteriormente, mas o que é mais aterrorizante e incompreensível é o fato de as seis garotas da família Umezawa terem sido assassinadas conforme descrito no manuscrito e serem encontradas espalhadas em diversos pontos do Japão. Ainda por cima, elas tiveram uma parte do corpo amputada, como indicado no manuscrito, e o elemento associado ao signo foi deixado em cada uma delas.

No entanto, na suposta época da morte das garotas, o próprio Heikichi Umezawa já havia sido assassinado, e os demais suspeitos tinham álibis perfeitos.

Além disso, avaliando de todos os possíveis ângulos, os álibis não foram criados intencionalmente e pode-se afirmar que era fisicamente impossível que os personagens citados no manuscrito, exceto as garotas assassinadas, realizassem esse feito insano. Em outras palavras, não há absolutamente ninguém além do falecido Heikichi que pudesse executar tais atos, tanto fisicamente quanto pela motivação.

Como resultado, a teoria de que o crime foi cometido por alguém de fora se tornou dominante nas discussões. Houve muito debate e, a certa altura, a confusão era tanta que parecia ter chegado o fim do mundo. Foram mostradas tantas respostas boas quanto era possível raciocinar, de forma que não tenho nenhuma ideia tão genial que possa ser acrescentada.

Na verdade, foi só até a década de 1950 que as pessoas aparentemente levaram isso a sério. Nos últimos tempos, acabou se transformando em uma competição de ideias esquisitas. Publicações que me fazem inclinar a cabeça pensando se eram resultados de uma análise séria começaram a surgir aos montes, e o motivo disso era simplesmente porque vendia bem. Era como se tivessem achado a mina de ouro, o que me lembrava da corrida do ouro da América do Norte, em que todos foram para o Oeste de uma só vez.

Dentro de tudo isso, os que marcaram época foram, em primeiro lugar, a teoria do superintendente geral da polícia e a do primeiro-ministro. Mas estas teorias eram até modestas. As mais bem elaboradas (?) eram a teoria de que se tratava de experimentos biológicos dos nazistas e a de que um povo devorador de humanos da Nova Guiné estava no Japão naquela época.

Então, como toda fofoca que se preza, havia pessoas que apareciam de algum canto do Japão dizendo: "eu também os vi dançando em Asakusa" ou "eu quase fui comido também". Chegou ao ponto de uma certa revista planejar uma mesa-redonda na qual essas pessoas e um pesquisador de culinária discutiriam sobre a forma de comer carne humana.

No entanto, essas ainda devem ser consideradas respostas de excelência se comparadas à teoria do aparecimento de alienígenas em um disco voador, que começou a ganhar força recentemente. Isso porque a ficção científica estava na moda em 1979. Nem preciso dizer que era só para pegar carona no boom de Hollywood. Pensando assim, essa moda de tentar desvendar o caso reacendeu-se, provavelmente, no encalço da moda do ocultismo em Hollywood.

Mas essas teorias de crime cometido por alguém de fora tinham, claramente, uma falha fatal. O ponto crucial é: como alguém de fora poderia ter lido o manuscrito de Heikichi e *que necessidade teria* de levar as coisas adiante, seguindo o manuscrito?

Do meu ponto de vista, deduzo que alguém tenha usado o manuscrito preexistente de Heikichi Umezawa para realizar o próprio desejo. Em outras palavras, deve existir um homem que nutria sentimentos por pelo menos uma das seis jovens, mas foi desprezado e quis matá-la, então pensou que se matasse todas as outras conforme o manuscrito conseguiria confundir a investigação.

Mas essa teoria acaba sendo refutada facilmente, por todos os ângulos. Em primeiro lugar, a polícia concluiu que as seis jovens eram supervisionadas de forma muito rigorosa pela mãe, Masako (cujo ideograma está divergente no manuscrito de Heikichi), e não tinham nenhum relacionamento com homens. Isso não seria convincente na época atual, mas considerando que tudo se passou em 1936, é bem possível.

Além disso, mesmo que tivesse acontecido dessa forma, que homem se daria ao trabalho homérico de matar as outras cinco mulheres ao mesmo tempo e viajar por todo o Japão para descartar os cadáveres? O mais natural seria achar uma forma mais rápida e menos trabalhosa.

E mais, como esse homem teria tido a oportunidade de ler o manuscrito de Heikichi?

Por essas razões, não tive outra alternativa senão abandonar a minha linha de raciocínio, mas a maior parte das conclusões, inclusive por parte da polícia, saiu logo após o fim da guerra. Diz-se que teria sido obra de uma agência especial relacionada com os militares. Mesmo que não fossem tão chamativos quanto este, parece que antes da guerra havia muitos casos e planos semelhantes, só que eram desconhecidos dos cidadãos.

A razão pela qual o exército as executou teria sido porque Kazue (seu nome foi escrito com ideograma divergente no manuscrito), a filha mais velha de Masako, esposa de Heikichi, era casada com um chinês, e ela era suspeita de ser uma espiã. Até que é bem realista, considerando a eclosão da Guerra Sino-Japonesa um ano após este incidente. Consequentemente, se quisermos nos aproximar da solução desse caso difícil e sem precedentes pela refutação das hipóteses anteriores, pode-se dizer que essa teoria é a maior barreira a ser derrubada por enquanto.

No entanto, mesmo que seja impossível resolver esse caso, não acho que seja difícil transpor essa barreira. Bem, isso porque essa teoria também tem as mesmas pontas soltas das demais teorias segundo as quais o crime teria sido cometido por alguém de fora. Mesmo que tenha sido alguém relacionado a um órgão militar especial, isso só o classificaria como uma pessoa com poder de ação fora de série. Mas como a pessoa conseguiria ler o manuscrito de Heikichi, e por que teve de proceder de acordo com o manuscrito de um civil? Essas dúvidas permanecem. Assim, a solução deste mistério continua fora de alcance, um labirinto sem saída...

Mitarai, que sempre era tão animado a ponto de ser irritante, acabou entrando em uma forte depressão na primavera de 1979. Portanto, a condição era um pouco desfavorável para desafiar-se num problema tão difícil e extraordinário. Faço questão de deixar isso registrado em defesa dele.

Esse homem chamado Mitarai é excêntrico, o que é comum nas pessoas dotadas de qualidades artísticas. Se comprasse um creme dental sem nenhuma expectativa e ele tivesse um sabor inesperadamente bom, ficava contente pelo resto do dia. Por outro lado, podia ficar melancólico por três dias, suspirando a todo o momento, só porque a mesa de seu restaurante preferido foi substituída por outra, que era "uma porcaria". Não posso dizer que é uma pessoa fácil de se conviver, e aquele seu estado não era de se surpreender. Todavia, desde que nos tornamos amigos, nunca o vi em uma condição tão ruim quanto naquela época.

Ele se levantava morosamente, como um elefante moribundo, para conseguir ir ao banheiro ou beber água. Parecia sofrer até mesmo quando tinha que lidar com seus clientes de adivinhação, que apareciam de vez em quando. Vê-lo nesse estado era até uma visão reconfortante, já que ele sempre me tratava com ar de superioridade.

Conheci o homem chamado Mitarai por meio de um pequeno caso que aconteceu aproximadamente um ano antes, e comecei a frequentar a sua sala de astrologia. Eu tinha que me contentar em ser tratado como um assistente sem remuneração sempre que alunos e clientes vinham ao seu escritório. Mas um dia, quando uma senhora chamada Iida apareceu e disse que era filha de alguém que teve envolvimento nos famosos Assassinatos do Zodíaco de Tokyo, mostrou evidências que nunca tinham sido vistas por ninguém e pediu que o caso fosse solucionado, achei que meu coração fosse parar. Foi só nessa hora que senti uma imensa gratidão pela sorte de tê-lo conhecido, e passei a ver este esquisitão com outros olhos. Esse jovem adivinho anônimo possuía, aparentemente, uma fama modesta em um pequeno círculo de pessoas.

Eu já tinha me esquecido desse caso naquela época, mas não demorou muito para conseguir me lembrar. Não havia nada que me faria mais feliz do que a chance de me envolver neste caso. No entanto, o próprio Mitarai desconhecia completamente o famoso caso de Assassinatos do Zodíaco de Tokyo, mesmo sendo um astrólogo. Foi aí que peguei o exemplar da *Família Umezawa — Assassinatos do Zodíaco de Tokyo* da minha estante, tirei o pó, e me vi obrigado a dar-lhe uma palestra do zero.

"Então depois disso o Heikichi Umezawa, que escreveu esse romance, foi assassinado, não foi?", perguntou Mitarai, de forma sofrida.

"Isso mesmo. Está tudo em detalhes na segunda metade deste livro", falei.

"Ler dá muito trabalho. O tamanho da letra é pequeno."

"Lógico, não é um livro ilustrado", falei.

"Você é um expert no assunto, certo? Serei grato se pudesse me contar de modo sintetizado."

"Tudo bem, mas não sei se consigo explicar direito. Não sou tão eloquente quanto você."

"Eu...", disse Mitarai, mas parou, talvez porque não conseguia manter as energias. Seria tão mais fácil se ele fosse tão quieto assim, sempre.

"Bem, Mitarai, vou falar sobre todo o quadro da série de incidentes que aconteceram primeiro. Certo?"

"..."

"Tudo bem?"

"Prossiga..."

"Estes Assassinatos do Zodíaco de Tokyo consistem em três incidentes principais. O primeiro é o assassinato de Heikichi, o segundo é o assassinato de Kazue e o terceiro, os assassinatos Azoth.

"Heikichi Umezawa, autor desse manuscrito, foi encontrado morto cinco dias após a data que está na anotação, ou seja, no dia 26 de fevereiro de 1936, após as 10h da manhã no tal ateliê reformado, que aparece no manuscrito. Foi quando aquele estranho romance que você leu também foi encontrado na gaveta da escrivaninha do ateliê.

"Em seguida, sua filha mais velha, Kazue, que morava sozinha, foi assassinada em Kaminoge no distrito de Setagaya, que fica bem longe do bairro de Ōhara no distrito de Meguro, onde Heikichi foi morto. No caso dela, havia sinais de agressão e roubo, por isso não há dúvida de que se tratava de um homem.

"O caso dela pode ser somente uma falta de sorte, um incidente isolado cometido por outro criminoso. Sou também da opinião de que essa possibilidade é maior, do ponto de vista objetivo. Só dá a impressão de que ele faz parte da tragédia que recaiu sobre a família Umezawa porque acabou acontecendo, por acaso, entre o assassinato de Heikichi e os assassinatos Azoth.

"E nem pense que isso acaba aí, porque o ato principal começa a partir de agora. Os assassinatos em série que aparecem no tal manuscrito de Heikichi realmente começaram a acontecer. Bem, embora seja um assassinato em série, acredita-se que todas elas foram mortas ao mesmo tempo. São os chamados assassinatos Azoth.

"A família Umezawa foi um clã assim, amaldiçoado. A propósito, Mitarai, você sabe o que aconteceu no dia 26 de fevereiro de 1936, em que o corpo de Heikichi foi encontrado?"

Mitarai respondeu brevemente, com uma voz de quem está fazendo um esforço descomunal.

"Isso mesmo, é o dia do Incidente de 26 de fevereiro. Quem diria? Até que você sabe das coisas de vez em quando, hein? Ah, já estava escrito aqui.

"Bom, como devo explicar esse mistério sem precedentes? Acho que vou começar apresentando todos os personagens do romance de Heikichi pelos nomes corretos. Tem uma tabela (Figura 01) aqui nesta parte do livro. Dê uma olhada, Mitarai.

"Os nomes são diferentes do romance de Heikichi. Bem, embora a maioria deles esteja escrita só com caracteres diferentes (os nomes entre parênteses são os que constam no manuscrito). Como se não bastasse ser um caso com relações humanas bem complicadas, ele se torna ainda mais confuso com essa divergência de nomes.

"Em alguns deles, não são só as letras que diferem, mas também a pronúncia. A Nobuko que aparece no romance é, na realidade, Nobuyo. O sobrenome de Yasue Tomita, da galeria Médicis, está como Tomiguchi. Isso se deve, provavelmente, por não ter conseguido atribuir outro ideograma a Tomita. Heitaro, que é o nome do filho dela, não foi alterado no romance. Acho que está correto especular que foi porque a letra "Hei" no nome tinha sua significância e porque não há outro ideograma que possa ser atribuído para "taro". As suas idades estão escritas também, mas elas se referem a 26 de fevereiro de 1936, quando este caso ocorreu."

"Tem até o tipo sanguíneo."

"É, você vai entender sobre o tipo sanguíneo conforme eu for te contando sobre o caso. Há, mais pra frente, uma parte em que precisaremos do tipo sanguíneo dos personagens.

"Bom, os personagens, suas características e os acontecimentos que envolvem esses personagens do romance de Heikichi parecem ser precisos. Podemos considerar que são verdadeiros.

"O que precisa de um adendo é em relação ao Yoshio, irmão mais novo de Heikichi. Ele era um escritor, trabalhava redigindo textos diversos para revistas de viagens e publicava romances em série nos jornais. Ambos eram artistas, por assim dizer. Ele estava viajando, fazendo uma reportagem em Tohoku quando aconteceu o primeiro assassinato, o de Heikichi, de forma que ficam algumas dúvidas em relação aos seus passos. Ainda assim, ele tinha um álibi. Vou falar disso detalhadamente mais tarde. Mas não antes que cheguemos ao ponto de discutir sobre a possibilidade que cada um tinha de cometer os crimes.

"Ah, e tenho de acrescentar alguns pontos sobre a Masako também. Seu nome de solteira era Hirata, e ela parece ter vindo de uma família bem antiga, de Aizuwakamatsu. Ela teve um casamento arranjado com Satoshi Murakami, que era diretor de uma empresa de comércio exterior. Kazue, Tomoko e Akiko são filhas de Satoshi Murakami."

"E quanto a Heitaro Tomita?"

"Bem, o Heitaro tinha 26 anos na época do crime, mas ainda era solteiro e ajudava a mãe na galeria. No Médicis. Talvez seja melhor dizer que ele era o administrador. Ele seria uma obra feita por Heikichi aos 23 anos, se realmente for filho de Heikichi."

"E tem como saber pelo tipo sanguíneo?"

"Não sei te dizer. Yasue Tomita e Heitaro eram do tipo O e Heikichi era do tipo A."

"Essa mulher, a Yasue Tomita, só aparece na época de Paris, mas será que era próxima de Heikichi em 1936?"

"Parece que sim. Quando Heikichi se encontrava com alguém fora de casa, geralmente era com Yasue, e ele parecia confiar muito nela. Bem, afinal, trata-se de uma mulher que entende de pintura. Parece que ele não confiava muito na esposa, Masako, e nem nas enteadas."

"Ué, então por que será que se casaram? Como será que era a relação entre Masako e Yasue?"

"Parece que não era nada boa. Deviam só se cumprimentar quando se cruzavam na rua. Parece que Yasue ia de vez em quando ao ateliê de Heikichi, mas ia embora sem dar as caras na casa principal.

"Pode ser que haja algum motivo nesse sentido para ele preferir ficar naquele anexo e continuar morando lá de forma quase independente. O ateliê fica logo depois do portão de madeira dos fundos. Yasue podia visitar Heikichi sem que fosse vista por ninguém da família. Isso quer dizer que há uma grande possibilidade de que Heikichi ainda gostasse de Yasue Tomita e tivesse alguma esperança. Seu rompimento com ela não foi porque deixou de gostar dela. Pode ser que ele tenha ficado com Tae só porque teve uma desilusão amorosa. É por isso que ele logo acabou caindo na rede da Masako. Cair na rede é uma expressão um pouco antiquada, não é? É possível que os sentimentos dele fossem instáveis porque ele tinha a Yasue, da época em Paris, em algum lugar do coração."

"Hmm, então a possibilidade dessas duas mulheres estarem mancomunadas..."

Árvore Genealógica
(Idades em 26/02/1936)

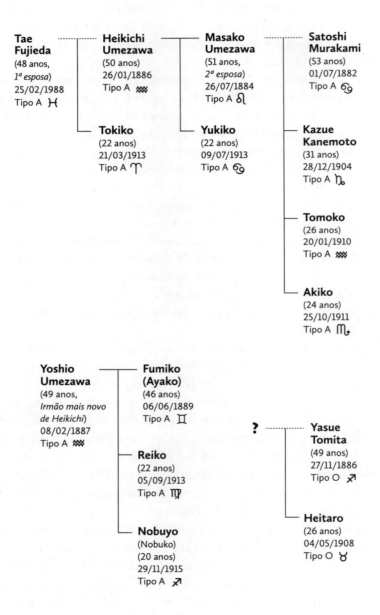

Figura 01

"É absolutamente impossível."
"Heikichi não encontrava mais com Tae, sua ex-esposa?"
"De jeito nenhum. Parece que a filha, Tokiko, visitava a verdadeira mãe em Hoya com frequência. Como a mãe morava sozinha e administrava uma pequena tabacaria, devia estar preocupada."
"Que frieza."
"Sim, Heikichi nunca ia visitar a Tae junto com Tokiko, e Tae nunca ia ao ateliê de Heikichi."
"Obviamente Tae e Masako não deviam se bicar."
"É aparente que não. Para Tae, Masako é a desgraçada que roubou seu marido. Mulheres são assim mesmo."
"Ora, ora... claro, você sabe tudo sobre psicologia feminina!"
"..."
"Se Tokiko se preocupava tanto com a mãe, será que não pensou em morar com ela?"
"Isso eu não sei. Não tenho familiaridade com a psicologia feminina."
"Esse Yoshio, irmão mais novo de Heikichi... será que a sua esposa Fumiko e Masako eram próximas?"
"Parece que eram próximas, sim."
"Mas não queriam morar juntas na ampla casa principal. No entanto, fazia com que as duas filhas dormissem na casa da família Umezawa como se estivessem no seu direito".
"Bem, pode ser que houvesse uma certa hostilidade, no fundo."
"E o filho de Yasue, Heitaro? Será que tinha uma boa relação com Heikichi?"
"Aí eu já não sei, não está escrito neste livro. Heikichi e Yasue eram próximos, e parece que ele costumava ir ao Médicis, que Yasue mantinha em Ginza, então acho que eles pelo menos conversavam. Bem, acho que podemos dizer que eram próximos."
"Bom, creio que já ouvi o suficiente para uma introdução. Resumindo, este homem chamado Heikichi Umezawa era um sujeito que agia de forma excêntrica, comum entre os artistas no passado, e isso provocava o surgimento de relacionamentos complicados."
"Isso mesmo. Você também precisa ter cuidado."
Então Mitarai ficou surpreso.
"O quê? Eu sou uma pessoa com tanta moral que não tenho ideia do que uma pessoa como ele sente."

As pessoas não conseguem se enxergar.

"Já me satisfiz com a introdução, Ishioka. Comece logo a me dar os detalhes da morte de Heikichi."

"Sou um expert nessa questão."

"É mesmo?"

Mitarai sorriu maliciosamente, como se estivesse zombando de mim.

"Eu posso falar sem olhar. Você pode ficar com esse livro. Ah, só não mude a página com a figura, por enquanto!"

"Não é você o criminoso, é?"

"Como?"

"Seria mais fácil se você fosse o criminoso. Tudo seria solucionado assim, comigo deitado no sofá. Eu só precisaria estender a mão e ligar para a polícia. Aliás, você também poderia fazer isso por mim."

"Quanta estupidez. Não se esqueça de que este caso aconteceu há quarenta anos. Eu pareço ter mais de quarenta? Espere, o que foi que você disse agora? Solucionar? Foi isso mesmo que eu ouvi?"

"Se você ouviu, é porque devo ter falado. É por isso que estou acompanhando sua palestra chata."

"He, he, he."

Acabei deixando escapar uma risada, sem querer.

"Meu caro, esse caso é um pouco diferente de um caso normal. Não posso deixar de ressaltar que você está se superestimando. Mesmo que um detetive da classe de Holmes estivesse aqui, provavelmente..."

Mitarai bocejou descaradamente. E disse para começar logo.

"Uma das filhas, a Tokiko, deixou a casa da família Umezawa por volta do horário de almoço do dia 25 de fevereiro, e foi visitar Tae, a mãe que mora em Hoya. E retornou para Meguro por volta das 9h do dia 26.

"O Incidente de 26 de fevereiro foi do dia 25 para o dia 26, e fazia trinta anos que não caía uma nevasca tão forte em Tokyo. Esse ponto é importante. Mantenha-o nessa sua mente da qual você costuma se gabar tanto.

"Depois de voltar para a casa principal da família Umezawa, Tokiko começou a preparar o café da manhã para Heikichi. Ele comia o que a sua filha biológica Tokiko fazia, pois confiava nela.

"Ela levou esse café da manhã para o ateliê um pouco antes das 10h, preste atenção, um pouco antes das 10h. Bateu na porta, mas não obteve resposta. Então foi para a lateral e espiou o lado interno pela janela. Foi então que ela viu Heikichi caído, com sangue fluindo por entre as tábuas.

"Ela tomou um susto e chamou as mulheres da casa principal. Todas juntas arrombaram a porta, quebrando-a. Então, quando se aproximaram de Heikichi, viram que ele estava morto e tinha sido golpeado na parte de trás da cabeça por algum objeto plano, como uma frigideira, por exemplo. Era a chamada contusão cerebral, pois o crânio estava quebrado, parte do cérebro estava em colapso e havia sangue saindo pelo nariz e pela boca.

"Embora tivesse dinheiro e alguns objetos de valor na gaveta da escrivaninha, não foram roubados. E foi dessa gaveta que saiu o romance grotesco, já mencionado.

"As onze pinturas que Heikichi chamava de trabalho de vida estavam penduradas na parede do lado norte, sem danos aparentes. A décima segunda, ou seja, a última, ainda permanecia no cavalete. Ainda estava na fase do esboço e não havia sido pintada. Nada de anormal foi visto nela também.

"O aquecedor a carvão ainda tinha algumas brasas quando as filhas entraram no local. Não que estivesse soltando labaredas, mas não tinha acabado por completo.

"Elas tomaram o devido cuidado para não encostar em nada dentro do ateliê e mesmo nas pegadas debaixo das janelas, pois nessa época todo mundo lia os chamados romances policiais. Quando a polícia chegou, a cena do crime havia sido preservada em boas condições. Mesmo porque, conforme eu disse antes, Tokyo teve a maior nevasca em trinta anos na noite anterior, por isso as pegadas ficaram bem evidentes a partir do ateliê até o portão de madeira.

"Dê uma olhada nessa figura (Figura 02). Consegue ver as pegadas? Esta sim é uma ótima pista. E a chave do mistério apareceu aqui, inesperadamente, graças à neve, que raramente se acumula em Tokyo. E isso aconteceu bem na noite do crime.

"Além do mais, o estranho é que essas pegadas são de um *casal*. São pegadas de sapatos masculinos e femininos. No entanto, é incerto que os dois tenham ido embora juntos, a pé. A primeira razão é que as pegadas se sobrepõem. Pode-se dizer que, no mínimo, não caminharam lado a lado.

"Mas mesmo que tenham ido embora na mesma hora, se andassem um atrás do outro as pegadas acabariam se sobrepondo. Mas tem uma coisa que faz isso ser pouco provável. A pessoa de sapatos masculinos sai do ateliê e vai, em primeiro lugar, até a janela, e por algum motivo, pisa nessa parte várias vezes para então ir embora. Esse ponto é um verdadeiro

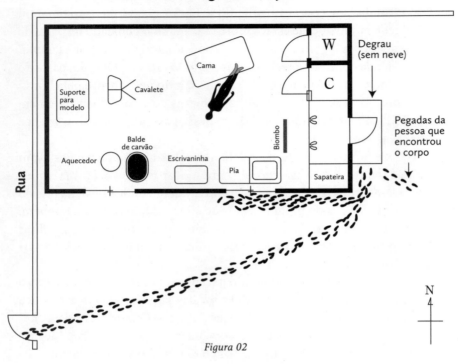

Figura 02

mistério. Por outro lado, os sapatos femininos não deixam rastros indicando que tenha parado em algum lugar. Apenas caminhou até o portão de madeira pelo caminho mais curto. Isso significa que se as duas pessoas saíram do ateliê ao mesmo tempo, os sapatos masculinos ficariam muito atrás dos femininos. Na verdade, os sapatos masculinos pisaram nas pegadas dos sapatos femininos. Quer dizer que a pessoa de sapatos masculinos foi embora por último.

"Havia uma rua pavimentada do outro lado do portão de madeira, e já tinha pessoas e carros transitando ali por volta das 10h, quando o corpo foi encontrado. Assim, não era mais possível rastrear além do portão de madeira."

"Hmm."

"Quero deixar bem claro que a questão é a hora que nevou. Parece que começou por volta das 14h do dia 25 nesta área ao redor do distrito de Meguro. Até então, não tinha o menor sinal de que iria nevar. E ainda mais por se tratar de Tokyo, não havia um só indivíduo em Tokyo que teria pensado que chegaria ao ponto de acumular neve. Naqueles tempos, não havia uma previsão do tempo tão precisa como agora. Mas ao contrário do que se imaginava, a neve caiu e continuou até as 23h30. Ou seja, parou às 23h30. Nevou o tempo todo, das 14h00 às 23h30. Não tinha como não acumular.

"Aí, a partir das 8h30 da manhã seguinte, no dia 26, ficou nevando e parando, mas bem pouco, por aproximadamente quinze minutos. Foi nesses horários que nevou. Entendeu? Nevou duas vezes.

"Observando as pegadas em questão, levemente cobertas de neve, podemos afirmar que as duas pessoas entraram no ateliê pelo menos trinta minutos antes das 23h30, horário em que a neve parou, e que a pessoa de sapatos femininos foi embora primeiro, e a de sapatos masculinos depois, entre o horário das 23h30 até as 8h30 da manhã seguinte. Podemos dizer que entraram ao menos trinta minutos antes de a neve parar porque não havia pegadas de quando chegaram.

"Agora, no que se refere à questão destas pegadas, a partir desta pista podemos deduzir que definitivamente houve uma faixa de horário em que essas três pessoas, dos sapatos masculinos, dos sapatos femininos e Heikichi, se encontraram no ateliê.

"Certo? A dona dos sapatos femininos entrou primeiro no ateliê, se encontrou com Heikichi e foi embora. Em seguida, o dono dos sapatos masculinos chegou, matou Heikichi e foi embora. Esse é um tipo de teoria que não condiz com essas pegadas. Esta é a parte interessante deste caso.

"Isso quer dizer que, se os sapatos masculinos são do criminoso, a visita com sapatos femininos sem dúvida viu o rosto do criminoso. E vice-versa, a pessoa com sapatos masculinos viu o rosto da mulher, a criminosa. Mas isso não é possível. Por quê? Porque a pessoa com sapatos masculinos foi embora por último. A história começa a ficar esquisita se pensarmos que o dono dos sapatos masculinos ficou apenas olhando enquanto a dona dos sapatos femininos cometia o crime, e mesmo depois que esta última foi embora, o dono dos sapatos masculinos ainda permaneceu por algum tempo, resolveu ir até a área externa da janela, praticou um pouco de marcha e só depois foi embora.

"Falei sobre tudo isso partindo do princípio de que o crime foi cometido por uma pessoa, mas e se os donos dos sapatos masculinos e femininos tivessem cometido o crime juntos? Obviamente teremos que pensar sobre isso em seguida. Nesse caso, há um fato que foge da nossa compreensão aqui. Trata-se do fato de que Heikichi, que foi assassinado, *havia tomado comprimidos para dormir*.

"Eles foram encontrados em seu estômago. Claro, estava longe de ser a dose letal. Deve ter tomado para dormir mesmo. Provavelmente tomou por conta própria. E parece que foi morto logo depois de tomar os comprimidos. Então, se os donos dos sapatos masculinos e femininos fossem cúmplices, Heikichi teria tomado os comprimidos para dormir na frente deles, *enquanto servia de anfitrião*.

"Esquisito, não é? Se fosse só uma pessoa, ainda vá lá. E mesmo assim teria que ser alguém bem próximo. Mas eram duas pessoas! Será que ele tomaria algo estando com elas? Essas duas pessoas eram tão próximas assim? Tomar os comprimidos enquanto atende as visitas seria muito rude, afinal, poderia acabar dormindo. Será que havia alguém tão próximo a Heikichi, sendo que ele era uma pessoa péssima em relacionamentos?

"Pensando assim, a linha de raciocínio de que teria sido um crime praticado por uma pessoa se torna mais válida. Então, seria o seguinte. A neve parou às 23h30 e a pessoa de sapatos femininos foi embora. Ele ficou a sós com a pessoa de sapatos masculinos. Tomou os comprimidos na frente dessa pessoa de sapatos masculinos nessa hora.

"Mas isso também é difícil de entender. Ele poderia até tomar se fosse na frente de uma mulher. Em primeiro lugar, uma mulher é fisicamente fraca e, acima de tudo, ele poderia ter algumas amigas. No entanto, quando se trata de homens, Heikichi não tem ninguém tão próximo assim.

"Como pode ver, essa questão dos comprimidos para dormir é realmente problemática. Eu só consegui falar sobre esse assunto com destreza porque este ponto tem sido discutido várias e várias vezes ao longo desses quarenta anos. Não fui eu que pensei em tudo isso.

"De qualquer forma, é um pouco estranho, mas não há outra alternativa senão pensar da seguinte forma, a partir dessas pegadas. A pessoa de sapatos masculinos é o único criminoso e a pessoa de sapatos femininos *viu o seu rosto*. De quem você acha que são esses sapatos femininos?"

"Não seria de uma modelo?"

"Olha só! Isso mesmo, acharam que fosse uma modelo. Uma modelo que deve ter visto o criminoso. A polícia apelou por repetidas vezes que ela se apresentasse, garantindo sigilo. Mas no final das contas, ela não apareceu. Até hoje, quarenta anos depois, não se sabe quem era essa mulher. É uma modelo fantasma. Bem, falarei sobre isso mais tarde.

"O problema é que se fosse isso, tudo ficaria estranho novamente. A questão é se uma modelo posaria até depois das 23h30. Se fosse o caso, teria que ser alguma mulher próxima a Heikichi. Além disso, não poderia ser uma dona de casa ou uma jovem solteira.

"Bem, é possível que ela não tivesse um guarda-chuva, e resolveu esperar até que parasse de nevar. Não havia guarda-chuva no ateliê. Mas será mesmo? Heikichi poderia ir até a casa principal para pegar um emprestado.

"Por esses motivos, foi discutido que esta modelo talvez não existisse. É estranho que ainda não tenha sido encontrada. Tocarei nesse assunto mais tarde, mas a polícia investigou muito. E essa teoria de que ela não existe até que é bem forte. E se as pegadas fossem uma artimanha?

"Essa teoria de que as pegadas eram uma artimanha também foi discutida até a exaustão. Dá até a sensação de que não tem mais o que falar. O que ficou claro até agora é que, em primeiro lugar, essas duas pegadas andaram *para frente*. Parece que isso pode ser comprovado pelos traços de neve que respingam e dada a forma como a força é aplicada, ao observá-las minuciosamente.

"E ainda, eles são rastros deixados por *caminhada única* de ambos, ou seja, não teria como esconder as pegadas dos sapatos femininos pisando-as com sapatos masculinos grandes, por exemplo, para fazer parecer que havia somente pegadas de sapatos masculinos. Ao que parece, os peritos conseguiriam descobrir tal coisa ao observarem bem, pois certamente acabaria produzindo um contorno duplicado em algum ponto. Embora, neste caso, deva ter sido meio difícil porque uma pequena quantidade de neve caiu a partir das 8h30, cobrindo levemente as pegadas.

"Além disso, existe a possibilidade de terem *andado de quatro*. É meio idiota, mas experimentos concluíram que esse tipo de pegada não surgiria mesmo que alguém andasse de quatro, usando sapatos femininos nas mãos e sapatos masculinos nos pés. Isso porque os sapatos masculinos têm uma passada muito maior do que os sapatos femininos.

"Bem, acho que já contei o suficiente sobre as pegadas. O ponto mais interessante sobre a morte de Heikichi, entretanto, não está no problema dessas pegadas. Como Heikichi descreveu no manuscrito, este ateliê tem grades de ferro firmes instaladas em todas as janelas e claraboias. As grades de ferro eram muito resistentes, pois Heikichi era sistemático em relação a esse tipo de coisa. Não há vestígios de que foram removidas. É claro que tinha um mecanismo que não permitia a remoção pelo lado de fora. Não teria sentido algum se fosse possível removê-las. Em outras palavras, desde que fossem pessoas, elas só podiam entrar e sair pela única porta. O criminoso também não era exceção.

"Quanto a essa porta de entrada, ela é um pouco diferente. Era uma porta em folha única de estilo ocidental que era aberta para fora, mas tinha um trinco deslizante. Parece que a maioria das portas das pousadas rurais na França era assim na época em que Heikichi perambulou pela Europa e, por ter gostado, mandou instalar o trinco. Quando fechava por dentro, deslizava a barra da porta para o lado e a encaixava em um buraco na parede para travá-la. A barra tinha uma pequena lingueta que devia ser totalmente virada para baixo, sobre uma saliência com orifício na porta, daquelas bem comuns, sabe? E nesse orifício que ficava na saliência havia um cadeado, que estava fechado."

Mitarai abriu os olhos fechados e se levantou lentamente do sofá.

"É verdade?"

"Sim, é o que chamam de assassinato em ambiente completamente fechado."

2

"Mas isso é impossível. É um cadeado, certo? Então, não importa o que digam, o criminoso só pode ter escapado por alguma brecha ou algo assim, depois de ter matado o Heikichi no ambiente completamente fechado."

"A polícia fez tudo o que podia. Fez de tudo, exaustivamente. Não havia qualquer buraco para escapar, em nenhum lugar do ateliê. Até mesmo a possibilidade de passar em meio aos dejetos do banheiro foi negada. Concluiu-se que seria fisicamente impossível até para o corpo de uma criança.

"Se fosse só o trinco do tipo de barra deslizante tudo bem, mas não existe nenhum truque mecânico em se tratando de um cadeado. Só é possível travar pelo lado de dentro. Então o que será que o dono dos sapatos masculinos ficou fazendo diante da janela? Estranho, não é?

"Ainda preciso esclarecer sobre a hora estimada da morte de Heikichi. A hora estimada da morte gira em torno da meia-noite do dia 26, ou seja, bem no limite entre os dias 25 e 26. Parece que a estimativa é o intervalo de duas horas em torno disso, uma hora antes e uma hora depois. Ou seja, entre as 23h do dia 25 e 1h do dia 26. Dessa forma, trinta minutos se sobrepõem ao horário em que a neve parava, por volta das 23h30. Acho que é preciso dar uma atenção especial a este ponto.

"E quanto ao estado do local, há dois pontos estranhos. O primeiro é que a cama não estava paralela à parede, como mostrado na figura (Figura 02), e o fato de que os pés de Heikichi estavam embaixo da cama.

"No entanto, Heikichi gostava de movimentar a cama em seu amplo ateliê e dormir onde lhe agradasse, então pode não ser algo tão esquisito assim. Porém, esse parece ser um ponto muito importante, dependendo da linha de raciocínio.

"E agora vem o segundo fato estranho. Heikichi tinha barba e bigode, mas o cadáver estava sem a barba.

"Isso é incompreensível. A família declarou que ele usava barba dois dias antes de ser morto. O que não dá para entender é que aparentemente foi o criminoso, e não ele, que fez a barba.

"Estava sem barba, mas não quer dizer que foi barbeado do jeito normal. Os fios haviam sido cortados bem curtos com uma tesoura. O motivo de pensarem que foi o criminoso que fez isso é porque uma pequena parte da barba, supostamente cortada, estava caída ao lado do corpo, e também porque não havia tesoura ou navalha neste ateliê.

"Estranho, não é?

"Por causa disso, surgiram teorias de que ele foi substituído pelo irmão mais novo, Yoshio. Isso porque os fios pareciam ter sido cortados curtos, mas por outro lado poderia ser interpretado como uma barba que estava crescendo. Heikichi e Yoshio eram bem parecidos, como se fossem gêmeos. E Yoshio não tinha barba. Heikichi poderia ter chamado Yoshio em seu ateliê por algum motivo e tê-lo matado para trocar de lugar com ele, ou vice-versa...

"Bem, esta seria uma ideia do tipo que aparece em romances policiais voltados para jovens, e hoje em dia ninguém mais a leva em consideração. No entanto, acho que nem mesmo a família conseguiu identificá-lo com absoluta certeza, pois aparentemente fazia tempo que não viam o rosto de Heikichi sem barba, e fora isso, o rosto devia estar deformado por causa da contusão cerebral. Portanto, essa teoria não desapareceu completamente. Heikichi, como pôde se notar, era um artista louco e faria qualquer coisa por Azoth.

"Bom, já expliquei o bastante sobre a cena do crime, certo? Vamos prosseguir para os personagens e para os álibis deste caso."

"Espere um momento, professor."

"O que foi?"

"O ritmo da aula está rápido demais. Não tenho nem tempo para cochilar."

"Que raio de aluno é você?!"

Fiquei indignado.

"Estou curioso sobre o quarto fechado. Deve ter havido muita discussão sobre isso, assim como em relação às pegadas, não?"

"Sim, por quarenta anos."

"Gostaria de ouvir sobre isso."

"Talvez eu não consiga lembrar de tudo de uma hora para outra. Bem, mesmo que colocasse a cama na vertical e subisse nela, não seria possível alcançar a claraboia. Afinal de contas, era uma altura de dois andares. E mesmo que alcançasse, havia grades de ferro e o vidro. E claro que não havia escadas no quarto, nem nada que pudesse ser usado para esse propósito.

"Não há evidências de que as doze pinturas tenham sido movidas de suas posições de sempre.

"A chaminé do aquecedor a carvão era uma delicada chapa feita de lata, e nem mesmo o Papai Noel conseguiria escalá-la. Além do mais, ainda havia brasa. O buraco da chaminé que havia na parede era tão pequeno que não conseguiria passar nem a cabeça. Acho que é isso. Em suma, não havia passagens por onde escapar."

"E as janelas tinham cortinas?"

"Tinham. Ah, é mesmo, parece que havia um bastão comprido no ateliê, que servia para abrir e fechar as cortinas da janela alta. Mas isso estava perto da cama, em frente à parede do lado norte, que fica bem longe do lado que ficava a janela. E parece que era um bastão extremamente fino."

"Entendo. E quanto às travas das janelas?"

"Algumas estavam fechadas, outras não."

"Estou falando da janela onde tinha várias pegadas."

"Não estava travada."

"Hmm, então preciso perguntar também o que havia no quarto."

"Claro, mas não havia grande coisa. Pode-se dizer que era tudo que está nesta figura (Figura 02). Havia uma cama, uma escrivaninha, várias ferramentas para pintura a óleo, tintas, instrumentos de escrita dentro da escrivaninha, o tal caderno de anotações, um relógio de pulso, algum dinheiro e um conjunto de mapas. Acho que era isso. Parece que Heikichi fazia questão de não deixar nenhum tipo de livro em seu ateliê. Não havia revistas ou jornais. Ele não lia. Nem rádio ou gramofone. Aparentemente, era um ambiente exclusivo para pintura."

"Bem, e a fechadura do portão dos fundos que fica neste muro? Estava trancada?"

"Dava para trancar por dentro, mas parece que estava quebrada. Parece que era fácil forçar e conseguir abri-la por fora, então era como se estivesse sempre aberta."

"Que falta de cuidado."

"Pois é. Pouco antes de ser assassinado, Heikichi não estava se alimentando direito, tinha insônia, tomava comprimidos para dormir e estava bem fraco. Acho que esse portão dos fundos precisava estar bem trancado."

"Heikichi estava fraco. E ainda por cima tomou comprimidos para dormir por conta própria, recebeu uma pancada na parte de trás da cabeça e *foi morto em um ambiente completamente fechado...* é um caso esquisito, simplesmente não faz sentido."

"E ainda teve a barba cortada."

"Isso não tem nada a ver!"

Mitarai acenou com a mão, irritado com a minha observação.

"Se a morte foi devido à pancada na *parte de trás da cabeça*, isso definitivamente é um *assassinato*. Mas por que havia a necessidade de fazer isso em um ambiente fechado? O ambiente completamente fechado serve para forjar suicídio, certo?"

Eu contive a minha satisfação, porque eu tinha uma resposta plausível.

"Bem, sabe o comprimido para dormir, professor Mitarai? Conforme expliquei antes na questão das pegadas, Heikichi teria tomado pílulas para dormir na frente de duas visitas, a de sapatos masculinos e a de sapatos femininos, ou então quando estava apenas com o dono dos sapatos masculinos. Dentre essas duas possibilidades, a mais provável seria a que tivesse uma pessoa em vez de duas. O momento em que estava com um homem. Isso quer dizer que seria, é claro, um conhecido e também bastante próximo ao Heikichi. Assim, só restam dois, que seriam Yoshio, o irmão mais novo, e, no máximo, o Heitaro do Médicis."

"Heikichi não tinha ninguém próximo além das pessoas que aparecem naquele romance?"

"Ele havia conhecido dois, três artistas no Médicis e tinha outros dois ou três que conheceu no bar Kakinoki, que fica nas imediações, em Kakinokizaka, e que aparece no manuscrito. O dono do bar não chegava a ter amizade com ele, mas era um conhecido. Dentre eles estão Kenzo Ogata, o dono da fábrica de manequins, que também apareceu no romance de Heikichi, e um homem chamado Tamio Yasukawa, um artesão dessa fábrica.

"No entanto, eles eram só um pouco mais do que simples conhecidos e, em primeiro lugar, apenas um deles visitou o ateliê de Heikichi. Foi só uma vez e esta pessoa não era muito próxima de Heikichi. Então, se um daqueles tivesse entrado sorrateiramente no ateliê de Heikichi na noite do crime, seria a primeira vez. Bem, isso se você acreditar no depoimento deles, claro. Heikichi não tomaria os comprimidos para dormir na frente de uma pessoa dessas, não acha?"

"É verdade. Então, o que a polícia concluiu sobre Yoshio e Heitaro?"

"Foram vistos como inocentes. Ambos tinham álibis estabelecidos, embora fossem meio incertos. Primeiro, o Heitaro. Ele disse que estava na galeria-café Médicis em Ginza jogando cartas com seus conhecidos, incluindo a dona do estabelecimento, Yasue Tomita, até por volta das 22h30 do dia 25. Depois de fechar a loja, claro. Todos foram embora por volta das 22h20, e ele disse que tanto ele quanto a mãe foram dormir, e isso seria quase às 22h30.

"Eram 23h30 quando a neve parou de cair na região de Meguro, e se tivessem que entrar no ateliê trinta minutos antes disso, eles teriam tido apenas trinta minutos. Mesmo que as pegadas desaparecessem completamente em aproximadamente vinte minutos, teriam quarenta minutos. A velocidade dos carros deve diminuir em uma grande nevasca. Será que conseguiriam ir de Ginza até o bairro de Ōhara, no distrito de Meguro, em quarenta minutos?

"E se mãe e filho fossem cúmplices? Isso parece corresponder bem com as marcas dos sapatos masculinos e femininos na neve do ateliê. Além disso, nesse caso poderiam ser acrescentados cerca de dez minutos. Era só os dois saírem correndo assim que os clientes fossem embora do Médicis. Aí, eles talvez conseguissem entrar no ateliê provavelmente depois de cinquenta minutos. Mas não se pode dizer nem que sim nem que não.

"No entanto, aí a motivação torna-se um mistério. Se fosse só o Heitaro, daria até para dizer que tem motivação. Mas é uma hipótese bem fraca. Os motivos seriam por ser um pai irresponsável, por ter feito a mãe sofrer, e assim por diante. Porém, torna-se um pouco difícil de entender ao acrescentar a Yasue neste cenário. Porque a Yasue se dava bem com Heikichi. Além do mais, os dois estavam no meio das negociações para que Heikichi confiasse suas pinturas a ela. Assassiná-lo em um momento assim seria bem prejudicial para uma negociante de arte. Após a sua morte, as obras de Heikichi valorizaram muito, mas isso foi somente depois do fim da guerra. Mas como Yasue ainda não tinha definido a questão do contrato com Heikichi, tirou pouquíssimo proveito dos holofotes.

"Bem, de qualquer forma, a polícia concluiu, a partir de uma simulação, que seria impossível ir da galeria em Ginza até o ateliê em quarenta minutos, pela estrada cheia de neve no meio da noite."

"Hmm."

"Agora, Yoshio, o irmão mais novo, tinha viajado para a região de Tohoku na noite do crime, ou seja, no dia 25, e retornou a Tokyo na madrugada do dia 27. Seu álibi não é contundente, mas ele tinha encontrado com alguns conhecidos em Tsugaru, comprovando que ele tinha viajado para lá. Posso até falar dos detalhes, mas tomaria muito tempo.

"Há muitas pessoas, como Yoshio, que não têm um álibi concreto em relação ao assassinato de Heikichi. Pode-se dizer que todos estão na mesma situação. A esposa de Yoshio, Fumiko, é uma delas. O marido dela estava viajando, como acabei de dizer, as duas filhas estavam hospedadas na casa de Masako, e ela estava sozinha em casa naquela noite. Ela não tem um álibi."

"Ela não era a modelo, era?"

"Olha, ela tinha 46 anos naquela época."

"Hmm."

"Aliás, todas do grupo feminino acabam sendo enquadradas quando se trata de álibis. Em primeiro lugar, Kazue, a filha mais velha, estava divorciada e morava sozinha em uma casa em Kaminoge. Parece que não tinha absolutamente nada em Kaminoge naquela época, então obviamente ela não tem um álibi.

"Vamos falar de Masako e as meninas. Masako, Tomoko, Akiko, Yukiko, Reiko e Nobuyo papearam e se divertiram na casa principal, e depois foram dormir em seus próprios quartos por volta das 22h. Tokiko não estava ali porque tinha ido visitar a mãe em Hoya.

"Tirando a cozinha e o pequeno salão na sala de estar, que era usado para as aulas, a casa principal da família Umezawa tinha seis cômodos. Como Heikichi nunca usava a casa principal, os quartos haviam sido distribuídos entre as jovens. Reiko e Nobuyo ocupavam um quarto juntas. Este livro também contém a figura disso.

"Não acho que tenha muito a ver, mas em todo caso deixarei mencionado. Os quartos ficavam do lado da sala no térreo, sendo o primeiro o de Masako, depois o de Tomoko e, por fim, o quarto de Akiko. Partindo da mesma direção, no andar de cima ficava o quarto de Reiko e Nobuyo, que era o mais próximo da escada. Em seguida vinha o quarto de Yukiko e depois, o de Tokiko.

"Qualquer jovem de qualquer quarto poderia ter agido depois que todas as outras tivessem adormecido. O grupo do andar térreo conseguiria até mesmo entrar e sair pelas janelas se quisesse, mas não foi o caso. Não havia pegadas na neve sob as janelas.

"É claro que o crime poderia ser cometido saindo à rua pela porta da frente, contornando o muro e entrando pelo portão dos fundos. Havia uma passagem de pedras espaçadas desde a porta da frente até o portão, mas Tomoko, que acordou mais cedo, tirou a neve que estava acumulada sobre as pedras na manhã do dia 26. Tomoko diz em seu depoimento que havia somente as pegadas de ida e volta do entregador de jornal, mas isso é o que ela diz.

"Tem mais uma porta de serviços. A Masako disse que não tinha pegadas ali quando acordou, mas, novamente, isso é o que ela diz. Quando os policiais chegaram, as pegadas estavam bem bagunçadas nesse lugar.

"Havia ainda a possibilidade de pular o muro, mas que pode ser totalmente descartada. De acordo com a investigação policial, por volta das 10h30 do dia 26 não havia pegadas desse tipo sobre a neve.

"Outra razão é que havia uma cerca de arame rígido sobre o muro feito com rochas ígneas de Oya, e ultrapassá-la seria difícil até mesmo para um homem grande. Pelo mesmo motivo, parece que seria impossível andar sobre o muro.

"Então, faltam mais dois álibis, o da Tokiko e o da Tae, ex-mulher de Heikichi. Ambas testemunharam sobre a outra. Tae testemunhou que Tokiko tinha ido à casa dela. De todas as filhas, Tokiko é a única cujo álibi é comprovado, mas ainda assim, trata-se do testemunho da sua mãe. Não tem muita validade."

" Ou seja, se perguntasse se há alguém com álibi minimamente contundente..."

"Não há ninguém, estritamente falando."

"Quer dizer que todos podem ter cometido o crime. E o Heikichi, ele trabalhou no dia 25?"

"Parece que sim."

"E usou uma modelo, certo?"

"Sim, isso mesmo. Eu não tinha terminado de contar essa parte. A polícia também disse que os sapatos femininos na neve poderiam ser dessa modelo.

"Heikichi Umezawa costumava solicitar as modelos em um lugar chamado Fuyo Model Club, em Ginza. Geralmente usava as dali ou as que Yasue Tomita indicava. No entanto, ao questionar o Fuyo Model Club, a polícia descobriu que nenhuma modelo tinha ido ao ateliê de Heikichi no dia 25 e nenhuma das inúmeras modelos havia apresentado alguma amiga para ele. Yasue também disse que não indicou nenhuma modelo para o trabalho de Heikichi no dia 25.

"Mas o Heikichi teria falado uma coisa interessante. Ele comentou com Yasue, quando a encontrou no dia 22, o quanto estava feliz por ter encontrado a modelo que mais se assemelhava à mulher que queria desenhar. Disse que queria dar tudo de si nessa obra, pois seria a sua última grande obra. Ele estava muito contente. Falou com alegria que não havia possibilidade de desenhar a mulher que queria, mas tinha encontrado alguém bem parecida."

"Hmm..."

"Ei, você parece estar escutando todo o meu relato como mero ouvinte, mas lembre-se de que este trabalho é seu. Só estou ajudando. E então, alguma luz se acendeu na sua cabeça a partir de tudo que eu disse até agora?"

"Não."

"Não acredito! E quer resolver o caso assim? A mulher que ele queria desenhar, o último tema era Áries... então, talvez a mulher que Heikichi queria desenhar fosse a filha Tokiko, ela é de Áries. Mas seria difícil pedir para a filha, já que precisaria que ela ficasse nua. Então, a polícia pensou que talvez ele tivesse encontrado uma modelo bem parecida com a Tokiko."

"Realmente, essa teoria é muito boa."

"É por isso que foram em todas as agências de modelos em Tokyo, levando uma foto de Tokiko. No entanto, mesmo depois de mais de um mês, não conseguiram encontrar essa modelo.

"Se tivessem encontrado essa mulher, esse caso em ambiente completamente fechado teria sido resolvido. Ela sabe quem é o autor do crime porque chegou a encontrá-lo. Mas no final das contas, ela não foi achada. Talvez tenha tido falta de pessoal por causa do Incidente de 26 de Fevereiro, e já que não descobriram quem era a tal modelo, a polícia julgou que Heikichi devesse ter recrutado alguém que não era do ramo, na rua ou em algum bar.

"Pensando bem, nenhuma modelo profissional posaria horas a fio até por volta da meia-noite, a menos que fosse muito próxima do pintor. É mais provável que fosse uma mulher casada que estivesse precisando de dinheiro ou algo assim. Talvez ela tenha se surpreendido ao descobrir no jornal que o pintor havia sido morto depois que ela foi embora, e resolveu ficar no anonimato. Bem, uma vez que tinha ficado nua na frente de alguém por dinheiro, caso ela se apresentasse na polícia e acabasse estampada no jornal, sofreria com as más línguas da vizinhança. Deve ser algo desse tipo.

"Considerando isso, a polícia apelou repetidamente para que a pessoa se apresentasse, garantindo que o sigilo seria mantido, mas, ainda assim, ninguém se manifestou. Ninguém sabe quem era essa modelo, mesmo agora, passados quarenta anos."

"Se ela for a autora do crime, seria natural que não se manifestasse."

"Como?"

"Se for o caso de essa mulher ser a autora do crime. Essa modelo poderia ter forjado as pegadas de duas pessoas sozinha, depois de ter matado o Heikichi. Se deixasse pegadas de um homem seguidas das suas e o crime fosse considerado como autoria de uma única pessoa, o culpado seria um homem, definitivamente. Pelo mesmo motivo que você disse antes. Por isso..."

"Isso também está fora de questão. Sabe por quê? Porque esta mulher, que provavelmente é uma modelo, teria que *ter trazido* os sapatos masculinos para produzir as pegadas. Isso quer dizer que ela previa que fosse acumular neve.

"No entanto, a neve só começou a cair por volta das 14h do dia 25, e até então não havia nenhuma previsão de que fosse nevar. Se a modelo tivesse ido no fim de tarde, até que seria plausível, mas acredita-se que ela tenha ido ao ateliê por volta das 13h do dia 25. Parece que os familiares conseguiam saber pela impressão que tinham, como por exemplo quando as cortinas do ateliê eram puxadas. Isso faz parte do depoimento das filhas.

"Por isso é difícil imaginar que essa modelo estivesse munida de sapatos masculinos, mesmo que tivesse vindo ao ateliê com intenção de matar.

"E se ela teve a ideia de usar os sapatos de Heikichi? A família testemunhou que havia apenas dois pares de sapatos de Heikichi, e ambos os pares estavam no piso de chão batido, perto da sapateira. Em qualquer hipótese, seria impossível devolver os sapatos de Heikichi no piso de chão batido depois de produzir aquele tanto de pegadas, ou enquanto as produzia.

"Portanto esta modelo é irrelevante. Podemos pensar que ela fez o seu trabalho e foi embora logo."

"Isso se realmente tivesse uma modelo, concorda?"

"É, isso mesmo. Se tivesse."

"Se o dono dos sapatos masculinos fosse o autor do crime e esta pessoa tivesse trazido sapatos femininos com a intenção de acrescentar mais pegadas, de uma mulher, isso seria possível, não?"

"Sim... bem, isso é possível. Mesmo porque ele entrou no ateliê quando já nevava."

"Mas ao refletir sobre isso, pode-se dizer que todas essas coisas estão invertidas. Caso a dona dos sapatos femininos fosse a autora do crime, que pensou em deixar pegadas de sapatos masculinos, produzir *apenas* os rastros dos sapatos masculinos já seria o suficiente. Já que desejaria fazer com que pensassem que o criminoso era um homem.

"E por outro lado, se o criminoso dos sapatos masculinos trouxe sapatos femininos, deveria criar apenas os rastros dos sapatos femininos. Isso já seria o suficiente. Além disso, será que haveria algum outro motivo para criar dois tipos de pegadas? ... Ah!"

"O que aconteceu?"

"Minha cabeça começou a doer. Bastava você explicar a situação, mas como você começou a citar suposições idiotas do povo todo, minha cabeça começou a latejar. Eu já não estava bem, antes disso."

"Parece que não, mesmo. Quer fazer uma pausa?"

"Não, mas quero que você se limite a explicar a situação."

"Está bem. Não havia nenhum material de evidência no local. No cinzeiro, apenas o cigarro de Heikichi e as cinzas. Heikichi era um fumante inveterado.

"Não havia impressões digitais que chamassem a atenção. Havia impressões digitais que poderiam ser da modelo, mas Heikichi usava muitas modelos. Não havia impressões digitais que parecessem pertencer ao misterioso dono de sapatos masculinos. Mas havia as de Yoshio, logo, se ele fosse o dono dos sapatos masculinos, podemos considerar que havia, sim, impressões digitais. Não havia vestígios de que as impressões digitais tivessem sido limpas com um lenço, de modo intencional.

"Falando apenas em termos de impressões digitais, o assassino poderia ser alguém da família ou alguém de fora que tomou cuidado para não deixar uma impressão digital. Resumindo, não havia muito o que se obter a partir da inspeção das impressões digitais."

"É..."

"E no ateliê não havia vestígios de qualquer artimanha sensacional, como um mecanismo em que uma pedra cai na cabeça quando o gelo derrete, marcas de buraco de parafuso que segurasse uma roldana na parede ou qualquer coisa do gênero. Não havia nenhum tipo de arma, para começo de conversa. Nada desapareceu ou foi acrescentado ao ateliê, que estava como sempre esteve. Só a vida do dono do quarto que foi ceifada."

"No quarto havia pinturas dos doze signos do Zodíaco. Acho que tinha algo assim em histórias de suspense norte-americanos. Como qualquer ser humano, o assassino era de algum signo, e Heikichi poderia ter deixado uma pista, danificando ou derrubando uma das pinturas, mas neste caso..."

"Ele infelizmente morreu na hora."

"Que pena! Mesmo ele tendo todos os artefatos luxuosos. Não seria possível que ele tivesse cortado a barba para deixar uma pista sobre o criminoso?"

"Ele morreu na hora."

"Foi morte instantânea, certo."

"Bom, acho que já falei sobre todas as pistas e situações do assassinato de Heikichi Umezawa em ambiente completamente fechado, que também é chamado de Incidente de 26 de Fevereiro de Meguro. E então, qual é o seu raciocínio?"

"Antes de falar nisso, todas as sete jovens são assassinadas posteriormente, não é? Então, elas podem ser excluídas da lista de suspeitos."

"Bem, podemos dizer que sim, mas talvez o assassinato de Heikichi e os assassinatos Azoth tenham sido praticados por pessoas diferentes."

"Realmente. De qualquer forma, partindo da perspectiva da motivação, podemos pensar que tenha sido por causa da construção do conjunto residencial, ou porque as filhas que bisbilhotaram o manuscrito se sentiram em perigo, ou porque algum negociante de arte queria que Heikichi morresse de forma escandalosa para elevar o preço das obras dele... o que mais...? Em todo caso, seria mais natural procurar o assassino entre as pessoas que aparecem no romance. Além dessas pessoas, ninguém mais deve ter tanta motivação. Não é?"

"Acho que sim."

"A propósito, o preço das pinturas aumentou mesmo?"

"Aumentou. A ponto de conseguir construir uma casa com um único quadro de 1,6 por 1,3 metros."

"Então dá para construir onze casas!"

"Sim, mas ficou assim só depois do fim da guerra. Além disso, este livro *Família Umezawa – Assassinatos do Zodíaco de Tokyo* se tornou um best-seller. Tae foi beneficiada de acordo com a vontade do falecido no testamento, e Yoshio também deve ter sido contemplado de certa forma. No entanto, a Guerra Sino-Japonesa começou imediatamente depois deste caso, e quatro anos depois, foi a vez de Pearl Harbour. Não devem ter conseguido desfrutar de nada por um bom tempo, com todos esses acontecimentos. Acho que a polícia também não conseguiu mais se dedicar à investigação. Deve ser por isso que este interessante caso acabou ficando sem solução."

"Mas o mundo deve ter ficado consternado com todas essas artimanhas diabólicas."

"E foi isso mesmo que aconteceu. Só o rebuliço em torno desse assunto daria um livro, e ainda por cima bem extenso, diga-se de passagem. De acordo com um velho pesquisador de alquimia, o manuscrito de Heikichi é uma interpretação exacerbada com caráter pejorativo. Ele despertou a ira de Deus por ter alimentado essa fantasia de baixo nível. Ele afirma que o modo como Heikichi morreu, em ambiente completamente fechado sem que nenhum humano exercesse qualquer poder, é justamente a prova de ser uma obra de Deus. Há um monte desse tipo de alegações. Bem, trata-se de uma espécie de teoria moral, mas é natural que essas opiniões venham à tona.

"Não faltam incidentes associados a este crime. A algazarra na porta da família Umezawa era tão frequente que parecia até sede de congresso de religiosos. Dizem que surgiam os mais diversos tipos de religiosos de todo o Japão, a todo momento. Apareciam, por exemplo, senhoras elegantes de meia-idade na entrada e num piscar de olhos elas já adentravam a sala de estar para dar início a longas sermões. Grupos religiosos duvidosos, xamãs, padres, velhinhas com supostos poderes divinos... gente assim, que queria se promover, vinham dos quatro cantos do país e passaram a dar as caras na casa da família Umezawa sem serem convidados."

"Que legal!", disse Mitarai, esboçando plena felicidade por um momento.

"Essa parte também é bem interessante, mas não sei. O que você acha?"

"Se Deus é o culpado, não temos o que fazer."

"Eu também acho. Fica divertido porque ficamos tentando resolver de forma lógica, considerando um crime cometido com inteligência. E então, sr. Mitarai, o que acha de tudo isso? Estamos de mãos atadas? Este assassinato de Heikichi em ambiente fechado é um problema bem difícil, sem mencionar Azoth."

Mitarai franziu a testa, aparentemente um pouco angustiado.

"Bem, deixe-me ver... é difícil chegar a qualquer conclusão só com esses fatos. Se for apontar o autor do crime..."

"Não, não se trata do autor do crime. É sobre o método. O método usado para cometer um assassinato neste ambiente fechado, trancado com um cadeado por dentro."

"Ah, isso é fácil! Era só *içar a cama*, não é?"

3

"Se a arma do crime foi considerada como algo plano, como uma placa de madeira, poderia ser o *chão* também.

"Assim, nem precisaremos nos preocupar com o cadeado. Foi o próprio Heikichi que o trancou.

"Se pensar dessa forma, muitas coisas começam a se encaixar. O romance, que o próprio Heikichi declarou ter escrito como testamento, sugere que ele iria cometer suicídio. Além disso, é claro que seria mais conveniente para o autor do crime forjar o suicídio de Heikichi, aproveitando o ambiente fechado. Mas então por que fez com que o cadáver acabasse tendo como a causa da morte uma contusão cerebral, e ainda por cima na parte de trás da cabeça? Com isso, obviamente a investigação criminal foi iniciada, porque não era possível pensar em nada além de assassinato. E saber que o testamento estava bem debaixo do nariz... bem, pode ser que o assassino não soubesse disso. Mas o que o levou a fazer isso?

"Podemos considerar que tenha sido, claramente, uma falha por parte do assassino. Parece um método bem excêntrico, mas se as outras alternativas foram descartadas... não tem... jeito."

"É mesmo! Isso é incrível. Nem mesmo a polícia da época percebeu tão rapidamente quanto você. Mas o que houve?"

Mitarai ficou em silêncio e não fez menção de continuar.

"Ah, tenho a impressão de que tudo isso é tão ridículo, que é um desperdício ficar gastando saliva..."

"Entendi, pode deixar que eu continuo. A cama tinha rodízios. O vidro da claraboia que ficava mais perto da cama podia ser retirado, e foi assim que baixaram uma corda com gancho, prendendo-o em algum lugar da cama no intuito de movê-la para debaixo da claraboia. Sabem que Heikichi toma os comprimidos para dormir regularmente. E a quantidade tinha aumentado bastante. Ele não acordaria se fossem cautelosos.

"Então, baixaram mais três cordas com gancho da mesma forma, prendendo-os nos quatro cantos da cama e a levantaram. Embora não seja possível determinar o método, já tinham a intenção de matar o Heikichi fazendo com que parecesse suicídio, seja utilizando cianureto ou cortando os pulsos dele, se conseguissem levantá-lo, deitado na cama, até a altura da claraboia.

"No entanto, só teriam uma chance, afinal de contas, não poderiam testar antes, e há uma grande diferença entre o que é planejado e o que acontece na realidade. Quatro pessoas puxaram cada uma das quatro cordas, mas durante a tentativa viram o quanto era difícil manter o movimento sincronizado, e a cama acabou se inclinando um pouco ao chegar perto da claraboia. Foi aí que Heikichi teria caído de cabeça para baixo. O ponto próximo à claraboia deveria ter cerca de quinze metros, uma vez que se tratava de um galpão que antes tinha dois andares. Impossível sobreviver a uma queda dessas."

"Sim..."

"Mas você está me surpreendendo, querido aluno Mitarai. A polícia levou quase um mês para se dar conta desse método, na época."

"É mesmo...?"

"E sobre aquilo? Você tem alguma ideia? Estou falando do truque das pegadas."

"Ah... hmm!"

"Alguma ideia?"

"Aquilo pode ser feito de várias formas, não é? Bem, deixe-me pensar um pouco... sim, sim, claro.

"Deve ter sido dessa forma: não é como se estivessem fazendo algo para forjar o ambiente fechado ali na tal janela onde havia pegadas sobrepostas. Acontece que tinham colocado uma escada lá. São necessárias pelo menos quatro pessoas para levantar a cama e, se houvesse outra pessoa que estivesse encarregada de matar para forjar suicídio, seria um total de cinco pessoas. É por isso que, ao descer da escada, formou-se aquela confusão de pegadas na neve.

"Além disso, temos as duas faixas de pegadas. Vamos considerar que as pegadas dos sapatos femininos, provavelmente da modelo, sejam verdadeiras. Quanto à outra faixa, das pegadas dos sapatos masculinos, tenho o seguinte cenário: se for uma bailarina, ela pode andar na ponta dos pés, deixando marcas como as que são deixadas por pernas de pau, ao andar na neve. Seria preciso que cada pessoa pisasse exatamente na pegada da primeira pessoa, e assim por diante, uma atrás da outra, andando da mesma forma. Mas, de qualquer modo, haveria um certo *deslocamento*. Então a pessoa que estivesse usando os sapatos masculinos grandes andaria pisando por último, desfazendo as pegadas.

"Em tese, se a pessoa que andou primeiro usasse sapatos de número menor do que aquela que andou por último, parece possível, mas, na prática, apareceria algum deslocamento nas pisadas, e então chegamos nas inconveniências que você disse antes. Mesmo porque há pelo menos quatro pessoas na frente. No entanto, se bailarinos conseguem andar na ponta dos pés, poderia haver mil deles que não faria diferença. Assim, as possibilidades de quem possa ser o assassino são inevitavelmente limitadas."

"Isso mesmo! Você realmente tem um poder extraordinário, professor Mitarai. Talvez seja um desperdício para o país que você fique trabalhando como astrólogo aqui nos subúrbios de Yokohama."

"Ah, você acha?"

"Seria um pouco difícil que todos conseguissem pisar no mesmo lugar quando descessem da escada. Por causa disso, o dono dos sapatos masculinos teve que pisar daquela forma, várias vezes, para encobrir também os vestígios que a escada deixara. E isso ficou aparente no local onde as pegadas se tornam confusas, naquela figura (Figura 02)."

"..."

"Bem", falei, com a intenção de fazer uma pausa breve e continuar o raciocínio.

"Até aí foi descoberto. O problema é daí para frente."

Quando eu disse isso, Mitarai pareceu um pouco desgostoso.

"Humpf. É mesmo? A propósito, não está com fome, Ishioka? Eu estou. Vamos descer e ir comer alguma coisa", disse.

No dia seguinte, pensando em ir o mais rápido possível, corri para Tsunashima assim que terminei de tomar um café da manhã tardio. Aparentemente Mitarai havia tentado fazer presunto com ovos, mas era visível que tinha dado errado no meio do caminho, e estava comendo pão e ovos mexidos com presunto.

"Bom dia. Ah, está comendo?", perguntei. Então, ele fez um gesto para esconder o prato com os ombros.

"Você chegou bem cedo. Não vai trabalhar hoje?"

"Não. Isso parece gostoso", disse eu.

"Ishioka", disse Mitarai, assumindo um tom diferente enquanto comia.

"Adivinhe o que é aquilo", disse, apontando para uma pequena caixa quadrada.

"Abra-a."

Ao abrir, havia uma xícara nova para fazer café coado individual.

"O saco ao lado contém grãos moídos recentemente. Minha refeição ficaria bem melhor se você fizesse café para mim", disse ele. Então reparei que havia apenas água sobre a mesa.

"Até que ponto conversamos ontem?"

Mitarai pergunta, enquanto toma o café depois de comer. Infelizmente, parecia que ele estava melhorando do estado depressivo se comparado a ontem.

"Até o caso do assassinato de Heikichi Umezawa. Isso quer dizer que chegamos a mais ou menos um terço da história. Até a parte em que você percebeu que haviam erguido a cama, quando expliquei que ele foi assassinado em ambiente fechado."

"Ah... isso mesmo. Mas acho que pensei que havia alguma contradição fundamental. O que era mesmo...? Pensei um pouco mais depois que você foi embora. Acabei esquecendo com o passar do tempo. Mas tudo bem, eu te falo se lembrar."

"Teve uma coisa que esqueci de explicar ontem", comecei.

"Acho que já contei que o irmão mais novo, Yoshio Umezawa, havia viajado para a região de Tohoku na data do crime, em 26 de fevereiro de 1936.

"O que faz deste caso uma circunstância notória é que, não bastasse o assassinato de Heikichi, há um fator que complica todo o caso da família Umezawa: o fato de que Yoshio e Heikichi eram muito parecidos, a ponto de serem confundidos como gêmeos, além de Heikichi estar sem barba quando foi encontrado morto."

Mitarai ficou olhando para mim, sem dizer nada.

"Ninguém encontrou com Heikichi no dia do crime, mas sua família e Yasue Tomita declararam que ele tinha barba dois dias antes."

"E daí?"

"Ora, isso tem a sua importância, certo? Temos que refutar a teoria da troca entre Heikichi e Yoshio."

"Isso nem vem ao caso! Yoshio voltou da sua viagem de Tohoku... quando isso aconteceu, mesmo? Ah sim, na madrugada do dia 27 de fevereiro. Depois de voltar naquele dia, Yoshio continuou convivendo normalmente com a esposa Fumiko e com as filhas Reiko e Nobuyo, não é? E tinha também a relação com a editora. Seria impossível enganar até essa gente, independente do quanto sejam parecidos. Está fora de questão."

"Sim, bem, eu também acho, do ponto de vista do senso comum. Mas, olha, acho que pode acabar se arrependendo em concluir essa parte de modo tão precipitado, à medida que a história for avançando até os Assassinatos Azoth. Está na cara que teremos problemas mais adiante se não deixarmos Heikichi vivo neste ponto. Eu também me relaciono com o pessoal das editoras, por ser um ilustrador. Já aconteceu de me falarem que pareço outra pessoa quando me veem depois de eu ter passado a noite em claro, trabalhando."

"E ele vai falar que virou a noite todos os dias para a esposa e filhas também?"

"Se você mudar o penteado ou colocar os óculos faria com que pensem que foi por causa disso e assim poderia até conseguir enganar o editor. Poderia até deixar definido que entregaria o documento só de noite..."

"Tem algum registro de que Yoshio Umezawa passou a usar óculos depois que este crime ocorreu?"

"Não, mas..."

"Bem, vamos supor que todo o pessoal da editora tinha miopia muito forte e problemas auditivos graves. Mas não há como enganar a esposa, com quem morou junto a vida toda. Se isso for um fato, vamos precisar considerar que a esposa era cúmplice. E isso quer dizer que, se esta série de assassinatos foi cometida pelas mesmas pessoas, Fumiko seria cúmplice do assassinato de suas filhas biológicas."

"Hmm... Yoshio teria que enganar as duas filhas também... opa, espere, isso dá a ele um motivo para matar as duas filhas. Ele pode ter pensado em matá-las logo, pois seria descoberto se convivesse por muito tempo com elas."

"Prefiro que você não fique falando o que lhe vem à cabeça. Que vantagem a Fumiko teria com isso? Será que ela trocou o marido e as filhas só para garantir um apartamento no conjunto habitacional?"

"..."

"É como se queimasse um maço de notas de dez mil ienes para assar batata doce. Ou por acaso Heikichi e Fumiko tinham alguma relação suspeita desde antes?"

"Não."

"Só o papo de que esses dois irmãos eram *idênticos* já é suspeito. Será que não foi porque, depois dos Assassinatos Azoth, surgiram histórias do tipo 'por falar nisso, aqueles dois eram bem parecidos, não?', na tentativa forçada de ressuscitar Heikichi?"

"..."

"De qualquer forma, é absolutamente impossível que esses dois trocassem de lugar. O argumento de que foi obra de Deus, que você mencionou ontem, é mais convincente.

"Acho que a única possibilidade seria a seguinte: Heikichi achou alguém bem parecido com ele mesmo, uma terceira pessoa que não tivesse qualquer ligação com o Yoshio, e matou essa pessoa no seu lugar. Isso até daria para considerar. Mas será que existiria alguém tão parecido, de forma tão conveniente?

"Acho que já podemos parar por aqui, certo? A teoria da troca é ridícula. Mesmo porque esse tipo de história só veio à tona porque Yoshio não tinha um álibi concreto, não é? Se o álibi fosse comprovado, logicamente a teoria de troca entre irmãos iria por água abaixo. Não é?"

"Você está bem animado, não, Mitarai? Deve estar, a esta altura. Mas será que você continuará tão confiante assim quando prosseguirmos para os Assassinatos Azoth? Vai acabar pagando caro por isso."

"Ora, mal posso esperar!"

"Não sei se você não sabe se pôr no seu lugar ou se... bom, deixe pra lá. Estávamos falando sobre o álibi de Yoshio, certo?"

"Certo. Obviamente sabem em qual pousada de Tohoku Yoshio se hospedou na noite do crime, não é? Então, não seria fácil comprovar o álibi?"

"Aí é que está, não era tão fácil assim. O motivo disso é que Yoshio estava no trem noturno quando o crime foi cometido, entre a noite do dia 25 e a manhã do dia 26, e isso era complicado de se provar.

"Tudo ficaria bem se ele tivesse ido para a pousada assim que chegou em Aomori no dia seguinte, mas Yoshio ficou andando com sua câmera e tirando fotos do mar de Tsugaru o dia inteiro, sem encontrar com ninguém. Ele só foi para a pousada à noite. Daí vem toda a complicação. Além disso, ele não tinha feito reserva na pousada, apenas chegou e se hospedou na primeira que viu. Bem, nem precisava fazer uma reserva, já que era inverno. E por isso a esposa também não conseguiu contatá-lo.

"Ele poderia ter cometido o crime, se tivesse que chegar na pousada de Tsugaru só na noite do dia 26. Se matasse Heikichi em Meguro no dia 26, corresse para a Estação Ueno e pegasse um trem ao amanhecer, conseguiria, com algum esforço, chegar na pousada no horário em que Yoshio fez o check-in.

"Ele passou o dia 26 inteiro contemplando a paisagem de inverno de Tsugaru, mas no dia 27 um conhecido chegou para visitá-lo na pousada pela manhã. Dizem que era um leitor do escritor Yoshio Umezawa. Parece que era apenas a segunda vez que encontrava com ele. Não era um relacionamento próximo. No dia 27, Yoshio esteve na companhia deste homem o tempo todo e pegou o trem da hora do almoço para voltar para Tokyo."

"Entendi! Então o filme das fotos que ele tirou no dia 26 passa a ser tratado como a prova definitiva do álibi."

"Pois é. No mínimo, Yoshio não foi a Tohoku depois que nevou em Tsugaru. Aparentemente, isso pôde ser comprovado. Ou seja, aquela havia sido a primeira vez que tinha nevado em Tsugaru naquele inverno. Por isso, se o filme não era dessa ocasião, conclui-se que eram de fotos tiradas no ano anterior."

"Isso se ele mesmo tivesse tirado as fotos, correto?"

"Sim, mas ele não parecia ter nenhum amigo na região de Tohoku que se prontificasse a fotografar a paisagem e mandar o filme para ele. Isso seria grave, porque seria considerado cúmplice do assassinato. Se porventura tivesse feito isso sem pensar a fundo e sem saber o motivo, a pessoa certamente revelaria isso para a polícia quando questionado. E não conseguiram apontar ninguém que devesse algum favor a Yoshio a ponto de ser cúmplice.

"Então, chegaram à conclusão de que se Yoshio fosse usar um truque desses, ele faria por conta própria. Investigaram o filme, e nele aparecia uma casa que foi construída no outono do ano anterior, ou seja, em outubro de 1935. Este foi o fator decisivo."

"Essa parte da história até que é atribulada, não acha? Foi uma das partes emocionantes deste livro."

"Humm, se esse for o caso, o álibi estaria estabelecido, dando um basta na teoria de troca entre irmãos."

"Bem, vamos deixar do jeito que está. Vamos passar para o próximo caso para que eu possa te ver confuso o mais rápido possível. Tudo bem?"

"Tudo bem."

"O próximo caso diz respeito à Kazue, a filha mais velha da Masako, esposa de Heikichi, lembra dela? É a mais velha das filhas entre Masako e seu ex-marido Satoshi Murakami. Kazue foi assassinada na sua casa, em Kaminoge.

"Foi na noite de 23 de março, cerca de um mês após o caso do Heikichi, e a hora estimada do assassinato era entre 7h e 9h. A arma do crime foi um vaso de vidro grosso que havia na casa de Kazue. Neste caso, a arma foi deixada na cena. Parece que ela foi golpeada com essa garrafa de vidro, o que causou a sua morte. Aparentemente, o único ponto misterioso neste caso é que o vaso, que provavelmente foi usado como arma do crime e deveria estar coberto de sangue, estava *limpo*.

"Comparado com o de ambiente fechado de Heikichi, o assassinato de Kazue tem poucos mistérios. Pode ser meio inescrupuloso dizer isso, mas trata-se apenas de um simples caso de assassinato. Além disso, o motivo está praticamente definido como 'roubo'. O quarto foi revirado, a cômoda vasculhada e o dinheiro e objetos de valor sumiram das gavetas. Tudo leva a crer que foi um trabalho grosseiro. Então, não há razão alguma para limpar o sangue deste vaso, que, evidentemente, seria considerado como a arma do crime por qualquer pessoa. Não é?

"O sangue foi limpo, mas não é que lavaram o vaso de forma cuidadosa. Foi só uma limpeza rápida, usando um pano ou papel. Por isso, o sangue de Kazue foi detectado imediatamente.

"Se quisesse ocultar a arma, era só levá-la consigo. Isso, sim, seria mais seguro. No entanto, em vez de fazer isso, o sangue foi limpo e o vaso estava caído no cômodo ao lado, do outro lado da porta divisória, como quem diz 'Ei, aqui está a arma do crime'."

"O que a polícia e os detetives amadores do pós-guerra disseram a respeito disso?"

"Que a pessoa deve ter deixado a impressão digital acidentalmente."

"Entendo. Não há possibilidade de que não seja a verdadeira arma do crime e só ter colocado uma fina camada de sangue nele?"

"Não, isso não. O estado dos ferimentos de Kazue corresponde exatamente ao formato deste vaso. Não há dúvidas."

"Ora, será que poderia ser uma mulher? Talvez ela tenha limpado o sangue inconscientemente, e o devolveu ao seu lugar original. Isto me parece estar associado com as mulheres."

"Há uma prova irrefutável que evidencia o contrário. Trata-se de uma prova tão sólida que se tivesse algo mais concreto que isso, eu adoraria saber. Este criminoso era um homem. Porque o cadáver tinha sido estuprado."

"Hmm..."

"Parece muito provável que o estupro tenha acontecido depois que Kazue morreu, e o sêmen foi encontrado no corpo dela. O tipo sanguíneo é O. Tirando Heikichi só há dois homens que apareceram até agora, Yoshio Umezawa e Heitaro, filho de Yasue. Ao examinar o tipo sanguíneo deles, constatou-se que o de Yoshio é A e o de Heitaro é O, mas ele tem um álibi sólido das 19h às 21h do dia 23 de março.

"Por conta disso, não acho que este caso tenha algo a ver com o assassinato de Heikichi ou com os Assassinatos Azoth, que ocorreram logo depois. Pode ter sido apenas um acontecimento infeliz que ocorreu bem no meio desses dois casos. Podemos ver que coisas bem ruins acontecem à família Umezawa, mesmo que observemos apenas este caso. É o que as pessoas chamam de clã amaldiçoado. Embora, na realidade, a Kazue não tivesse ligação sanguínea com a família Umezawa.

"Este caso não precisava ter acontecido justo nessa época, pois tudo fica mais complicado com mais um acontecimento como esse, tornando-se mais difícil de entender. Embora seja mesmo difícil de entender."

"E o plano de matar Kazue nem aparece no tal romance de Heikichi."

"Isso mesmo."

"Quando o corpo de Kazue foi encontrado?"

"Parece que foi por volta das oito horas da noite do dia seguinte, 24 de março. Uma senhora da vizinhança foi entregar a prancheta circular de avisos e a encontrou. Mesmo dizendo que eram vizinhas, o bairro de Kaminoge era rural e com casas espalhadas naquela época. A descoberta deve ter sido tardia, pois era um lugar que não ficava muito longe do dique do rio Tama.

"Explicando de forma um pouco mais precisa, havia a possibilidade de que a encontrassem mais rápido. Isso porque a dona de casa da vizinhança foi até a casa da família Kanemoto entregar a prancheta no dia seguinte ao assassinato, depois do almoço. A propósito, Kazue entrou para a família Kanemoto depois de se casar. Nessa hora, a porta da frente não estava trancada, então ela entrou no vestíbulo de terra batida e a chamou várias vezes, mas como não teve resposta, achou que deveria ter saído para fazer compras ou algo assim. Então ela colocou a prancheta sobre a sapateira e foi embora. Porém, como não havia nenhum sinal de que a prancheta tinha sido passada adiante, mesmo no final da tarde desse dia, ela foi novamente até a casa da família Kanemoto.

Já estava escurecendo e não havia nenhuma lâmpada acesa na casa. Ao abrir a porta de entrada, viu que a prancheta continuava no mesmo lugar. Foi aí que ela pensou que talvez tivesse acontecido algo.

"Mas não teve coragem de entrar e voltou para casa novamente. Parece que ela foi bem morosa, mas acho que é assim mesmo. Ela esperou o marido voltar do trabalho, entrou na casa com ele e a encontraram."

"Você disse que a família Kanemoto, na qual Kazue entrou ao se casar, era uma família chinesa, certo?"

"Sim."

"E quanto à profissão? Trabalhavam com comércio exterior ou algo do tipo?"

"Não, deveria ser um restaurante chinês porque diz que administravam um restaurante. Parece que eles tinham alguns estabelecimentos bem grandes em Ginza e Yotsuya. São pessoas que prosperaram e ficaram ricos."

"Então, essa casa de Kaminoge também era uma mansão?"

"Não mesmo. Era uma casa térrea, completamente comum. Isso também é esquisito, e rendeu teorias de espionagem."

"Casaram-se por amor?"

"Acredita-se que sim. Claro que a mãe, Masako, foi totalmente contra porque a outra parte era chinesa. Até porque havia a situação política da época. Por causa disso, parece que depois de se casar, a relação com a família Umezawa ficou rompida por um tempo. Mas o gelo se desfez, depois de um tempo.

"No entanto, o casamento dos dois durou apenas alguns anos, creio que tenham sido sete, mas cerca de um ano antes do crime, Kanemoto julgou que a relação entre o Japão e a China estava turbulenta, e foi embora para o seu país depois de vender a franquia do estabelecimento. Na prática, se separaram.

"Essa ruptura entre os dois foi certamente causada pela guerra, mas parece que também havia divergência de personalidades. Não há nenhuma evidência de que Kazue tivesse tentado ir com ele.

"Bom, foi por isso que Kazue ficou com a casa em Kaminoge. Como dava trabalho mudar de nome, parece que continuou como Kanemoto."

"A casa passou a ser de quem? Digo, depois que a proprietária foi morta."

"Deve ter ficado sob administração da família Umezawa, não? Afinal de contas, não havia nenhum parente da família Kanemoto no Japão.

Kazue não tinha filhos e por ser uma casa em que havia acontecido um assassinato, não acho que encontrariam compradores até que o crime caísse no esquecimento. Deve ter ficado vazia por um longo período."

"Uma casa que ninguém se aproxima por medo, localizada perto do rio Tama, onde as casas são esparsas. É como se a casa tivesse sido feita especialmente para produzir Azoth."

"Pois é. A maioria dos Sherlock Holmes amadores também aponta que este deve ter sido o local da produção de Azoth."

"Mesmo sendo citado que era em Niigata no romance de Heikichi?"

"Sim."

"Se esse for o caso, a ideia é de que o criminoso matou Heikichi e depois matou Kazue, como forma de garantir um ateliê para a produção de Azoth?"

"Para aqueles que pensam que ali teria sido o ateliê, deve ser isso mesmo.

"Realmente, ao olhar para os Assassinatos Azoth que ocorreram posteriormente, parece que o autor do crime esteve planejando detalhadamente, com muita calma e dedicação. Não há dúvida de que esta casa era adequada para ser um ateliê de produção de Azoth. A polícia costuma visitar o local mais vezes quando o caso é complicado, mas não com tanta frequência quando se trata de um simples assalto, cometido de forma casual.

"A casa ficava em um lugar remoto, os poucos vizinhos nem se aproximavam porque achavam macabro, praticamente não havia parentes que pudessem atrapalhar e os que restavam, que era a família Umezawa, não parecia conseguir lidar com isso naquele momento. Uma pessoa com o mínimo de inteligência saberia que matar o dono desta casa, forjando um assalto, faria com que o imóvel se mantivesse vazio por um bom tempo.

"No entanto, as coisas se complicam mais ainda se pensarmos dessa forma. O autor desta série de crimes chamada Assassinatos do Zodíaco da Família Umezawa passa a ser um homem, cujo tipo sanguíneo é O.

"Se formos nos apegar às pessoas que apareceram até agora, embora haja opiniões de que não há necessidade de se apegar a elas, não dá para pensar que os Assassinatos Azoth, que vão acontecer em seguida, tenham sido obra de gente de fora. O mais natural seria buscar o criminoso no meio dos personagens que apareceram até o momento. Aí chegamos ao ponto de que só poderia ser Heitaro Tomita, não é? Quando se trata de um homem com tipo sanguíneo O, só nos resta o Heitaro do Médicis.

"Mas a possibilidade de ser Heitaro é definitivamente difícil exatamente por dois motivos. Em primeiro lugar, ele tem um álibi sólido. Ele estava conversando com nada mais, nada menos que três conhecidos no Médicis, em Ginza, na hora do assassinato de Kazue. E a garçonete também o viu lá. Esse é o primeiro motivo.

"Além disso, se Heitaro for o culpado, isso faz com que ele também tenha matado Heikichi Umezawa em Meguro. Mas se isso ocorreu, nos deparamos com um grande problema, que é o ambiente fechado a cadeado.

"Se ele matou Heikichi, foi depois que a modelo foi embora... e então temos um outro problema aqui, porque Heikichi tinha tomado comprimidos para dormir, e mesmo que houvesse a probabilidade de Heitaro ter ido ao ateliê de Heikichi porque comercializava as pinturas dele ou por qualquer outro motivo, isso significa que Heikichi tomou os comprimidos na frente de Heitaro, que não aparentava ser tão próximo.

"Ou será que Heitaro se deu ao trabalho de forçá-lo a tomar os comprimidos antes de matá-lo, justamente para incriminar alguém próximo? Isso não me traz uma sensação boa, porque pensar desse jeito dá a impressão de deixar as coisas muito convenientes para nós.

"Bem, mesmo que seguíssemos adiante sem ligar para essas coisas, ele teria que usar de algum artifício para travar o cadeado sozinho e fechar o quarto na hora de sair do ateliê depois de assassinar Heikichi. Isto aqui é um problema difícil de resolver.

"Portanto, a condição para fazer com que Heitaro seja o culpado é decifrar o truque deste cadeado."

"Hmm, tem mais fatores que complicam, não tem? Se Heitaro é um negociante de arte, ele não tentaria ficar com as doze obras-primas que Heikichi chamava de trabalho da vida dele, ou firmar um contrato para mantê-las, e então matá-lo? Foram essas obras-primas que conseguiram chegar a um preço alto o suficiente para construir uma casa, não?"

"É verdade. As obras que o pintor Heikichi produziu em vida e que poderiam ser consideradas grandes obras, mas digo isso apenas sobre o fato de terem sido pintadas em telas grandes, foram só essas onze pinturas. O restante é composto por obras pequenas. Muitas delas tendem a ser estudos para conseguir produzir essas onze obras. O resto são pinturas de bailarinas ao estilo Degas. A maioria delas estava com Yasue, mas essas obras não chegaram a um valor tão alto assim."

"Entendo."

"Mas, além disso, se esse assassinato de Kazue foi obra do mesmo criminoso da série de assassinatos relacionados à família Umezawa, o perfil que passa a ser traçado é de um criminoso impulsivo e pouco determinado. Não parece que seja uma pessoa tão calma e inteligente como a que esperamos, já que é tão estúpido a ponto de deixar que saibam o seu tipo sanguíneo e sexo!"

"Hmm."

"Entretanto, por essa série de razões que acabei de citar, vamos excluir Heitaro, de tipo sanguíneo O. Ah, e tinha outra coisa, se fosse um crime praticado por uma única pessoa, ele teria que se deslocar do Médicis até a casa dos Umezawa em quarenta minutos, na neve, e cronologicamente isso fica um pouco inviável no caso do assassinato de Heikichi. Ao excluir Heitaro por conta desses motivos, a história muda para uma versão em que o criminoso era um estranho, que não fazemos ideia de quem seja, o que reduz pela metade a diversão do raciocínio deste mistério. Se bem que talvez isso seja pedir demais."

"É."

"E por isso eu também acho que o assassinato de Kazue foi um caso repentino que aconteceu entre os outros crimes, por coincidência, sem qualquer relação com a série de assassinatos. Ou melhor, prefiro achar que seja isso."

"Hmm, isso significa que você acha que esse não foi o ateliê usado para a produção de Azoth, certo?"

"Sim... é isso. É difícil imaginar que esse assassino em série tenha matado Kazue simplesmente com a intenção de usar a sua casa em Kaminoge depois, quando cometesse os Assassinatos Azoth.

"Isso seria uma história interessante. No contexto de um romance de mistério, com certeza seria instigante que um artista maluco fosse criar Azoth por noites e noites em uma casa vazia, onde houve um assassinato. Mas e quanto às questões reais? Você não pode fazer isso na escuridão. Seria necessário ter uma iluminação, nem que fosse de uma vela. Isso ao menos renderia alguns boatos na vizinhança.

"Se isso acontecesse, faria com que a polícia se mexesse mais do que em um caso de boatos comuns. E quando o policial chegasse, a pessoa poderia exigir que trouxesse um mandato e dispensá-lo na entrada se estivesse em sua casa, mas sendo uma casa desocupada... se fosse eu, arranjaria uma outra casa, cuja existência fosse desconhecida. Não daria para trabalhar com calma nesta casa. Nem seria possível apreciar Azoth tranquilamente, depois de pronta. Eu preferiria um lugar em que pudesse ficar mais tranquilo."

"Hmm, nisso eu concordo com você. Mas tinha muitos detetives amadores dizendo que esse era o local onde Azoth foi produzida, certo?"

"Sim, eles pensavam que mataram Kazue para ficar com a casa e garantir um ateliê."

"Então, devido à questão do tipo sanguíneo, é inevitável que surja a teoria de que foi alguém de fora."

"Sim, exatamente. Aqui temos um pequeno ponto de ramificação."

"Então, a menos que considere esse caso como um assalto casual, os Assassinatos do Zodíaco da Família Umezawa passam a ser um crime cometido por alguém de fora... mas este assassinato da Kazue acabou sendo um caso sem solução, não é?"

"Isso mesmo."

"Então, o criminoso não foi descoberto porque foi visto apenas como um assalto casual."

"Você fala assim, mas são muitos os casos desse tipo que acabam sem solução, Mitarai. Por exemplo, se fôssemos para Hokkaido agora, matássemos uma velha que morasse sozinha e roubássemos o dinheiro que ela tivesse escondido debaixo do assoalho, a polícia não teria como nos encontrar. Não há nada que nos conecte com essa velha. Existem muitos casos desse tipo que continuam sem solução.

"Em um homicídio premeditado, ou seja, no caso de um assassinato que foi planejado, o criminoso sempre tem uma motivação bem clara, portanto um dia acabará sendo preso. Nesse caso, a única coisa que resta é a necessidade de investigar o álibi.

"No entanto, a motivação é uma das razões pelas quais o caso da família Umezawa continua sem solução. Não há absolutamente ninguém que tenha motivos para cometer os Assassinatos Azoth, que discutiremos a seguir. Heikichi Umezawa é o único que tem motivos, mas ele foi o primeiro a ser morto."

"Sei."

"Mas não quero pensar na teoria de que foi cometido por alguém de fora. Não é nada emocionante pensar que o culpado seja uma pessoa que ninguém nunca ouviu falar."

"Bem, por todos esses motivos, você acha que o assassinato de Kazue foi só um crime casual... hmm. Entendi, mas, de qualquer maneira, gostaria que explicasse como se encontrava o local deste assassinato."

"Tem uma figura (Figura 03) aqui, nesta parte do livro. Dê uma olhada nisso. Não tem muito o que eu possa acrescentar. É um caso como outro qualquer. Kazue estava de quimono, caída. A roupa não estava desarrumada, não havia nada de errado. Exceto pelo fato de que estava sem a roupa íntima."

"Como?"

"Isso não é de se surpreender, certo? Era o costume da época."

"Todas as gavetas das cômodas foram puxadas para fora e o conteúdo estava espalhado pelo cômodo. O dinheiro também havia sumido.

"Havia um espelho de três faces neste cômodo, mas não estava desarrumado nem nada. Estava devidamente dobrado e a superfície da penteadeira também estava organizada.

"O vaso, utilizado como arma, estava caído no tatame do cômodo ao lado, que era separado pela porta divisória.

"Então, o lugar onde Kazue foi encontrada caída fica nesse ponto da figura (Figura 03), mas parece que não foi onde ela teria caído a princípio depois de ser golpeada. Aparentemente, ela foi trazida aqui depois de ser morta.

"Como o golpe foi bem forte, causando um ferimento bem profundo, o sangue deveria ter espirrado em volta ao menos um pouco, mas não há nenhum lugar que possa ser identificado como tal. Por mais que fosse natural mover o corpo para um lugar conveniente para violentá-la depois de matar, é estranho não haver um local onde ela tenha sido golpeada."

"Espere um pouco, então é isso mesmo? Ele a estuprou *depois* de matar?"

"Sim."

"Tem certeza?"

"Parece que sim."

"Não consigo entender. Você acabou de dizer que a roupa de Kazue *não estava desarrumada*, não é? Se, como você diz, for um ladrão casual e desleixado, um homem rude, que deixou evidente o seu tipo sanguíneo e gênero, será que arrumaria a roupa da mulher de forma adequada, depois de cometer necrofilia?"

"Ah... tem razão..."

"Deixa pra lá, continue."

"Está bem... é esquisito que não haja o lugar onde ela sofreu o golpe. E não seria natural procurar esse lugar fora dessa casa. Bem, na verdade há algumas pessoas que levantam essa questão de forma enfática. Isso é discutido até hoje e até acho que é executável, mas não vejo motivo para isso. Ao examinar o local minuciosamente, a polícia descobriu que havia

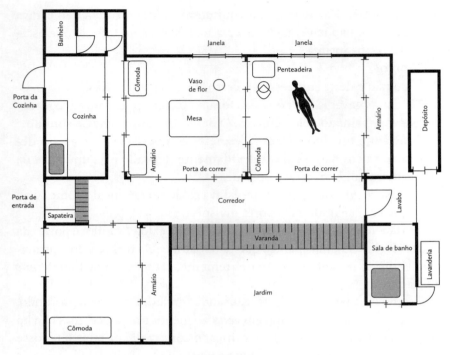

Figura 03

uma quantidade bem pequena de sangue que havia sido meticulosamente limpa da superfície do espelho da penteadeira, a de três lados, que estava devidamente dobrada. E esse sangue conferia com o de Kazue."

"Quer dizer que ela foi morta quando estava se maquiando, voltada para o espelho?"

"Não, no estado em que o corpo se encontrava, parece que não foi assim. Ela não estava muito maquiada. Dizem que deve ter sido na hora em que penteava o cabelo."

"Quando olhava para o espelho?"

"Quando olhava para o espelho."

"Como assim? Isso faz com que tudo fique esquisito de novo, não é? Esta casa era térrea, não era?"

"Era."

"Como pode ver nesta figura (Figura 03), há uma porta de correr do lado da penteadeira. Ao sentar-se de frente para o espelho, a porta de correr e o corredor ficam atrás da pessoa. Se o ladrão fosse invadir este cômodo na tentativa de matar Kazue, que está virada para a penteadeira, só haveria duas maneiras: abrir a porta divisória e entrar pelo cômodo do lado ou entrar abrindo a porta de correr por trás dela.

"Se viesse por trás, seu reflexo apareceria no espelho. Será que ela permaneceria sentada, quieta, esperando ser golpeada?

"Impossível. Com certeza ela se levantaria e sairia correndo imediatamente.

"Então foi pelo cômodo do lado? O reflexo poderia aparecer também, já que era um espelho de três faces. Mesmo que não aparecesse, ela deveria ter tido tempo de pelo menos se virar, por reflexo, ao sentir a presença de alguém ou ao ouvir a porta se abrindo. O golpe foi dado pela frente, na *parte frontal da cabeça* da Kazue?"

"Não, espere um minuto... Não, não mesmo. Aqui está que, provavelmente, ela foi golpeada na parte de trás da cabeça, estando sentada *de costas* para o agressor."

"Hmm, então foi da mesma forma que a vez do Heikichi. Isso não me cheira bem... Mas vamos prosseguir. Há uma outra maneira, que é a de entrar pela janela, só que isso tornaria tudo ainda mais estranho, pois significa que Kazue continuou parada e penteando os cabelos enquanto o ladrão invadia a casa pela janela tranquilamente.

"É, seria realmente estranho. Não consigo entender essa linha de raciocínio de tratar como assalto casual. Foi alguém conhecido. Caso contrário, não faz sentido algum. Ela estava sentada em um banquinho e com um espelho na frente, e pior, um espelho de três faces. Ela foi morta nessas condições, obedientemente, sem se levantar, sem sair correndo e sem se virar. Simplesmente permaneceu voltada para o espelho, ou seja, olhando para frente. Isso significa que ela sabia que o criminoso se aproximava por trás, e mesmo assim continuou *na mesma* posição.

"Certamente era alguém conhecido dela. E ainda por cima, alguém muito próximo. Aposto. Kazue viu o rosto da outra pessoa no espelho. Não acredito de jeito nenhum que tenha sido um assalto casual, cometido por um homem desleixado. Um cara desses jamais limparia o sangue do espelho com tanto cuidado! O fato de ter limpado o sangue no espelho cuidadosamente foi para tentar esconder que era alguém próximo. Não tenho dúvidas. Esta é uma ótima pista.

"Esses dois são conhecidos. E bem íntimos. Alguém com quem pudesse ter relações carnais, porque senão, não ficaria de costas para um homem que mal conhecesse, virada para o espelho, certo? Não as mulheres daquela época.

"Ué? Mas isso também é esquisito. Por que um homem tão íntimo a violentaria depois de matá-la? Poderia aproveitar o quanto quisesse enquanto ela estava viva. Será que não fizeram sexo *antes*? *Antes* de matar."

"Bom, não sei por que, mas, por alguma razão, aqui consta que foi depois de matá-la. Esta é uma teoria bem estabelecida. Mas realmente é estranho, talvez tenha sido o contrário."

"De repente ele era um homem que apreciava a necrofilia. Credo, o cara era esquizofrênico! De qualquer forma, esse criminoso tinha uma relação bem íntima. Deveria ter algum homem assim na vida de Kazue, na época."

"Essa é a questão. Sinto muito, mas concluíram que não existia tal fato. Foi a conclusão a que a polícia chegou, depois de investigar exaustivamente. Não havia nem sinal de alguém assim."

"Droga, aí fica difícil! Não, espere, não é isso, é a *maquiagem*! Kazue *não estava maquiada*. Você disse isso agora há pouco, não disse?"

"Como...?"

"Uma mulher com mais de 30 anos ficaria sem maquiagem na frente de um *homem* assim...? Entendi! É uma mulher. Ishioka, é uma mulher."

"Não, não pode ser! Não existe mulher alguma capaz de expelir sêmen, Ishioka. Mas seria bom se fosse uma mulher. Kazue poderia ficar sentada de costas, voltada para o espelho, se a assassina fosse uma mulher, e ainda por cima uma mulher próxima. Talvez nem se importasse em não estar maquiada. A mulher esconderia o vaso nas costas, se aproximaria sorrindo e pof! Nesse caso, Kazue não fugiria e nem se viraria. Mas tem a porcaria do sêmen!

"Bem, e se ela trouxesse o sêmen? Uma mulher que conseguiria obter sêmen facilmente é Fumiko, a esposa de Yoshio. Era só trazer o do marido...não, não dá. Yoshio era do tipo A, era isso?"

"Além disso, dizem que é possível avaliar o frescor. Seria impossível dar um jeito com o que foi expelido um dia antes."

"Isso mesmo. A cauda do espermatozoide se rompe conforme o tempo passa. O número de dias desde que foi expelido pode ser descoberto observando esse fator. Mas de qualquer maneira, não tiveram como deixar de perguntar o álibi de todos os personagens."

"Os álibis não eram lá grande coisa. Já falei do álibi de Heitaro, certo? Ele é o único que tem um álibi sólido.

"Em primeiro lugar, a mãe dele, Yasue, que geralmente ficava no Médicis, disse que estava passeando pelas ruas de Ginza, bem nesse dia e horário. Portanto, Yasue não tem um álibi.

"Na casa dos Umezawa, Masako, Tomoko, Akiko e Yukiko disseram que estavam preparando a refeição juntas. As quatro juntas.

"Nessa ocasião também Tokiko parecia que tinha ido para a casa de Tae, em Hoya, bem nessa hora. Portanto, dentre as filhas, quatro têm um álibi, embora seja de acordo com depoimentos de parentes.

"Reiko e Nobuyo são as que não têm nenhum álibi. Disseram que foram para Shibuya juntas para assistir a um filme chamado *Voando para o Rio*. O filme acabou por volta das 20h e chegaram por volta das 21h na casa de Yoshio e Fumiko.

"Assim, até que seria possível que essas duas tivessem cometido o crime. Kaminoge não fica tão longe da Estação Faculdade Provincial da linha Tokyo-Yokohama. Mas são moças de 20 e 22 anos. Não devem estar envolvidas.

"Fumiko e Yoshio estão em uma situação parecida com a dessas jovens. Eles não têm um álibi concreto.

"Bom, os álibis estão nessas condições, mas se passarmos para a próxima etapa e pensarmos sobre a motivação, veremos que é o oposto de quando Heikichi foi assassinado. Nenhum deles tem motivo para matar Kazue.

"A começar por Yasue Tomita e seu filho, do Médicis, que nem devem ter chegado a conhecer Kazue.

"E Yoshio e Fumiko, certamente na mesma situação. Podem até tê-la conhecido, mas não devem ter tido a oportunidade de manter uma relação próxima a ponto de querer matá-la.

"A seguir, temos as jovens, mas, bem, era irmã delas."

"Kazue costumava visitar a família Umezawa?"

"De vez em nunca. Isso é tudo que tenho sobre a motivação. É por isso que despertou a vontade de dizer que foi um assalto casual. Bom, de qualquer forma, houve um bom progresso com o surgimento da tal da lida. Quero chegar logo nesse ponto, então vamos passar, finalmente, para os Assassinatos Azoth."

4

Tive a impressão de que Mitarai ainda estava apegado a este caso, mas ele disse:

"Tem razão, vamos prosseguir. Podemos discutir os pontos nebulosos mais tarde."

"O que vem a seguir pode ser chamado de ato principal. Digamos que chegamos ao limite do que é bizarro e misterioso. É o tão comentado 'Assassinatos Azoth'."

"Eu já não via a hora."

"Se, depois que eu terminar de explicar, você ainda disser isso, vou ficar admirado. Parece que a família Umezawa já havia feito o funeral em dois ou três dias após 23 de março, data em que Kazue foi morta. E como estavam acontecendo muitas coisas ruins, acharam que seria melhor que todas fossem se purificar. E ao discutirem sobre o destino onde fariam isso, decidiram aproveitar para ir ao Monte Yahiko de Echigo, na província de Niigata, citado no manuscrito de Heikichi. Como esse romance era um testamento também, tratava-se do último desejo do falecido Heikichi. As mulheres devem ter pensado em atender ao desejo do falecido como forma de prestar homenagem a ele, já que seria terrível se Heikichi as amaldiçoasse."

"Quem estava dizendo isso?"

"A Masako, que sobreviveu. Parece que a ideia surgiu naturalmente entre os membros da família, sem ter sido sugerida por alguém específico. Assim, Masako e as seis moças, Tomoko, Akiko, Yukiko, Tokiko, Reiko e Nobuyo, que serão mortas para a criação de Azoth, saíram de Tokyo no dia 28 de março, rumo ao Monte Yahiko, na província de Niigata. As sete mulheres juntas. Era como se fosse uma excursão da escola de balé.

"Na verdade, talvez tivesse esse objetivo também. Para que pudessem espairecer, respirando novos ares. Chegaram em Yahiko no dia 28 de março, à noite, pernoitaram em uma pousada e no dia seguinte, dia 29, subiram o Monte Yahiko."

"E elas chegaram a visitar o Santuário Yahiko?"

"Certamente. Mas foi aí que o problema começou. Parece que lá perto tem as Termas de Iwamuro, não é? Bem, uma pessoa alienada como você não deve conhecer, mas parece que leva pouco tempo saindo de ônibus de Yahiko. No dia 29, foram até as termas e dormiram por lá.

"Essa área parece ter uma paisagem muito bonita, pois foi até decretado como Parque Nacional Yahiko Sado Yoneyama. Por esse motivo, as jovens disseram que queriam se divertir e passar mais uma noite antes de voltar para casa.

"A propósito, não lembro se comentei isso antes, mas a mãe, Masako, é de Aizuwakamatsu, na província de Fukushima. Ela tinha a intenção de dar uma passada na casa dos pais, já que tinha vindo até as proximidades. De Yahiko a Aizuwakamatsu até que não é longe. No entanto, ficou receosa se não seria inconveniente levar as seis jovens na casa dos pais. Foi então que Masako decidiu se separar delas. Veja bem, isso foi o que a Masako disse mais tarde, no tribunal. As jovens não eram mais crianças, então permitiu que ficassem mais uma noite. Assim, ela iria sozinha para a casa dos pais em Aizuwakamatsu na manhã do dia seguinte, ou seja, na manhã do dia 30 de março de 1936, e elas deveriam voltar para casa antes. Em outras palavras, o combinado era que as jovens se divertissem durante o dia 30 e retornassem para casa na manhã do dia 31. Elas deveriam chegar em Meguro, na casa da família Umezawa, no dia 31 à noite.

"Masako, por sua vez, provavelmente chegou em Aizuwakamatsu na tarde do dia 30, uma vez que tinha saído das Termas de Iwamuro na parte da manhã. No dia 31, descansou o dia todo na casa dos pais, e deveria voltar para Tokyo na manhã do dia 1º de abril. Consequentemente, ela deveria chegar em Tokyo à noite, de forma que as sete mulheres estariam reunidas no dia 1º de abril à noite, na casa da família Umezawa."

"As jovens teriam que esperar um dia pela mãe, em Tokyo."

"Era isso que deveria acontecer. Mas quando Masako voltou para a casa da família Umezawa em Meguro na noite de 1º de abril conforme planejado, nenhuma das filhas estava em casa. Ao invés disso, tudo estava do mesmo jeito de quando partiram, e não havia nenhum vestígio de que tinham retornado.

"As filhas ficaram desaparecidas desde então, e eventualmente foram encontradas mortas, uma após a outra. Assim como no manuscrito de Heikichi, cada uma delas foi encontrada em locais imprevisíveis apresentando um aspecto abominável, pois uma parte do corpo de cada uma havia sido cortada. Masako foi surpreendida com um mandado de prisão na hora que voltou."

Parei de falar um pouco, depois dessa parte. Mitarai também ficou em silêncio, pensativo.

"Ela acabou sendo presa? Obviamente não foi por ter matado a Kazue, foi?"

"Obviamente não. Foi pelo assassinato de Heikichi."

"Significa que a polícia também se deu conta do método de levantar a cama."

"Não, parece que enviaram uma carta."

Mitarai bufou, como se estivesse desdenhando.

"E foram várias, aliás, muitas! Ao ler diversas coisas que retratam essa época, me dei conta de como há entusiastas. O Japão é, desde aquela época, um país na vanguarda das histórias de mistério. Se eu vivesse naquela época e deduzisse o método usado para o truque do quarto fechado, provavelmente mandaria também uma carta para a polícia.

"Então, quando a polícia foi até a casa da família Umezawa, descobriu que as sete mulheres suspeitas de cometer o crime tinham viajado juntas. Acharam que tivessem fugido para longe. Mas em vez disso, Masako voltou para casa sozinha. A polícia acabou levando-a presa porque achou que havia a probabilidade de Masako ter dado um sumiço nas seis jovens que usou para matar Heikichi, a fim de não darem com a língua nos dentes. Talvez isso estivesse escrito em alguma das cartas."

Pareceu-me que Mitarai ameaçou abrir a boca para falar, mas acabou engolindo as palavras.

"E aí, Masako confessou o crime?"

"Confessou. No entanto, depois ela retirou o que disse e passou a negar. Falando a partir da conclusão da história, ela negou até o fim. Embora fosse chamada de Condessa de Monte Cristo do período Shōwa, acabou morrendo na prisão em 1960, acho que aos 76 anos.

"As análises acerca desses Assassinatos do Zodíaco de Tokyo viraram moda na década de 1960 em parte graças à abordagem massiva da mídia sobre o fato de Masako insistir na sua inocência de modo ferrenho e até sobre o falecimento dela na prisão."

"O único crime de que a polícia acusou Masako foi o do assassinato de Heikichi? Ou inclui também os Assassinatos Azoth?"

"Para ser claro, acho que eles estavam bem perdidos. Não sabiam direito, mas como tudo levava a crer que Masako era a mais suspeita, devem ter achado que algo sairia dali se a pressionassem o suficiente. A polícia japonesa tinha dessas coisas naquela época."

"Nada mais que caçadores de criminosos incompetentes. Mas conseguiram um mandado de prisão nessas condições?"

"Não, o que eu disse agora há pouco foi só no sentido figurado. No que se refere ao mandado de prisão oficial..."

"Ah, claro! O pessoal daquela época não precisava de um mandado de prisão. Mas o que a promotoria alegou? Quem ela matou?"

"Não está escrito até esse ponto."

"E a sentença? Ela foi acusada, certo?"

"Pena de morte. Porque ela tinha confessado."

"Pena de morte. Então pensaram que ela matou as filhas também. Foi condenada?"

"Foi. Mas ela entrou com recurso várias vezes."

"Só que não deu em nada."

"Pois é."

"Nem é preciso pensar sobre a possibilidade de Masako ter matado as seis jovens, certo? Metade eram filhas de sangue. Ela seria o demônio em pessoa se tivesse matado as filhas biológicas para salvar a própria pele."

"Só que a Masako era uma pessoa que causava esse tipo de impressão nos outros. Parece que tinha uma personalidade bastante forte."

"Então vou te perguntar por desencargo de consciência, embora eu acredite ser totalmente sem sentido em vários aspectos: Masako teve tempo suficiente para matar as seis moças em Yahiko?"

"Isso também é uma coisa que tem sido muito discutida até hoje, mas a conclusão tende a ser negativa. Em primeiro lugar, não seria possível matar as seis jovens até a manhã do dia 31 de março, por mais malabarismos que fizesse, usando o truque do horário dos trens, por exemplo. A razão disso é que foi comprovado que elas estavam vivas na manhã do dia 31. Temos o depoimento de testemunhas da pousada. As pessoas da Pousada Tsutaya das Termas de Iwamuro testemunharam que o grupo de sete mulheres, incluindo Masako, se hospedou de 29 a 30 de março.

"E há depoimentos de que seis moças, desta vez excluindo a mãe, ficaram na mesma pousada na noite seguinte, do dia 30 até o dia 31. As jovens se hospedaram na mesma pousada por duas noites seguidas. Não dá para saber onde as jovens foram depois de sair da Tsutaya na manhã do dia 31, mas está claro que elas estavam vivas até a manhã do dia 31.

"Obviamente, é preciso esclarecer a hora estimada da morte para tentar discutir sobre o álibi de uma pessoa, mas isso não está claro neste caso, mesmo porque demorou muito tempo até que os corpos delas fossem encontrados. Os corpos estavam em estágio avançado de decomposição.

"Mas tem uma coisa. Levaram um tempo relativamente curto para encontrar Tomoko, que foi a primeira a ser localizada, por isso a hora estimada da morte dela é relativamente precisa. Segundo essa informação, foi entre 15h e 21h do dia 31 de março. Significa que foi na tarde do dia em que ela desapareceu.

"E a possibilidade de que as seis jovens tenham sido mortas ao mesmo tempo em um só lugar é bastante alta, em vista de várias condições. Então, é mais provável que também seja a hora estimada da morte de todas as jovens.

"Assim, ao investigar o álibi da Masako na tarde do dia 31, supondo que essa seja a hora estimada do crime, embora eu ache que seja mais provável que a hora estimada seja depois do pôr do sol e não na parte da tarde, não podemos dizer que seja favorável a ela, de forma alguma.

"Os pais alegam que Masako definitivamente chegou em Aizuwakamatsu no final da tarde do dia 30 de março. No entanto, trata-se do testemunho dos pais. Parece que Masako não queria ficar andando na rua por causa da repercussão nacional que o caso da família Umezawa teve, e passou o dia 31 inteiro dentro de casa, sem encontrar com ninguém além de seus pais. Isso é uma grande desvantagem para ela. Não dá para dizer que Masako não possa ter voltado para Yahiko na manhã do dia 31, por exemplo."

"Ah, mas os corpos foram encontrados espalhados por todos os cantos do país, não foi? Masako não seria capaz de fazer um trabalho desses sozinha, espalhando cadáveres por todo o país. Ela não deveria ter carteira de motorista, correto?"

"Não, não tinha. Acho que nenhuma mulher tinha carteira de motorista em 1936. Deve ser o mesmo que ter uma licença para pilotar um avião, nos tempos atuais. Das pessoas que apareceram até agora, apenas dois homens tinham. Heikichi Umezawa, que morreu, e Heitaro Tomita."

"Então, se o autor dessa série de crimes for o mesmo, e se tiver agido sozinho, já podemos excluir as mulheres."

"Sim, se for como você diz."

"Podemos voltar mais uma vez para o percurso das jovens? Sabemos o que aconteceu até a manhã do dia 31, mas e depois, ninguém as viu? Um grupo de seis moças deveria chamar atenção."

"Aí é que está, ninguém as viu."

"Será que elas não resolveram passear mais um dia para aproveitar a liberdade, já que só teriam que voltar a Meguro até o dia 1º, à noite?"

"Claro que a polícia pensou da mesma forma e verificou todas as pousadas da região, não só as Termas de Iwamuro, mas também Yahiko, Yoshida, Maki, Nishikawa, e até mesmo Bunsui, Teradomari e Tsubame, que ficam um pouco afastadas. O grupo de seis jovens não se hospedou em nenhum desses lugares. Ou algumas das jovens já tivessem sido assassinadas no dia 30 mesmo..."

"Mas as seis jovens pousaram na Tsutaya juntas, na noite do dia 30, não foi?"

"Ah, verdade! Isso mesmo. Aliás, se o número de pessoas diminuísse ao longo do caminho, o resto das jovens iria direto para a polícia ou tomaria alguma outra providência."

"Não existe a possibilidade de terem ido para Sado?"

"Não sei, parece que naquela época as balsas só partiam de Niigata e Naoetsu para a Ilha de Sado, e ambos ficam bem distantes das Termas de Iwamuro. Mas, de qualquer forma, acho que a polícia deve ter investigado Sado também."

"É, e se elas quisessem viajar escondido, havia muitas maneiras de fazer isso, seja usando nomes falsos ou se hospedando em grupos de duas ou três. Elas poderiam se hospedar em alguma cidade bem longe, se levarmos em consideração que elas tinham um dia inteiro para se deslocar, desde a manhã do dia 31 até a noite. E não chamariam tanta atenção se ficassem separadas também dentro do trem. Mas não vejo nenhuma razão para as jovens fazerem isso."

"Pois é. Certamente não chamariam atenção se viajassem separadas desse jeito. Mas não acho que tivessem motivo para fazer isso e nem para viajar para longe. Teria sido bem mais fácil para o criminoso se cada uma delas fosse para o local onde foram encontradas mortas.

"E se elas não ficaram em uma pousada? No entanto, essa possibilidade também é baixa. Isso porque elas tinham poucos parentes fora de Tokyo e todos esses parentes declararam a mesma coisa: que elas não apareceram. Além disso, informações viriam à tona se elas tivessem ido para a casa de conhecidos e de amigos em algum lugar. Nenhuma família ficaria quieta ao saber que, depois de acolher as seis jovens na própria casa, elas foram assassinadas de forma tão bizarra. Portanto, elas desapareceram completamente nas Termas de Iwamuro após a manhã do dia 31."

"Não chegou a ser descoberta nenhuma razão para que elas viajassem para algum lugar em segredo, mesmo depois de o assunto ser discutido por quarenta anos. É isso?"

"Isso mesmo."

"O fato de os policiais terem detido a Masako e não terem permitido que ela voltasse para casa mesmo sem uma confissão me leva a crer que houve algum avanço na situação. Estou certo?"

"Exatamente. Depois disso, a polícia revistou a casa da família Umezawa e encontrou um frasco com trióxido de arsênio e uma corda com gancho, que parecia ter sido usada para içar a cama."

"Como é?! Essas coisas foram encontradas mesmo?"

"Sim, porém o mais estranho é que só tinha uma corda. Talvez tivesse esquecido de jogar fora."

"Não sei não, mas desse jeito fica difícil acreditar. É como se fosse anunciar para todos que foi ela mesma que cometeu o crime. A Masako disse que haviam armado contra ela, não disse?"

"Disse."

"Ela chegou a dizer quem teria armado para ela?"

"Isso eu não sei. Mas provavelmente ela mesma não fazia a menor ideia."

"Hmm, isso não me soa bem. Vamos nos atentar à claraboia. Nessas circunstâncias, deve ter sido o próximo local a ser examinado pela polícia. Havia alguma evidência de que ela foi removida?"

"Pois então, Heikichi havia acabado de trocar o vidro por um novo alguns dias antes do incidente, incomodado pelo fato de o vidro ter trincado por algum motivo. Talvez alguma criança tivesse jogado uma pedra no telhado do ateliê. Não tinham como afirmar nada, já que a massa corrida era nova."

"Que cara meticuloso."

"Como assim, meticuloso?"

"O criminoso deve ter jogado a pedra, e não uma criança."

"Como é?"

"Vamos deixar isso para depois. Mas a polícia devia ter notado isso antes, hein. Na ocasião do dia 26 de fevereiro, provavelmente havia muita neve no telhado. Afinal, foi a primeira nevasca em trinta anos. Seria fácil de descobrir se usasse uma escada e desse uma olhada no telhado para ver se tinha marcas de mãos, pegadas, evidências de o vidro ter sido removido... ah!"

"O que foi?"

"A neve. É claro que a neve deve ter se acumulado sobre o vidro da claraboia. Então, o interior do ateliê devia estar escuro quando encontraram o corpo de Heikichi. Porque a neve cobriria a claraboia. Mas se o vidro foi removido, uma delas não teria neve e o espaço ficaria iluminado. O ateliê não estava claro demais?"

"Não parece que encontraram esses vestígios. Não está escrito de forma explícita, mas se houvesse uma situação incomum, provavelmente deixariam registrado. Talvez tivesse neve em ambos os vidros, mas..."

"Entendi. Um criminoso tão minucioso como esse pode muito bem ter colocado o vidro de volta e coberto com neve. Além disso, acabou nevando um pouco mais por volta das 8h30 do dia 26. Mas seria difícil fixar a massa nova no telhado molhado..."

"Mas para começo de conversa, a prisão de Masako aconteceu mais de um mês após a morte de Heikichi."

"Foi tarde demais, então... Por falar em escadas, tinha alguma na casa dos Umezawa?"

"Tinha. Parece que sempre ficava encostada na parede da casa principal, deitada."

"E havia vestígios de que foi tirada dali?"

"Não, parece que estava sob o beiral, em uma posição que não caía neve, e o vidraceiro tinha usado essa escada para substituir o vidro da claraboia do ateliê. Como disse, quando fizeram a revista na casa já havia passado mais de um mês desde o crime, então já devia ter até mesmo poeira acumulada nela. Isso se tiverem usado essa escada, obviamente."

"Seria esta a escada do crime se Masako e as outras tiverem cometido o delito, mas... parece que não havia pegadas, digo, pegadas na neve que indicassem que a escada foi carregada."

"Não, mas o local onde a escada ficava era logo abaixo da janela do andar térreo. Se passassem a escada para dentro de casa pela janela e saíssem com ela pela porta da frente... mas não, não há necessidade de fazerem isso. Ainda nevava quando teriam levado a escada, então o problema só está na volta. Basta sair pelo portão dos fundos, contornar a casa pela rua da frente, entrar na casa pela porta da frente, e colocar de volta, fazendo-a sair pela janela do térreo. Simples assim."

"Ora, ora. Bem, deve ser, se elas chegaram a fazer esse malabarismo digno de profissionais de limpeza de chaminés."

"Está me dizendo que não foram elas? Então, o que são as cordas e o composto de arsênico?"

"É mesmo. Afinal, o que é esse composto de arsênico? Eu é que pergunto."

"Justamente este ácido arsenioso, um remédio poderoso, que foi usado para matar as seis jovens. Cerca de 0,2 a 0,3 gramas de ácido arsenioso foram detectados nos estômagos das jovens."

"Como é que é?! Mas isso é esquisito demais! Em primeiro lugar, o romance de Heikichi diz que Áries deve ter a morte causada por ferro, Virgem por mercúrio e assim por diante.

"E a probabilidade de que as jovens já estivessem mortas na noite de 1º de abril era alta, não era? E mesmo assim ainda tinha um frasco desse veneno na casa da família Umezawa?"

"Pois é. Por isso é que a polícia não liberou Masako. Com isso seria possível obter um mandado de prisão e levá-la a julgamento.

"E os elementos metálicos descritos no manuscrito de Heikichi foram realmente encontrados na garganta e na boca dos corpos das jovens, conforme definido por Heikichi. Mas os elementos não foram usados para matá-las. Ao contrário do romance de Heikichi, foi usado ácido arsenioso para matá-las.

"Por ser altamente venenoso, parece que 0,1 grama já é letal. O cianureto de potássio é bem conhecido como uma droga poderosa, mas dizem que a dose letal é de 0,15 grama, e portanto esse ácido arsenioso é mais tóxico. Tem uma explicação sobre o ácido arsenioso aqui, mas não preciso ler, preciso? O trióxido de arsênio As_2O_3 que citei antes se dissolve na água — parece que quanto maior a concentração alcalina, mais solúvel se torna —, resultando no ácido arsenioso. A fórmula química é $As_2O_3 + 3H_2O \leftrightarrows 2H_3AsO_3$.

"Parece que o hidróxido férrico coloidal $Fe(OH)_3$ é usado como antídoto porque absorve e remove o ácido arsenioso."

"Ah, tá."

"O arsênico foi misturado no líquido extraído de frutas espremidas, o que hoje chamamos de suco natural. Se bem que seria suco natural mesmo naquela época, mas não era comum chamar assim antes da guerra. Era suco de fruta.

"Aparentemente, todas as seis tomaram o mesmo suco. A quantidade de veneno foi quase a mesma, então parece mais natural pensar que tomaram quando as seis estavam reunidas, ou seja, foram mortas no mesmo lugar, ao mesmo tempo."

"Hum."

"Mas o criminoso não se contentou em matá-las e deixar por isso mesmo. Ele enfiou vários compostos químicos correspondentes aos elementos metálicos na boca de cada cadáver, conforme escrito no manuscrito de Heikichi. Vou contar tudo a respeito disso primeiro.

"Foi encontrado óxido de chumbo PbO na cavidade oral de Tomoko, de Aquário. Trata-se de um pó amarelo e é uma droga perigosa por si só. Mas dizem que é difícil se dissolver na água.

"Isso significa que podia tê-la matado só com isso, mas a razão de não ter feito foi porque provavelmente não tinha como administrar um veneno diferente para cada uma delas. Em outras palavras, a suposição de que foi quando todas estavam reunidas é válida justamente por isso."

"Entendo. É de se admirar."

"Na cavidade oral de Akiko, de Escorpião, foi encontrado óxido férrico Fe_2O_3. Isso também é conhecido como hematita, semelhante à lama vermelha, e é usado em pigmentos e tintas. É uma substância muito popular, que não é veneno nem nada, e representa cerca de 8% das substâncias da face da Terra.

"A próxima é Yukiko, de Câncer, que teve o nitrato de prata $AgNO_3$ enfiado na garganta. Incolor e transparente, também é uma substância tóxica.

"Depois vem a Tokiko de Áries e o elemento usado é ferro, o mesmo de Akiko de Escorpião, mas como ela não tinha a parte do pescoço pra cima, a hematita foi passada na superfície de corte e no corpo.

"Em seguida, é Reiko de Virgem, que corresponde a mercúrio. Foi detectado mercúrio Hg na cavidade oral.

"E na garganta de Nobuyo, de Sagitário, foi detectado estanho Sn.

"E é isso aí. Se fosse só o mercúrio, seria possível obtê-lo quebrando um termômetro, mas em relação aos demais compostos químicos seria necessário ter um certo conhecimento a respeito e ser alguém que pudesse entrar e sair do departamento de farmácia de alguma universidade ou algo do gênero para consegui-los. Acho que seria impossível para um leigo. Heikichi Umezawa poderia ter conseguido, movido pelo entusiasmo da sua loucura, mas ele já estava morto."

"Heikichi não poderia ter conseguido em vida e escondido em algum lugar do ateliê?"

"Isso eu não sei. Na verdade, eu também penso que pode ter sido isso que aconteceu. Mas a polícia diz que não há nenhuma evidência de que isso seja verdade."

"Então como Masako conseguiu arranjar tudo isso?"

"Sei lá. De uma forma ou de outra, sendo de forma séria ou tirando um barato, o criminoso concluiu o trabalho de alquimia perfeitamente, pelo menos com base na interpretação de Heikichi. O plano que Heikichi escreveu no seu caderno, em segredo, foi executado de forma quase perfeita. Agora resta saber quem fez isso e com que propósito, já que Heikichi Umezawa estava morto."

"Hum. Acham que Masako foi a culpada de tudo?"

"Eu não acho."

"Só a polícia achava que ela era, então."

"Nada me tira da cabeça que Heikichi Umezawa estava vivo. Afinal, para alguém que não se interessa pela produção de Azoth não faria sentido nenhum cortar uma parte do corpo das seis jovens.

"Então seria algum artista do mesmo meio, que era fascinado pelas ideias e visões de arte de Heikichi? Mas Heikichi não tinha nenhum amigo artista tão próximo."

"Será que Heikichi realmente tinha morrido...?"

Sem querer, caí na gargalhada.

"Está vendo?! Eu estava esperando que você dissesse isso."

Mitarai fez uma cara de quem foi pego no pulo. Mas astuto como era, deu uma desculpa:

"Não, não foi nesse sentido."

"Então, o que você quis dizer?!"

Não deixei de ficar na cola dele. Preciso inquirir insistentemente sempre que ele abre a mínima brecha, para o que pode vir a acontecer na posteridade. Eu sabia que as palavras ditas por ele naquele momento não eram resultado de um pensamento mais profundo.

"Você está achando que me deu todas as explicações?", disse Mitarai.

"Onde apareceu cada um dos corpos? Prefiro dizer o que penso depois de você ter apresentado todas as questões."

"Está bem", respondi, num tom desafiador.

"Mas não vou esquecer as palavras que disse agora. Você terá que responder direito depois."

Deixei bem claro o que eu queria.

"Tudo bem. Você vai acabar esquecendo mesmo."

"O que você disse?"

"Quem foram as primeiras a serem encontradas? A sequência foi a partir da mais próxima a Tokyo?"

"Não, o primeiro corpo a ser encontrado foi o de Tomoko. Em uma mina chamada Hosokura, na província de Miyagi. Quer que eu diga o endereço exato? A Mina Hosokura fica localizada na vila Uguisuzawa, condado de Kurihara, província de Miyagi. O corpo foi abandonado no meio da floresta que fica só um pouco afastada da estrada florestal. Não foi enterrado, a parte do joelho para baixo foi cortada e o corpo estava todo embrulhado em papel encerado. Foi encontrado em 15 de abril vestindo a mesma roupa que usava durante a viagem a Yahiko. O seu paradeiro era desconhecido desde a manhã do dia 31 de março, então haviam se passado cerca de quinze dias. Os moradores da vizinhança, que estavam de passagem, o encontraram.

"A Mina Hosokura é conhecida pela produção de chumbo e zinco. Tomoko é de Aquário, o que significa chumbo em astrologia, ou melhor, em alquimia. Então, mesmo a polícia japonesa, que é famosa por investigar objetivamente, deixando a imaginação de lado, não pode deixar de pensar que realmente era possível que tudo isso estivesse sendo feito de acordo com o romance de Heikichi. Ou seja, que as jovens já haviam sido assassinadas, e seus corpos foram abandonados em diferentes locais do país, conforme o romance...

"No entanto, na obra de Heikichi consta apenas que Áries será deixada em um lugar onde é produzido ferro e Câncer, onde é produzida prata, mas não é especificado o nome da mina. Foi então que, para encontrar Tokiko, fizeram uma busca pelas minas famosas que produziam ferro em todo o país. Por exemplo, Nakatoya em Hokkaido, Kamaishi em Iwate, a Mina Gunma em Gunma e Chichibu em Saitama. Da mesma forma, como Yukiko é de Câncer e corresponde à prata, procuraram em Konomai e no Toyoha em Hokkaido, Kosaka em Akita e Kamioka em Gifu.

"Mas parece que foi bem complicado. Afinal, não havia nenhum fator para estimar onde estariam. E demorou um bocado. Isso porque todos os outros corpos haviam sido enterrados."

"Como é?! Foram enterrados? Quer dizer que só a Tomoko não foi enterrada?"

"É."

"Hmm..."

"E tem mais uma coisa misteriosa. A profundidade que cada uma foi enterrada é diferente. Será que tem alguma implicação astrológica? Acho que é aí que você entra."

"E como estavam, especificamente?"

"Deixe-me ver. Akiko foi encontrada em aproximadamente 50 centímetros de profundidade, Tokiko em 70 centímetros, Nobuyo em 1,4 metro, Yukiko em 1,05 metro e Reiko em 1,5 metro. É óbvio que esse número é um valor aproximado. Tanto os Sherlock Holmes amadores quanto a polícia ficaram perplexos com esses números. Ainda não apareceu ninguém com uma explicação que convencesse a todos."

"Hmm."

"Bem, pode ser que não tinha nenhum motivo, talvez tenha sido um mero capricho, como por exemplo estar relacionado com a dureza do solo."

"Um buraco com profundidade de 50 a 70 centímetros só serve para cobrir de leve. E tem uma diferença drástica com 1,5 metro. Se for uma pessoa baixa, dá até para ficar em pé no fundo do buraco e caberia até a cabeça. O que isso significa? Akiko é de Escorpião, e foi 50 centímetros... Tokiko..."

"A profundidade de Áries e Escorpião foi de 70 centímetros e 50 centímetros, de Virgem, Sagitário e Câncer foi de 1,5 metro, 1,4 metro e 1,05 metro, respectivamente. Tem uma tabela aqui."

"E Aquário ficou ao relento. Foi por causa do elemento? Não, não foi. Também não foi por causa do aspecto astrológico. Já sei! Sim, isso não tem nada a ver com os signos. Acho que não precisamos pensar nos números menores, como 70 ou 40. Elas foram enterradas em dois tipos de buracos, de cerca de 50 centímetros e 1,5 metro."

"Certo... mas ainda tem o de 1,05 metro."

"Sim, mas ele deve ter ficado com preguiça nesse aí. Bom, e depois de Tomoko?"

"Quando um corpo é enterrado e não é encontrado logo, leva-se muito tempo até achá-lo, porque os vestígios desaparecem com chuvas e outros fatores. Nos casos passados em que os cadáveres foram enterrados no Japão, os corpos só foram encontrados por causa das confissões dos assassinos. Depois de um mês inteiro, o corpo de Akiko foi encontrado em 4 de maio. Ela também estava embrulhada em papel encerado e vestia as roupas que usava na viagem, mas estava com uma aparência terrível por baixo da vestimenta porque 20 a 30 centímetros dos quadris foram cortados e removidos. Foi encontrada enterrada na montanha próxima a Mina Kamaishi, em Ōhashi, vila Katsushi, na cidade de Kamaishi da província de Iwate. Aparentemente, foi o cão policial que a encontrou. Masako Umezawa, que estava sob custódia na época, foi até o local em ambos os casos e confirmou que eram suas filhas.

"Por constatarem que os cães policiais eram bons nessa tarefa, mobilizaram um grande número deles. Talvez graças a isso, o corpo de Tokiko foi encontrado apenas três dias depois, no dia 7 de maio na Mina Gunma, localizada em Oazairiyama, vila Kuni, condado de Gunma, na província de Gunma. Estava como as outras, embrulhada no papel encerado e com as roupas da viagem, mas poderia ser outra pessoa também, já que este corpo não tinha a parte do pescoço para cima. Então, não só Masako, a madrasta, mas também Tae, a mãe de sangue, foi até lá fazer a identificação. Além da declaração por parte da mãe biológica, os pés tinham características típicas de quem pratica balé, e teve ainda a identificação da marca de nascença da lateral da barriga que constava no manuscrito de Heikichi. Além disso, à época, não havia nenhuma outra jovem da mesma faixa etária que estivesse desaparecida na data estimada de morte, então foi concluído que se tratava de Tokiko.

"Depois disso, passou-se bastante tempo. Porque os buracos eram profundos. O corpo de Yukiko foi encontrado em 2 de outubro, terminado o verão. O dela talvez tenha sido o que estava em estado mais abominável. Além de estar em estágio avançado de decomposição, o tórax foi removido e, com isso, ficou como se o pescoço estivesse simplesmente repousando sobre a barriga. Dizem que parecia o Pequeno Polegar. Todo o resto estava da mesma forma que as demais. O corpo todo embrulhado no papel encerado, vestida com as roupas da viagem e enterrada a uma profundidade de um metro e pouco. O local ficava próximo à mina abandonada de Kosaka no bairro de Kemanai, condado de Kazuno na província de Akita. Masako foi até lá também para fazer a identificação.

"Mais tempo se passou, desde então. O próximo corpo, de Nobuyo, foi encontrado bem no final do ano, em 28 de dezembro, o que significa que já se passavam nove meses desde que fora assassinada. Nobuyo e Reiko, que são as que faltavam, são de Sagitário e Virgem, que correspondem a estanho e mercúrio, respectivamente. Não há muitas minas famosas no Japão para esses dois elementos. Ao limitar a área do mercúrio à ilha principal, Honshu, pode-se dizer que só se encontra o metal em Yamato, na província de Nara. No caso do estanho, apenas em Akenobe e Ikuno, na província de Hyogo. Sem esses fatores, esses dois corpos provavelmente não seriam encontrados. Mesmo porque estavam em maior profundidade.

"Nobuyo foi encontrada em 28 de dezembro na montanha perto da Mina Ikuno em Kawashiri, bairro de Ikuno, condado de Asago, na província de Hyogo. No caso dela, as coxas foram amputadas. Portanto, foi enterrada de uma forma que a pelve e as articulações do joelho pareciam estar grudadas. Todo o resto era igual às outras, com as roupas da viagem e embrulhada no papel encerado. Como supõe-se que ela foi morta em final de março, já passava de nove meses. Consequentemente, parte do corpo dela estava esqueletizada. Horrível.

"E por último, Reiko. Ela foi encontrada depois do Ano-Novo, em 10 de fevereiro de 1937. Já fazia quase um ano desde a primeira morte, de Heikichi. No caso de Reiko, o abdômen foi amputado. Todo o restante é igual às demais. Quanto ao local em que foi encontrada, foi na montanha perto da Mina Yamato em Oaza Osawa, bairro de Uta, condado de Uda, na província de Nara. Ela também estava enterrada a uma profundidade de cerca de 1,5 metro.

"Não foi necessário que a mãe delas, Fumiko, fosse até lá para reconhecer esses dois corpos. Isso porque já tinham virado esqueletos e seria difícil para qualquer pessoa conseguir identificá-los por mais próxima que fosse. No entanto, Fumiko parece ter ido mesmo assim."

"Mas nesse caso, seria possível substituir os corpos dessas duas por qualquer outro, mais do que Tokiko, não é? Não dava para reconhecer o rosto, certo? Só as roupas."

"Sim, mas há vários fatores que são decisivos para essa questão. No caso de Tokiko, foi realmente como expliquei há pouco pela razão de que o corpo ainda era recente, mas no caso dessas duas, também é possível ter uma estimativa da idade a partir do esqueleto e da pele. Além disso, dá para ter uma ideia relativamente exata da estatura. Fora isso, a fisionomia pode ser mais ou menos revelada ao modelar sobre o crânio com argila, ou seja, fazendo a reconstrução facial. Pode-se restringir mais ainda pelo tipo sanguíneo.

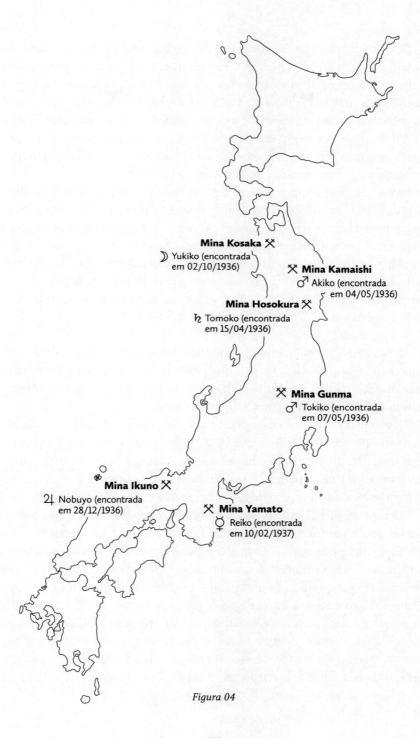

Figura 04

"E o que foi mais decisivo, em relação às cinco que permaneceram com os pés, é que foi possível presumir claramente, a partir da deformação das unhas e dos ossos dos pés, que elas eram bailarinas. Não sou um expert no assunto, mas como as bailarinas andam na ponta dos pés, certamente as unhas devem sofrer alterações. O mesmo vale para os ossos dos dedos.

"Além disso, em todo o Japão, não havia nenhum outro caso nessa época que envolvesse moças da faixa de idade delas que fizessem balé e pudessem ser assassinadas no lugar dessas jovens.

"Mas não podemos dizer que a probabilidade seja totalmente nula, pois devia haver adolescentes que tivessem fugido de casa e estivessem desaparecidas, com pedido de busca emitido. Mas também seria meio impensável obrigar uma menina dessas a fazer balé por tanto tempo, a ponto de suas unhas e ossos ficarem deformados, para então matá-la, não é? Tendo todos esses critérios restritivos, acho que não teria problema em pensar que eram as jovens da família Umezawa, com 99% de certeza."

"Bom, é né."

"E mais uma coisa que preciso mencionar é que cada uma delas carregava uma pequena bagagem, como uma bolsa, quando viajaram para Yahiko. Mas não foi encontrado nada parecido com isso. Só os corpos. Isso pode ser mais importante do que parece.

"E vou dizer de novo, embora já tenha dito, que a data e hora estimada da morte de Tomoko é 31 de março de 1936, entre 15h e 21h. E pelas razões que citei antes, a data e hora estimada das mortes das outras cinco deve ser a mesma. Outros livros afirmam que a data estimada de morte para as cinco é no início de abril, mas acho que podemos ignorá-los."

"O argumento de que as outras cinco têm a mesma data e hora estimadas que a Tomoko é pelo motivo que você falou antes, certo?"

"Sim. Isso nada mais é do que um palpite quando se trata de alguns corpos que foram encontrados mais tarde. Para ser mais exato, acho que podemos dizer que não há nem como ter ideia da data e hora da morte de Nobuyo e Reiko. Parece que se passado um ano, a data estimada da morte de um cadáver pode variar de um até três anos, dependendo do cientista forense. Alguns têm hábito de dizer que foi mais tempo, outros, menos, e o estado de decomposição varia também dependendo das condições em que o corpo foi deixado. Por exemplo, há relatos de que a data estimada da morte foi prolongada em cerca de meio ano ao matar uma pessoa no verão e vesti-la com um casaco acolchoado. Bom, acho que expliquei tudo que precisava..."

"Faltam os álibis. O álibi da tarde do dia 31 de março das pessoas citadas até agora. Se pensar bem, isso foi um genocídio. Foi o extermínio do clã Umezawa. Pode ser que a produção de Azoth não passava de uma mera camuflagem. O fato de esquartejá-las pode ter sido, em parte, para aliviar o rancor. Quando falamos de rancor em relação à família Umezawa, a primeira pessoa que me vem à mente é Tae, a ex-esposa de Heikichi."

"A possibilidade de ser Tae é absolutamente zero, se considerarmos seu álibi. A rotina diária de Tae é ficar sentada na tabacaria o dia todo. Deixando de fora o assassinato de Heikichi que foi cometido de madrugada, muitos vizinhos testemunharam que ela esteve sentada do outro lado da vitrine de cigarros o tempo todo, seja no horário do assassinato da Kazue, seja no horário em que as seis jovens desapareceram e, claro, em 31 de março o dia inteiro.

"Dizem que há uma barbearia na frente da tabacaria de Tae. E parece que não tiveram muito movimento no dia 31 de março. Então, viram que Tae ficou sentada na loja durante a tarde até o pôr do sol. Segundo eles, Tae ficou lá mesmo depois de o sol se pôr, até fechar a loja por volta das 19h30.

"Às vezes ela se recolhia um pouco, mas de acordo com as pessoas da vizinhança, parece que não houve um dia sequer durante todo o ano de 1936 em que Tae tenha fechado a loja e tenha passado o dia sem ser vista por lá. Fora que, na época, Tae era uma mulher de 48 anos e seria impossível a ela a façanha de carregar seis cadáveres e espalhá-los por todo o Japão. E mais uma coisa: ela não tem carteira de motorista. Mais uma: entre as seis jovens estava a sua filha Tokiko, que cuidava muito bem dela. É absolutamente impossível que Tae seja a criminosa, considerando diversos aspectos."

"O álibi de Tae era sólido, então?"

"Era."

"Mas Masako foi presa porque seu álibi não era suficiente. Heitaro e Yasue Tomita nunca foram detidos, certo?"

"Não, acho que todo mundo foi detido. Como eu disse antes, não era uma época em que prendiam só depois de obter um mandado de prisão, como é feito agora. Era uma época que prendiam pessoas até por motivo de atitude suspeita. O Yoshio, se não me engano, ficou detido por dias. Dependia do humor do policial."

Mitarai bufou, desgostoso. Depois disse:

"Estavam atirando para todos os lados", disse ele.

"De uma forma ou de outra, o álibi de cada um deles estava bem consistente. Em primeiro lugar, a mãe e o filho Tomita do Médicis. Como a loja estava aberta no dia 31 de março, temos os testemunhos das garçonetes, clientes, conhecidos etc. Tanto Yasue Tomita quanto seu filho Heitaro não se ausentaram da loja nem por trinta minutos durante o período em que a loja esteve aberta, até as 22h. Conhecidos permaneceram na loja mesmo depois de fecharem às 22h daquela noite, e ficaram conversando até por volta da meia-noite. Obviamente, tanto Heitaro quanto Yasue estavam junto com eles durante esse período. Portanto, mãe e filho têm álibis sólidos.

"Em seguida, temos Yoshio Umezawa, que parece ter tido uma reunião na editora na região de Gokokuji a partir das 13h do dia 31 de março. A reunião terminou por volta das 17h, e depois ele voltou para sua casa em Meguro de trem com o editor, chamado Toda, bebendo com ele até depois das 23h.

"O álibi da esposa de Yoshio, Fumiko, não é consistente até cerca de 18h quando o marido voltou para casa, mas por volta das 16h50 ficou conversando na rua com uma dona de casa da vizinhança. Assim, esse casal tem álibis, certo? E, como no caso de Tae, duas das seis jovens são filhas deles. Não há razão para pensarem em matá-las.

"Em se tratando dos personagens mencionados até agora, só restaram essas cinco pessoas, está vendo?! Podemos até dizer que esses cinco álibis são perfeitos, não? Só o álibi da esposa de Yoshio, Fumiko, parece um pouco inconsistente, mas embora não saibamos onde elas foram mortas, se por acaso isso aconteceu em Yahiko, ela teria que ter saído de Tokyo bem antes. Concorda que isso é o suficiente para estabelecer um álibi? Além disso, foi concluído que essas cinco pessoas não teriam depois o tempo hábil de abandonar os cadáveres para lá e para cá."

"E assim o álibi dos personagens se estabelece, entendi. Por isso passaram para a teoria de que foi alguém de fora... Hmm, mas aí, Masako também tem um álibi sólido, não é?"

"Mas afinal foi um testemunho de parentes... e quando constataram que o álibi dos cinco era sólido, subitamente a suspeita recaiu sobre Masako com força total. Afinal, também tem a questão da garrafa de arsênico."

"Bem, se for pela teoria da cama içada, Masako pensava que não havia a necessidade de silenciar as jovens na época do assassinato de Heikichi, embora não se saiba se todas participaram de fato, mas depois de um mês, por algum motivo, ela mudou de ideia e pensou que seria melhor matá-las. Se isso aconteceu, a história torna-se fundamentalmente contraditória."

"O que quer dizer?"

"Não, o fato é que quero pensar nesse problema mais tarde. Então o criminoso, ou esse artista maluco, acaba conseguindo assim todo o material de que precisa para a produção da Azoth, tão sonhada por Heikichi. E será que Azoth foi criada mesmo?"

"Esse é agora o maior objetivo e também a atração desta competição de investigação dos Assassinatos do Zodíaco de Tokyo. De acordo com uma das teorias, Azoth foi empalhada e ainda hoje se encontra em algum lugar do Japão. Resumindo, acho que temos duas questões para resolver em relação a esse mistério. Uma é a busca pelo assassino e a outra, *pela Azoth*.

"Heikichi Umezawa tinha escrito que Azoth deveria ser posicionada no 'centro do número treze', o verdadeiro ponto central do Japão. Este artista desconhecido parece estar fazendo as coisas de acordo com o romance de Heikichi, e isso nos leva a crer que depois de concluída, Azoth foi posicionada corretamente no local desejado por Heikichi.

"Então, onde fica esse 'centro do número treze'? Como parece impossível encontrar o criminoso, isso aparentemente acabou virando o objetivo número um das pessoas.

"Tae pediu para que procurassem esta Azoth, oferecendo como recompensa grande parte do dinheiro que herdou. Acho que essa recompensa ainda está valendo."

"Espere um minuto, por que é impossível encontrar o criminoso?"

"Ora, ora! Não imaginei que ainda lhe restasse forças para falar uma coisa dessas, Mitarai. Você realmente é promissor! Não acho que seja necessário repetir, mas todos os personagens têm um álibi quando se trata dos Assassinatos Azoth. Além disso, embora seja possível usar um carro para abandonar os corpos por aí, Heitaro apareceu no Médicis todos os dias desde o início de abril, cumprindo sua função de administrador.

"Masako foi detida pela polícia. Yoshio não tem carteira de motorista. A mesma coisa para as mulheres restantes. Podemos dizer que nem vale a pena discutir sobre Tae, Fumiko ou Yasue. Elas não têm carteira de motorista e continuaram levando a mesma vida de antes.

"Então, não temos outra escolha senão pensar que alguém de fora, que não conhecemos, foi responsável pelos Assassinatos Azoth, certo? Sendo assim, chegamos à conclusão de que procurar Azoth é a única coisa que resta a nós, reles mortais."

"Isso é bem desolador, hein. No entanto, Heikichi não tinha discípulos... mas você disse que ele tinha colegas que conheceu no Médicis, não disse?"

"Sim, uns cinco ou seis por meio do Médicis e do Kakinoki. Mas são apenas conhecidos. Além disso, dessas poucas pessoas, só há certeza de uma delas ter visitado o ateliê de Heikichi. Há uma outra pessoa que poderia ter ido visitá-lo, mas ela diz que não o visitou. Os demais nem deviam saber onde ficava o ateliê do Heikichi."

"Hum."

"Heikichi provavelmente não teria comentado sobre Azoth com esses caras, e acima de tudo, essas pessoas nem apareceram no romance de Heikichi. Para ser uma pessoa capaz de cometer os Assassinatos Azoth em nome de Heikichi, ela tinha de estar extremamente fascinada pelos pensamentos dele ou ter um relacionamento afetivo muito próximo. Por isso teria de ser alguém que aparece no romance de Heikichi."

"É..."

"Mas pode ter havido alguém que veio passear no ateliê escondido ou que entrou furtivamente e bisbilhotou o caderno de Heikichi. Isso porque Heikichi costumava pendurar o tal cadeado do lado de fora da porta quando saía. Parece que o cadeado podia ser usado do lado de fora também. Qualquer um poderia ter entrado no ateliê se roubasse a chave do cadeado do bolso de Heikichi enquanto ele estivesse bebendo por aí, por exemplo. Se temos a intenção de buscar um criminoso, é preciso pensar assim, do contrário, seria impossível. Não há absolutamente ninguém que possa executar um trabalho tão penoso entre os personagens que vimos até agora."

"Hmm... é verdade... É um caso inexplicável, hein."

"Com certeza, tanto é que já se passaram quarenta anos e ninguém consegue resolver."

"Você pode me mostrar a tabela das datas em que as seis foram encontradas? Estou com uma coisa martelando na cabeça."

"Claro."

"Olhando para a tabela, dá para ver que quanto maior a profundidade em que foi enterrada, mais demorado foi para ser encontrada. A que não foi enterrada foi a primeira a ser encontrada. Tudo bem, é óbvio.

Mas, sendo assim, estou pensando se o criminoso não fez isso propositadamente. Se essa sequência de descobertas foi conforme o criminoso esperava, qual seria o significado disso...?

"Acho que podemos pensar em duas coisas. Uma seria algum artifício para criar uma situação vantajosa e ter mais tempo para fugir, e a outra é que o criminoso realmente acreditasse em alquimia ou em astrologia, e quisesse aludir a alguma coisa do gênero. Primeiro foi Aquário, depois Escorpião, em seguida Áries, Câncer, Sagitário, Virgem... uma bagunça só... não foi na ordem do zodíaco.

"Tampouco foram descobertas na ordem, por exemplo, a partir do Norte ou a partir do Sul do Japão. Na ordem das que estavam mais próximas de Tokyo? Não, também não. Será que estou enganado? Será que não tem nenhum significado em relação à ordem...?"

"Pois é. Talvez no começo o assassino pensasse em cavar todos os buracos bem fundo, mas foi ficando com preguiça... deve ser por aí. Então os buracos mais fundos foram os que ele cavou primeiro, e Tomoko foi a última. Portanto, talvez a gente consiga seguir os passos do criminoso dessa forma."

"Mas as que foram enterradas profundamente estavam em Hyogo e Nara, que são perto, e depois fica longe, lá em Akita. E aí?"

"É... se não fosse pela Yukiko em Akita, isso faria algum sentido... quer dizer que a pessoa foi até Nara ou Hyogo primeiro para enterrar a Reiko e a Nobuyo. Em seguida, foi para Gunma e enterrou a Tokiko. Então seguiu em linha reta até Aomori e enterrou a Yukiko em Kosaka, na fronteira da província. Depois, foi para o sul até Iwate a fim de enterrar a Akiko e, por último, foi ainda mais em direção ao sul, abandonou a Tomoko em Miyagi de qualquer jeito porque já estava na reta final, fugindo de volta para Tokyo o mais rápido que pôde. É o que dá para supor."

"Hmm, então talvez não signifique que ficou cansado de enterrar os corpos em maior profundidade, mas sim que ficou com receio de que encontrassem o corpo descartado primeiro enquanto ainda fazia a sua peregrinação pelo país, complicando a situação."

"Ah, sim, isso também pode ter acontecido. Mas se esse for o caso, tem o problema da Yukiko em Akita, que foi enterrada bem fundo. Tokiko, que foi antes dela, estava enterrada apenas superficialmente. Se formos seguir pela ordem da distância, foram enterradas de modo profundo, profundo, superficial, profundo, superficial. Seria tão mais fácil se a terceira e a quarta trocassem de lugar ou se a quarta também tivesse sido enterrada superficialmente.

DATA DA DESCOBERTA	NOME	ANO DE NASCIMENTO	SIGNO	LOCAL DA DESCOBERTA	PROFUNDIDADE DO SEPULTAMENTO
1936					
15 de abril	Tomoko	1910	Aquário	Mina Hosokura na província de Miyagi	0 cm
4 de maio	Akiko	1911	Escorpião	Mina Kamaishi na província de Iwate	50 cm
7 de maio	Tokiko	1913	Áries	Mina Gunma na província de Gunma	70 cm
2 de outubro	Yukiko	1913	Câncer	Mina Kosaka na província de Akita	1,05 m
28 de dezembro	Nobuyo	1915	Sagitário	Mina Ikuno na província de Hyogo	1,40 m
1937					
10 de fevereiro	Reiko	1913	Virgem	Mina Yamato na província de Nara	1,50 m

"Então ou viajou duas vezes para este fim, ou foram dois grupos que fizeram o serviço, adotando a teoria da agência especial militar. Podemos pensar que a sequência de cada grupo foi a seguinte: o grupo A ficou responsável pelo trabalho em Nara e Hyogo, no Oeste do Japão, e depois foram para Gunma, na região de Kanto; e o grupo B ficou responsável pelo Leste do Japão, em Akita, Iwate e Miyagi. Podemos supor que seguiram esta ordem. Dessa forma, significa que o primeiro corpo de cada grupo foi enterrado em profundidade maior, e começamos a ver uma certa coerência.

"Só que, olhando para a tabela, ficamos mais inclinados a acatar a teoria dos dois grupos da agência especial, na qual dois grupos, em vez de um único criminoso civil, dividiram o trabalho em duas partes. Isso porque, com base no que você disse antes, seria uma má ideia enterrar Tokiko em Gunma superficialmente se fosse obra de um só criminoso. Embora fosse o término do primeiro ciclo, ainda estaria na metade do caminho.

"Ou será que deixou Gunma para depois e foi direto para Akita, após finalizar a tarefa no Oeste do Japão? Aí, temos uma incoerência em relação a Tokiko de Gunma e Tomoko de Miyagi, que não estava enterrada. Seria melhor se essas duas estivessem na ordem inversa.

"Então será que não podemos pensar que foi para o Oeste do Japão mais tarde? Não, isso também é impossível. Ainda tem a Tomoko em Miyagi, que não foi enterrada.

"Aqui também acaba parecendo mais fácil adotar a teoria da agência especial, por causa disso tudo. Haveria uma certa coerência se os dois grupos trabalhassem no Oeste e no Leste do Japão ao mesmo tempo, pela lógica de que os corpos mais distantes de Tokyo foram enterrados profundamente. E certamente naquela época deveria haver em Tokyo organizações como a agência especial."

"Mas então, se fosse para manter a harmonia, o grupo encarregado do Oeste do Japão teria que ter deixado Tokiko em Gunma *sem enterrar*, simplesmente abandonando-a; não acha?"

"Bem, tem isso também. Além disso, essa teoria da agência especial também é bastante complicada. Após a guerra, foram tomados depoimentos de muitas pessoas particularmente familiarizadas com assuntos internos de militares e, segundo eles, as organizações relacionadas com os militares não realizaram esse tipo de operação em 1936 e 1937, de forma alguma."

"Ah, é mesmo?"

"Mas trata-se de uma agência especial justamente por fazer esse tipo de coisa em segredo, ora."

"Porém são depoimentos de membros internos, certo?"

"São, né. Em todo caso, se considerarmos que o fato de ter enterrado a Yukiko, em Akita, um pouco mais fundo foi, sei lá, um capricho, podemos fazer uma suposição a partir dessa linha de pensamento. É possível inferir que o criminoso é *uma pessoa que vive na região de Kanto*. Se porventura tivesse de voltar para Aomori, o corpo de Yukiko seria o último, e seria aquele que ficaria à mercê da intempérie."

"Hmm... pode ser que você tenha razão sobre isso. Tem mais alguma coisa que você consegue notar ao olhar para esta tabela? Deve haver muitas minas em Kyushu e Hokkaido, mas os locais de descoberta são limitados a Honshu, não é? Acho que podemos pensar que esta é a prova de que possivelmente os corpos foram trazidos de carro e descartados. Afinal, o túnel Kanmon não existia naquela época.

"Será que é por ordem de idade? Tomoko tinha 26 anos, Akiko tinha 24... opa! Isso está em ordem de idade. Elas foram encontradas em ordem da mais velha para a mais nova! Nobuyo e Reiko, que foram as últimas, estão invertidas, mas por ser a mesma profundidade, havia a possibilidade de que a ordem fosse invertida. Quer dizer ao menos que este artista colocou a mais jovem, Nobuyo, no último grupo. Isso aqui pode ter algum significado, hein. Deixe-me ver..."

"Isso aí é mera coincidência. Parece que algumas pessoas até criaram caso sobre isso até então, mas não conseguiram descobrir nada."

"Será...? Bom, pode ser."

"Bom, demorou bastante, mas acho que terminei de explicar todo o panorama destes Assassinatos do Zodíaco da Família Umezawa. E então, Mitarai? Acha que consegue ter alguma perspectiva, ainda que sutil, para solucionar o caso?"

Subitamente, Mitarai parecia estar tendo uma recaída na depressão. Franziu a testa e apertou a região das pálpebras com força, usando o polegar e o indicador.

"Realmente parece muito mais difícil do que eu imaginava. Acho que vai ser impossível responder hoje, de imediato. Vai demorar alguns dias."

"Como é que é? Alguns dias?!"

Eu quase falei "você deve ter errado, seriam alguns anos, não?".

"Nos Assassinatos Azoth, todos os personagens têm álibi sólido. Não só isso como nem têm motivação."

Mitarai murmurou como se estivesse tentando se convencer de algo.

"Então seria alguém que conheceu Heikichi no Médicis ou no Kakinoki? Mas não há ninguém que seja tão próximo de Heikichi nesses lugares. Não há motivo também. Não parece ter ninguém que faça uma coisa tão estúpida como aquela no lugar de Heikichi. Além do mais, nem deve ter tido a oportunidade de ler aquele caderno.

"Então só pode ser alguém de fora ou alguma agência especial do exército. Mas aí é que não teria chances de ler o caderno de Heikichi mesmo, e em primeiro lugar, não haveria razão para a agência especial do Japão criar a Azoth no lugar do Heikichi. Além disso, as pessoas que entendiam dos assuntos internos dos militares afirmaram que tal fato não existiu. Em outras palavras, o criminoso não existe, em lugar nenhum..."

"Isso mesmo, Mitarai. Então, vamos simplesmente largar mão e tentar encontrar Azoth no centro dos números 4 – 6 – 3, treze, como todo mundo está fazendo."

"Aquela história de que foi colocada no centro do Japão?"

"Sim."

"Ele descreveu claramente sobre o centro no eixo leste-oeste. Era na linha de 138°48'L, certo?"

"Era."

"Então está em algum lugar desta linha. Não bastaria caminhar sobre ela, procurando por Azoth de ponta a ponta?"

"Isso é, mas esta linha é longa, hein. Tem uns 355 ou 356 quilômetros. Se for uma distância em linha reta de leste a oeste, é quase a distância de Tokyo a Nara. A Serra de Mikuni e as montanhas Chichibu ficam nesse meio. Provavelmente passaríamos pela famosa floresta conhecida como Mar de Árvores, no sopé do Monte Fuji. Não dá para simplesmente fazer um bate e volta de carro ou de moto. Além disso, Azoth pode estar enterrada. Não podemos sair cavando ao longo dos 350 quilômetros, como se fosse uma toupeira. Temos de restringir na medida do possível, o que é um desafio bem complicado."

Então, instantaneamente, Mitarai mostrou desdém:

"Esta noite... Será o suficiente..."

Foi o que ele parecia ter dito, mas, na segunda metade, sua voz ficou fraca como o som de um pernilongo e ele continuou a resmungar alguma coisa, que eu não consegui mais entender.

5

No dia seguinte, não pude ir até a casa de Mitarai porque acabei recebendo um trabalho repentino, embora eu estivesse curioso. Ele também não me ligou, provavelmente devia estar pensando sobre os números 4 – 6 – 3. Nessas horas, sinto a tristeza típica de um freelancer. Não tenho escolha a não ser dar prioridade ao trabalho. Não lembro mais quando foi, porém uma vez cheguei a dizer para Mitarai que estava pensando em arrumar um emprego fixo.

Imediatamente, Mitarai se levantou e disse:

"Vamos falar das cenouras penduradas em frente à cara de um cavalo que puxa a carruagem!

"Há uma área de cultivo de plantas espinhosas, e há uma estrada sinuosa que passa por ela. Se você abrir caminho cortando os galhos e chegar à saída, encontrará uma casa. Você entendeu até aqui?"

"Hein...?"

Não entendi, mas acabei fazendo que sim.

"Este é o ponto final do grande trabalho para o qual um homem dedicou toda a sua vida, mas se você subisse na mureta localizada no portão de entrada para a área cultivada, conseguiria ver que a saída estava logo ali. O trabalho de dar golpes com o facão é que o deixa ridiculamente cansado e acaba dando a sensação de que percorreu um longo caminho!"

"Não faço a menor ideia do que você está falando", falei com sinceridade.

"Que pena, se você não tem a capacidade de entender, Picasso não passa de uma pichação", disse ele, desapontado.

Ao pensar nisso agora, percebo que a intenção de Mitarai era me dizer que não valia a pena conseguir um emprego fixo. Por se expressar de forma distorcida, ele não conseguia ser sincero e dizer que não gostaria que eu procurasse um emprego porque, caso contrário, eu deixaria de ir visitá-lo com frequência e isso o entristeceria.

Quando entrei no apartamento dele dois dias depois, o humor de Mitarai havia melhorado de forma bizarra nesse meio tempo. O estado do sujeito é sempre uma surpresa, não dá para saber como ele estará, até encontrá-lo.

Aquele homem que não fazia a menor questão de descer do sofá, parecendo um náufrago que se agarrava ao barco, estava agora andando para lá e para cá dentro do apartamento. O humor dele estava ótimo: por diversas vezes, imitou na minha frente as vozes do carro de propaganda eleitoral que passava frequentemente nessa época com som alto.

Ele dominava o tom de voz dos candidatos Mansaku Kanno e Otome Tobe (sim, havia mesmo candidatos com esse nome) com muita habilidade, e com um tom sutilmente agudo e trêmulo imitava a voz feminina, dizendo "se eu não puder contar com a ajuda de vocês, minha família estará financeiramente quebrada". Depois, fazia uma voz grossa.

"Chegamos até aqui graças ao seu apoio. Mansaku Kanno está acenando para vocês, logo atrás de mim", e se virava para mim, acenando, todo simpático.

Eu tinha uma leve ideia do porquê de tudo isso.

Portanto, quando ele disse: "Eu entendo o que significa 4 – 6 – 3", eu só pensei: "Ah, claro".

Mitarai falava o seguinte, enquanto tomava uma xícara de café:

"Tenho pensado sobre diversas coisas desde o nosso encontro. Embora tenha sido perturbado pelo maldito discurso eleitoral. Em primeiro lugar, pensei em tentar descobrir onde fica o centro entre o Norte e o Sul do Japão, até porque o centro entre o Leste e Oeste já está bem claro.

"O extremo norte que Heikichi apontou trata-se da Ilha de Kharimkotan, que fica a 49°11'N. Em seguida, no extremo sul, temos Iwo Jima, a 24°43'N. Ao buscar o centro destes dois, chegamos a 36°57'N. Se você olhar no mapa o ponto de interseção entre a linha central leste-oeste, de 138°48'L, mencionada por Heikichi, e esta linha central norte-sul, fica mais ou menos na estação de esqui Ishiuchi da província de Niigata.

"Em seguida, tentei encontrar a linha central entre a Ilha de Kharimkotan e a Ilha Hateruma, que é o verdadeiro extremo sul, segundo Heikichi. A Ilha Hateruma está a 24°3'N. Se você buscar a linha central da Ilha de Kharimkotan, de 49°11'N, chegará a 36°37'N. Também tentei encontrar o ponto de intersecção desta linha com a tal linha de 138°48'L, e cheguei na região das Termas de Sawatari, na província de Gunma. E a diferença entre esses dois pontos centrais é de exatamente 20', o que me parece ter algum significado.

"Em seguida, ao buscar a latitude do Monte Yahiko, que Heikichi disse ser o umbigo do Japão, descobri que é 37°42'N. A diferença entre o primeiro ponto central dentre os que mencionei anteriormente e este último é de 45', que também é um número redondo.

"No entanto, por mais que eu brinque com esses números, não consigo fazer com que os números 4 - 6 - 3 apareçam. A distância entre o Monte Yahiko e o segundo ponto central é de 65', ou 1°5', mas parece que isso não tem nada a ver.

"Aí, me deitei e pensei um pouco mais. Então, de repente, tive uma ideia. Tentei extrair todas as latitudes e longitudes das seis minas onde foram encontrados os corpos das seis jovens. E ficou assim."

Mitarai jogou uma tabela com números em minha direção.

☽ (Prata)	Mina Kosaka	(província de Akita)	140°46'L	40°21'N
♂ (Ferro)	Mina Kamaishi	(província de Iwate)	141°42'L	39°18'N
♄ (Chumbo)	Mina Hosokura	(província de Miyagi)	140°54'L	38°48'N
♂ (Ferro)	Mina Gunma	(província de Gunma)	138°38'L	36°36'N
♃ (Estanho)	Mina Ikuno	(província de Hyogo)	134°49'L	35°10'N
☿ (Mercúrio)	Mina Yamato	(província de Nara)	135°59'L	34°29'N

"Queria obter a média dessas seis minas. Primeiro tentei a longitude leste. Então, para minha surpresa, cheguei ao resultado exato de 130°48'! Ele é exatamente igual à linha central entre o Leste e o Oeste que Heikichi falou. Esses seis locais foram escolhidos antecipadamente para isso!

"Chegando até aqui, essa questão já está praticamente resolvida. A próxima foi a média de latitude. Ao tentar obter a média dessas seis latitudes, cheguei em 37°27'N. Olhando para o ponto de intersecção com os 138°48'L, ele fica na região oeste de Nagaoka.

"Aí, comparei o resultado com o ponto central entre o norte e o sul do Japão. A diferença entre o primeiro dos dois tipos de ponto central, ou seja, aquele entre a Ilha de Kharimkotan e Iwo Jima, é uma distância exata de 30'.

"E ao verificar a relação da posição de 37°27'N com o Monte Yahiko, notamos que se localiza a 15' ao sul. Com isso, se você colocar o Monte Yahiko na linha de 138°48'L, teremos quatro pontos alinhados.

"No eixo norte-sul, primeiro temos o ponto central entre a Ilha de Kharimkotan e a Ilha Hateruma, depois o ponto central entre a Ilha de Kharimkotan e Iwo Jima a 20' ao norte, e o ponto médio de latitude das seis minas a 30' na direção setentrional. E a 15' ao norte desse local, temos o Monte Yahiko.

"Isso significa que temos quatro pontos alinhados na linha de 138°48' em intervalos de 20', 30' e 15' a partir do sul. Dividindo cada um desses por cinco, obtemos 4 – 6 – 3. O centro desses números 4 – 6 – 3, ou seja, o *centro* da soma deles que resulta em treze, está a 37° 9,5'N!

"Ao olhar o mapa, a posição de 37°9'30"N e 138°48'L parece dar nas montanhas a nordeste da cidade de Tōkamachi, na província de Niigata. Heikichi deve ter pensado em colocar Azoth aqui.

"Parece-me que você nunca pensou dessa forma, mas eu sempre pensei. Eu quis dizer que meu café é excepcionalmente bom! E hoje, essa impressão que tenho está particularmente forte. O que acha, Ishioka?"

"É, o de hoje está mais ou menos bom..."

"Não, não o café, estou falando do 4 – 6 – 3."

Acho que hesitei um pouco para respondê-lo.

"... Aah, é de se admirar."

Nessa hora, Mitarai pressentiu que ouviria algo desagradável.

"Olha, eu realmente acho que você fez um belo trabalho, Mitarai. Você tem um talento extraordinário, chegando tão longe em apenas uma noite."

"Não pode ser..."

"Hein?"

"Não me diga que alguém já tenha conseguido chegar até aqui. Já... teve alguém... que pensou nessas coisas?"

Provavelmente, fiz uma cara de quem estava com pena. Mas achei que não teria problema fazer isso de vez em quando, então reprimi minha relutância e disse.

"Mitarai, não subestime o tempo de quarenta anos. Se uma pessoa comum se dedicar por quarenta anos, ela pode até construir uma pirâmide."

Esse tipo de expressão com ironia foi provavelmente a melhor coisa que aprendi com Mitarai.

"Nunca vi um caso tão desagradável como esse!"

Mitarai chutou o sofá e se levantou, ficando quase histérico.

"Tudo que consigo é descobrir que alguém já fez o mesmo antes, aonde quer que eu vá. Isso aqui mais parece um teste! Você está segurando o gabarito e só esperando para dar um certo ou um errado. Não gosto de ser testado por ninguém. Não ficaria nem um pouco contente se me falassem que eu sou o melhor dentre cem pessoas.

"Qual o valor em ser um aluno com desempenho excelente? O que um aluno excelente pode fazer por um aluno de desempenho inferior? Eu não aprecio, de jeito nenhum, o esforço que é feito apenas para se sentir superior em relação aos outros. Nem agora, nem nunca!"

"Mitarai."

Ele permaneceu em silêncio, encostado na janela.

"Mitarai."

O silêncio continuou.

"Ei, meu caro."

Então, Mitarai finalmente abriu a boca.

"Eu entendo o que você quer dizer. Mas não acho que eu seja tão diferente dos outros quanto dizem. As pessoas, sim, são tão diferentes que não consigo compreender de maneira alguma. A rotina do dia a dia, por si só, já me faz sentir como se estivesse vivendo em Marte. Todos são diferentes de mim, a ponto de me deixar desnorteado."

Aparentemente, a causa da depressão é algo relacionado a isso.

"Mitarai, é que você não parecia estar bem ultimamente... olha, por que você não se senta, ao invés de ficar em pé? Você vai se cansar se ficar em pé."

"Não consigo entender por quê!", disse Mitarai.

"Todo mundo está desesperado para fazer algo claramente idiota. Mesmo estando na cara que vão começar a se arrepender assim que entrarem no caixão!

"É uma perda de tempo, Ishioka, é uma perda de tempo. Isso mesmo, é como Heikichi disse: tudo já está perdido, desde o início. Portanto, o que estou tentando fazer é uma perda de tempo.

"Um pouco de alegria, tristeza, raiva, tudo isso são como os tufões, as pancadas de chuva e as flores de cerejeira que desabrocham todos os anos na primavera. Os seres humanos são diariamente arrastados para todos os lados por esse tipo de coisa e, eventualmente, acabam sendo levados para lugares semelhantes. Ninguém pode fazer nada.

"Ideais? Para quê? Qual é o sentido de levantar uma bandeira singela com o seu ideal? É igual a um cartaz em que esteja escrito 'perda de tempo', bem grande."

Dito isso, Mitarai sentou-se pesadamente no sofá.

"Eu entendo o que quer dizer...", falei. Então Mitarai me encarou.

"Você entende? É mesmo? E o que é que você entende?", disse em um tom triste.

"Não, não posso descontar em você. Desculpa, Ishioka. Você é o único que continuará achando que não sou louco, não é? Obrigado. Você pode até ser da mesma laia, mas ainda é muito melhor do que eles."

Até que foi uma avaliação gratificante.

"Agora, vamos mudar de sintonia. Não tinha nada naquele lugar que falei antes?"

"O quê? Onde?"

"Tsc, tsc, meu caro. Nas montanhas a nordeste de Tōkamachi, no centro do número treze."

"Hein? Ah!"

"Não me diga que os Sherlock Holmes amadores correram até lá como se fossem uma manada de búfalos."

"Bom, é provável. Deve ter se tornado a nova atração de Niigata."

"Será que vendem bolinhos Azoth?"

"Pode ser que sim."

"E aí, o que encontraram?"

"Não tinha nada."

"Nada?! Nadica de nada?"

"Nada."

Balancei minha cabeça de um lado para o outro.

"Mas... será que devia ter pensado por um ângulo diferente? Só que..."

"Existem várias especulações e mitos. É uma feira de invenções inusitadas. Se quiser saber, posso ler este livro. Quer?"

"Não, obrigado! Não estou com vontade de matar o tempo brincando com isso. Eu sei por mim mesmo. Aquela é a solução correta para a questão. Não existe outra resposta.

"Então, que hipóteses podemos considerar aqui? Será que esse criminoso, o misterioso artista, não conseguiu resolver essa questão? Tentou dar seguimento ao plano conforme o romance de Heikichi, mas não conseguiu decifrar o mistério lançado pelo Heikichi sobre o local do posicionamento final de Azoth...

"Não! Isso não seria possível. Não se trata de um enigma tão difícil.

"É algo tão fácil que pode ser decifrado da noite para o dia. Além disso, há evidências de que este artista entendeu perfeitamente a intenção sobre o local para abandono dos corpos, ou melhor dizendo, a *disposição dos corpos*, a partir do tal manuscrito de Heikichi.

"Digo isso por conta dos 'pontos de descarte dos corpos'. O romance de Heikichi não especifica a localização exata para abandonar os corpos. Os nomes das minas não estão explicitados. No entanto, o fato de Heikichi ter escrito 4 – 6 – 3 significa que Heikichi *já* havia imaginado onde seria o local onde seriam abandonados. E embora esse criminoso tenha decidido *por conta própria* onde seriam os pontos de descarte, os números 4 – 6 – 3 apareceram corretamente. Aqui está a grande evidência de que os locais de disposição dos corpos pretendido por Heikichi eram exatamente os mesmos que os pontos de descarte definidos pelo criminoso. Isto mostra o fato de que esse artista desconhecido entendeu perfeitamente as intenções de Heikichi e também resolveu esse mistério. Com essas constatações, dá vontade de dizer que este criminoso e Heikichi são praticamente *a mesma pessoa*."

"É isso! Isso mesmo!"

"Ou então houve algum motivo inesperado. Criou a Azoth, mas acabou pensando em um outro lugar mais adequado para colocá-la... Ou será que enterrou muito mais fundo? Os detetives amadores tentaram cavar por ali?"

"Não foi só cavar, não! Eles deixaram o lugar como se fosse as ruínas do bombardeio de Iwo Jima."

"Iwo Jima! Falando em Iwo Jima, a profecia de Heikichi era verdadeira para esta ilha também. Bom, deixa pra lá, mas então não estava enterrada... quais são as características geográficas dessa área? Será que não tem algum lugar que passou batido?"

"Essa possibilidade é quase nula. Parece ser uma montanha com topografia relativamente plana. Já se passaram quarenta anos que estão cavando para lá e para cá."

"Hmm, bem, se esse foi o caso, acho que podemos confiar. Se não estava enterrada, será que isso quer dizer que Azoth não foi criada...?"

"Então com que propósito as seis garotas foram mortas e as partes de seus corpos coletadas?"

"Embora tenha reunido as partes, pode ser que tenha se frustrado com a rápida decomposição. Dizer que ela foi empalhada não passa de um boato, não é? Não é difícil dominar a técnica de taxidermia para empalhar?"

"Mas pode ser que tenha estudado escondido. Reunir livros sobre o assunto é fácil. Para se fazer taxidermia em animais basta consultar um livro. E aí pode ter aplicado a teoria fazendo adequações na hora."

"Será?"

"Esse tipo de plano não aparece no romance de Heikichi, mas se foi outra pessoa que executou, acho até natural que a pessoa tenha desejado empalhar. Eu mesmo consigo entender. Originalmente, se a obra existisse só por um dia neste mundo, ele já ficaria satisfeito, não é? Mesmo usando uma técnica amadora de taxidermia, acho que o criminoso ficaria muito satisfeito se a vida de Azoth durasse pelo menos mais meio ano.

"Eu teria feito isso. Afinal de contas, ele é o homem que realizou tantas coisas ousadas."

"Lendo o romance, vimos que Heikichi acreditava que Azoth ganharia vida quando fosse montada, não é?"

"Mas acho que ele não chegou a pensar que ela sairia andando... se bem que era um artista tão doido que de repente pode até ser."

"Hum."

"Mas olha, como você disse, realmente é inexplicável. E eu também acho que você está certo sobre o centro do número treze. Mas Azoth não estava lá. A essa altura, pode-se dizer que a parte séria dessa moda de investigação acabou. O resto do que veio depois é um monte de bobagens que mais parecem piadas. Mas por que será? Que esquisito."

"Tem mais uma coisa que passou pela minha cabeça."

"O que seria?"

"É possível que tudo aquilo sobre o centro do número treze e os 138°48'L seja pura *baboseira*. Heikichi escreveu uma pequena ideia que lhe ocorreu na cabeça, mas não acreditava de verdade nisso..."

"Isso definitivamente não é o caso. Posso dizer isso com segurança."

"Sério?! Por quê?"

"Porque realmente parece haver *alguma coisa* nessa linha."

"O que quer dizer?"

"Vamos acabar mudando um pouco de assunto, mas esta linha de norte a sul não foi citada apenas no manuscrito de Heikichi. Esta linha é apresentada como tendo um poder misterioso em obras escritas por outras pessoas, inclusive por escritores renomados. Acho que você não tem tanto interesse, mas eu li muito sobre tudo que contenha a palavra mistério. Você conhece um escritor chamado Seichō Matsumoto, certo? Há um conto dele chamado *Linha de 139 Graus de Longitude Leste*. Já chegou a ler?"

"Não."

"Foi o que pensei. Esse conto é realmente interessante, e parece corroborar com a profecia de Heikichi Umezawa. Pelo que li, há dois tipos de métodos de adivinhação tradicionais no Japão, o da tartaruga e o do cervo. Agucei sua curiosidade por ser a respeito de leitura da sorte, não é?

"O método do cervo é através da perfuração da escápula de um cervo com espetos de metal, e, com base em como ficaram as rachaduras do osso, é feita a adivinhação sobre o sucesso na caça e na agricultura daquele ano. Em relação ao método da tartaruga, pelo fato de o Japão ser um país insular, no litoral é mais fácil obter uma carapaça de tartaruga, então aos poucos isso foi se tornando um substituto do osso de cervo.

"Em outras palavras, a tradição da adivinhação com o método do cervo é mais antiga que com o método da tartaruga, mas o tal Santuário Yahiko em Echigo aparece como o lugar onde se preservou o costume da adivinhação com o método da tartaruga. Claro que ali usam tartaruga porque fica no litoral.

"Porém, tem mais um lugar onde a adivinhação pelo método da tartaruga é realizada. É o Santuário Shirahama em Izu, que fica na outra costa bem ao sul de Yahiko, ou seja, na costa banhada pelo Oceano Pacífico.

"E há cerca de três outros locais onde o costume da adivinhação pelo método do cervo foi conservado, que ficam bem entre os dois santuários. Um é o Santuário Nukisaki na antiga província de Joshu, agora província de Gunma, e o Santuário Mitake, na antiga província de Musashi, atual Região Metropolitana de Tokyo, e por fim, o Santuário Akiru, também em Tokyo.

"E curiosamente esses cinco santuários estão todos alinhados de norte a sul *ao longo dos 139 graus de longitude leste*. Além disso, dizem que não há nenhum outro santuário além destes onde a adivinhação pelo método da tartaruga e do cervo ainda seja realizada, nem no Oeste nem no Leste do Japão."

"Ora, ora!"

"E o motivo disso é incrível. Se você ler o número dos 139 graus em japonês como antigamente, quando eram usados *hi*, *fu*, *mi* e *yo*, ficará como *hi*, *mi* e *kokonotsu*.* Em outras palavras, dizem que esta linha é um código, *hi-mi-ko*."

---

* Na antiga forma de contagem de números em japonês, tem-se a seguinte leitura para números de 1 a 10, podendo ser usada também a sua abreviação, que está entre parênteses: 1 — hitotsu (hi), 2 — futatsu (fu), 3 — mittsu (mi), 4 — yottsu (yo), 5 — itsutsu (i), 6 — muttsu (mu), 7 — nanatsu (na), 8 — yattsu (ya), 9 — kokonotsu (ko), 10 — too (to). No Japão é comum fazer trocadilhos a partir da pronúncia dos números. [NE]

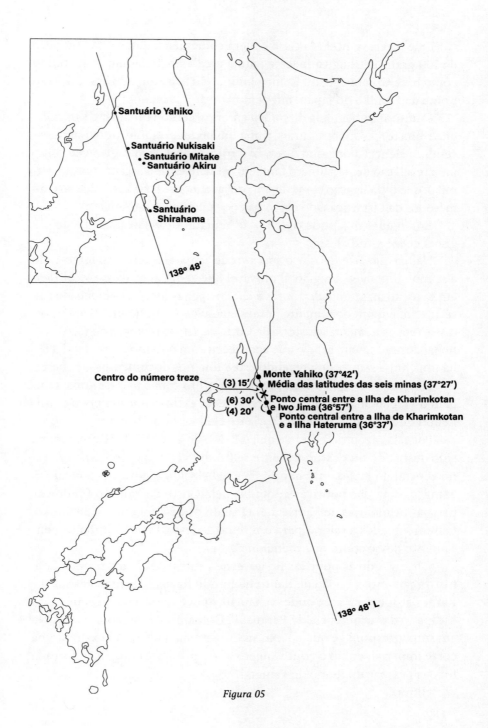

Figura 05

"Que interessante! Mas isso é mera coincidência, não é?! O número de 139 graus de longitude leste é uma escala artificial moderna tendo como base Greenwich, no Reino Unido. Não acha forçado associá-lo ao nome da Himiko do Japão, que tem mais de 2 mil anos?"

"O autor também fala disso. No entanto, como Himiko era um xamã que tinha forças sobrenaturais, tinha um poder premonitório que transcendia a ciência, por assim dizer. Portanto, a ideia de que apareceu como uma revelação desse número também me convenceu. Mesmo porque Himiko, que teria ligação com o além, provavelmente fazia adivinhação com métodos da tartaruga e do cervo na época do Reino de Yamatai."

"Então quer dizer que o Reino de Yamatai ficava nesta linha de 139 graus de longitude leste?"

"Não, o que dizem é que o sucessor de Yamatai migrou ou foi forçado a se mudar para essa região. É provável que Yamatai estivesse localizado em Kyushu, mas afinal de contas é citado apenas uma vez em meados do século III, em um documento chinês chamado Gishi Wajin Den. Depois disso, repentinamente a história da Corte de Yamato começa no século VIII no Japão, e ninguém sabe o que aconteceu com o Reino de Yamatai. Não há uma linha sequer descrevendo este reino nos documentos japoneses.

"Há a teoria de que foi extinto pelo conflito com o país de Kuna, também do Japão, mas há outra a dizer que foi extinto por um povo continental que veio da Coreia. A teoria de Heikichi é a última.

"Por esta razão, acredita-se que o Reino de Yamatai de Himiko tenha sido destruído ou posteriormente se fundido com o exército do governo central do Japão, mas depois de estabelecido o governo central em Yamato, uma das políticas adotadas pela Corte de Yamato foi que as pessoas originárias de Yamatai, incluindo os descendentes de Himiko, fossem forçados a migrar para um reino ao leste. Essa é a linha de pensamento desse conto que mencionei.

"Observando as políticas do governo central desde o período Nara, historicamente a região de Kanto incluindo Kazusa, Kozuke, Musashi e Kai teria sido uma área onde o chamado 'povo naturalizado', que havia escapado da turbulência da Península Coreana, foi forçado a viver. No entanto, presume-se que apenas mantiveram a política já existente na corte imperial, então o conto sugere que a primeira emigração forçada foi das pessoas do Reino de Yamatai."

"Hmm."

"Bem, o Reino de Yamatai é um mistério interessante. Existem várias teorias sobre onde ele se localizava, não apenas a teoria de Kyushu. Mas nosso objetivo agora não é discutir sobre isso, então vamos voltar à história da linha de 139 graus de longitude leste. Como estou familiarizado com essas questões também, posso te explicar com mais calma em outra oportunidade, se você quiser saber.

"Vamos voltar para a história que falamos agora há pouco, dos santuários onde a adivinhação por métodos da tartaruga e do cervo segue sendo realizada. Já falei sobre a longitude do Santuário Yahiko, em Echigo. E pelo que li, o Santuário Nukisaki, em Joshu, fica a 138°38'L, o Santuário Mitake, em Musashi, fica em 139°12'L, o Santuário Akiru, também em Musashi, fica em 139°13', e o Santuário Shirahama, em Izu, fica em 138°58'L.

"Portanto, pode-se dizer que eles estão alinhados com os 138°48'L que Heikichi citou. Por outro lado, penso que a teoria de Heikichi poderia ser deslocada em 12' ao leste, e ser agregada à teoria de Matsumoto. Uma vez que a linha de 124 graus de longitude leste atravessa o centro das Ilhas Sakishima de Okinawa, vamos defini-las, grosso modo, como sendo a extremidade oeste, e arredondar o leste para 154 graus. Vamos considerar que a Ilha Shashikotan que fica à esquerda da Ilha de Kharimkotan, citada por Heikichi, seja a extremidade leste. O ponto intermediário dessas linhas fica em 139 graus de longitude leste.

"De qualquer forma, parece que há alguma coisa sobre a linha norte-sul nessa região, segundo a teoria de Matsumoto também. Ou achavam que era mais eficaz praticar adivinhação no centro do Japão, assim como Heikichi acreditava, ou os xamãs foram guiados pela energia espiritual. Heikichi Umezawa disse que essa linha era importante em sua profecia em 1936, e pode-se dizer que essa outra teoria reforça sua tese."

"Realmente, que interessante."

"Não acaba aqui, tem mais uma coisa."

"Está bem."

"É outra obra literária. O romance *Chave Dourada*, do escritor Akimitsu Takagi, também é muito sugestivo."

"Essa linha aparece nele também?"

"Aparece. Mas este romance não se preocupa com esses números específicos. É uma história sobre a lenda do tesouro escondido em algum lugar pelo Xogunato Edo, que, derrubado pela Restauração Meiji, enterrou-o visando à retomada do poder.

"Vou explicar extraindo apenas as partes relacionadas ao romance de Heikichi. Quando o Xogunato Edo entrou em colapso, havia um político competente chamado Kozukenosuke Oguri, que administrava o Xogunato ao lado de Katsu Kaishu.

"Ao contrário de outros membros do xogunato como Katsu, ele não queria se render às Forças Aliadas Satsuma-Choshu e estava pronto para batalhar exaustivamente. E mesmo com o exército do Xogunato que estava consideravelmente enfraquecido na época, dizem que ele tinha uma excelente estratégia que poderia aniquilar o Exército de Conquista do Leste de Satsuma-Choshu. Dizem que Takamori Saigo e Masujiro Omura estremeceram quando ouviram os detalhes da estratégia mais tarde.

"O plano era deixar a estrada Tōkaidō sem ninguém até Shizuoka, permitindo que o Exército de Conquista do Leste avançasse sem obstáculos, com o Xogunato concentrando a defesa no trecho entre Hakone e Odawara. Então, atacariam o Exército de Conquista do Leste com todas as forças em Hakone, e quando o inimigo recuasse até Okitsu, navios de guerra posicionados na costa atingiriam o adversário com balas de canhão. A Marinha do Xogunato tinha a tecnologia de ponta daquela época. A cidade de Okitsu é um lugar estreito, onde as montanhas cercam o mar formando um corredor apertado, portanto não haveria lugar para se esconder caso o bombardeio fosse ali.

"No entanto, esta grande ideia não foi contra o ímpeto da história e acabou não vendo a luz do dia, porque Yoshinobu Tokugawa não a aprovou. Mas dizem que o colapso do Xogunato Edo poderia ter demorado mais para acontecer se o plano tivesse sido executado.

"Em relação a esta estratégia na Baía de Suruga do Xogunato, Hakone e Okitsu estão localizados quase na mesma distância simétrica a leste e a oeste, centrados nada mais, nada menos que por 138°48'L. Em outras palavras, essa operação teria sido executada na já mencionada linha de 138°48'.

"Além disso, a vila de Gonda da província de Joshu, onde Kouzukenosuke Oguri nasceu, está em 138°48'L. Ele foi decapitado quando estava de volta nesta vila, e seu túmulo também foi construído lá. Por isso, tanto o local onde foi decapitado quanto a posição do túmulo estão quase sobre a coordenada de 138°48'L.

"Fora isso, a coordenada do Monte Akagi, no qual a lenda diz ser o lugar onde Kouzukenosuke Oguri escondeu o tesouro do Xogunato, é de aproximadamente 139°12', mas este romance fala que se o tesouro foi ocultado, o Monte Akagi não seria o local adequado, mas sim algum lugar na estrada que conecta Matsuida e a vila de Gonda, na linha Shin--Etsu. E novamente, as coordenadas são de aproximadamente 138°48'L.

"Já que desviei do assunto, vou falar de um pequeno fato intrigante que soube através deste romance. Imediatamente antes da derrota da Guerra do Pacífico, o exército japonês decidiu lutar na metrópole em vez de guerrear nas colônias, e planejou mudar o Quartel-General Imperial de Tokyo para o interior, em Matsushiro. Aliás, o domínio de Matsushiro ficava no sul de Nagano, onde aconteceram as famosas Batalhas de Kawanakajima. O exército japonês deve ter pensado em dar tudo de si ao fazer isso, tal qual nesse combate de eras passadas.

"Se o exército japonês adotasse a estratégia de defender seu território principal, o exército dos EUA certamente desembarcaria na praia de Kujukuri e na baía de Sagami, na tentativa de conquistar primeiro a planície de Kanto. Aí não teria mais jeito. No final das contas, a batalha final seria travada contra o Quartel-General Imperial e o governo japonês, que se instalaria em Matsushiro. Assim, a rota de avanço dos militares dos EUA provavelmente seria pela Nakasendo, e por isso o Exército teria planejado estabelecer várias posições em Nakasendo, a partir de An'naka até a Passagem de Usui, onde era previsto que aconteceria a batalha mais feroz.

"Matsuida fica no centro entre An'naka e a Passagem de Usui, e Matsuida está a 138°48'L. As características são extremamente parecidas com a estratégia da Baía de Suruga, de Kozukenosuke Oguri, não acha?

"Ambas foram operações planejadas como batalhas finais que colocavam em jogo o destino de sobrevivência da nação em momentos críticos de sua história, e nenhuma delas foi executada no final das contas.

"No momento, eu só sei esses exemplos, mas acho que se pesquisar encontraremos mais sobre importantes fatos históricos envolvendo essa linha."

Mitarai estava distraído, talvez porque a conversa tinha tomado outros rumos. Então, comentou:

"Entendi, será que eu também devo me mudar para lá?"

"Tem também outros casos conhecidos, como por exemplo a das Linhas de Ley."

"Linhas de Ley, do Reino Unido?"

"Sim, você conhece?"

"Conheço. Antigos túmulos e locais de culto localizados sobre uma única linha, e todos esses nomes de lugares tinham o som de 'ley' no final."

"Isso mesmo. Isso também tem no Japão. Por exemplo, nas coordenadas de 34°32'N. Esta já é uma linha leste-oeste, e dizem que santuários e locais históricos relacionados dispõem-se ao longo desta linha por 700 quilômetros."

"Hum."

"Os santuários Yasaki Inari, Hie, Ishihama, Tenso etc. estão alinhados a partir do Palácio Imperial na direção de Kimon, ou seja, exatamente sobre a linha na direção nordeste. Há uma teoria de que o Santuário Nikko Toshogu fica precisamente ao norte do Santuário Tsurugaoka Hachimangu, e os santuários dedicados aos deuses do metal estão sobre a linha norte-sul entre eles."

"Olha só."

"Em outras palavras, desde os tempos remotos existia a ideia de posicionar os locais de adoração sobre uma linha à qual atribuíam grande importância no Japão, assim como acredita-se ter acontecido no Reino Unido."

"Entendi, então a ideia do Heikichi não foi fora do comum."

"Pois é. Bom, vamos finalmente começar a ler o material que a sra. Iida nos trouxe. Eu vim com essa intenção hoje. Agora já apresentei a você todos os materiais que o público em geral conhece. Esmiuçando aquele material de evidência da Iida, tudo o que vai precisar é fazer o seu cérebro trabalhar."

Acabei invertendo a ordem da história e não comentando, mas foi essa mulher chamada Misako Iida que motivou a mim e a Mitarai a nos envolvermos de maneira insensata com este caso dos Assassinatos do Zodíaco de Tokyo, ocorrido há quarenta anos. Eu estava de bobeira na escola de astrologia de Mitarai, como sempre, quando essa mulher apareceu de repente.

Até então, eu sabia que senhoras quiromantes de rua assistiam às aulas de Mitarai para conhecer a astrologia ocidental, a fim de enriquecer seus repertórios. No entanto, como ele tinha pouco trabalho, eu achava que aquele espaço não era usado para mais nada além disso. Só que, para minha surpresa, havia também clientes que o visitavam pedindo que lessem a sua sorte. A maioria era mulher, e eram poucos os que não o conheciam desde antes. A primeira coisa que todos diziam era que tinha ouvido um fulano falar que as adivinhações dele acertaram em cheio. Nessas horas, Mitarai me dava ordens para fazer isso e aquilo, autoritariamente.

Misako Iida não era diferente dessas mulheres, mas o pedido dela era bem diferente.

"Na verdade, pode ser um pedido estranho", disse a senhora, hesitando. "Eu não quero que leia a minha sorte, quer dizer, tudo bem se for preciso, mas não é para mim, é para o meu pai."

Ao dizer isso, ela se calou novamente. Dava a impressão de ser algo muito difícil de falar.

No entanto, Mitarai permaneceu com uma cara parecida com a de um eremita que lança uma linha de pesca e fica esperando a boia se mover. Ao seu lado, fiquei impaciente pensando que ele poderia dizer algo que a encorajasse a falar, mas não tinha nada a ser feito, porque na época a depressão dele estava num estado muito grave. Além disso, Mitarai era da opinião de que fumar sabendo que o cigarro é a causa direta do câncer de pulmão era coisa de imbecis, desprezando os que fumam, e por ele não ter um cigarro para levar à boca nesses momentos, parecia ainda mais palerma.

"Na verdade...", ela disse, com um semblante determinado. "Eu acho que esse é o tipo de coisa que eu deveria conversar com a polícia. Mas temos um pequeno motivo que nos impede de fazer isso...

"É que... Você se lembra da Mizutani, sr. Mitarai? Soube que ela veio aqui há cerca de um ano."

"Mizutani...?"

Mitarai se pôs a pensar, com uma cara presunçosa, mas logo disse:

"Ah! Aquela das ligações de assédio."

"Sim. Ela é minha amiga. Ela já tinha perdido as esperanças, mas disse que ao vir aqui consultá-lo, o senhor resolveu o problema imediatamente. Ela sempre me fala que o senhor não é só adivinho, mas que tem talentos de detetive também. Ela diz que o senhor é muito esperto."

"É mesmo?"

Misako Iida era bastante sagaz. Mitarai pode ser classificado como o tipo de homem movido por elogios.

Contudo, ela ficou em silêncio novamente.

"Poderia me dizer o seu nome, sr. Mitarai?"

Do nada, ela fez essa pergunta que aparentemente não tinha qualquer relação com a conversa, e Mitarai ficou visivelmente perturbado.

Mas eu pensei que era uma pergunta muito boa para quebrar o gelo.

"Meu nome tem alguma relação com o que a senhora está prestes a falar?", disse Mitarai, com cautela.

"Não, não é isso, é que a Mizutani queria saber, e parece que o senhor não disse de jeito nenhum quando ela perguntou."

"A senhora veio até aqui só para perguntar meu nome...?"

Para impedir que Mitarai começasse com o seu sarcasmo, me intrometi para responder:

"É Kiyoshi. É Kiyoshi do ideograma usado na palavra Limpeza", disse a ela rapidamente. É meu papel complementar o que Mitarai não gosta de falar e ajudá-lo com o que ele não tem o devido cuidado.

Misako Iida ficou de cabeça baixa por um bom tempo, mas acho que estava tentando segurar a risada. Mitarai, não sei por que, estava com uma expressão bem amargurada.

"É um nome bem diferente!"

Disse Misako Iida, assim que levantou o rosto. As bochechas estavam um pouco coradas.

"A pessoa que colocou era diferente", disse Mitarai prontamente.

"A pessoa que colocou seria o seu pai?"

Mitarai ficou com uma cara ainda mais aborrecida e respondeu:

"Sim. Foi castigado por isso e morreu prematuramente."

Depois disso, houve novamente um silêncio constrangedor, agora em outro sentido, mas era certo que Misako Iida estava mais relaxada e à vontade para se expressar. Ela começou a falar fluentemente desta vez.

"Mencionei antes que estava preocupada porque não poderia ir à polícia, mas é porque é algo vergonhoso para o meu pai. Bom, não me importaria se fosse só questão de causar um pouco de vergonha, já que meu pai morreu no mês passado, mas parece que isso pode levar a uma responsabilidade criminal. Se isso acontecer, deve haver consequências indesejadas para meu marido e meu irmão. É que na minha família, assim como meu pai, meu irmão e meu marido também trabalham na polícia.

"Acabei de falar sobre responsabilidade criminal, mas meu pai definitivamente não cometeu nenhum crime.

"Meu pai era uma pessoa muito séria. Não estou exagerando nem um pouco nisso. Chegou a receber prêmios e certificado de agradecimento quando se aposentou. Acho que nunca faltou ao trabalho ou chegou atrasado, exceto quando fosse realmente inevitável. No entanto, recentemente passei a pensar que havia uma outra razão para isso, como se ele quisesse pagar seus pecados e que talvez tivesse algo dentro dele que o fazia agir assim.

"A razão de eu vir consultá-lo é porque foi um caso que ficou tão famoso, e se meu irmão ou meu marido ficassem sabendo, certamente não deixaria passar batido e o fato acabaria sendo revelado à sociedade. Meu marido é uma pessoa séria e humilde que se parece com meu pai, mas meu irmão é uma pessoa implacável e apaixonada pelo trabalho, por isso acho que ele seria capaz de tornar o fato público. Eu teria muita pena do meu pai se isso acontecesse, então não consegui tomar uma decisão tão drástica.

"Se possível, não quero prejudicar o pouco de honra e as conquistas da carreira de meu pai, mas parece que ele queria muito que isso fosse resolvido, então se isso puder ser solucionado até certo ponto sem revelar os fatos publicamente... eu gostaria de fazer isso por ele."

Nesse momento, ela fez uma pausa. Parecia que estava tentando se lembrar de algo, mas também parecia que estava confirmando sua decisão.

"Para mim, é como falar sobre a vergonha da família, então nem sei o que meu irmão diria se soubesse disso, mas parece que o caso também está relacionado à astrologia ocidental, e ao pensar em quem poderia ter esse tipo de conhecimento, achei que o sr. Mitarai se encaixava perfeitamente em todos os aspectos. É por isso que tomei coragem e vim.

"Mas não me interpretem mal, é absolutamente improvável que meu pai fosse o culpado ou estivesse envolvido com pessoas ruins. Acho que meu pai foi usado...

"Hum... sr. Mitarai, o senhor conhece o caso dos Assassinatos do Zodíaco da Família Umezawa, que aconteceu antes da guerra, não conhece?"

Quando Mitarai disse que não, de modo seco, a surpresa dela foi tão grande que ela ficou olhando fixamente para o rosto de Mitarai. Ela pensou que Mitarai certamente conhecia porque foi um caso muito famoso e envolvia astrologia. Para ser honesto, eu também fiquei surpreso neste momento. Nunca imaginei que houvesse alguém morando no Japão que não conhecesse aquele caso.

"Entendo, bem, pensei que conhecesse... Então terei que começar a falar sobre o caso primeiro."

Ela começou a relatar resumidamente o caso da família Umezawa a partir da época do assassinato de Heikichi, então a interrompi, dizendo que eu explicaria sobre o caso para o professor mais tarde, pois eu sabia os pormenores e até tinha um livro a respeito. Ela disse que tudo bem, mas mesmo assim fez uma breve explicação, e quando terminou disse algo assim:

"Eu me casei e me tornei Iida, mas meu sobrenome de solteira é Takegoshi. Meu pai é Bunjiro Takegoshi, e minha data de nascimento é 23 de fevereiro de 1905.

"Eu disse agora há pouco que meu pai trabalhava na polícia. Na época em que o caso aconteceu, no ano de 1936, meu pai tinha 31 anos e trabalhava na delegacia de Takanawa.

"Naqueles tempos, eu ainda não tinha nascido, mas meu irmão já. Agora moramos em Jiyugaoka, mas naquela época meu pai e minha mãe moravam em Kaminoge. E me parece que ele acabou envolvido naquele crime.

"Outro dia, quando eu estava organizando a estante de livros do meu falecido pai, encontrei isso aqui. É um papel timbrado da polícia para usos como o de registro de declarações, e estão descritos os acontecimentos daquela época ao longo de diversas páginas desses papéis com a caligrafia do meu pai.

"Eu realmente tomei um susto quando li. Eu não pude acreditar. Meu pai, uma pessoa tão bondosa e honesta... Mas é justamente por isso que tive pena dele e não pude deixar as coisas como estavam.

"De acordo com essas páginas, meu pai cometeu um erro irreparável como policial. Foi com a Kazue, a do assassinato, que faz parte daquele caso da família Umezawa. Ele teria cometido um deslize com a Kazue pouco antes de o caso dela acontecer... Como já decidi mostrar, vou deixar aqui e ir para casa. Acho que entenderá tudo, assim que ler. Acredito que, com a leitura, o senhor poderá compreender também qual era o desejo dele. Se possível, gostaria que o caso fosse solucionado, pois acho que assim ele poderá descansar em paz. Se continuar do jeito que está, não tenho dúvida de que ele pense que jamais terá um sono eterno tranquilo. Na verdade, mesmo que não seja possível solucionar todos os casos, pensei que talvez pudesse encontrar uma explicação plausível do que aconteceu, ao menos em relação à parte na qual meu pai se envolveu..."

Depois disso, conversamos e decidimos não ler as anotações do sr. Bunjiro Takegoshi logo de cara, pois primeiro queríamos ter todo o conhecimento geral em mente, mas seria difícil explicar aqui a emoção e a curiosidade arrebatadora que senti naquele momento. Tive vontade de agradecer a Deus por ter conhecido Mitarai.

Mitarai provavelmente achou aquilo nada mau, mas simplesmente disse "tudo bem, então".

MANUSCRITO DE BUNJIRO

Nos meus 34 anos de trabalho como policial, adquiri pouca coisa e o que perdi foi muito maior. Uma carta de agradecimento e um título de superintendente são tudo o que tenho, mas nem mesmo essas coisas que estão penduradas na parede aliviam minha dor.

Ainda assim, procuro não pensar que isso seja por causa da minha profissão como policial. Nenhuma pessoa pensa em contar aos outros a verdadeira dor que sente e, mesmo em se tratando daqueles que vivem na boemia, não há como saber que tipo de dor guardam no coração.

Alguns subordinados se surpreenderam quando aderi à aposentadoria voluntária, aos meus 57 anos. Não que eu quisesse o aumento de 50% no valor da aposentadoria — e embora tivesse medo, como qualquer um, de perder o viço deixando de atuar na polícia e simplesmente envelhecer —, mas o que falou mais alto foi o risco de um velho acabar cometendo um erro sem volta como policial. Na verdade, chegar à aposentadoria sem maiores incidentes havia sido um desejo que não saía da minha cabeça nos últimos vinte e tantos anos, como se fosse a fantasia de uma donzela inocente sonhando com o seu traje de noiva.

É extremamente perigoso deixar um texto assim, e eu havia decidido firmemente não escrever nada desse tipo ao conseguir me aposentar sem percalços, mas é difícil levar o dia a dia entediante de um idoso sem pensar nisso. Lembro-me dos velhos tempos em que transcrevia muitos depoimentos usando este papel timbrado, e chego a pensar que meu envelhecimento é apressado nos dias em que sequer pego na caneta. Ao falar para mim mesmo que se for preciso é só queimar esse relato, e ao deixar a caneta deslizar, o que ressurge na minha mente é um fato apenas.

Devo confessar que eu estava constantemente com medo durante meu trabalho. Isso foi piorando à medida que ganhava reputação e as responsabilidades aumentavam. Não, na verdade, posso dizer que não era tão preocupante mesmo nessa época, pois só dizia respeito a mim. Quando meu filho escolheu o mesmo caminho que eu e conseguiu certo renome, meus medos se tornaram indescritíveis, e eu passei a apenas ficar imaginando o dia em que conseguiria me aposentar sem nenhum incidente.

Eu poderia até ter pedido demissão, mas, medroso como era, não tive coragem nem para isso. Não havia razão para sair do emprego, já que eu não parecia ter outra vocação senão a de policial — desisti só de pensar no olhar dos meus colegas e nas explicações que teria de dar a eles. Além disso, se aquele fato fosse revelado, não importaria onde ou o que eu estivesse fazendo, daria no mesmo, e pensei que não conseguiria preservar o prestígio de meu filho como policial com a minha saída. E, acima de tudo, temia ser investigado por causa da minha renúncia suspeita.

Foi aquele caso do massacre da família Umezawa em 1936 que me manteve apavorado do começo ao fim, sem que eu pudesse sossegar a mente por um minuto sequer. Embora não tenha sido tanto como na época logo após o fim da guerra, tivemos muitos casos bizarros e massacres (chacinas) naqueles tempos sombrios. Era mais comum nas áreas rurais, e alguns deles acabaram sem solução.

O incidente da família Umezawa foi um deles, e acho que a seção responsável era a de Sakuradamon. Eu era o detetive-chefe da delegacia de Takanawa nesse período. Havia cargos de detetive em cada departamento naqueles tempos, e recebíamos um abono de detetive de acordo com o número de casos que se pudesse resolver. Se não me engano, tinha uma escala de sete, oito e nove ienes. Esse sistema competitivo ainda existia em 1936, e como eu tinha bons resultados, fui nomeado chefe de detetive aos 30 anos.

Eu estava na minha plenitude, pois havia conseguido uma casa em Kaminoge e meu filho mais velho tinha acabado de nascer. Jamais esquecerei do que aconteceu na noite de 23 de março de 1936. Mesmo redigindo até aqui, ainda estou hesitante, mas reunirei forças para escrever o que vem a seguir.

A infeliz razão pela qual eu acabei envolvido foi o assassinato de Kazue Kanemoto, em Kaminoge. O caso da família Umezawa, que inclui este assassinato da Kazue, passou a ser de conhecimento público após a guerra. Parece que as pessoas julgaram que o assassinato de Kazue não tinha relação com o massacre da família, mas a partir do que vou descrever aqui deve-se concluir que isso foi um erro.

Quando eu era um mero detetive, havia dias em que acordava mais cedo do que minha mulher e voltava para casa quando ela já estava prestes a dormir, só para obter melhores resultados. Mas na época em questão eu já tinha sido promovido a chefe, por isso saía da delegacia às 18h todos os dias. Como eu passava por lá sempre depois das 19h, acho que foi fácil armarem contra mim.

Saí da estação e caminhei por cerca de cinco minutos, quando vi uma mulher de quimono escuro que andava à minha frente agachar-se de repente. Não havia mais ninguém passando, e como ela não fazia menção de se levantar, mantendo suas mãos contra o baixo ventre, perguntei o que estava acontecendo.

Lembro-me de ela ter dito "perdão, senti uma pontada do nada". Quando perguntei a ela onde morava, ela disse que era ali na vizinhança. Meu senso de dever como policial veio à tona e resolvi ajudá-la, oferecendo apoio e acompanhando-a até sua casa. Eu a levei até o quarto nos meus braços e a deitei. Quando estava me preparando para ir embora, ela me pediu que lhe fizesse um pouco de companhia pois estava se sentindo insegura. Soube que ela morava sozinha naquela casa.

Devo confessar que eu não conhecia outra mulher além da minha esposa. Mas nunca pensei que isso fosse vergonhoso. Juro que nessa hora eu não tinha segundas intenções, de maneira alguma. Mas cada vez que a mulher expressava dor e eu via a barra do quimono deixar sua pele à mostra, eu ficava com o coração agitado como um tolo.

Não consigo deduzir as intenções daquela mulher até hoje, mas como ela me contou que já tinha sido casada e era viúva, pensei, naquela ocasião, que ela não estava suportando conviver com a solidão. De fato, quando ela me abraçou, sussurrou repetidamente que estava se sentindo só e me pediu para apagar as luzes, em tom de tristeza. Assim que me satisfiz, a mulher se desculpou incessantemente. Disse ainda: "Pode ir embora assim mesmo, deixe a luz como está, apagada. Não quero causar transtornos à sua família por se atrasar. Eu estava me sentindo só, por favor, me esqueça. Eu também nunca direi nada sobre o que aconteceu".

Tateei em busca das minhas roupas, me vesti e saí como um criminoso, temendo que alguém me visse. E me pus a pensar, enquanto caminhava. Para ser sincero, parecia que tudo aquilo tivesse sido uma ilusão. Será que a dor abdominal era fingimento? Pensando bem, é provável que sim. A figura de batedora de carteiras, que se agacha na beira da rua e mira no bolso dos homens, era comum em histórias de cavalheiros. Remexi os meus bolsos, mas nada havia sido roubado. Se aquilo era fingimento, não posso pensar em outra alternativa senão a de que ela estava precisando de um homem.

Não havia culpa no fundo do meu coração nessa hora, ao invés disso, tive a sensação de que tinha até mesmo salvado aquela mulher. Do jeito que ela falou, nunca diria uma só palavra do que acontecera entre nós. Tudo ficaria bem se eu mantivesse a boca fechada. Mesmo que porventura isso viesse à tona, não seria um grande problema se fosse só o caso de a minha esposa ficar sabendo.

Não sei a hora exata em que cheguei em casa, mas acho que foi por volta das 21h30. Estava quase duas horas atrasado em relação ao horário que voltava normalmente. Essas duas horas foram o tempo que estive com aquela mulher.

Nada aconteceu no dia seguinte, e foi dois dias depois, na manhã do dia 25, que eu soube da morte da mulher. Foi nessa hora também que soube do nome dela pela primeira vez. Kazue Kanemoto — assim estava em um artigo de médio porte do jornal, o que me causou estarrecimento. Parecia uma pessoa diferente e estava nítido que a foto havia sido retocada. Talvez tenham usado uma de quando ela era jovem.

Saí de casa com a pressa de um fugitivo, cheguei na delegacia e tive que fingir que não sabia do caso ainda. Pois imaginei que se eu soubesse o natural seria passar no local para ver a cena do crime antes de ir para a delegacia, embora houvesse uma distância considerável entre a casa de Kazue e a minha. Portanto, fiz questão de não ler o jornal com atenção em casa.

Encontraram-na por volta das 20h do dia anterior, o que significa que foi logo depois que cheguei em casa. O que mais me surpreendeu foi a hora estimada da morte. Entre 19h e 21h do dia 23 foi quando, praticamente, estive com aquela mulher. Por descuido, não me lembro da hora exata, mas devo ter cruzado com ela na rua não muito longe da Estação Kaminoge por volta das 19h30. Ou talvez fosse mais tarde, mas não chegava a ser 20h. E como Kazue estava viva nessa hora, os trinta minutos que desconheço obviamente não representam um grande problema. Fui para a casa de Kazue por volta das 20h e devo ter saído de lá quando faltavam dez ou no máximo quinze minutos para as 21h.

Consideraram que foi um assalto e que ela recebeu o golpe mortal quando estava virada para a penteadeira, logo, o ladrão deve ter invadido a casa pouco tempo depois que eu saí de lá. Ou talvez ele já estivesse à espreita em algum lugar da casa enquanto eu estava lá. A mulher ter ido até a penteadeira para arrumar o cabelo que ficara bagunçado, logo depois do que fizemos, era algo bem provável.

O que mais me apavorou foi o fato de que pensaram que a vítima havia sido estuprada. Até mesmo o tipo sanguíneo havia sido detectado. Meu tipo sanguíneo era O, de fato.

Não consegui ler o jornal que noticiava o caso, mesmo depois de voltar para casa. Como o assassinato de Kazue nunca mais foi publicado no jornal até os tais Assassinatos Azoth, não sei como esse caso foi descrito na matéria, mas acho que o fato de que Kazue havia sido estuprada foi omitido. Fiquei sabendo disso na delegacia.

O quimono do cadáver também condizia com o que eu conhecia. O vaso que foi usado como arma realmente estava na mesa do quarto em que eu entrei. Fiquei um pouco surpreso com a idade dela, de 31 anos. Ela me parecia um pouco mais jovem. Mas já que ela tinha aquelas intenções, deve ter se esforçado para parecer mais jovem. Nesse momento, não pude deixar de sentir, além do medo, um certo aperto no coração. Logo depois de ter feito sexo comigo, essa mulher acabou sendo morta enquanto penteava os cabelos no quarto logo ao lado, separado apenas por uma porta divisória.

Tive pena dessa mulher com a qual tive relação, e cheguei até a ter vontade de enfrentar esse criminoso — a mesma sensação que sentimos quando somos moleques. Ainda assim, não havia razão para que eu participasse abertamente da investigação deste caso, já que pertencia a outra jurisdição. Após alguns dias sem nenhum acontecimento relevante, chegou na minha casa um envelope marrom de entrega expressa no dia 2 de abril. Era uma carta marcada como confidencial, e o carimbo indicava a postagem em 1º de abril nos Correios de Ushigome. No cabeçalho do texto, havia a instrução de incinerá-lo e procedi como tal, por isso só me resta confiar na minha memória em relação ao conteúdo, que era mais ou menos assim:

Somos a Organização dos Faisões, uma agência que atua em benefício do Império. Kazue Kanemoto foi morta em Kaminoge no dia 23 de março, e uma certa razão nos fez ter a prova concreta de que foi um trabalho de sua autoria. É extremamente lamentável dada a posição que V.Sa. ocupa, e embora seja algo que não devêssemos deixar de lado, também está claro que não é hora de nós, conterrâneos, discutirmos, considerando a atual situação do País.

Assim sendo, estamos dispostos a levar em consideração as circunstâncias e perdoá-lo, desde que possamos contar com sua dedicada colaboração no processo de resolução de caso de extrema importância que enfrentamos neste momento. Asseguramos que esta será a única missão que V.Sa. deverá executar.

A missão consiste especificamente no descarte dos cadáveres de seis mulheres. Todas elas eram espiãs chinesas e foram executadas, mas isso não deve vir a público. A razão disso é que será um problema se isso se tornar a gota d'água para o início da guerra entre o Japão e a China. As coisas devem ser tratadas como um crime bárbaro de caráter civil. Portanto, nossa equipe não pode se envolver nisso, e também não podemos usar os nossos veículos. V.Sa. deve arranjar um carro por sua conta e risco e descartar os seis cadáveres nos locais preestabelecidos e pelos métodos designados dentro do período estipulado. Esteja ciente de que a responsabilidade é totalmente sua, e mesmo que V.Sa. seja descoberto, não assumiremos qualquer responsabilidade.

Os seis corpos se encontram no barraco de depósito da casa de Kazue Kanemoto em Kaminoge, onde V.Sa. cometeu o crime. O prazo é de uma semana, de 3 a 10 de abril. É desejável que opte por dirigir durante a noite. Embora seja desnecessário dizer, é estritamente proibido pedir informações aos moradores locais e parar em restaurantes. V.Sa. não deverá deixar rastros. Grave em seu íntimo que se trata de uma questão do seu interesse, que pode beneficiá-lo ou prejudicá-lo. Anexamos o mapa. Esperamos que isto sirva, embora possa ser insuficiente.

Lembro-me que, em suma, era esse o teor. Claro que fiquei espantado, mas para tolice minha foi aí que percebi, pela primeira vez, que seria bem difícil, diria até impossível, refutar se eu fosse acusado como autor do crime.

A hora estimada da morte de Kazue era entre as 19h e 21h, e talvez houvesse uma testemunha ocular, que me viu entrando com Kazue na casa e saindo sozinho. Entrei na casa pouco depois das 19h30. Nessa hora, obviamente Kazue estava viva. E saí daquela casa quando faltava, no máximo, dez ou quinze minutos para as 21h. Em outras palavras, eles sabem que estive com Kazue a maior parte do intervalo de tempo em questão. A possibilidade de eu ser considerado inocente reside apenas nesses meros dez minutos ou mais até as 21h.

E no corpo de Kazue havia vestígio de que tínhamos feito sexo. Nessas condições, mesmo que eu próprio investigasse o caso, não pensaria que o criminoso fosse outro.

Nesse momento, em total desespero, senti que meu futuro como policial estava perdido. Meu único meio de salvação seria cumprir a tarefa designada de maneira satisfatória à tal Organização dos Faisões, mas naquele momento nem isso me parecia um caminho esperançoso a se trilhar.

Naquela época, eu sabia da existência de uma organização secreta afiliada ao sistema da Escola Nakano — ainda que essa ideia não fosse lá muito realista para um policial de baixa patente como eu. Mas se a organização deles fosse sólida, era plausível pensar que cumpririam com o prometido. O fato de terem gerado os cadáveres de seis mulheres devia ser algo que também eles quisessem esconder.

Porém, fiquei ainda mais pasmo ao ler a continuação da carta. Eu pensei que os corpos seriam abandonados em um só lugar. No entanto, havia instruções na carta para que os seis corpos fossem descartados em locais diferentes, espalhados por quase todo o Japão.

Não parecia um trabalho fácil. Uma única noite em claro não seria o suficiente para terminá-lo. A carta especificava não apenas o local de descarte de cada corpo mas também a sequência do itinerário e até mesmo a profundidade do buraco a ser cavado. Havia os endereços dos locais de descarte, mas felizmente limitava-se a indicar que era nas montanhas da mina xyz. Como seria a primeira vez que eu iria para todos esses locais, acabaria ficando sem saber para onde ir e gastando tempo maior se tivesse especificações mais detalhadas.

Senti, ao mesmo tempo, que quem planejara esta operação provavelmente nunca havia pisado em nenhuma dessas terras. Acredito que se ela tivesse ido teria incluído mais pontos de referência no mapa.

Ainda sofro para compreender qual era a necessidade de espalhar os seis corpos naquelas regiões interioranas daquela forma, mas provavelmente queriam fazer com que parecesse um crime de gente maníaca. Até desconfio sobre o motivo de cortar uma parte de cada corpo. Graças a isso, os corpos couberam no banco de trás do Cadillac que eu havia providenciado para a tarefa. Teriam sido muito difíceis caber se não estivessem cortados. Talvez tenham feito isso considerando a facilidade do transporte.

No dia seguinte, passei o tempo pensando em diversas coisas, sem conseguir me concentrar em nada. Era evidente que eu era inocente no que se referia ao assassinato. Portanto, achei que havia uma maneira de me livrar sem ter que me arriscar tanto. Mas, como mencionei antes, as circunstâncias estavam totalmente contra mim. E mesmo sendo inocente em relação ao assassinato, é fato que tínhamos feito sexo, então eu seria obrigado a admitir isto se fosse exigido um testemunho verdadeiro. Porém, só por este fato, eu, sendo policial, não teria como me livrar da reprimenda pelo ato de perturbação moral. E a probabilidade de conseguir comprovar minha inocência no assassinato não era nem uma em mil. Ainda que conseguisse, após ter minha imagem estampada nos jornais, minha família cairia em desgraça e eu teria de renunciar meu emprego sentindo o escárnio dos colegas pelas minhas costas.

É curioso que nessa hora senti algo efervescer cada vez mais dentro de mim. Não dizem que pelo menos uma vez na vida acontece algo que nos força a colocar tudo em jogo? Com 30 anos de idade, eu havia sido designado como detetive-chefe e, em parte graças à sensação de segurança na carreira, tinha acabado de ter um filho. Meu corpo não é mais só meu, preciso garantir o sustento da minha esposa e do meu filho, a qualquer custo. Foi aí que me decidi.

Em 1936, eu obviamente não tinha condição de ter o meu próprio carro. Aliás, era uma época em que nem meus colegas do trabalho, nem mesmo amigos da escola que deveriam ter uma renda muito melhor do que eu, tinham um carro. Havia carros na delegacia, mas nem passou pela minha cabeça pegar um emprestado, mesmo porque não era uma tarefa que pudesse ser concluída em um ou dois dias.

Pensei muito, mas não sabia o que fazer para arranjar um carro. Não, na verdade eu até tinha pensado em uma opção, quase de imediato. Tinha um arquiteto que eu havia conhecido em um caso de fraude, e sua empresa parecia ter uma gestão meio obscura e ele estava louco para me fazer algum favor, de modo que eu ficasse devendo para ele. Não era boa ideia ficar em dívida com ele, considerando as possíveis consequências, mas na época não conseguia pensar em outra opção.

Na delegacia, por eu ser um oficial modelo que não havia faltado um só dia desde que tinha entrado na polícia, consegui a licença de uma semana facilmente quando inventei que minha esposa estava doente e queria levá-la para a casa dos meus sogros, em Kitakami, a fim de que passasse o período de recuperação nas termas de Hanamaki, nas proximidades. Não era mentira que eu iria para região de Tohoku. Pensei em passar em Hanamaki no meio do trajeto e comprar souvenirs para os colegas, para dar mais veracidade à história.

Na manhã de 4 de abril, faltando um dia para minha licença começar, ordenei a minha esposa que fizesse até à noite bolinhos de arroz suficientes para três dias. O dia seguinte, 5 de abril, era domingo e, a menos que acontecesse algo, estava preparado para não comer nada além desses bolinhos de arroz. Assim, fui até a casa em Kaminoge, peguei dois cadáveres que estavam sinistramente encolhidos dentro das roupas, e parti para Kansai na noite do dia 4.

O local e a sequência de descarte haviam sido estritamente especificadas na carta, de acordo com os trajes e as partes amputadas do corpo. Quando vi os cadáveres, me pareceram crianças com má formação. Eu estava com pressa porque, além de seguir as orientações, quanto mais demorasse mais intenso se tornaria o odor pútrido que os cadáveres exalariam, dificultando o transporte, e porque achei que havia a possibilidade de voltarem a revistar a casa de Kaminoge por algum motivo.

Ao contrário dos dias atuais, era uma época em que quase não era preciso se preocupar com a fiscalização se dirigisse pelas rodovias federais de madrugada. Mesmo que fosse parado, na pior das hipóteses, poderia dizer qualquer coisa mostrando meu distintivo policial, ou melhor, eu estava decidido a dar qualquer desculpa.

No entanto, não consegui chegar na mesma noite ao primeiro ponto designado, que era a Mina Yamato na província de Nara. Como começou a amanhecer, fui para as montanhas ao redor de Hamamatsu e tirei um cochilo. Não se pode dizer que as noites de abril são longas, portanto a estação do ano não era propícia para esse tipo de trabalho. Percebi que ia demorar mais do que eu imaginava.

Não quero escrever em detalhes porque acabo lembrando do horror daqueles dias, mas houve situações em que senti meu coração quase sair pela boca. Como havia muitas estradas montanhosas, também era difícil dirigir de modo a economizar combustível. Carreguei três galões de combustível no carro, mas ainda não tinha a convicção de que isso bastaria. Não era uma época em que havia muitos postos de gasolina como agora, e se eu abastecesse nos poucos postos existentes, achei que as pessoas se lembrariam do meu rosto. Ao menos, eu não gostaria de abastecer enquanto tivesse cadáveres no carro.

De acordo com as orientações, a ordem em que os descartes deveriam ser feitos era: Yamato na província de Nara, Ikuno na província de Hyogo, Gunma na província de Gunma, Kosaka na província de Akita, Kamaishi na província de Iwate e Hosokura na província de Miyagi.

Era impossível carregar todos os seis cadáveres no Cadillac emprestado. Cheguei a pensar em um caminhão, mas achei melhor não, considerando a situação em que eu precisasse mostrar meu distintivo de policial. Se fosse usar o Cadillac, eu teria de fazer duas viagens, para o leste e para o oeste de Tokyo. Mas já que Gunma havia sido especificada como terceiro local, se eu levasse três corpos certamente teria que reabastecer o combustível na volta, quando ainda me restaria um corpo. Como tinha sido orientado a cavar covas de 1,5 metro para os dois corpos em Nara e Hyogo, julguei que o descarte de apenas dois corpos da primeira viagem não seria tão desproporcional em comparação à segunda, cujas covas, em sua maioria, eram rasas. Foi por isso que decidi levar dois corpos.

Eu estava bastante preocupado com o fato de terem especificado o itinerário. Não seria improvável haver algum tipo de armadilha ou uma emboscada na rota. Mas, mesmo assim, eu não tinha outra escolha a não ser obedecer.

Cheguei na Mina Yamato por volta das 2h do dia 6 e consegui executar o trabalho. Cavar um buraco de 1,5 metro sozinho foi bem mais difícil do que imaginava. Terminei a muita custa quando já estava amanhecendo, e dormi perto das montanhas.

Uma leve sensação estranha me despertou no fim de tarde, e achei que meu coração fosse parar quando dei de cara com um homem esquisito, de lenço na cabeça, espiando o interior do carro. Cheguei a pensar que tudo estava perdido. Mas o homem parecia ter deficiência intelectual e, assim que levantei no pulo, se pôs a trotar vagarosamente para algum lugar. O cadáver estava coberto e não cheirava tanto assim. Por ser um lugar remoto, não achei que houvesse outras testemunhas, e como não adiantava ficar me lamentando, esperei o pôr do sol para partir.

O trabalho em Ikuno também foi bem penoso. Mas fiquei dizendo a mim mesmo que o buraco fundo que teria que cavar era só mais além deste.

No dia 7, eu podia correr livremente durante o dia desde manhã para ir embora. Abasteci o tanque do carro em Osaka e enchi os galões de combustível que levei comigo.

Cheguei em casa no dia 8, à tarde. Isso significa que gastei quase quatro dias com apenas dois cadáveres. A licença ia até o dia 10. Não parecia que ia conseguir terminar. Comi alguma coisa simples para repor a energia e depois de falar para a minha esposa que não atendesse o telefone de jeito nenhum, parti naquela noite com os quatro corpos restantes. Devia chegar até o dia 10 em Hanamaki e planejava mandar uma carta ou um telegrama dali para a delegacia, avisando que minha esposa havia piorado e que entraria em contato tão logo ela se estabilizasse. Por sorte, os dias 11 e 12 eram sábado e domingo, respectivamente.

Consegui chegar nas proximidades de Takasaki na madrugada do dia 9. Não havia nenhuma estrada montanhosa sem movimento por aqui, por isso tive dificuldades para conseguir tirar um cochilo. Voltei a dirigir ao entardecer do dia 9, cheguei perto da Mina Gunma depois da meia-noite e finalmente iniciei o trabalho. Foi tão fácil que parecia mentira, comparado com o buraco de 1,5 metro. A orientação era de que fosse um buraco que mal escondesse o corpo. Dessa forma, mesmo sendo uma estrada montanhosa pela qual é difícil de dirigir, quase ao amanhecer do dia 10 consegui chegar aos arredores de Shirakawa.

No dia 10, aliás, no dia 11, por volta de 3h da manhã, finalmente cheguei a Hanamaki. Coloquei uma carta com especificações de entrega expressa na caixa de correios desta cidade. Nela escrevi que esperava poder ir trabalhar na delegacia no dia 15. Do jeito que as coisas estavam, percebi que não teria condições de ir antes disso. Depois de refletir, decidi não mandar um telegrama.

Na madrugada do dia 12, consegui terminar o trabalho na Mina Kosaka, na província de Akita. Passei um sufoco ali porque acabei me perdendo, mas dei um jeito para que o plano não se atrasasse mais.

Concluí o trabalho na Mina Kamaishi na província de Iwate ao amanhecer do dia 13, e durante a noite terminei o último trabalho na Mina Hosokura, na província de Miyagi. Isso porque a orientação era que o corpo não precisava ser enterrado no caso de Hosokura. Pensei que daquele jeito o corpo seria encontrado em breve, pois o local não ficava muito longe da estrada florestal, e de fato acabou sendo encontrado já no dia 15.

Consegui voltar até as proximidades de Fukushima na madrugada do dia 14. Não bebi nem comi direito na última semana, e quase não dormi também. Na segunda metade, notei que as minhas ações estavam sendo dominadas pela loucura. Eu estava prestes a perder a noção do que estava fazendo, porque tudo estava completamente disparatado. Nem sei como não fiquei doente.

De qualquer modo, terminei todo o trabalho com segurança e retornei a Tokyo no dia 14 à noite. Naquela noite, dormi como uma pedra.

Pensando bem, dizer que a minha esposa estava em estado crítico foi uma boa desculpa. No dia seguinte, dia 15, fui trabalhar conforme prometido, e disseram que eu estava completamente diferente. Meus olhos estavam fundos e com brilho fulminante, as bochechas chupadas e eu estava magro como um palito. Minha esposa tomou um susto, assim como todos os meus colegas e subordinados, que aparentemente estavam convencidos de que isso se devia ao árduo trabalho de cuidar da minha esposa, que teria estado gravemente doente.

Na verdade, naquele momento eu conseguia me manter em pé só porque era jovem e cheio de energia, portanto, depois passei a ter tonturas e náuseas muitas vezes durante o trabalho. Levei cerca de uma semana para voltar ao que era antes. Eu havia atingido o meu limite de força física. Se tivesse um local de descarte a mais, acho que eu certamente teria enlouquecido ou ficado doente. Em todo caso, um problema havia sumido da minha vida. Só consegui fazer aquilo porque eu era jovem. Teria sido impossível se fosse antes ou depois daquele momento. Se fosse antes, não conseguiria tirar licença porque ainda não ocupava uma posição importante, e se fosse depois, meu corpo não aguentaria. Depois daquilo, não tive coragem de faltar ao serviço um dia sequer até me aposentar.

No entanto, à medida que meu corpo se recuperava, percebi que a minha insegurança não havia desaparecido. Na realidade, uma desconfiança surgiu logo depois que o calor daquele momento passou. Comecei a suspeitar se eu não tinha caído em uma armadilha. Embora a carta estivesse escrita como se soubessem que eu era o autor do crime, será que na realidade sabiam que eu não tinha matado? Será que o próprio autor da carta não teria forjado uma situação para que parecesse que eu tinha matado Kazue? E dessa forma me usou para espalhar os corpos por todo o país, como queria.

Mas o que eu poderia fazer, mesmo que fosse isso? No final das contas, eu teria agido da mesma forma, ainda que chegasse a essa conclusão na época. Eu não tinha outra saída naqueles tempos... Ainda hoje penso o mesmo. Mas esta suspeita despontou e foi crescendo dentro de mim junto com uma dor pungente assim que chegou à delegacia a notícia de que o corpo que eu havia descartado por último lá em Hosokura, na província de Miyagi, havia sido encontrado, já no dia 15.

Depois disso, os corpos que descartei foram descobertos, um por um. A cada descoberta, senti um temor que fazia meu coração disparar. Conforme eu imaginava, os primeiros corpos localizados foram os que eu tinha enterrado superficialmente. Mas, por conta da minha desatenção, foi somente quando encontraram o segundo corpo que eu soube, finalmente, que isso fazia parte do assassinato em série da família Umezawa, chamado de Assassinatos Azoth. Antes disso, eu só tinha ouvido falar do nome do caso, que era Assassinatos do Zodíaco da Família Umezawa. No entanto, estava tão ocupado que nem cheguei a saber que eram as irmãs de Kazue. A julgar pelo nosso senso comum de até então, era evidente que se tratava de um caso de massacre. Ao pesquisar, soube que de fato o marido de Kazue era chinês, só que estender a acusação de espionagem para as irmãs dela era forçado demais. Sendo assim, até o nome Organização dos Faisões deveria ser falso.

A suspeita de que tinham me tornado cúmplice de assassinatos cometidos por simples rancor havia se tornado mais forte. Isso feriu muito a minha autoestima. Nas circunstâncias daquela época, eu queria acreditar que as minhas ações tinham sido também em prol de uma causa honrosa de interesse nacional.

O corpo em Kamaishi foi descoberto em 4 de maio, o corpo em Gunma no dia 7 e, como esperado, os três corpos que eu havia enterrado mais fundo demoraram a ser encontrados. O corpo em Kosaka foi encontrado em 2 de outubro, e o que se localizava em Ikuno só foi descoberto nove meses depois, em 28 de dezembro. Quanto ao corpo em Yamato, só foi encontrado no ano seguinte, em 10 de fevereiro. Eu não tinha para onde correr, já que o assunto das conversas na delegacia girava em torno da descoberta dessa série de corpos, mas, ironicamente, o que me salvou foi o caso de Sada Abe.*

Lembro-me da prisão de Sada Abe como se fosse ontem. Esta mulher foi presa às 17h30 do dia 20 de maio durante a sua estadia na Pousada Shinagawa em frente à Estação Shinagawa, no quadrante 65 do bairro de

---

* Sada Abe (1905-?) matou o seu amante e patrão Kichizo Ishida em 18 de maio de 1936 enforcando-o enquanto ele dormia, e em seguida cortou o pênis e os testículos dele e manteve-os em sua bolsa até ser capturada dois dias depois. Sada confessou o crime e foi condenada a seis anos de prisão, mas foi libertada em 1941. Seu paradeiro é desconhecido desde 1971. [NE]

Takanawa-Minami, localizado no distrito de Shiba, usando o pseudônimo de Nao Ōwada. A região que fica de frente à Estação Shinagawa era jurisdição da minha delegacia de Takanawa e quem conseguiu a proeza de prendê-la foi o detetive Ando, que era meu colega na delegacia. Embora a sede da investigação de Sada Abe estivesse localizada na delegacia de Oku, todos os detetives de ambas as delegacias festejaram em torno do detetive Ando naquela mesma noite. A prisão de Sada Abe repercutiu por certo tempo na delegacia de Takanawa, e isso foi bastante libertador para mim.

Mais ou menos em junho tive a oportunidade de ler o manuscrito de Heikichi Umezawa. O manuscrito de Heikichi, que foi impresso como documento em um mimeógrafo, foi enviado pela Primeira Divisão de Investigação para cada delegacia. Portanto, eu já conhecia a linha de pensamento de Heikichi sobre como produzir Azoth, mas estava cético quanto a isso. Eu sei porque fui o próprio a espalhar esses corpos, mas o corpo de uma mulher pequena fica muito mais fácil de carregar ao encurtá-lo em 20 ou 30 centímetros. Eu, na época, estava convencido de que por algum motivo o criminoso precisava espalhar os corpos por todo o país, e que a razão para eles estarem cortados era para facilitar o transporte. No entanto, não tenho a menor ideia da razão para espalhá-los por todo o país.

Dali em diante, continuei matutando, obcecado com esta questão. Mas no final senti que não tinha outra alternativa a não ser pensar que isso era uma atrocidade praticada por algum lunático fascinado pelo pensamento de Heikichi, a fim de produzir Azoth. Não tinha como pensar de outra forma, pois parecia não haver uma explicação racional para cortar as partes dos corpos e espalhá-las pelo país, assumindo o risco que isso implica. Eu acabei ajudando um maluco.

Mas mesmo pensando dessa forma, tem alguns pontos que não consigo entender. Ainda que a localização do descarte do corpo tivesse um sentido na astrologia ocidental, qual era a necessidade de enterrar os corpos em Yamato e Ikuno mais fundo do que os outros? Além disso, por que me instruiu para que não enterrasse o corpo em Hosokura? Será que isso também tinha algum significado na astrologia ocidental, embora não estivesse escrito?

A razão que vem à mente de imediato é a de que queriam controlar a época da descoberta deles pela profundidade do buraco, mas se fosse isso, por que tinham que adiar a descoberta dos três corpos em Kosaka, Yamato e Ikuno? Esses três corpos não possuíam elementos que fossem diferentes dos demais, e nem tinham características ou danos que precisavam ser ocultados aumentando o grau de deterioração. Eu cheguei a conferir os corpos. Caso tivesse tal intenção, poderiam ter atrasado as descobertas fazendo-me enterrá-los em outra mina de metal ou em locais mais afastados das minas, mesmo que os buracos fossem rasos. Em primeiro lugar, eles foram descobertos relativamente cedo justamente por causa do manuscrito de Heikichi. Do contrário, havia muitos lugares onde os corpos não seriam facilmente encontrados mesmo que não fossem enterrados. Será que tinha mesmo que posicioná-los nas minas que produziam os referidos metais, rigorosamente de acordo com o manuscrito de Heikichi? Em caso afirmativo, qual seria o fundamento lógico e racional para isso? Haveria outra razão além de ser uma espécie de maluco, um fanático da astrologia ocidental?

E ainda resta mais uma coisa, uma dúvida ainda maior que a localização. Partindo do bom senso, parece-me que seria impossível acusar as seis irmãs de espionagem, com exceção de Kazue. Nesse caso, acabei sendo enganado pelo criminoso que usou o nome Organização dos Faisões e fui forçado a lidar com o trabalhoso descarte dos corpos, mas e quanto ao comportamento de Kazue? Eu caí na armadilha em consequência de tudo o que aconteceu por causa da atitude de Kazue. Então, quer dizer que Kazue tinha a intenção de me colocar na armadilha. Pode-se pensar que o criminoso se aproveitou da casualidade entre mim e Kazue, mas isso seria forçado. Este crime demanda um planejamento extremamente estruturado. Parece que a situação de acabar tendo seis corpos foi uma coisa que já se sabia. E ao pensar nas pessoas mais apropriadas para dar um jeito nos corpos, sim, realmente não haveria ninguém melhor do que eu. Logicamente porque eu tinha carteira de motorista, mas quando se trata de alguém que possa dar uma desculpa, mesmo que seja visto com o carro carregado de cadáveres, não há ninguém além de um policial. Um civil seria preso imediatamente; mesmo que fosse um médico ou cientista não teria como evitar problemas. Afinal, ninguém pensa que um policial pode ser um criminoso. Foi a partir desses cálculos que acabaram me escolhendo. Então, é mais natural pensar que Kazue era uma cúmplice do criminoso. A própria Kazue armou para que eu cometesse um lapso.

E por que ela, sendo cúmplice, acabou sendo assassinada? Não, esta dúvida em si é contraditória. O criminoso me ameaçou pela morte de

Kazue, o que significa que ela já estava marcada para morrer, desde o começo. Será que Kazue era tão devotada a esse assassino a ponto de oferecer seu corpo mesmo sabendo que seria morta? Ou o criminoso fez ela agir sem contar a ela que iria matá-la, dando-lhe algum outro pretexto? Então, que tipo de pretexto e razão podem ser considerados? Acabar tendo corpos em mãos já fazia parte do plano, então realmente não consigo pensar em nada além do objetivo de me forçar a desfazer deles. Sendo assim, pretendiam me ameaçar apenas pelo fato de ter tido relação sexual com Kazue? Será que persuadiram Kazue dessa forma?

Não, seria muito pouco só com esse fato. Por mais que eu fosse tolo, não faria sentido passar por todo aquele sofrimento por causa de algo tão pequeno. Sem mencionar que nem fui eu que a seduzi. Foi ela que se jogou em mim.

Posso traçar mais uma linha de raciocínio, embora seja inusitada. Kazue é a autora de todos os crimes, matou as seis jovens, e depois de deixar tudo preparado para que a carta de ameaça chegasse até mim, teve relação sexual comigo e então forjou o seu assassinato, sendo que na realidade cometeu suicídio... Aquela carta foi a única que me foi enviada, não recebi mais nenhuma depois. Quando a li pela primeira vez, fiquei tão perturbado que cheguei a pensar em responder, alegando inocência. Mas não me foi dada a chance de refutar, pois o endereço do remetente não estava escrito. Se o remetente já estivesse morto, isso seria um motivo para a carta ser remetida apenas uma vez, e seria um problema se eu resolvesse enviar uma resposta.

No entanto, era impossível que isso tivesse acontecido. Em primeiro lugar, Kazue morreu por ter recebido um golpe na *parte de trás da cabeça*. Mesmo que porventura as marcas de sangue na penteadeira tivessem sido colocadas antes (embora não houvesse qualquer outro ferimento no corpo, por menor que fosse, que pudesse causar sangramento), não há a mínima possibilidade de cometer suicídio batendo atrás da cabeça. E uma vez que a arma foi constatada como sendo o vaso de vidro, não há outra saída senão pensar que foi, sim, um assassinato.

Outro fator decisivo é que a última vez em que vi Kazue foi no dia 23 de março, o mesmo dia em que ela foi assassinada, e foi confirmado que as seis jovens estavam vivas até a manhã do dia 31 de março, uma semana depois. Não há como alguém morto cometer os Assassinatos Azoth.

Quando Masako Umezawa foi presa posteriormente, me senti confuso. Não fazia mais ideia do que estava acontecendo. E no entanto, dizem que ela confessou. Então, será que a esposa de Umezawa fez tudo aquilo? Eu queria me encontrar com essa mulher, mas não tinha justificativa para eu interrogá-la.

Sou um homem azarado. Evidentemente, por ter sido envolvido em um crime daqueles e me tornado cúmplice do autor dos crimes, mas não só por isso. O natural seria que com o tempo isso sumisse da mente das pessoas, tal como acontece na maioria dos casos, seja no caso Shimoyama* ou no caso do Atentado ao Banco Teigin.**

Mas aconteceu justamente o contrário em relação a este caso. Esta série de crimes tornou-se conhecida como os Assassinatos do Zodíaco da Família Umezawa depois de algum tempo após a guerra, e muitas pessoas que leram a publicação começaram a enviar um monte de informações e opiniões para a Primeira Divisão de Investigação. Meus colegas liam a montanha de cartas que chegavam em quantidade absurda, e a cada vez que alguém gritava que valia a pena conferir eu sentia que me faltavam forças. Até eu me aposentar, ou melhor, mesmo depois disso, não houve um só minuto em que pude me livrar dessa ansiedade.

O fato de ser designado para a Primeira Divisão de Investigação de Sakuradamon também foi puro azar. Era como se estivessem mandando um piromaníaco para ajudar no combate ao incêndio, e meu coração quase parava todas as vezes em que as novas circunstâncias do caso chegavam aos meus ouvidos.

A Primeira Divisão de Investigação só tinha 46 pessoas naquela época, e os crimes relacionados a fraude, incêndio criminoso e marginais, que hoje estão sob responsabilidade da Terceira Divisão e da Quarta Divisão,

---

* Incidente em que o presidente das Ferrovias Nacionais Japonesas, Sadanori Shimoyama, desaparecido no dia 5 de julho de 1949, foi encontrado morto por atropelamento no dia seguinte. Teorias de suicídio, de homicídio e de conspiração internacional foram aventadas, mas as investigações policiais foram encerradas sem solução seis meses depois. [NE]

** Caso de envenenamento em massa e assalto ocorrido em uma agência do banco Teikoku Ginko (abrev. Teigin), em Tokyo, no dia 26 de janeiro de 1948. Funcionários do banco e outras pessoas foram persuadidos por um falso agente de combate a endemias a ingerirem comprimidos que acreditavam ser remédio contra disenteria, mas que nas análises posteriores foram identificados como composto de cianeto. Doze pessoas morreram e o criminoso fugiu com o dinheiro do banco. O acusado do crime, Sadamichi Hirasawa (1892-1987), foi condenado à morte, mas não foi executado. Ele morreu na prisão aos 95 anos alegando inocência. [NE]

eram ainda da Primeira Divisão, juntamente com homicídio e roubo. O sr. Koyama, que havia sido nomeado vice-diretor da delegacia de polícia de Takanawa, viu meu trabalho modesto e racional e me encaminhou para a área responsável por fraude da Primeira Divisão, onde havia uma vaga.

Estávamos no ano de 1943, quando a guerra se intensificou. Ficar responsável pela área de fraude também foi um grande azar. Tive que aliviar as coisas duas ou três vezes para aquele arquiteto, de quem peguei o Cadillac emprestado, o que dobrou a minha ansiedade, já acumulada.

Os ataques aéreos se tornaram mais intensos, o Departamento de Polícia Metropolitana foi evacuado e nós nos abrigamos na Primeira Escola Feminina do Ensino Médio de Asakusa. Eu passei a pensar, nessa época, que era melhor ser convocado pelo exército e morrer em combate. No entanto, adiaram minha convocação porque era necessário manter um número mínimo de agentes, embora muitos de meus colegas tivessem sido mandados para o campo de batalha. Eu sofri com isso também.

Além disso, meu filho Fumihiko, que não tinha completado nem um ano à época dos acontecimentos, em 1936, escolheu o mesmo caminho que eu, e minha filha Misako se casou com um policial, o que só agravou minha angústia.

Mas como eu era um prisioneiro modelo que não tinha cometido outros erros, nunca tinha se atrasado ou faltado (eu realmente me sentia desse jeito), passei nos exames de promoção que prestei um após o outro, em parte para manter as aparências perante meu filho, e, mesmo que tenha sido por compaixão, até ganhei o título de superintendente policial antes de me aposentar. Aos olhos dos outros, poderia parecer uma vida ideal como policial, com poucos reveses. Para mim, no entanto, era o tão esperado dia da aposentadoria. As pessoas estavam tristes porque eu ia sair, mas eu sentia, neste dia, como se estivesse saindo pelo portão da prisão.

Estávamos no ano de 1962, eu tinha 57 anos. Desde que fui admitido como novato do 390º período em 1928, foram 34 anos de vida como policial repletos de sofrimento.

Dois anos haviam passado desde que Masako Umezawa, condenada à pena de morte pelo assassinato de Heikichi Umezawa e por toda a família, morrera na prisão. Também era um período em que o chamado boom das especulações acerca dos Assassinatos do Zodíaco de Tokyo estava no auge. Li todas as publicações relacionadas ao assunto que conseguia adquirir, vi e ouvi as reportagens especiais de TV e rádio, mas não havia nenhuma informação além daquelas sobre as quais eu já tinha conhecimento.

Passei descansando dessa forma por aproximadamente um ano, mas consegui me recuperar, mais ou menos depois do verão de 1964. Eu ainda não tinha chegado a 60 anos nessa época e acreditava que minha habilidade como investigador não tivesse regredido, então decidi passar o resto da minha vida tentando desvendar o caso.

Visitei a casa da família Umezawa, o antigo Médicis em Ginza e me encontrei com as pessoas envolvidas. Foi bem na época das Olimpíadas de Tokyo. Das pessoas que estiveram diretamente envolvidas nos Assassinatos do Zodíaco da Família Umezawa, apenas Fumiko, esposa de Yoshio Umezawa, e Yasue Tomita ainda estavam vivas em dezembro de 1964. Lembro-me que elas tinham 75 e 78 anos, respectivamente.

Fumiko Umezawa construiu um condomínio no terreno da antiga casa da família Umezawa e estava vivendo a velhice. Era uma velha solitária, sem filhos ou netos. O marido, Yoshio, não foi convocado para a guerra porque tinha mais de 50 anos na época, mas quando a visitei, ela me contou que não fazia muito tempo que seu esposo tinha falecido.

Quanto a Yasue Tomita, vendeu a loja de Ginza depois da guerra e abriu outra em Shibuya com o mesmo nome, Médicis, mas acabou deixando sob os cuidados de seu filho adotivo e estava morando sozinha em um condomínio no bairro de Den-en-chofu. Dado que seu filho Heitaro foi recrutado pelo exército e morreu na guerra, parece que ela adotou um filho de parentes após a guerra. Esse filho adotivo aparecia às vezes para cuidar dela, mas devo dizer que ela também vivia uma velhice bem solitária.

Tae, a ex-esposa de Heikichi, já tinha morrido em Hoya pouco antes da minha visita, mas no caso dela, provavelmente teve uma velhice relativamente abençoada graças à herança que Heikichi havia lhe deixado. Todas as três não passaram por tantas dificuldades financeiras, o que provavelmente as categorizava como uma classe afortunada para aquela época. Os demais estavam todos mortos.

Mas era improvável que uma dessas duas que continuavam vivas fosse a criminosa, e mesmo que eu incluísse Yoshio e Heitaro, não teria outra alternativa a não ser julgar — assim como concluíram muitos pesquisadores amadores — que o criminoso não estava entre eles.

Na verdade, eu tinha uma ideia que vinha alimentando secretamente desde a época em que trabalhava na delegacia. É sobre o ex-marido de Masako, que mora em Shinagawa, mencionado inclusive no manuscrito de Heikichi. Eu pretendia vasculhar a fundo sobre Satoshi Murakami quando eu ficasse livre e pudesse conduzir uma investigação por conta própria, pois tive a impressão de que essa pessoa foi deixada de lado, de forma generosa, tanto pela polícia quanto pela sociedade. A polícia do pré-guerra tinha a tendência de investigar minuciosamente os suspeitos, mas hesitava em relação às pessoas de posição social privilegiada. A partir da perspectiva do sr. Murakami, sua esposa cometeu um adultério e não apenas o deixou para ficar com outro homem como também levou a sua filha junto, então, me colocando no lugar dele, considero até estanho ele ficar sem fazer absolutamente nada a respeito.

Quando visitei a residência de Satoshi Murakami em Shinagawa apresentando-me como ex-superintendente da polícia, Murakami evidentemente já estava aposentado, e era um idoso que vivia cuidando das suas plantas em sua ampla residência. Ele havia perdido os cabelos, estava corcunda e tinha mesmo a aparência de alguém de 82 anos, mas seus olhos ocasionalmente ficavam aguçados, o que remetia à agilidade da época em que estava ativo. O resultado foi que fiquei completamente desapontado com meu equívoco. Tive de ficar escutando por horas como uma pessoa que ocupava uma posição como a dele, que tinha um álibi, mesmo que não fosse considerado perfeito, havia sido injustiçada de forma opressiva.

Como ex-policial, não tive escolha a não ser abaixar a cabeça com um sorriso amargo. A investigação da Primeira Divisão foi mais minuciosa do que imaginava, e aprendi a lição de que deveria descartar aqueles que chegaram a ser alvos da investigação policial e mais tarde foram considerados inocentes, confiando na decisão da Primeira Divisão.

Parece que a teoria da agência especial pré-guerra está profundamente enraizada na opinião pública, e nesse caso talvez seja necessário reconsiderar a possibilidade de que a carta enviada a mim era genuína. Além disso, se o criminoso estiver entre as pessoas que apareceram no manuscrito de Heikichi, seria preciso ter um assassino para cada caso, de Heikichi, de Kazue e de Azoth. Ou talvez os crimes tenham sido cometidos por um grupo de pessoas.

A busca por Azoth ainda é popular, mas sou cético em relação a essa criação. Pelo que sei, existem muitos casos de corpos desmembrados especialmente no caso de assassinato por parentes, embora a maioria seja em áreas rurais. O desmembramento serve para aliviar o rancor e ao mesmo tempo facilitar o descarte e o transporte. Acho que esse caso dos "Assassinatos do Zodíaco da Família Umezawa" não é uma exceção. Fora o fato de que, neste caso, havia seis corpos, então devem ter usado de muito conhecimento para pensar no descarte deles. Não acho certo se prender nessa conversa de Azoth, mas se fosse possível reunir as partes que faltavam nos cadáveres das seis jovens formando um só corpo, não acho que ele teria sido empalhado como todos dizem, mas sim enterrado em algum lugar relacionado a Heikichi ou perto do túmulo dele. Se o criminoso tivesse alguma relação com Heikichi ou fosse um seguidor dos pensamentos dele, acho que seria razoável pensar que teria agido dessa forma por Heikichi.

Cheguei a ir até o túmulo da família Umezawa, onde Heikichi também está descansando, mas no seu entorno as lápides de outras famílias foram construídas bem próximas, e as ruas internas estão cimentadas, então parece improvável que tenham enterrado as partes dos corpos nas proximidades desse túmulo. Ou talvez estejam enterradas em um terreno baldio nos arredores daquele cemitério, mas seria complicado investigar isso sozinho.

Com relação a esse seguidor aficionado, creio que podemos restringir o círculo social de Heikichi Umezawa às pessoas que ele conheceu nos poucos locais que frequentava, já que Heikichi era uma pessoa de poucos amigos. Esses locais seriam a galeria Médicis que ficava em Ginza na época ou o bar Kakinoki que ficava na Faculdade Provincial da Linha Tōyoko, que também aparece no manuscrito. Parece que Heikichi aparecia com certa frequência no Médicis, mas não era um cliente tão assíduo no Kakinoki, já que ia lá uma vez por mês, quando muito.

Não que ele nunca tenha aparecido nos bares de Himon'ya ou de Jiyugaoka, mas como Heikichi era alguém que bebia sozinho com ar sisudo, não chegou a fazer amizade com as donas ou com os frequentadores desses locais.

De acordo com a investigação da Primeira Divisão, dava para contar nos dedos das mãos o número de pessoas que se tornaram amigos de Heikichi no Médicis e no Kakinoki.

Satoko, a dona do Kakinoki, se deu estranhamente bem com o calado Heikichi, e chegou a apresentar alguns homens com quem acreditou que ele poderia fazer amizade. Muitos eram clientes assíduos do bar, e um deles era Kenzo Ogata, o dono da fábrica de manequins que é citado no manuscrito de Heikichi.

Este homem havia montado uma fábrica de manequins em Kakinokizaka, no distrito de Meguro, não muito longe do bar, e até que ia bem nos negócios, tendo pouco mais de uma dezena de funcionários. Tinha

46 anos em 1936. Como Satoko, a dona, tinha 34 anos e era viúva, ele provavelmente frequentava o bar de olho nela. Parece que ele dava as caras lá quase todos os dias por volta das 20h.

Heikichi, ao ser apresentado ao Ogata pela Satoko, demonstrou interesse e chegou a ir ao bar diariamente por quatro ou cinco dias em busca desse homem. Heikichi até chegou a visitar a fábrica, entusiasmado com a conversa sobre manequins. Porém, em relação ao Ogata, ao que parece, era Heikichi que estava na posição de lucrar com a amizade, e não que o primeiro fosse um admirador do segundo.

Ogata tendia a se portar como um cara íntegro e pomposo, talvez para se mostrar frente à Satoko, e deixava transparecer um certo desprezo em relação à classe sensível que eram os artistas, comportamento bem comum de empresários que vencem na vida por conta própria. É improvável que ele cometesse aquele tipo de crime em prol de Heikichi. Além disso, é difícil pensar que Heikichi fosse revelar a paixão que sentia secretamente por Azoth para um homem com esse tipo de personalidade.

O álibi dele era sólido, pois no momento do assassinato de Heikichi ele estava na fábrica acompanhando um trabalho de última hora até depois da meia-noite, além do que não tinha motivo algum para matar Heikichi. Ele não tinha álibi para o assassinato de Kazue, mas nos de Azoth, seu álibi é praticamente concreto porque os crimes aconteceram na faixa de horário que costumava trabalhar ou ficar no Kakinoki.

Uma pessoa suspeita seria Yasukawa, o artesão que era funcionário de Ogata. Heikichi foi apresentado a ele pelo Ogata, quando visitou a fábrica. E dias depois Yasukawa foi levado por Ogata ao Kakinoki e Heikichi se encontrou com eles, chegando a beber na companhia de ambos. Parece que isso aconteceu umas duas vezes. Não está claro se os dois chegaram a se encontrar fora do Kakinoki e da fábrica, mas, no caso deste homem, talvez Heikichi pudesse ter confidenciado sua paixão por Azoth.

Quanto ao assassinato de Heikichi, Yasukawa também estava limpo, pois estava com Ogata. Sua situação é praticamente a mesma. Não tinha motivação e seu álibi era relativamente sólido. Tinha um álibi para o assassinato de Kazue, mas no caso dos Assassinatos Azoth não ficou tão claro.

Acho que a Primeira Divisão deveria ter investigado Tamio Yasukawa um pouco mais. Este homem tinha 28 anos na época. Depois disso, ele foi convocado para a guerra, e embora tenha se ferido, não foi morto em combate. Atualmente deve estar morando em Kyoto. É uma das poucas pessoas envolvidas que continua viva, mas ainda não cheguei a encontrar com ele. Tenho seu endereço: Rokkaku Agaru, rua Tomikoji, no distrito de Nakagyo. Eu gostaria de fazer o possível para poder encontrar este homem em vida.

Há mais uma pessoa; um pintor que também morava em Kakinokizaka, não muito longe do bar. O nome dele é Toshinobu Ishibashi e ele tinha 30 anos em 1936, a mesma idade que eu, coincidentemente. No entanto, ele era o que chamamos de pintor aos domingos, pois tinha outro emprego, e sua família administrava uma casa de chá em Kakinokizaka por gerações. Provavelmente esperava ser selecionado para alguma exposição enquanto cuidava do comércio. Paris era seu lugar dos sonhos e era uma época em que poucas pessoas haviam ido ao exterior, então ele tinha se tornado um cliente regular do Kakinoki para ouvir as histórias de Heikichi nos tempos que ele passou na França e também para ver Satoko.

Ele ainda administra a casa de chá em Kakinokizaka, então eu o visitei e conversei com ele. Ele disse que tinha experiência de guerra e que por pouco não sobreviveu. Já não pintava mais, mas conseguiu fazer a filha se formar na faculdade de artes. Quando o visitei, ele tinha acabado de voltar de Paris, e me contou por quase uma hora o quão impressionado ficou com o fato de que ainda existisse o restaurante que Heikichi havia mencionado e coisas assim. Disse que teve a oportunidade de conversar várias vezes com Heikichi no Kakinoki. Chegou a visitá-lo no ateliê no bairro de Ōhara apenas uma vez, sem avisar, mas como não pareceu ser bem-vindo, não foi mais depois disso. Ele explicou que embora Heikichi fosse um homem taciturno, às vezes ficava eloquente como se estivesse possuído, o que era uma personalidade comum aos artistas da época.

O Kakinoki não existe mais. Depois de tudo, parece que Satoko cedeu às investidas de Ogata. Mas o que será que aconteceu depois, já que Ogata tinha mulher e filho? Seu filho assumiu a fábrica de manequins, que se mudou e agora está em Hanakoganei.

Enquanto conversava com o sr. Ishibashi na salinha de entrada da casa de chá, senti por ele uma certa empatia. Ele tem uma moça como funcionária, que ocasionalmente aparece pedindo-lhe instruções. Essa moça parece ser uma boa pessoa, assim como sua esposa, que também é amigável. É absolutamente impossível pensar que alguém como ele esteja envolvido em um crime tão perverso. Ele tinha álibi e não tinha motivo. Quando eu já ia embora, ele me disse para visitá-lo novamente, e percebi que o convite não tinha sido apenas por educação. Naquela época, eu realmente pensei em ir novamente.

As amizades de Heikichi no Kakinoki se resumem a essas três pessoas. Dentre eles, pode-se dizer que Tamio Yasukawa, o artesão de manequins, seja o mais suspeito.

Talvez devesse incluir Satoko, a dona, entre os suspeitos, mas ela tinha álibis consistentes, exceto para o assassinato de Heikichi. Porém, é completamente impensável que tivesse motivo para matá-lo.

Em seguida, temos o café da galeria de Yasue Tomita, Médicis. Aqueles que rodeavam Yasue desde que ela era jovem usavam o Médicis como sua base, portanto este estabelecimento em Ginza tinha o caráter de um salão de artistas de meia-idade. Isso deve ser o reflexo da personalidade de Yasue. Pintores, escultores, modelos, poetas, dramaturgos, romancistas, cineastas e todo o tipo de gente que desejaria usar boinas se reuniam ali e digladiavam sobre teoria da arte.

Heikichi também era uma pessoa que aparecia ali com relativa frequência, mas parece que nem sempre ele achava o local aconchegante. Ele detestava pessoas que falavam de forma incisiva e fazia questão de evitar ir no mesmo dia que pessoas assim. Parece que essas pessoas eram os dramaturgos e os ligados ao cinema. Em meio a esse tipo de gente, no Médicis também Heikichi se abriu para apenas três ou no máximo quatro pessoas.

Se fosse apontar o mais suspeito dentre estes, seria provavelmente o escultor Motonari Tokuda. Tokuda era um gênio com olhar vidrado e maluco, com pouco mais de 40 anos na época; possuía um ateliê em Mitaka e era bem conhecido entre seus colegas artistas. Heikichi Umezawa ficou claramente interessado por Tokuda e foi influenciado como artista. Supõe-se que Tokuda tenha sido uma das influências que o fez pensar na produção de Azoth.

Naturalmente, Tokuda foi investigado rigorosamente pela Primeira Divisão e, por acaso, tive a oportunidade de ver a cara dele. As bochechas eram chupadas, os cabelos longos com fios grisalhos estavam desgrenhados; em suma, ele parecia adequado para ser o criador de Azoth aos olhos de qualquer um. No entanto, aparentemente seu álibi era sólido e ele foi libertado. Parece que o fato de não ter a carteira de motorista também foi um dos principais motivos de sua libertação, mas eu, mais do que ninguém, sei que esse tipo de coisa não era necessário.

Tokuda continuou criando vigorosamente até sua morte, e seu ateliê em Mitaka se tornou o Salão Memorial Tokuda Motonari, onde suas obras estão expostas atualmente.

Quando pensei em ir vê-lo, no Ano-Novo de 1965, ele acabou morrendo de repente. Deixando Azoth de lado, ele não tinha motivo algum para matar Heikichi e Kazue. Não chegou a visitar o ateliê de Heikichi e não tinha nenhum contato com Kazue. Quanto aos Assassinatos Azoth, ele tinha um álibi, embora fosse o testemunho de sua esposa.

De qualquer modo, era só para contar que Motonari Tokuda veio à tona como possível culpado ao seguir a linha de amizades de Heikichi. É pouco provável que uma pessoa como Tokuda, tão famosa, cometesse tais crimes.

Havia um outro colega de quem Heikichi se tornou próximo no Médicis, chamado Gōzō Abe, também pintor. Abe se formou na mesma faculdade de Tokuda e deve ter sido esse o motivo que fez com que Heikichi abrisse o seu coração. Digo isso porque Abe era um homem com uma personalidade magnânima, o que na realidade devia ser o tipo de pessoa que Heikichi não gostava. Sua idade não era conhecida. Abe tinha ideias antiguerra em 1936, e algumas das obras que produziu foram interpretadas como a expressão dessas ideias. Isso o colocou na mira das autoridades e ele foi submetido a ostracismo pelos colegas. Essas circunstâncias de Abe podem ter ajudado a abrir o coração do solitário Heikichi.

No entanto, Abe ainda estava na casa dos vinte anos na época, com grande diferença de idade em relação a Heikichi. Por isso, parece difícil que os dois tivessem contato fora do Médicis. Abe nunca visitou o ateliê de Heikichi, e como ele morava em Kichijoji na época do crime, se encontrava bem longe da casa de Heikichi, em Meguro. Abe, que nasceu em Tsugaru, compartilha da mesma terra natal que o escritor Osamu Dazai. Eles eram amigos bem próximos, porque Dazai também estava em Kichijoji naquela época. Mas parece que Dazai nunca apareceu no Médicis. Consequentemente, Dazai e Heikichi nunca se encontraram.

Abe também não tem motivo para cometer o crime no caso do assassinato em série da família Umezawa, e provavelmente sequer sabia onde ficava a casa deles. Não sei bem sobre o álibi dele, mas não acho que a Primeira Divisão tenha falhado na investigação.

Parece que Abe tinha uma esposa. Mas depois de ser convocado para a guerra, ele foi enviado ao continente asiático e não conseguiu se livrar do rótulo de criminoso político, o que o fez sofrer bastante até o fim da guerra como soldado raso. Ele acabou se divorciando após a guerra, casou-se de novo com uma jovem e vagou com ela pela América do Sul, mas morreu em sua cidade natal em algum momento da década de 1960. Ele era bem conhecido entre os artistas, mas não chegou a ser mais do que isso.

Atualmente, a viúva de Abe administra uma galeria-café chamada Grel, em Nishiogikubo. Também visitei o espaço e conversei com essa senhora. Havia pinturas de Abe expostas na galeria, e ela até me mostrou uma carta que Osamu Dazai escreveu para Abe. No entanto, como ela e Abe ficaram juntos após a guerra, não parecia saber nada da época dos acontecimentos da família Umezawa.

Bem, outro colega do Médicis é o também pintor Yasushi Yamada, mas Heikichi não era particularmente próximo dessa pessoa, e nem parece ter sofrido influência dele como artista. Yamada tinha uma personalidade gentil, e dentre as pessoas que frequentavam o Médicis, Heikichi só se entendia com as duas pessoas já citadas, com exceção da dona, então pode-se dizer que ele apenas tenha encontrado mais alguém com quem conseguia conversar. Aparentemente Yamada tinha mais de 40 anos na época, mas não se sabe a sua idade exata. Morava em Ōmori. Acreditava-se que os dois não tivessem se encontrado fora do Médicis, mas para a minha surpresa Heikichi chegou a visitar a casa de Yamada em Ōmori duas vezes. Parece que ele fez isso porque tinha interesse não no Yamada, mas sim na esposa dele, Kinue, como escritora.

Kinue era ex-modelo e poeta. Deveria ter também cerca de 40 anos na época. Heikichi sempre gostou de ler Rimbaud, Baudelaire, Marquês de Sade, e embora não deixasse nem mesmo livros de arte no seu ateliê, todas essas obras ainda continuam na casa principal da família Umezawa. Foi o gosto por essas coisas que, provavelmente, o fez sentir que tinha interesses em comum com Kinue. Ela também parecia conhecer Andre Milhaud, que Heikichi descreve em seu manuscrito, dizendo o quanto ficou chocado com as obras dele.

Mas Kinue e este casal têm álibi e não têm motivação para o crime. O casal nunca foi ao ateliê de Heikichi. Acho que se pode confiar nessa parte da investigação da Primeira Divisão. Eles também morreram um após o outro por volta de 1955.

Dos clientes regulares do Médicis, as quatro pessoas acima são as que aparecem no círculo de amizades of Heikichi. São sete pessoas se incluirmos os conhecidos de Kakinoki. No entanto, se perguntarem se há um criminoso entre essas sete pessoas, devo dizer de imediato que não há. Se houvesse, certamente se limitaria ao autor dos Assassinatos Azoth. Nenhuma dessas pessoas tinha propósito para matar Heikichi ou Kazue. Elas nem chegaram a se encontrar com Kazue. E no caso de insistir que o autor dos Assassinatos Azoth esteja entre elas, o principal suspeito seria Tamio Yasukawa, mas não me parece possível que a Primeira Divisão tenha sido relapsa nesse tipo de investigação também. Em primeiro lugar, essas sete pessoas só entraram na lista por causa da ampliação forçada do escopo da investigação, pois não foi possível vislumbrar sequer a sombra do criminoso entre aqueles que tinham relação direta. Diga-se de passagem, são apenas coadjuvantes e nem seriam consideradas alvos de investigação se tivessem descoberto o criminoso dentre as pessoas diretamente envolvidas.

Heikichi não era bom em relacionamento interpessoal e não tinha outros amigos próximos além desses. Ou talvez houvesse alguém com quem tinha afinidade, mas que guardou segredo absoluto. No entanto, ninguém veio à tona de acordo com a investigação da Primeira Divisão.

O ponto estranho deste caso é o fato de ser constituído por três crimes e embora até existissem pessoas que pudessem ter motivo para cometer cada um destes delitos, ou elas já estavam mortas no momento do crime ou foram mortas posteriormente.

Havia pessoas que tinham motivos para matar Heikichi também. Pode-se dizer que toda a família tinha. Acredita-se que Masako e as seis jovens tenham cometido o crime, mas estas últimas foram mortas posteriormente. O culpado do assassinato delas obviamente tem de ser outra pessoa. Quanto ao assassinato de Kazue, não foi constatado ninguém que tivesse motivo para tal. O motivo existe apenas para o ladrão.

É ainda mais estranho quando se trata dos Assassinatos Azoth, ou seja, das seis jovens. A única pessoa que tinha motivo para cometer esse assassinato em massa era Heikichi, que foi morto e não estava mais neste mundo.

De qualquer forma, a única saída é pensar que os três crimes foram cometidos por indivíduos diferentes, e pode haver uma maneira de configuração usando os elementos contraditórios descritos neste texto. E essa maneira seria imaginar que havia alguém que tinha grande afeição por Heikichi, e que essa pessoa vingou a morte dele tirando a vida das mulheres que o mataram. O método que melhor faria as vontades de Heikichi seria seguir as etapas e proceder de acordo com o manuscrito de Heikichi. A culpa recairia no fantasma de Heikichi, e ao mesmo tempo confundiria a investigação. A casa de Kazue era necessária para esse fim. Por causa disso, Kazue foi assassinada.

A partir dessa hipótese, o criminoso teria matado Kazue, que não tinha culpa nenhuma, só que também não há nenhuma prova de que ela não tenha participado do plano de matar Heikichi. Se Masako tiver assumido a liderança e decidido usar suas filhas para matar o marido, seria estranho pensar que sua filha mais velha não tivesse sido cúmplice do plano. Pensando assim, o assassinato de Kazue faria parte da vingança do criminoso, já que ele poderia matar dois coelhos em uma cajadada só.

Sei muito bem que o criminoso não precisava ter uma carteira de motorista porque ele me transformou em cúmplice, fazendo com que eu me livrasse dos corpos. Portanto, poderia até mesmo ser uma mulher. Na ocasião, eu fui um tolo de obedecer fielmente e ir para cima e para baixo por todo o Japão, acreditando se tratar de uma missão confidencial de uma agência secreta, mas para o criminoso, acho que não teria problema se eu desistisse no meio do caminho e o enganasse, abandonando o corpo em Fukushima, ao invés de descartar em Akita. Mesmo que eu fosse preso, aquela carta era a única prova que havia. Ao pensar no sofrimento daquela época, não consigo perdoar esse criminoso de jeito nenhum.

Mas, de qualquer forma, tenho conhecimento de muito mais fatos do que as outras pessoas. Por conseguinte, eu devo estar mais perto da verdade do que todo mundo. Por isso consegui chegar na linha de pensamento como a que descrevi.

Ainda assim, meu raciocínio também chega a um beco sem saída. Trata-se da Kazue. Ela pode até ter tido uma participação no assassinato de Heikichi, mas conforme minha linha de raciocínio descrita acima, os Assassinatos Azoth e o de Kazue foram cometidos para se vingar da morte dele. Mas então por que Kazue me seduziu e me envolveu nisso tudo? Só posso pensar que ela me fez cair na armadilha intencionalmente.

Quanto ao motivo, falando francamente, deveria ser para que eu lidasse com os seis corpos posteriormente. Então significa que Kazue estava ajudando *a parte que estava tentando se vingar*.

Isso é contraditório. Mas há outra contradição, mesmo antes disso. A ameaça contra mim seria fraca *se Kazue não morresse*. Já havia pensado nisso antes, mas se Kazue agiu daquela forma sabendo que seria morta, quem, afinal de contas, mereceria tal dedicação?

E então, quem é o criminoso...? Nem preciso dizer que esse é um problema dos grandes. Digamos que as assassinas de Heikichi sejam Masako e as seis jovens, seguindo a linha de pensamento da Primeira Divisão.

Mas quem vingou essa morte? Quem cometeu um assassinato tão trabalhoso e me usou para espalhar os corpos por todo o país, chegando a ponto de cruzar uma linha tão arriscada por Heikichi? Seria possível agir daquela forma movido apenas pelo sentimento de compaixão por Heikichi? Seria Tae, Yoshio ou Fumiko? Se foi um deles, isso quer dizer que acabou matando até a própria filha. Seria Yasue? Heitaro...?

Estas são as únicas pessoas diretamente envolvidas, mas o fator decisivo sobre elas é que quase todas têm um álibi sólido para a suposta data dos Assassinatos Azoth, na noite de 31 de março, mesmo que a hora do crime seja estimada com uma margem grande, como sendo das 15h à meia-noite.

Essas cinco pessoas são formadas por dois casais e uma mulher. Em relação à mãe e filho Yasue e Heitaro, permaneceram com a galeria-café aberta até por volta das 22h, e é claro que há muitas testemunhas nesse horário, mas alguns clientes regulares ficaram até mesmo depois de o estabelecimento ser fechado, confraternizando até por volta da meia-noite. Nem a mãe nem o filho saíram da vista de todos sequer por trinta minutos.

Em seguida temos Yoshio e sua esposa. Um editor chamado Toda, que tinha relação profissional com Yoshio, havia sido convidado para a casa deles neste dia e lá ficou bebendo. Embora não tenha pernoitado lá porque 31 de março era uma terça-feira, ele chegou depois das 18h e ficou na casa de Yoshio até depois das 23h. Mesmo antes disso, Yoshio e Toda estiveram juntos desde o início da tarde. Sendo assim, o casal Yoshio pode ser desconsiderado.

Quanto a Tae, ela ficava sentada no balcão da tabacaria até cerca de 19h30 todas as noites, e não fechava completamente a loja mesmo depois desse horário. Ela costumava manter a porta veneziana um pouco aberta e vendia cigarros para quem fosse lá até por volta das 22h. Naquela noite, dois ou três clientes apareceram no período das 19h30 até as 22h, e como todos eram da vizinhança, foi possível encontrar testemunhas comprovando que ela estava em casa. Tae fechou completamente a porta veneziana e foi descansar depois das 22h. O local onde as seis jovens foram mortas é desconhecido, mas supondo que tenha sido na casa de Kazue em Kaminoge, certamente demoraria mais de duas horas para uma mulher de 48 anos ir até lá, pois teria que andar até a Estação Hoya, fazer baldeação de trem para só então chegar a Kaminoge e ainda assim andar um pouco mais. Pode-se julgar que o álibi é sólido.

Apenas complementando sobre Masako: ela partiu de Aizuwakamatsu no trem das 8h47, no dia 1º de abril. É lógico que a família testemunhou que ela esteve em Aizuwakamatsu durante todo o dia anterior.

Daquelas sete pessoas de envolvimento indireto, Satoko de Kakinoki, Ogata e Ishibashi têm álibis no que diz respeito aos Assassinatos Azoth. Yasukawa, não. Tokuda e Abe, que mantinham contato por meio do Médicis, tinham álibis, embora fosse o testemunho das respectivas esposas. O casal Yamada ficou no Médicis até aproximadamente 23h, junto com mais quatro ou cinco artistas. Demora ao menos uma hora de Ginza até Kaminoge. Assim, o mais suspeito dos sete seria Yasukawa, mas ele só encontrou Heikichi duas vezes no Kakinoki e uma vez no seu local de trabalho.

Parece que a amizade de Ogata e Heikichi começara cerca de um ano antes, mas no caso de Yasukawa, sabe-se até a data dos encontros dele com Heikichi. Eles se conheceram em setembro de 1935 na fábrica e posteriormente se encontraram duas vezes em dezembro, no Kakinoki. Em seus depoimentos, Satoko e Ogata afirmaram ter deduzido por meio da conversa dos dois no Kakinoki, em dezembro, que eles estavam se reencontrando pela primeira vez desde setembro. Além disso, no ano de 1936 Heikichi não foi ao Kakinoki nenhuma vez.

Se considerarmos a teoria de que Yasukawa é o assassino, isso significa que a relação entre os dois progrediu secretamente no período de três meses, incluindo dezembro, mas há um motivo que indica que isso é pouco provável. Yasukawa vivia no alojamento dos funcionários, que ficava a cerca de dez minutos a pé da fábrica. De acordo com o zelador e os colegas do dormitório, o dia a dia de Yasukawa era da fábrica para o alojamento e vice-versa, saindo para beber de vez em quando, geralmente com um de seus colegas. De dezembro ao final de março, foram somente quatro as ocasiões em que os colegas não souberam dizer o paradeiro dele, incluindo os domingos. Uma dessas vezes foi o dia 31 de março, mas ele já estava de volta antes das 23h. Ele afirma ter ido ao cinema. Isso significa que ele pode ter se tornado mais íntimo de Heikichi nas três vezes restantes, mas me pergunto o quanto se pode estreitar uma relação só nesse meio-tempo.

E se Yasukawa tiver matado as seis jovens, ele deve ter se interessado em fazer Azoth, já que é um artesão de manequins. Nesse caso, ele precisaria de um lugar porque, claro, ele não poderia produzi-la no alojamento. Mas Yasukawa permaneceu no alojamento, mesmo depois da ocorrência do caso. Yasukawa não tinha um lugar à disposição, mesmo que conseguisse tempo necessário.

E ainda há mais fatores que fazem com que ele seja descartado. Não há evidências de que Yasukawa foi apresentado às seis jovens. Parece que as seis moças foram envenenadas por terem tomado a mesma bebida quando estavam reunidas, por isso seria estranho se Yasukawa, que não as conhecia, as reunisse, ou se ele aparecesse de repente quando elas estivessem juntas. Se isso tiver acontecido, devo dizer que o criminoso não agiu sozinho. Só que Yasukawa também era um homem solitário e tinha poucos amigos, que eram todos do local de trabalho.

Assim como a Primeira Divisão, não tenho escolha a não ser confessar que não posso fazer mais nada em relação a este caso de Assassinatos do Zodíaco da Família Umezawa. Claramente, o criminoso não existe. Além dos citados acima, há um pequeno grupo de pessoas que fazia parte do rol de amigos de Masako e das seis jovens, mas todas foram consideradas inocentes pela Primeira Divisão, e eu concordei.
Mais de dez anos se passaram desde que me aposentei, e eu ocupei todo o tempo só pensando neste caso. Eu estava ciente de que estava perdendo minha força física, mas nos últimos tempos não pude deixar de notar o declínio da minha capacidade de raciocínio. Os pensamentos ficam dando voltas no mesmo lugar.
Eu estraguei meu estômago durante a vida sofrida de policial. Não acho que vou viver por muito mais tempo. Não consegui resolver este caso, e parece que até desta vida vou acabar me aposentando assim.
Pensando agora, vivi uma vida em que simplesmente dancei conforme a música, não realizando nada como resultado de ter ido contra o fluxo. Como uma pessoa ordinária, eu só desejava ter uma trajetória de paz para os meus e ir embora. Ansiei ceifar por conta própria o que plantei de impuro, ao menos para fazer com que o solo voltasse ao estado normal, mas tudo o que consegui foi aumentar um pouco mais a minha sensação de impotência. É esse o maior dos meus arrependimentos. Gostaria que alguém resolvesse o mistério deste caso. Não, acho que ele precisa ser resolvido. No entanto, não tenho coragem de revelar isso para o meu filho.
Queimar este manuscrito ou deixá-lo — esta deve ser a última decisão que tomarei em vida. Se isto ainda existir depois da minha morte, será que a pessoa que tiver a oportunidade de ler este texto mal escrito vai rir de mim, considerando ser graças a minha falta de determinação?

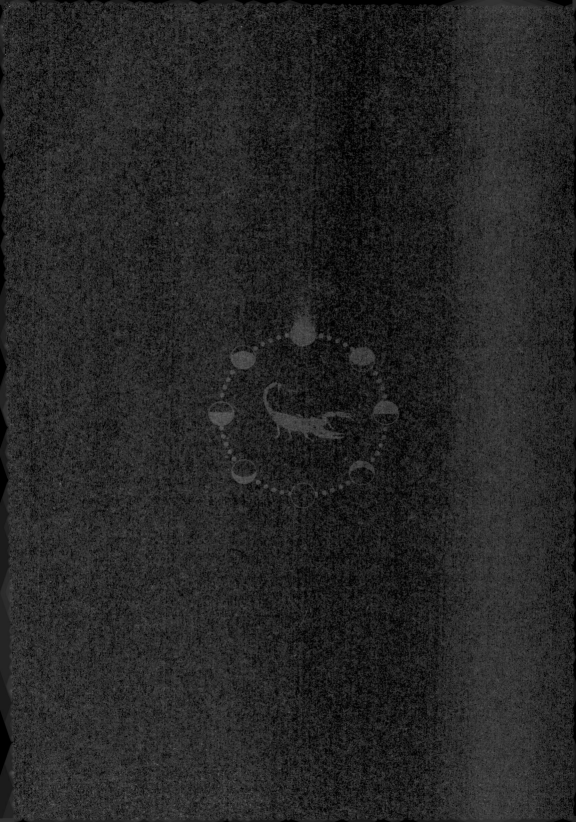

II
Continuando o raciocínio

1

"Será que ele chegou a se encontrar com Tamio Yasukawa, em Kyoto?", disse Mitarai em tom mais baixo.

"Não sei, mas pelo jeito parece que não."

"É, mas agora consigo compreender muitas coisas. Entendi como os corpos apareceram em todos os cantos do Japão, quem fez isso e como. Além do fato de o criminoso não precisar ter uma carta de motorista. As únicas pessoas que sabem disso agora em todo o Japão somos eu, você e aquela lida."

"Isso mesmo. E não é que às vezes acontecem coisas boas por ter te conhecido?!"

"Hum, se Van Gogh tivesse um amigo, essa pessoa certamente falaria desse jeito por não reconhecer o valor do pintor. E esse Tamio Yasukawa, aparece nesse seu livro?"

"Aparece. Mas há muito mais detalhes no manuscrito desta pessoa."

"Este manuscrito dá uma certa impressão de ter sido escrito com a intenção de ser lido por outras pessoas. Eu senti a mesma coisa com relação ao manuscrito de Heikichi."

"É verdade."

"No final das contas, ele o preservou. Não acho que tenha lhe faltado oportunidade para queimá-lo. Foi essa a decisão que ele tomou."

Mitarai se levantou e foi até a janela.

"Que manuscrito repleto de tristeza sufocada. Será que existem pessoas que leem esse tipo de coisa e não sentem nada? Desde que coloquei a placa de adivinho em um canto deste bairro sórdido, no subúrbio de Tokyo, escutei diversos relatos de sofrimento. E descobri que esta metrópole, que parece uma montanha de entulhos sujos, é na verdade um ninho de gritos oprimidos. E eu pensava, a cada vez, que já estava farto de ficar só escutando. Esse ciclo vai terminar hoje, de uma vez por todas. Já estava na hora de salvar alguém." Mitarai voltou e se sentou novamente.

"Esta pessoa deixou o seu manuscrito. Ele realmente queria que alguém resolvesse este caso. Mesmo que fosse em troca da sua honra, construída ao longo de toda sua vida. Não podemos deixar que este último ato de coragem se torne um erro. Você também pensa assim, não é? Trata-se do dever de quem leu esse manuscrito."

"Sim... você tem toda a razão."

"Bom, agora temos todo o material que poderíamos imaginar. Só nos resta colocar o cérebro para trabalhar. Parece que ele não era um especialista em homicídio, mas estava prosseguindo no caminho certo. Só que tem uma coisa que não consigo entender. Tinha me passado pela cabeça quando ouvi sua explicação pela primeira vez, e me lembrei disso enquanto lia este manuscrito."

"Ah, aquilo que você comentou um dia, da tal contradição fundamental? O que seria?"

"Isso de ele também achar, conforme a teoria estabelecida, que as sete moças mataram Heikichi. A história acaba voltando para o ambiente fechado do assassinato de Heikichi, e é essa parte que eu acho fundamentalmente estranha. Porque as sete mulheres, que incluem Masako e suas filhas, são... não, não, Tokiko havia ido visitar Tae em Hoya, então eram seis? Dizer que são as sete significa considerar que isso é mentira... De qualquer forma, não importa se eram seis ou sete, mas eram *todas as pessoas* que estavam em casa na noite do crime.

"Na noite da morte de Heikichi, estavam na casa da família Umezawa apenas as pessoas que cometeriam o assassinato e aquele que seria assassinado. Isso quer dizer que *não havia* uma terceira pessoa a quem enganar ou de quem deveriam ter cautela.

"Então, não havia a necessidade de se dar ao trabalho de suspender a cama e sofrer para criar um ambiente fechado, ora. Bastava todos combinarem o que iriam dizer. Posso estar exagerando, mas se combinassem direito antes, até mesmo um crime impossível, sem precedentes, poderia ser consumado."

"... Ah, entendi, é mesmo... Mas a cena do crime é investigada mesmo que mintam, certo? Tinha até a questão daquelas pegadas na neve."

"Essas pegadas não são grande coisa. Você pode fazer quantas quiser, por exemplo assim: na noite do dia 25, enquanto ainda estiver nevando, qualquer daquelas mulheres, digamos que fossem umas três delas... não, seria muita gente e Heikichi poderia não tomar os comprimidos para dormir, ou não as deixaria entrar porque a modelo poderia estar com ele; então somente uma delas vai até o ateliê de Heikichi. A modelo vai embora por volta da meia-noite, quando para de nevar, e aquela pessoa mata Heikichi. O que acontece depois disso é que ela tem de sair para fazer pegadas com os sapatos masculinos. Ou ela trouxe consigo um par de sapatos masculinos ou calçou os sapatos de Heikichi enquanto segurava seus próprios sapatos. Mesmo porque ela pode devolvê-los a hora que quiser, mais tarde.

"Na volta, ela sai pelo portão dos fundos, dá volta, vai à rua da frente e entra na casa principal pela porta de entrada. Não há necessidade de trancar a porta do ateliê. E então, todas vão até o ateliê na manhã seguinte, depois das 10h. Alguém vai até a janela para deixar pegadas que deem a entender que espiaram lá dentro, outra pessoa entra no ateliê, fecha a porta, empurra a trava, tranca com cadeado e avisa às demais que está pronto, aí todas as que ficaram lá fora arrombam a porta. Daria certo, não é? Por que haveria a necessidade de içar a cama?"

"..."

"Além disso, tem mais uma contradição na teoria da suspensão da cama. Disseram que uma escada foi trazida, certo? Não importa que seja bailarina ou não, não é possível subir ao telhado de um sobrado sem uma escada. Mas não havia pegadas que indicassem que ela foi trazida. Se trouxeram, foi enquanto estava nevando. Ou seja, significa que foi bem antes das 23h30 do dia 25. Se as pegadas já tinham desaparecido completamente, quer dizer que tiveram de trazê-la muito antes de parar de nevar.

"Por outro lado, *as pegadas que a modelo deixou quando foi embora permaneceram*. Isso significa que um bando de gente, mesmo que não tenha sido todas as sete pessoas, teria apoiado uma escada e subido no telhado *enquanto a modelo ainda estava lá*.

"Heikichi não ficava ouvindo rádio em volume alto enquanto trabalhava, certo? Com certeza ele perceberia. Ele não era surdo. Era no meio da noite, envolta pelo silêncio da neve. E a modelo também estranharia se tivesse uma escada no meio do caminho, quando fosse embora."

"Hum... mas também tinha cortinas na janela. E Heikichi já tinha 50 anos, sua audição poderia estar meio falha..."

"Se uma pessoa de 50 anos ouvir você falando uma coisa dessas, vai ficar zangada."

"O aquecedor também estava crepitando. Realmente, falando assim, foi uma manobra bem arriscada, mas acho que o caso virou um labirinto sem saída justamente porque a sorte ajudou, não acha? Em qualquer crime perfeito, se olhar para trás verá que o autor fez uma ou duas apostas arriscadas.

"E se a modelo fosse, por exemplo, uma de suas filhas, Tokiko ou alguma outra? Aí poderia ficar conversando com Heikichi para distraí-lo..."

"Aí seria mais esquisito ainda. A própria Tokiko poderia ter matado, então."

"Ah, é verdade. Então tinha mesmo uma modelo. E voltando um pouco, não foram todas as mulheres que fizeram isso. Bom... devem ter sido quatro: a Masako e as três a quem ela deu à luz, Tomoko, Akiko e Yukiko. Talvez cinco, incluindo Kazue. Nesse caso, as outras se tornam terceiros, passando a existir alguém a quem enganar..."

"Parece conveniente demais, mas tudo bem. Só que desse jeito, a posição de Yukiko se torna delicada. Dessas aí, Yukiko é filha biológica de Heikichi. Será que ela participaria do plano? Dentre as sete moças, isso incluindo a Kazue, mas dentre as sete, apenas Yukiko e Tokiko têm o sangue de Heikichi. Como deve ser ter uma irmã da mesma idade, que o pai fez em outra mulher? Não consigo nem imaginar, mas de repente pode ser que elas fossem particularmente próximas uma da outra. Bom, mas quanto a isso, Masako estava em contato com as jovens diariamente, portanto pode ter conseguido julgar se incluiria ou não Yukiko. Isso se formos seguir seu raciocínio.

"A propósito, o que você acha da linha de pensamento do Bunjiro Takegoshi, de que os Assassinatos Azoth são uma retaliação pelo homicídio de Heikichi? Você concorda?"

"Hmm, bem, acho que pode ser."

"Então não havia necessidade de matar todas as seis, não é? De acordo com seu raciocínio. Ou será que foi um equívoco? O criminoso dos Assassinatos Azoth se enganou, achando que a morte de Heikichi foi obra de todas as mulheres."

"Acaba ficando assim, né... Além disso, talvez tenha sido necessário fazer com que os assassinatos para produzir Azoth parecessem obra de Heikichi ou de um seguidor de Heikichi. Se bem que pode mesmo ter sido um seguidor. Talvez depois de ler o romance de Heikichi, a pessoa tenha sido cativada pela sensação diabólica e quis tentar fazê-lo, na prática."

"Ahá! Ainda assim, não consigo engolir a história de içar a cama. Embora eu te entenda. Ficar imaginando aqui é diferente de fazê-lo na prática. Não é algo que possa ser executado tão facilmente. Em uma noite de neve, com as mãos entorpecidas pelo frio, ainda mais sendo só mulheres. Além do que, Heikichi poderia acordar a qualquer momento. Definitivamente não fizeram isso. Posso afirmar com certeza."

"Se pensar assim, até a parte que acreditamos ter começado a entender, ainda que um pouco, vai toda por água abaixo. Está ficando cada vez mais difícil de entender! E aquela corda que surgiu depois?! E o frasco de veneno?! Quer dizer que era uma armadilha? Para fazer com que achassem que as mulheres fizeram tudo?"

"Acho que sim."

"Então quem fez isso? Não, quem conseguiria fazer isso?! Alguém que pudesse entrar na casa deles e deixar essas coisas definitivamente não seria gente de fora que não conhecemos, hein! Teríamos até que excluir as tais pessoas de relacionamento indireto, do Médicis e do Kakinoki, que Bunjiro Takegoshi mencionou. Mesmo porque nenhuma daquelas sete pessoas foi apresentada para as mulheres da família. Seria impossível até para Yasue e Heitaro Tomita, certo? Então isso quer dizer que um dos três, Yoshio Umezawa, sua esposa Fumiko ou Tae, foi quem colocou essas coisas lá, ou seja, um deles é o criminoso. Quem é?"

"Rá, intrusos nem sempre entram na casa de um conhecido, sabia?"

"Como?"

"Deixa pra lá. Então, quem será que é?"

"Mitarai, é fácil apontar o erro dos outros. É fácil criticar as coisas, mas é difícil criar. A polícia pode ter considerado fatos que desconhecemos, mesmo no caso da prisão de Masako. Para começar, não temos como ver a cena do crime. A prisão de Masako deve ter sido resultado da inspeção da cena do crime. Você não pode ficar falando de um jeito tão arrogante, já que também não consegue apontar o criminoso.

"Se formos analisar mais a fundo, até mesmo essas três pessoas que mencionei há pouco serão descartadas de imediato. Primeiro, seria impossível para a Tae, que não pode mais entrar na casa. Yoshio e Fumiko poderiam, mas como você disse antes, as próprias filhas desses três estão entre as seis. Induzir a filha a cair na armadilha a troco de quê?

"Até entenderia se fosse para incriminar só a Masako, mas quem incriminaria a própria filha? Dessa forma, essas três pessoas não têm nada a ver. E quando se trata dos Assassinatos Azoth que aconteceram depois, aí é que elas não têm nada a ver mesmo. Jamais matariam a própria filha. Em outras palavras, não há ninguém que montaria uma armadilha dessas."

"Compreendo perfeitamente que este é um problema difícil. Mas realmente aconteceu. Além do mais, foi executado por uma pessoa comum, como você e eu. Não acho que seja um enigma impossível de ser decifrado."

"Na minha opinião, existem apenas duas soluções. Uma é algo que sequer imaginamos, que seria..."

"Um crime mágico?"

"Claro que não! Recuso-me a pensar dessa forma. Alguém de fora, ou um grupo. Ou seja, vamos considerar que a carta para Bunjiro Takegoshi era verdadeira. A interpretação é a seguinte: aquela tal agência secreta estava de olho na família Umezawa há muito tempo, por alguma razão, e acabou apagando todos de forma muito inteligente. Mas se isso aconteceu, está completamente fora de nosso alcance."

"Mas não havia dito que isso seria pouco provável?"

"Bem, é... E outra forma de pensar, que eu acho mais interessante, é a de que Heikichi Umezawa *estava vivo*. Não sei como, mas ele desapareceu usando um truque muito astuto. Ao pensar dessa forma, muitas coisas começam a se encaixar.

"As marcas de sapatos masculinos na neve eram as pegadas do próprio Heikichi. Lógico que não havia barba naquele corpo. Ele deve ter achado um homem bem parecido em algum lugar, mas não conseguiu deixar que chegasse ao ponto de a barba crescer. Uma vez que ele morreu levando um golpe, o rosto pode ter ficado diferente, ora. Além do que, era a primeira vez que a família via o rosto de Heikichi sem barba, então acho que não dá para afirmar que isso não enganou a todos. Com isso em mente, dá para entender por que ele já vivia em reclusão no ateliê localizado no jardim, evitando se encontrar com a família. Se ficasse todo o tempo com a família, seria descoberto rapidamente quando trocasse de lugar com outro. Morar separado da família fazia parte do plano desde o momento em que ele decidiu fazer a Azoth. Ou seja, para que pudesse criar Azoth, ele chegou à conclusão de que a primeira etapa seria eliminar a si mesmo.

"Não há nada melhor para ele do que se tornar um fantasma. Ele já estaria morto, então não importaria o que acontecesse, jamais suspeitariam dele. Nem precisaria ter medo da pena de morte. Ficaria observando os movimentos das seis jovens secretamente, esperando pela oportunidade de matá-las. E mesmo depois de fazer isso, ele poderia se dedicar à produção de Azoth, sem se preocupar.

"Eliminar a si mesmo foi a primeira etapa para fazer a Azoth. É por isso que Heikichi, mesmo sendo introvertido, tomou a iniciativa de sair por aí. Ele estava à procura do seu substituto. E por tê-lo encontrado, o levou ao ateliê no dia 26 de fevereiro. Aí, armou para que a suspeita recaísse nas mulheres, e matou o homem.

"No entanto, ele tinha medo de que Masako pudesse ter uma pista e desconfiasse sobre o ateliê onde produziria Azoth. Afinal, eles eram casados, certo? Mas se ela estivesse presa, ele poderia ficar tranquilo. É isso! Agora tudo se encaixa!"

"Bem, acho até que isso está razoável. Não parece haver um criminoso, por mais que se vasculhe, então se Heikichi estivesse vivo, conseguiríamos explicar facilmente os Assassinatos Azoth. Mas me dá a impressão de que existem tantos detalhes contraditórios que ficaríamos bem aborrecidos se seguirmos essa linha de pensamento. Na prática, o problema é que para substituir um cadáver você precisa tapear seus parentes, o que me parece impossível pelo bom senso. Bem, mesmo que deixe isso passar, ainda restam diversos problemas."

"O que, por exemplo?"

"Em primeiro lugar, se fosse continuar vivo, gostaria de terminar a pintura que dizia ser a última grande obra, certo? Você não pensaria assim, se fosse um pintor? Era a décima segunda pintura, e para o Heikichi artista, era o acerto de contas da vida dele, não era?"

"Mas... não poderia ser depois que concluísse a pintura, não acha? A impressão de que foi assassinado reside justamente no fato de ele não ter conseguido cumprir o seu objetivo."

"Ah, sabia que diria isso."

"E talvez ele tenha reconsiderado, fazendo de Azoth sua décima segunda obra."

"Então por que Kazue precisou ser morta?"

"Para garantir um local para a produção de Azoth, não é...?"

"Acho que não. Por mais que a casa de Kazue fosse, à primeira vista, adequada para a produção, Heikichi teria condições de arranjar um lugar perto de Yahiko, por exemplo. Isso consta no romance também. A casa de Kazue é arriscada, trata-se de um lugar onde já houve um assassinato. Não foi você mesmo que disse que Heikichi poderia conseguir um lugar melhor? Não esqueça das coisas que você mesmo diz.

"E mais do que isso, o fato de Kazue ter armado para Bunjiro Takegoshi, sim, é mais incoerente. Por que Kazue fez aquilo? Não, se foi a mando de Heikichi, por que ele a fez agir daquela forma? Só para achar alguém para transportar os corpos? Ele mesmo tinha carteira de motorista."

"Se quisesse espalhar corpos por todo o país, seria melhor um jovem, ainda mais se fosse policial, do que um velho como Heikichi."

"É, mas então como Heikichi persuadiu Kazue para que agisse? Será que ela chegaria a ponto de oferecer o corpo para um homem só porque seu padrasto mandou?"

"Bom, não consigo pensar em um motivo assim, de pronto, mas ele deve ter inventado alguma mentira ardilosa."

"Há mais três paradoxos decisivos. Um é o caderno, aquele romance lá. Não havia necessidade de deixá-lo na cena do crime. Espere, mas se Heikichi queria se manter vivo e tinha a intenção de cometer os Assassinatos Azoth, ele definitivamente não podia ter deixado lá. As jovens ficariam cautelosas com uma coisa daquelas, e seria complicado espalhar os corpos por todo o país. Isso ainda facilitaria a localização dos corpos. Não tem nada de bom nisso.

"A princípio, foi por causa desse caderno que os corpos de todas as jovens, até daquelas que foram enterradas a uma profundidade de 1,5 metro, foram encontrados. Não foi? Por que ele não levou consigo?"

"Sempre ocorrem falhas, por mais que seja um plano inteligente. Até o ladrão dos 300 milhões de ienes cometeu o erro estúpido de arrastar a capa com a qual havia coberto a motocicleta de polícia falsa enquanto corria atrás do carro de transporte de dinheiro."

"Uma falha... então, por que ele não escreveu nesse caderno sobre o plano de encontrar um homem para substituí-lo, ou que conseguiu encontrar, ou que estava difícil, coisas sobre como estava sendo trabalhoso? De acordo com o que você falou agora há pouco, isso seria uma parte importante do planejamento da produção de Azoth, não é? E tem mais uma coisa, este, sim, é um problema dos grandes. Se Heikichi saiu do ateliê por último, então foi ele mesmo que criou o ambiente fechado, trancado com o tal cadeado. Como ele fez isso? Esse é um grande paradoxo."

"Aí que está. É nesse problema que vou me concentrar de agora em diante. Se isso for solucionado, apoiarei abertamente a teoria de que Heikichi Umezawa permaneceu vivo.

"Mas você também já deve ter percebido. Não há outra alternativa. Não existem outros criminosos. Não há como presumir que um único culpado tenha cometido todos os crimes, a menos que Heikichi seja o criminoso.

"Além do mais, esse manuscrito de Takegoshi apareceu a essa altura do campeonato. Depois de ler isso, sinto que tenho mesmo que focar meu raciocínio em termos de um único criminoso para todos os crimes. Nesse caso, definitivamente foi Heikichi, não importa o ângulo por onde se examine. Não há outro caminho.

"Além disso, é forçado demais, estatisticamente falando, que três crimes tenham ocorrido na mesma família, um após o outro, cometidos por autores diferentes. Acho que isso é um assassinato em série, cometido por um só criminoso, que tinha um propósito. Um dos casos foi para eliminar a si mesmo. O primeiro foi um passe de mágica. Acho que esse é o segredo dos truques dessa série de assassinatos da família Umezawa. Eu vou provar."

Então, Mitarai simplesmente disse que mal podia esperar.

2

Naquela noite, fiquei pensando bastante, mesmo depois de ir para a cama.

Não importa o que Mitarai diga, não há outra maneira de explicar essa série de assassinatos a não ser mantendo Heikichi vivo. Se existe alguma outra explicação, eu realmente gostaria de saber. Poderia até declarar em voz alta que não existe, de jeito nenhum.

Como as considerações do sr. Takegoshi são bem perspicazes, pretendo pensar a partir de um ângulo diferente. Ou seja, supor, drasticamente, que *Heikichi estava vivo*.

Isso significa que no primeiro caso, o do ateliê, ele teria encontrado alguém parecido consigo por aí e o teria matado com as próprias mãos. Aí...

Não, assim acabo esbarrando no desafio do ambiente fechado com um cadeado. Já sei, ele já tinha trocado de lugar com esse indivíduo e fez com que Masako e suas filhas o matassem. E o jeito que fizeram isso foi... dá mesmo vontade de pensar que suspenderam a cama. Não haveria outra maneira...

Nessa hora, deitado na cama, quase cheguei a gritar. É isso! Se ele fez com que Masako e as outras matassem seu substituto, teria motivo suficiente para chantagear Kazue. Masako e as outras mataram o homem confundindo-o com ele no intuito de construírem um conjunto habitacional. No entanto, Heikichi estava vivo. Ele teria dito a ela que pouparia Masako e as outras ficando calado... não, só isso seria muito fraco.

Já sei! É isso! Se você conseguir trazer um policial para o seu lado, terá uma garantia, sim, foi isso que ele disse para Kazue. Foi assim que ele a convenceu a agir a seu favor, agora entendi!

Takegoshi deduziu que os Assassinatos Azoth aconteceram em retaliação pelo assassinato de Heikichi. Mas aí teve dificuldade ao justificar o assassinato de Kazue, que ocorreu nesse meio-termo. Mas dessa forma que pensei não fica nada forçado. É também um motivo suficiente para exigir tanto sacrifício de Kazue.

Mas por que ele matou Kazue? Não acho que tenha sido necessário. Bem, Heikichi é perverso. Talvez tenha pensado simplesmente que Kazue não precisava continuar a viver, já que todas as irmãs morreriam. Pode ser isso. Mas deixando isso de lado, a prioridade é encontrar a prova de que Heikichi estava vivo.

A maioria dos Sherlock Holmes amadores que defendem a teoria de que Heikichi continuou vivo pensa que ele tenha fingido ser Yoshio. Acho que esse é o erro. Ele pode viver sem necessariamente se passar por Yoshio. Afinal, isso seria bem mais arriscado. É muito mais eficaz se esconder e focar somente na produção de Azoth agindo sozinho como um homem invisível. Sim, é isso.

Dessa forma, consigo as explicações, embora no momento seja meio difícil encontrar evidências de que Heikichi continuou vivo. Quem fará o papel de Watson amanhã será o Mitarai. Pensando assim, consegui adormecer tranquilamente.

Pelo que vi até agora, não há como dizer que Mitarai seja um detetive extraordinário. No entanto, ele provavelmente deve ter demonstrado uma certa sagacidade no passado, já que motivou Misako lida a trazer-lhe algo tão importante. Parece que ele tem uma fama modesta perante uma pequena parcela de pessoas. Não faz nem um ano que o conheço, por isso não sei nada sobre as atividades que desempenhou antes disso.

Mas se continuar do jeito que está, acho que não dá para almejar a solução do caso; isso parece algo fora do alcance. Tive a experiência de ser salvo por ele na desgraça em que me encontrava no ano passado, por isso, parte de mim esperava que fosse assim desta vez também. No entanto, estes Assassinatos do Zodíaco de Tokyo têm sido motivo de competição entre os fãs de mistério em todo o Japão por longos quarenta anos. É impossível esperar que ele consiga, de forma perspicaz, desvendar a verdade que ninguém jamais chegou a perceber, em meio a todos os tipos de raciocínio que surgiram até hoje. Se isso for possível, poderíamos até mesmo chamar de milagre.

Além disso, ele está justamente em um momento ruim, com crise de depressão, a ponto de não querer nem sair do apartamento para comer. Ainda assim, isso não deve ser uma grande desvantagem devido à natureza do caso, ocorrido há quarenta anos.

No dia seguinte, quando perguntei a Mitarai se houve algum progresso, ele apenas soltou um grunhido desanimado. Em outras palavras, nada de progresso. Pelos motivos mencionados antes, acho que não há muito o que possa ser feito, mas como ele obviamente é um pouco diferente das pessoas comuns, pensei que poderia esperar que ele fosse capaz de avançar pelo menos em parte. Isso já seria incrível. Seria um grande feito para nós, meros desconhecidos.

Então, já que ele estava desse jeito, segurei a todo custo o sorriso que estava surgindo dentro de mim e contei a ele meu raciocínio, que havia progredido. Então Mitarai disse logo em seguida, demonstrando desinteresse:

"Você vai suspender a cama de novo? Ele trocou de lugar com um sósia que achou de antemão? Sendo que não dava para ele saber quando as mulheres viriam suspender a cama? Esse sujeito teria que ficar lá no ateliê durante o dia, certo?

"Havia chance de as filhas virem visitá-lo. Ele seria desmascarado. Se fosse assim, ele teria que esperar até que a barba do outro crescesse e treiná-lo para pelo menos fazer esboços."

"Esboços? Por quê?"

"Ora, por quê... Porque Heikichi é um pintor. Não seria estranho ficar de mãos abanando no ateliê, sem fazer um desenho sequer? Imagine como seria terrível se ele desenhasse um pepino e se parecesse com uma abóbora."

Fiquei irritado e revidei:

"Então, e quanto a Kazue? Tem alguma outra maneira de explicar aquilo? Até o sr. Takegoshi quebrou a cabeça com isso. De qualquer forma, acho que esse é o raciocínio mais plausível até que você apresente um argumento melhor!"

Eu só pretendia ser irônico. Mitarai ficou em silêncio. No final das contas, esse Sherlock Holmes perdeu o rumo. Foi aí que acabei indo no embalo e deixei escapar:

"Que diferença, hein? Se fosse o Sherlock Holmes, talvez já teria resolvido e já estaria a explicar o próximo caso para Watson. Mesmo que não fosse possível de resolver, estaria se mostrando mais ativo. Ele não ficaria como você, deitado no sofá o dia todo."

"Holmes?"

Então Mitarai fez uma cara de dúvida. Mas fiquei estarrecido quando escutei as palavras que ele disse em seguida, e eu devo ter ficado com uma expressão de quem foi pego de calças curtas.

"Ah! Você está se referindo àquele inglês bufão, sem cultura e viciado em cocaína que não consegue distinguir a realidade da fantasia, que chega até a parecer amável?"

Fiquei boquiaberto com sua arrogância. Fiquei sem palavras por um tempo e, por fim, comecei a ficar com raiva, de verdade.

"Você é um cara bem importante então, hein? Eu não fazia ideia. Nem imaginava! Não acredito que você tenha coragem de falar desse jeito sobre uma pessoa tão importante e lendária. Ora essa! O que faz você achar que ele não tinha cultura? Ele era uma fonte de conhecimento, a Biblioteca Britânica ambulante. Como pode considerá-lo um bufão?!"

"Você tem a fraqueza típica dos japoneses. Você está mergulhado até o pescoço nessa ideia equivocada de se julgar valores pelo aspecto político."

"Já estou farto de suas palestras! Em vez disso, me explique direito por que o chama de bufão. Em que parte lhe falta cultura?"

"São tantas as ocasiões que fica complicado exemplificar. Deixe-me ver, de qual história você mais gosta?"

"Eu gosto de todas!"

"Qual você mais gosta?"

"Gosto de todas!"

"Assim não dá para conversar."

"Não consigo escolher uma, mas li em algum lugar que a recomendação número um do próprio autor e a mais popular entre os leitores é *A Banda Malhada*..."

"Essa? Essa definitivamente é a melhor! A da cobra, certo? Embora eu ache que uma cobra morreria sufocada se a mantivesse em um cofre, suponhamos que ela não precisasse respirar; achei incrível que foi adestrada recebendo leite. Somente os mamíferos ficam felizes em beber leite. Querem tomar leite porque a mãe oferece. As cobras são répteis, então não tomam leite, a menos que seja uma grande mutação. É como se nos mandassem fazer algum malabarismo e, como recompensa, nos dessem sapos e libélulas como petiscos.

"E parece que a cobra atendia ao assobio, mas cobras não têm o que entendemos por ouvidos, por isso ela não escutaria o assobio. Qualquer um pode chegar a essa conclusão, se parar para pensar. Isso já entra na categoria de conhecimentos gerais, desde que a pessoa tenha assistido direito às aulas de ciências e biologia no ginásio. É por isso que digo que aquele doutor não tem cultura nenhuma.

"Mesmo assim, tenho certeza de que uma história tão confusa não passa de uma ficção, se raciocinar um pouco. Watson estava agindo em conjunto naquela história, mas acho que ele criou essa história a partir do que o doutor Holmes contava para ele nos dias em que não trabalhava, como se fosse uma aventura de que ele também participou. Então isso devia ser fruto do delírio provocado pela cocaína! Cobras são comuns em alucinações e sonhos de viciados. É por isso que falei que ele é bufão e delirante."

"Mas o Holmes, ao contrário de você, consegue adivinhar a profissão e a personalidade da pessoa só de ver uma única vez. É uma façanha que alguém como você não consegue fazer, de jeito nenhum."

"Aquele adivinho degenerado! Dá até vontade de cobrir meus olhos. Por exemplo, vamos ver... acho que foi no caso da face amarela na qual havia uma cena em que ele viu um cachimbo deixado por um cliente e fez deduções sobre o dono.

"Se não me engano, o doutor havia dito naquela hora que o cachimbo era muito importante para o dono, pois teria feito nele um reparo que tinha lhe custado quase o mesmo valor de um novo. E depois de ver a boquilha, disse que o dono era canhoto porque o lado direito do cachimbo estava queimado. Disse ainda que havia resquícios de que o acendia com uma lamparina todos os dias, e não com fósforo, e que estava queimado do lado direito porque a pessoa segurava o cachimbo com a mão esquerda ao aproximá-lo da chama da lamparina para acender.

"Supondo que o dono deixasse o lado direito de um cachimbo tão estimado queimar todos os dias, bem, nós dois somos destros, mas se fôssemos fumar um cachimbo, com que mão iríamos segurá-lo? Acho que, na verdade, seguraríamos com a mão esquerda. A mão direita é usada para escrever e para fazer outras coisas o tempo todo, e geralmente se fuma cachimbo enquanto se trabalha também. Sendo assim, deve ter muita gente que sempre leva o cachimbo até a lamparina com a mão esquerda, não acha?

"Em outras palavras, acho que não dá para afirmar que é uma coisa ou outra. Será que havia mais alguém em todo o Reino Unido, além do dr. Watson, que ficava impressionado com uma suposição dessas, sem questionar? Como é possível que ele declare uma coisa dessas? E mesmo assim não posso dizer a verdade, de que ele era um presunçoso de marca maior, Ishioka? Bem, ele talvez ficasse zombando do inocente sr. Watson todos os dias só para passar o tempo.

"Será que tem mais? Ah, ainda tem, sim. Aquele cara era um mestre do disfarce, não era? Ele costumava caminhar pela cidade disfarçado de uma senhora, usando sombrinha, sobrancelhas e peruca de cabelos brancos, certo? Você sabe qual é a altura do Holmes? É um pouco mais de 1,85 metro. Será que existe alguém neste mundo que veja uma senhora de quase 1,90 metro e não suspeite que seja um homem disfarçado? Se existisse uma velha dessas, ela seria uma assombração. Provavelmente as pessoas de toda Londres olhavam e pensavam 'Ah, lá está Holmes.' Mas, por algum motivo, Watson não percebia.

"Por isso, se for seguir o raciocínio bem ao estilo Holmes, dizendo o que dá na telha como um adivinho, eu diria que esse cara chamado Holmes tinha o cérebro afetado pelo uso abusivo de cocaína e quando tinha uma crise ele se tornava violento. As coisas que aconteciam na hora dos ataques foram encobertas, mas o próprio Watson costumava escrever que, se Holmes se tornasse um lutador de boxe, ninguém chegaria a seus pés na categoria dele. Trata-se de uma ironia. Tenho certeza de que Holmes o nocauteou várias vezes quando tinha os ataques!

"Mas ele não podia cortar os laços, pois sua vida dependia do que escrevia sobre Holmes. Será que não é por isso que ele morava junto, mesmo com medo? Ele devia era estar fazendo um esforço sobre-humano para manter Holmes de bom humor. Por exemplo, ele fingia não notar quando Holmes voltava trajando um disfarce que qualquer um perceberia, ou talvez a dona da pensão avisasse o Watson toda vez que Holmes voltava com uma peruca, mas ele agia como se não percebesse para que Holmes dissesse: 'Hahaha, ei, sou eu', e ele respondia: 'Nossa, que susto', simulando surpresa de forma exagerada. Tudo isso pela subsistência. Ué? O que foi, Ishioka?"

"Como pode... como pode pensar coisas tão desrespeitosas, uma após a outra...? É inacreditável. Sua boca há de inchar a qualquer momento!"

"Mal posso esperar. A propósito, você disse agora há pouco que sou inferior ao Holmes na arte de deduzir sobre a personalidade das pessoas, certo? Você está completamente errado. Mesmo porque isso foi o que mais me interessou e me motivou a estudar astrologia.

"Acho que a astrologia é provavelmente a maneira mais eficaz de estimar, de pronto, a personalidade de alguém com quem você nunca se relacionou antes. Cheguei até a estudar psicopatologia para ter conhecimento de áreas mais aceitas na sociedade. Astronomia? Claro que estudei também.

"A maneira mais rápida de saber a personalidade de uma pessoa é perguntar pela data e hora de nascimento. Embora não seja muito difícil ter uma ideia da hora do nascimento ao olhar para o rosto da pessoa depois de saber a data do aniversário. Você chegou a me ver fazendo isso várias vezes, não foi? Nessas horas, consigo desbravar a personalidade dessas pessoas de forma intensa.

"Acho estranho que o sr. Holmes não tenha aprendido astrologia, uma vez que nasceu no Reino Unido. Não há nada que seja mais útil para compreender o ser humano. Vamos dizer que eu seja consultado por alguém que estivesse enfrentando um problema. Se fosse na época em que não sabia nada sobre astrologia, a sensação seria como a de estar cego."

"Eu sabia que você tem bom conhecimento sobre psiquiatria por causa de alguns casos, mas você também sabe bastante sobre astronomia?"

"Isso é óbvio, ora. Sou astrólogo, sabia?"

"Aah, é só porque eu não fico observando o céu com um telescópio, não é? Até tenho um telescópio, mas de nada adianta ficar observando o céu esfumaçado por poluição. Fique sabendo que tenho os conhecimentos mais atualizados sobre astronomia. Por exemplo, você sabe que outros planetas neste sistema solar têm anéis, além de Saturno?"

"Como? Não é só Saturno?"

"Está vendo? É esse o tipo de comentário que você faz. Isso é coisa da época logo depois do fim da guerra. Algo bem capaz de estar escrito em algum livro didático editado em meio aos escombros dos bombardeios. Nesses livros por acaso estava escrito também que coelhos fazem bolinhos de arroz na lua?"

Permaneci calado.

"Te irritei? Ora, está tudo bem, Ishioka. A ciência avança a cada momento. Não dá para ficar de bobeira. Quando chegar a época em que constarem nos livros didáticos do primário o fato de as ondas eletromagnéticas preencherem o universo, de a gravidade distorcer o espaço e frear o tempo, e de que todos os materiais começam a se mover sob o comando do espaço, seremos todos geocentristas em uma casa de repouso. Então vamos continuar amigos.

"Voltando à história do anel, Ishioka, Urano também tem. Júpiter também tem anéis, ainda que menos nítidos. Isso foi descoberto outro dia. Esse tipo de informação também chega até mim."

Tive a sensação de que ele estava blefando em relação a isso.

"Entendi muito bem que você é familiarizado com Holmes e astronomia. Mas então, quem o deixaria satisfeito? Você leu Padre Brown?"

"Quem é esse aí? Eu não conheço muito sobre a Igreja."

"E quanto a Philo Vance?"

"Hein? Vance o quê?"

"E Jane Marple?"

"É nome de comida?"

"E o Comissário Maigret?"
"É algum policial do distrito de Meguro?"
"Hercule Poirot?"
"Parece o nome de alguma bebida."
"Inspetor-chefe Dover?"
"É a primeira vez que ouço falar."
"Resumindo, você só conhece Holmes?! Ora, ora! Impressionante como mesmo assim pode ser tão desdenhoso. Estou sem palavras de tão enojado! Quer dizer então que Holmes, um incompetente, não lhe causa nenhuma emoção?"
"Quem foi que disse isso? Que tipo de utilidade um computador perfeito teria para nós? Eu tenho interesse pelo lado humano dele, jamais pela parte em que imita uma máquina. E nesse sentido, não existe ninguém tão humano quanto ele. Ele é minha pessoa favorita neste mundo. Eu adoro aquele doutor."

Fiquei um pouco surpreso neste momento. E acabei me deixando emocionar um pouco. Foi a primeira vez que ouvi tamanho enaltecimento vindo da boca do Mitarai, que raramente elogiava as pessoas. No entanto, Mitarai apressou-se para acrescentar:

"Mas há uma coisa que, definitivamente, não gosto no Holmes. O fato de ter trabalhado para a nação britânica durante os últimos anos da guerra. Ele agia como se acreditasse que prender um espião alemão era a justiça.

"Era fato que até mesmo o Reino Unido tinha espiões. Você também assistiu *Lawrence da Arábia*, não é? O Mandato Britânico da Palestina mostra a diplomacia traiçoeira do Reino Unido em relação aos Emirados Árabes Unidos. O Reino Unido era uma potência bem desonesta. E aquela foi a Primeira Guerra Mundial, dos últimos anos de Holmes.

"Bem, mesmo sem citar isso, a Guerra do Ópio foi um ato criminoso cometido contra a China. Agir em prol do Reino Unido, que atua dessa maneira, pode mesmo ser chamado de justiça? Aquilo foi nada mais nada menos que um ato político. Holmes não deveria ter se envolvido nisso. Ele deveria ter ficado alheio, em algum lugar no interior, sendo picado por abelhas. Acho que a avaliação de Holmes deveria ser reduzida à metade por essa atitude.

"Você provavelmente vai dizer que foi patriotismo simples e ingênuo, já que o próprio dr. Watson disse que ele não conhecia nada sobre política. Mas nem sempre os crimes são dissociados da política, então o senso básico de justiça deve transcender a dimensão do nacionalismo.

Obviamente, Holmes decaiu em seus últimos anos. De repente, depois que ele e Moriarty caíram na cachoeira, — aliás, aquele caso também tinha um monte de coisas estranhas — o Holmes que ressuscitou era, na verdade, outra pessoa. Acho que o Reino Unido criou um sósia para usar o famoso Holmes para promoção, e a prova disso é que... hein?"

Nesse momento, bateram na porta de um jeito estranhamente ameaçador. Soava claramente diferente de qualquer outra batida que eu já tivesse escutado. E sem esperar pela nossa resposta, a porta foi aberta de uma maneira quase violenta, e lá estava um homem grande, em seus quarenta e poucos anos, vestido com um terno extremamente simples.

"Você que é o Mitarai?", perguntou, olhando em minha direção.

Fiquei um pouco confuso e respondi que não. Ele, então, julgou que era o outro e, ao se virar para Mitarai, mostrou seu distintivo de cor escura do bolso interno, como fazem os empresários novos-ricos que discretamente exibem um maço de notas, e disse em voz baixa: "Sou Takegoshi". Mitarai imediatamente demonstrou total tranquilidade e disse:

"Que visita incomum. Será que alguém estacionou em local proibido?"

Ele devia parar por aí, mas continuou:

"É a primeira vez que vejo um distintivo policial de verdade. Aproveitando o ensejo, poderia me mostrar melhor?"

"Parece que você é o tipo de cara que não sabe falar com educação", disse ele, de uma forma bastante elegante para um policial.

"Os jovens de hoje em dia não sabem se portar. E é justamente por isso que vivemos ocupados."

"A regra para nós, jovens, é que a porta só deve ser aberta depois de ouvir a resposta à batida. Bem, lembre-se disso da próxima vez. O que você quer? Acho que ambos queremos resolver as coisas desagradáveis logo."

"Você me surpreende. Que arrogância. Você costuma falar com qualquer pessoa desse jeito?"

"Só com pessoas importantes assim como você. Vamos deixar o papo furado de lado? Diga logo o que quer. Se quiser que eu leia sua sorte, me diga sua data de nascimento."

O detetive, que disse se chamar Takegoshi, parecia ter se deparado com uma situação completamente inesperada e ficou por um momento pensando no que dizer para acabar com o nariz empinado desse jovem sem bom senso, mas foi impressionante como ele manteve a expressão ameaçadora durante todo o tempo.

Por fim, ele desistiu e abriu a boca.

"Minha irmã veio aqui, não veio? Minha irmã mais nova, Misako, deve ter vindo aqui."

Seu tom de voz deixava transparecer que ele não estava se aguentando de raiva.

"Ah!", disse Mitarai, com uma voz de pura surpresa.

"Aquela é sua irmã? Não deu para saber, de tão diferentes que são. Veja só, Ishioka, o ser humano é, de fato, bastante influenciado pelo meio."

"Não sei o que deu na cabeça dela para trazê-los para um cartomante como você, mas Misako deve ter vindo com os escritos do meu pai. Não diga que não sabe do que se trata!"

"Não disse que não sabia do que se tratava."

"Soube pelo meu cunhado hoje. Aquilo é um material importante para a polícia. Devolva!"

"Posso até te devolver porque já li, mas sua irmã está de acordo?"

"Eu, que sou o irmão mais velho, estou dizendo para me devolver. Ela não tem do que reclamar. Sou eu que estou dizendo. Entregue-me agora mesmo!"

"Parece, então, que você não soube diretamente da sua irmã, e sim pelo marido da sua irmã, não é? Bom, isso me deixa confuso. Será que é vontade dela que eu devolva para você? Será que estará de acordo com a vontade do sr. Bunjiro, acima de tudo? Até porque o seu jeito de pedir as coisas para as pessoas é bem admirável."

"Há um limite para a falta de boas maneiras, sabia? Já tenho em mente o que farei se continuar com todo esse atrevimento, está entendendo?"

"No que está pensando? Eu, definitivamente, gostaria de saber. Que bom saber que você também consegue pensar. O que você acha que ele está pensando, Ishioka? Deve ser algo como sacar as algemas e dar voz de prisão."

"Argh! Quem você pensa que é? Não sabe nada sobre convívio social. Os jovens de hoje em dia não sabem nada sobre etiqueta!"

Mitarai simulou um bocejo.

"Em outras palavras, não devo ser tão jovem quanto você pensa."

"Eu não estou de brincadeira. Meu pai não conseguiria descansar em paz se soubesse que os escritos dele foram usados para que gente como vocês ficassem brincando de detetive! Uma investigação criminal não é tão fácil como vocês imaginam. É o acúmulo de esforços modestos, investigando a cena do crime incansavelmente, andando para lá e para cá várias e várias vezes interrogando, gastando a sola dos sapatos!"

"A investigação criminal a que se refere é dos Assassinatos do Zodíaco da Família Umezawa?"

"Assassinatos do Zodíaco? Ora! Que diabos é isso? Parece título de algum mangá. Vocês amadores se sentem os maiorais e passam a ter a pretensão de detetives famosos, assim que conseguem alguma reputação na sociedade. A investigação não é uma coisa tão legal assim. É feita de sangue, suor e pés. De qualquer forma, esse material é necessário para nossa investigação, que é correta e decente. Até mesmo vocês conseguem entender isso, não? É uma questão de bom senso."

"Ouvindo o que você disse, acho que é melhor ser filho de sapateiro para se tornar um detetive. Não está se esquecendo de algo importante? É essa parte aqui. O mais importante não seria a massa cinzenta? Parece que você não tem o suficiente, considerando o que observei desde o momento em que apareceu aqui.

"Este manuscrito seria um tesouro desperdiçado nas mãos de pessoas como você, isso sim. Mas tudo bem, vou devolver. Mesmo com esta pista, alguém como você não conseguirá nem de longe resolver esse caso, pode apostar. Eu até gostaria de ir junto com esse manuscrito. Assim teria a oportunidade de ver como você reduzirá a sola dos seus sapatos com um caso de quarenta anos atrás. Esse caso é do tipo que você nunca deve ter visto, e no qual é preciso usar bastante essa parte de cima aqui. Você está preparado? Espero que não passe vergonha."

"Hahaha! O que é que você está ladrando aí? Investigação é algo que só pode ser feita por nós, especialistas com treinamento e experiência à altura. Não é uma coisa tão fácil, a ponto de amadores conseguirem se intrometer."

"Você está dizendo isso várias vezes há algum tempo, mas ué? Eu cheguei a falar que uma investigação é fácil?"

Eu queria dizer que não me lembrava de aquilo ter sido dito, mas me faltou coragem. Esse homem que carregava o distintivo de couro preto irradiava uma atmosfera intimidante que tornava isso difícil.

"Parece que você julga que o trabalho mental é mais fácil do que andar por aí, mas, isso sim, é prova de que não leva a coisa a sério."

Mitarai continuou:

"Para gastar a sola, basta caminhar."

"Eu não fico atrás de ninguém mesmo no quesito de trabalho mental!", esbravejou o detetive, revidando:

"É a primeira vez que vejo alguém tão sem educação como você, um lixo de gente. Um reles cartomante de beira de estrada sem nenhum status social, que quase não difere de um vagabundo! Se falo de um jeito, responde de outro, e assim vai, tão tagarela quanto uma mulher. Bem, mas esse é o seu sustento, afinal.

"Mas nós, pessoas decentes, não podemos ser assim. Precisamos buscar os fatos exatos. Não pode ser uma coisa desleixada. Se policiais fossem assim, seria um transtorno para todos. Ocupamos uma posição de grande responsabilidade.

"E então? Só para aproveitar vou perguntar se você, por acaso, tem alguma ideia sobre a solução deste caso."

Mitarai ficou sem resposta pela primeira vez.

Até então a atitude imponente não era, de forma alguma, um blefe, e embora ele tenha mantido a postura aparentemente audaciosa, eu, que estava ao seu lado, pude perceber o enorme despeito que ele sentia por dentro.

"Não, ainda não."

O detetive Takegoshi assumiu uma expressão triunfante no mesmo instante, e mostrou um rosto sorridente pela primeira vez.

"Hahahaha, é por isso que digo que vocês estão brincando de faz de conta. Não que eu tivesse qualquer expectativa, mas pela forma como estava se vangloriando achei que tivesse descoberto algo. No final das contas, você ainda não saiu da fralda."

"Não me importo com o que você esbraveja, pois não passa de asneiras de um velho incompetente. Isso realmente não me incomoda, mas há só uma coisa que me deixa curioso. Mesmo que você leve e leia o manuscrito, ficará perdido, assim como um chimpanzé que ganhou uma calculadora. E, ao final, terá de revelá-lo aos seus colegas da delegacia para pedir ajuda a eles. Você não poderá deixar de fazer isso porque é um funcionário do governo.

"Claro que será uma bênção se conseguir solucionar dessa forma, mas nada garante que seus colegas da delegacia não possuam massa cinzenta limitada como a sua. Nesse caso, é bem possível que o desfecho seja de essa pessoa chamada Bunjiro Takegoshi ter apenas exposto o seu vexame aos colegas mais novos. Aí, não terá sentido nenhum.

Sua irmã veio aqui porque também pensou nesta questão. O sr. Bunjiro poderia ter queimado este manuscrito. A escolha dele pode acabar se tornando um erro.

"É por isso que não me parece ser nenhum crime grave usar este manuscrito somente como pista para solucionar o caso e mantê-lo em sigilo. Você não levaria este manuscrito para casa hoje e já divulgaria na delegacia amanhã, certo? Afinal, é uma desonra para seu pai. Sei que será perda de tempo, mas imagino que por alguns dias você vai pelo menos tentar analisá-lo por conta própria, já que parece saber ler. Por quantos dias você pretende ficar com o manuscrito em mãos?"

"Bem, creio que por cerca de três dias."

"O manuscrito é longo. Você vai levar três dias só para ler."

"Uma semana, então. Mais do que isso é impossível. Além do meu cunhado, há pessoas na delegacia que já suspeitam da existência desse manuscrito. É absolutamente impossível mantê-lo comigo por mais tempo."

"Uma semana, entendi."

"Ei, ei, haha. Não me diga que..."

"Vou solucionar em uma semana! Pelo menos farei com que a situação evolua a ponto de não ter que expor este manuscrito ao público."

"Isso é impossível, a menos que possa identificar o criminoso."

"Você não escutou? Solucionar o caso geralmente significa fazer isso. Levar o criminoso até a porta da sua casa talvez não seja possível. Hoje é quinta-feira, dia 5. Então quer dizer que pode esperar até a próxima quinta, dia 12, certo?"

"Na sexta-feira, dia 13, vou divulgar este manuscrito na delegacia."

"Então o tempo é precioso. Para ir embora, é só usar a mesma porta! A propósito, você nasceu em novembro?"

"Sim, foi minha irmã que lhe disse isso?"

"Eu consigo saber. E deixe-me informá-lo de que a hora do seu nascimento foi entre oito horas e nove horas da noite. Então, está na hora de dar meia-volta com o manuscrito em mãos. Não o perca, pois teremos que transformá-lo em cinzas na próxima quinta-feira."

A porta foi fechada de forma brusca, e por um tempo ouviu-se o detetive Takegoshi descer as escadas com passos ruidosos.

"Tem certeza do que você disse?"

Perguntei, pois comecei a ficar preocupado de verdade.

"Do quê?"

"De que vai identificar o criminoso até a próxima quinta-feira."

Então Mitarai fez uma cara séria e não respondeu. Isso me deixou ainda mais ansioso. Mitarai é um homem de gênio excepcionalmente forte, tão forte que às vezes chega a ser irracional.

"Concordo que você seja mais inteligente do que aquele detetive, mas você tem alguma perspectiva, uma ideia?"

"Tem uma coisa me incomodando desde a primeira vez que você me explicou este caso. Não consigo colocar em palavras o que é, no momento... mas já senti isso antes. Alguma experiência semelhante a esta... é estranho dizer isso, mas eu sei de alguma coisa parecida. Não é um quebra-cabeça ou algo direto assim. Deve ser algo que parece não ser nada. Se eu conseguir me lembrar...

"No entanto, isso pode ser uma impressão errada que tive, completamente equivocada. Nesse caso, não será nada bom. Bem, de qualquer maneira, conseguimos mais uma semana, graças ao ocorrido. Vale a tentativa. A propósito, você está com a sua carteira agora?"

"Sim... por quê?"

"Está com dinheiro?"

"Bom, claro, né."

"Tem bastante? Você está com dinheiro suficiente para se manter por quatro ou cinco dias? Ótimo, vou para Kyoto agora, quer me acompanhar?"

"Kyoto?! Agora?! Mas como? Preciso me preparar. Preciso ligar para as pessoas com quem trabalho também. É impossível assim, de repente."

"É mesmo? Então nos vemos daqui a quatro ou cinco dias. É uma pena, mas não quero forçá-lo", disse Mitarai, que mais que depressa deu as costas para mim e puxou sua mala de viagem que estava debaixo da mesa. Consequentemente, fui obrigado a gritar, desesperado:

"Eu vou! Eu também vou!"

3

Acho que foi nesse momento que, finalmente, Mitarai passou a levar o caso realmente a sério. Ele é um homem que age na velocidade da luz quando lhe dá na telha. Depois de uma hora e meia estávamos sentados no trem-bala, levando (eu, principalmente) somente o mapa de Kyoto e o já mencionado *Assassinatos do Zodíaco da Família Umezawa* como bagagem.

"Mas por que será que aquele detetive chamado Takegoshi veio até você?"

"Talvez a sra. Iida tenha se sentido culpada por mostrar aquele manuscrito apenas para mim, escondida do marido. E foi por isso que ela acabou contando a ele. Então, o marido honesto também se sentiu culpado por esconder algo tão importante do cunhado, e não conseguiu se manter calado."

"O marido da sra. Iida deve ser uma pessoa bem íntegra."

"É, deve ser. Ou será que aquele chimpanzé colocou o detetive Iida contra a parede?"

"Aliás, aquele detetive Takegoshi é um homem extremamente arrogante, hein?"

"Todos eles devem ser. Acham que todo mundo vai se ajoelhar e abanar o rabo imediatamente, e isso só por mostrarem o distintivo de couro preto assim como na novela *Mito Kōmon*.* Já estamos quase no final do século XX, mas acreditam piamente que quem não se porta assim é mal-educado.

"Bem, mas provavelmente ele sabia do conteúdo do manuscrito por alto e por isso deve ter ficado indignado pelo fato de alguém que ele nunca viu na vida, e que ainda por cima quase não difere de um vagabundo, tenha tomado conhecimento da desonra de sua família; então precisamos dar um desconto a ele. De qualquer forma, aquele doutor não consegue se livrar da compleição do estilo da Força Especial do pré-guerra. É uma vergonha para a polícia democrática."

"É verdade; não gostaria que os estrangeiros vissem coisas desse tipo. Os japoneses deixam os policiais à vontade em seus pedestais."

---

* Drama histórico mais longevo do Japão, transmitido na TV entre 1969 e 2011. É inspirado em Mitsukuni Mito (1628-1701), senhor feudal que ocupava a segunda posição mais importante no Xogunato Edo. Na trama, o protagonista, acompanhado de dois samurais, viaja pelo país sob o disfarce de comerciante e combate as diversas injustiças que encontra em sua jornada. Sua identidade é revelada aos malfeitores mostrando-se o *inrō*, uma pequena caixa com brasão da família Tokugawa. [NE]

"Ainda há muitos policiais daquele estilo japonês, mas dentre todos, ele é particularmente presunçoso. Não é fácil encontrar uma preciosidade daquelas. Ao ver gente assim de vez em quando, os japoneses conseguem manter em mente as lembranças desagradáveis do período pré-guerra. Gostaria de designá-lo como espécie a ser preservada. Deveria ser incluído na lista nacional de preservação."

"Foi por isso que Bunjiro Takegoshi e, depois, Misako Iida também não quis mostrar o manuscrito que encontrou para o irmão, não é mesmo? Entendo como se sentiram."

Então Mitarai olhou para minha cara.

"Hum..., você entende como a sra. Misako se sentiu também? Quero que me conte sobre isso."

"Hein?"

"O que ela pensou quando encontrou aquele manuscrito?"

"Isso é fácil. Ela tinha certeza de que se deixasse o manuscrito nas mãos daquele irmão tão arrogante acabaria por expor o segredo do seu falecido pai na delegacia, e por isso veio até você para que o caso fosse resolvido em sigilo e seu pai pudesse descansar em paz."

Mitarai riu com desdém e soltou um pequeno suspiro.

"Só você mesmo. Continua como sempre. Então, por que ela contou para o marido? Ela não contou ao irmão e mostrou só para o marido, pois queria que o marido solucionasse o caso sozinho. No entanto, viu que era impossível. Tanto em termos de habilidade quanto por causa da personalidade dele, julgou que era improvável que ele conseguisse manter essa evidência incrível em sigilo.

"E por isso ela trouxe para mim. Uma amiga havia lhe contado que sou bom com esse tipo de trabalho. Além disso, por eu ser esquisito, odiado e ter poucos amigos, seria pouco provável que saísse espalhando para todo mundo. Consequentemente, se eu, por sorte, conseguisse solucionar esse mistério, teria a possibilidade de saborear a conquista sozinha. Mesmo que eu não conseguisse, o vexame do pai não se espalharia pelo mundo. Eu também não sou do tipo que ousa fazer uma coisa dessas. E se eu tivesse sucesso, estaria no lucro. Era só dar os créditos ao marido. Por se tratar de um caso tão grande, podia abrir caminhos para o marido — até então modesto e imperceptível — e, quem sabe, ele seria cotado como futuro superintendente geral. Ela havia calculado tudo."

Fiquei sem palavras.

"Será...? Você não está imaginando coisas? Ela não parece uma pessoa tão..."

"Uma pessoa tão má? Não tem nada de errado em pensar assim, tem? É natural, tratando-se de uma mulher."

"Parece que você pensa que todas as mulheres são assim. Isso é falta de respeito em relação às mulheres."

"É mais desrespeitoso do que os homens que pensam que as mulheres devem ser bonecas castas e extremamente reservadas?"

Permaneci em silêncio.

"Se ficássemos discutindo sobre Ieyasu Tokugawa e o ar-condicionado, provavelmente seria igualmente fútil."

"De qualquer forma, você acha que todas as mulheres são assim, calculistas, não é?"

"Claro que não. Acho que deve haver uma entre mil mulheres que seja honorável. Uma que não leve em conta o que ganhará em troca, que pense nos interesses dos outros e não só nos próprios ganhos."

"Mil?!" Fiquei pasmo.

"Mil não é exagero?! Você não poderia aumentar a proporção para pelo menos uma entre dez?"

Mitarai riu e disse sem pestanejar:

"Impossível."

Depois disso, ficamos calados por um bom tempo. Eu também achei que não havia motivo para continuar falando sobre esse assunto. Após algum tempo, porém, Mitarai abriu a boca novamente.

"Já temos uma visão geral completa deste caso? Será que já temos todas as pistas necessárias para resolvê-lo?"

"Eu me pergunto se alguma coisa ficou para trás."

"Já entendi sobre a Masako, segunda esposa de Heikichi Umezawa. Ela era de Aizuwakamatsu e seus pais ainda estavam vivos na época do crime. Não sei sobre os irmãos e parentes, você sabe? Tudo bem, não acho que seja necessário saber. Quanto à primeira esposa, Tae, gostaria de saber onde nasceu e cresceu, os aspectos familiares, da mesma forma que sabemos da Masako. Saberia dizer?"

"Sim. Parece que Tae nasceu e foi criada nas proximidades de Rakushisha, em Sagano, que fica em Kyoto, e seu nome de solteira era Fujieda."

"Ora, que coincidência. É justamente onde estamos prestes a ir."

"Parece que não tinha irmãos, era filha única. Quando Tae cresceu, a família mudou-se para Imadegawa, no distrito de Kamigyo, e abriu uma loja de tecidos tradicionais *nishijin*. No entanto, a loja não ia bem, talvez por má sorte ou porque os pais não tinham tino comercial. E o que é pior, a mãe adoeceu e acabou ficando acamada. Ela não tinha irmãos nem parentes na vizinhança. O pai tinha um irmão mais velho, mas parece que ele estava na Manchúria naquela época.

"Por fim, a mãe morreu por causa da doença, a loja faliu e o pai, desolado com a vida, se enforcou, dizendo a Tae, antes de morrer, que ela fosse atrás do seu irmão e da cunhada, na Manchúria. É uma história lastimável. Mas Tae não foi para a Manchúria e, de alguma forma, foi parar em Tokyo. Será que a loja tinha dívidas? Essa parte é desconhecida, mas isso tudo aconteceu quando Tae tinha 20 anos."

"Será que ela renunciou à herança?"

"Renunciar à herança?"

"Sim. Nesse caso, não teria que assumir a dívida."

"Hum. Bom, ela morava e trabalhava em uma loja de quimonos perto da Universidade Metropolitana de Tokyo, a antiga Faculdade Provincial, quando tinha 22 ou 23 anos. Por alguma brincadeira do destino, o dono dessa loja foi sugerir a Yoshio, irmão de Heikichi, que se casasse com ela.

"O dono deve ter ficado com pena de Tae, e quis que se conhecessem, já que ela tinha boa índole e era trabalhadora. Bem, isso é o que imagino que tenha acontecido. E Tae já tinha 23 anos na época. No começo não passava de uma brincadeira, mas como ele falava com tanto entusiasmo, Yoshio deve ter pensado que a proposta seria boa para seu irmão mais velho."

"E quando ela pensou que tinha tirado a sorte grande, o cara quis se separar."

"Sim, realmente há pessoas que não têm sorte. Acho que Tae ficou resignada a passar a vida toda na tabacaria em Hoya. O alinhamento dos astros não deve ter sido harmônico para ela."

"Exato. Em termos de disposição dos astros, é impossível que haja igualdade para todos os seres humanos. Bom, acho que é isso. Há mais alguma coisa que você saiba sobre ela?"

"Não, acho que é só. Fora isso, embora não tenha muita relação, Tae tinha o hobby de colecionar bolsas estilo *shingen* desde criança, sabe? Aqueles sacos pequenos, de pano, que se fecham puxando a cordinha. Acho que são usadas quando se veste quimono. Mesmo depois de velha, parece que ainda tinha muitas delas."

"Dizem que o sonho de Tae era fazer e vender bolsas *shingen* com o tecido tradicional *nishijin*. O sonho da vida dela era abrir uma dessas lojas de bolsas pequenas perto de Rakushisha em Sagano, onde cresceu. Tae parece ter contado essa história para um vizinho, em Hoya. Certamente não tinha boas recordações depois de ter se mudado para Imadegawa."

"Tae chegou a receber uma pequena herança depois dos casos, especialmente depois da guerra, não foi? O dinheiro das pinturas, os royalties sobre as publicações etc."

"Parece que isso não serviu de muita coisa. É porque, nessa época, seu corpo já havia enfraquecido e ela ficava muito tempo de cama. Mas como ganhou dinheiro, ela conseguiu contratar pessoas para ajudá-la e retribuir aos vizinhos pelas gentilezas, então parece que suas condições de vida melhoraram.

"Ainda assim, mesmo tendo dinheiro, ela praticamente não tinha parente. Ela dizia que se Azoth existisse, daria boa parte do seu dinheiro para quem a encontrasse."

"Mas ela poderia ter aberto a loja que tanto ansiava em Sagano, já que tinha dinheiro."

"Sim, é verdade, mas devia se sentir insegura com a sua condição física, e por se dar bem com as pessoas da vizinhança, que se compadeciam e a tratavam bem, acho que não tinha mais ânimo para começar um novo negócio em Sagano, onde não conhecia ninguém, a essa altura. Afinal, ela já tinha envelhecido. Não abriu a loja, no final das contas. Morreu em Hoya."

"É mesmo...? E o que aconteceu com a herança de Tae?"

"Aí é que está. Quando Tae estava para morrer, apareceu uma sobrinha ou prima de segundo grau do nada, na verdade a filha do filho do irmão do pai de Tae, ou seja, a neta daquele tio e tia de Manchúria que seu pai disse para procurar antes de cometer suicídio. Ela surgiu de algum lugar do Japão no momento oportuno e ficou com toda a herança. Parece que Tae fez um testamento por escrito. Se bem que a sobrinha deve ter aparecido bem antes de Tae morrer para, pelo menos, cuidar um pouco dela.

"Tae parece ter dado dinheiro aos vizinhos também. Por isso, dizem que as pessoas da vizinhança choraram quando ela morreu."

"Aqueles que ainda não haviam ganhado, você quer dizer? Desculpe, estou brincando. Hum, certo. Agora entendi bem sobre como Tae era. Sobrou, então, a Yasue Tomita, do Médicis. Você não sabe de mais nada sobre ela, além do que me contou?"

"Não, não sei mais nada sobre Yasue, além daquilo. Dizem que era de família rica, e só."

"Então, gostaria de saber sobre Fumiko, a esposa de Yoshio Umezawa, só para garantir."

"Seu sobrenome de solteira era Yoshioka, nasceu em Kamakura e tem um irmão e uma irmã mais velha. Foi apresentada por alguém do meio da escrita do qual Yoshio fazia parte, ou melhor, por alguém a quem devia favores. Acho que sua família era de um templo, um santuário ou algo assim. Quer que eu te dê mais detalhes?"

"Não, já está de bom tamanho. Ela não era do tipo de pessoa que tinha um passado dramático, era?"

"Não. Era uma mulher muito comum."

"Então está ótimo."

Depois disso, Mitarai parecia estar pensando em algo por um bom tempo, apoiando o rosto na mão enquanto olhava a escuridão pela janela. Como o interior do vagão é claro, a parte interna estava refletida nitidamente na janela escura, de forma até irritante. Quase não se via a paisagem noturna, que deveria estar passando pelo lado de fora da janela. A partir do meu assento, o rosto de Mitarai, quase pressionado contra a janela, parecia criar só ali uma caverna escura.

"A lua está no céu", disse Mitarai, de repente.

"Dá para ver as estrelas também, agora que nos afastamos um tanto daquela cidade, mundialmente famosa pelo ar poluído. Veja, aquilo que está bem do lado da Lua, sem cintilar, é Júpiter. Quando quiser encontrar um planeta, é melhor usar a Lua como referência. Não deve haver ninguém que olhe para o céu e não consiga encontrar a Lua.

"Hoje é 5 de abril, a Lua está em Câncer. Acabará mudando para Leão em breve. Júpiter está agora a 29 graus em Câncer, e por isso esses dois estão alinhados perto de Câncer no momento. Já te expliquei que a Lua também passa sobre a mesma linha dos planetas, não?

"Quando vivemos assim, observando os movimentos das estrelas todos os dias, percebemos que muitas das pequenas atividades que realizamos neste planeta são em vão.

"A maior delas é aquela competição para aumentar a quantidade do que se possui, nem que seja só um pouco mais do que os outros. Eu simplesmente não consigo me entusiasmar com isso, em particular. O universo está se movendo lentamente, como o interior de um relógio gigante. A nossa estrela, por sua vez, é uma pequena porção de dentes do mecanismo, parte de uma engrenagem pequena e imperceptível que fica bem no cantinho. Nós, humanos, somos simplesmente as bactérias que vivem sobre esses dentes.

"No entanto, esse povo se alegra ou se entristece com coisas que não valem a pena, e vivem criando confusão durante uma vida toda que passa num piscar de olhos. Além disso, por ser pequeno demais para ver o relógio por inteiro, é presunçoso o bastante para achar que sua existência não é influenciada pelo mecanismo. Como isso é cômico. Sempre me dá vontade de rir quando penso nisso. Qual é o propósito de a bactéria acumular uma pequena quantia de dinheiro? Nem se pode levar para o caixão. Por que consegue ficar tão entusiasmado com uma coisa tão idiota?"

Mitarai deu uma risadinha depois de dizer isso.

"Há uma bactéria que se entusiasma com uma coisa mais idiota. Uma que, por causa do espírito de rivalidade em relação a uma bactéria meio gorda chamada Takegoshi não sei das quantas, pegou um trem-bala e está indo rumo a Kyoto."

Isso me fez rir um pouco.

"Os seres humanos rumam à morte acumulando pecados", disse Mitarai.

"Aliás, o que pretende fazer indo até Kyoto?" Fiquei surpreso comigo mesmo por não ter feito essa pergunta de suma importância até agora.

"Vamos nos encontrar com Tamio Yasukawa. Você também gostaria de conhecê-lo, não?"

"Sim, bem, eu gostaria de conhecê-lo."

"Parece que ele tinha quase 30 anos em 1936, então deve estar com uns 70 anos agora. O tempo passou. Isso se ainda estiver vivo, claro."

"Sim, os tempos mudaram. Mas é só isso o propósito de ir a Kyoto?"

"Bem, por enquanto, sim. Mas me deu vontade de ir para Kyoto pois faz muito tempo desde a última vez, e quero encontrar meu amigo também. Vou te apresentar a ele, é um cara muito bom. Liguei para ele agora há pouco, deve vir buscar a gente. Ele trabalha como *sushiman* em um restaurante chamado Junsei, em Nanzenji. Vamos nos hospedar no apartamento dele esta noite."

"Você costuma ir a Kyoto com frequência?"

"Sim. Eu já morei lá. É curioso, mas quando vou a Kyoto tenho um monte de ideias."

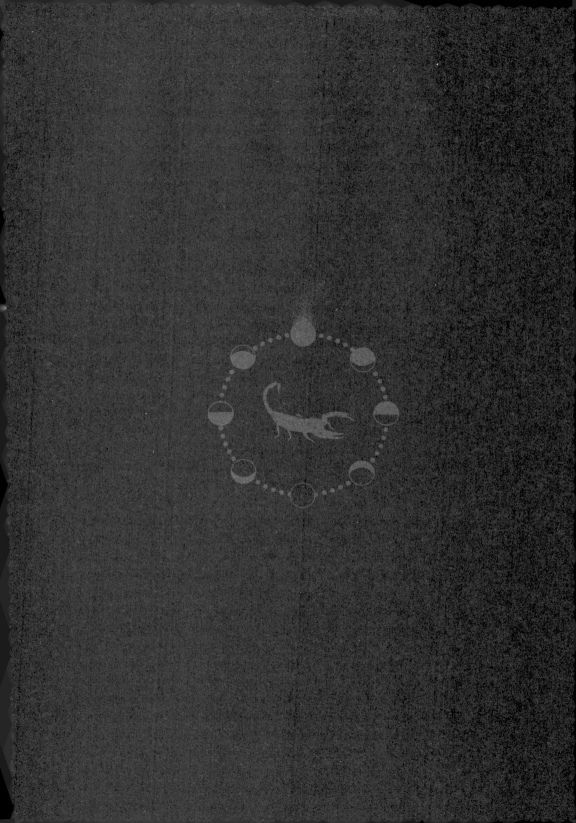

III
NO
ENCALÇO
DE
AZOTH

1

Quando desci para a plataforma, tomei um susto ao ouvir Mitarai berrando de repente.

"Ei, Emoto!"

Vi um homem alto encostado em um pilar, que se endireitou depressa. Ele aproximou-se lentamente.

"Há quanto tempo", disse Emoto, apertando a mão de Mitarai. "Como você está?"

Então, Mitarai sorriu:

"Faz tempo mesmo. Mas não posso dizer que estou bem."

Depois de dizer isso, ele me apresentou.

Emoto deve ter cerca de 25 anos, pois falou que nasceu em 1945. Ele era alto e parecia ter cerca de 1,85 metro de altura. O cabelo dele era todo raspado por ser *sushiman*, e tinha ares de ser alguém livre de padrões.

"Deixe-me levar a bagagem. Ah, trouxe pouca coisa."

"Sim, é porque vim de supetão."

Assim que eu disse isso, Emoto simplesmente respondeu com um "Ah, sim".

"Vieram bem na época em que dá para ver as flores de cerejeira", disse Emoto a Mitarai.

Então Mitarai falou: "Flor de cerejeira?", como quem nem havia pensado nisso. Depois, disse:

"Ah, flores de cerejeira. Tenho certeza de que Ishioka vai sair para vê-las."

O apartamento de Emoto ficava em Nishikyogoku. Falando a partir da percepção do período Heian, fica no canto sudoeste do quadrilátero comparado a um tabuleiro de *go*,* ou, pela perspectiva de um mapa, no canto inferior esquerdo.

---

* As ruas da parte central de Kyoto dispõem-se perpendicularmente nos eixos norte-sul e leste-oeste e essa estrutura remete ao tabuleiro de *go*, um jogo no qual as peças são colocadas nas interseções das linhas traçadas em forma de grade. O projeto viário data do ano 794, quando foi criado o Heian-kyō, a antiga capital do Japão e atual cidade de Kyoto. [NE]

Fiquei olhando a paisagem noturna por todo o tempo em que Emoto dirigia em direção a Nishikyogoku. Estava esperando ver as ruas antigas de Kyoto, mas isso não existia ao longo da estrada, e a iluminação das janelas quadradas dos edifícios junto às luzes de neon passavam lentamente. Não era nada diferente de Tokyo. Eu podia dizer que era a primeira vez que vinha a Kyoto.

O apartamento de Emoto era de dois quartos, e eu e Mitarai teríamos de dormir com os travesseiros lado a lado em um dos quartos. Essa também era uma experiência nova.

Mitarai disse que o dia seguinte seria corrido e tínhamos de dormir logo, e então se cobriu com o edredom rapidamente. Emoto disse, através da porta divisória, que deixaria o carro amanhã se fosse necessário, mas Mitarai, já debaixo do edredom, respondeu que não seria preciso.

No dia seguinte, ainda de manhã, pegamos o trem da linha Hankyu para Shijō Kawaramachi. De acordo com Mitarai, o endereço de Tamio Yasukawa que constava no manuscrito do sr. Bunjiro Takegoshi fica bem perto da Estação Kawaramachi.

"Você sabe pesquisar o endereço em Kyoto, para encontrar, por exemplo, o endereço do sr. Tamio Yasukawa, que fica em Tominokoji-dōri, Rokkaku-agaru, no distrito de Nakagyo?"

"Não. É diferente de Tokyo?"

"Não é isso. Existem também os endereços no estilo de Tokyo, à parte, mas esse é o estilo usado normalmente em Kyoto. É a forma de indicação baseada na disposição das ruas de Kyoto, que parecem as linhas de um tabuleiro. A localização é indicada pelo nome da rua. Trata-se do eixo das coordenadas.

O primeiro, que é Tominokoji-dōri do endereço indicado, é a rua que fica na frente da casa, no eixo norte-sul. E Rokkaku-dōri é a via mais próxima a essa, no eixo leste-oeste."

"Ah..."

"Vou lhe mostrar na prática."

Descemos na plataforma da estação final e subimos as escadas.

"Esta área é chamada Shijō Kawaramachi, e é o lugar mais movimentado de Kyoto. Algo como Ginza ou Yaesu de Tokyo. Ao invés da área perto da estação, aqui é onde mais se parece com aqueles bairros. Essa característica é meio parecida com Hiroshima. Para amantes de Kyoto, é o segundo lugar mais impopular depois da Torre de Kyoto."

"Por que tem baixa popularidade?"

"Ora, porque não tem ares de Kyoto."

Ao subir os degraus de pedra e chegar na rua, realmente não havia nenhum prédio de madeira, e dava a impressão de estarmos em Shibuya, pois havia uma fileira de prédios de pedra. Em que direção será que se encontram os lugares com aparência de cidade antiga, que aparecem em fotos e cartões postais? Olhando assim, parecia que tinha vindo parar em uma cidade completamente diferente.

Mitarai foi caminhando na frente, depressa e com firmeza. Depois de atravessar o cruzamento, passamos a caminhar beirando um rio raso. Por ser raso, dava para ver as pedras dispostas no fundo do rio. As algas estavam flutuando aqui e ali. A água era surpreendentemente limpa.

Acho que esse é o ponto que difere de Tokyo. Não existe um riacho com água tão cristalina fluindo em torno de Ginza ou Shibuya. Ao receber o sol antes do meio-dia, os reflexos na superfície do rio brilhavam no muro de pedra.

"É o rio Takase", disse Mitarai.

De acordo com o que ele explicou, este é um canal que foi aberto por comerciantes para transporte de cargas, mas me pergunto se o fato de ser tão raso não atrapalhava. Se carregassem três fardos de arroz, o casco do barco provavelmente acabaria encostando no fundo do rio imediatamente. Ou será que o deixaram raso porque não era mais usado?

"Chegamos", disse Mitarai pouco depois.

"O que é isso?"

"É um restaurante chinês. Vamos forrar o estômago aqui, antes de qualquer coisa."

Enquanto comia, pensei em Tamio Yasukawa, com quem iria me encontrar em breve. Yasukawa já tem 70 anos, então mesmo que ele tivesse constituído uma família posteriormente, já deveria ser um idoso aposentado. Ele é um tanto suspeito, mas provavelmente deve estar vivendo uma velhice tranquila porque não foi rotulado como criminoso. Mas a imagem que vem à mente é a de um vagabundo dormindo com uma garrafa de bebida, em um quarto alugado e sujo.

Ele também é apresentado no livro *Assassinatos do Zodíaco da Família Umezawa* que eu trouxe, então provavelmente não somos os primeiros a visitá-lo. Além disso, do ponto de vista dele, com certeza somos visitas indesejadas. No entanto, eu estava exaltado para arrancar da boca dele a prova de que Heikichi Umezawa estava vivo. O que será que Mitarai pretende perguntar?

O endereço que buscávamos ficava bem perto desse restaurante.

"Tominokoji-dōri é esta aqui. Aquela é Rokkaku-dōri, então deve ser por aqui", disse Mitarai, parado na avenida principal.

"Se formos por aqui, já estaremos mais perto de Sanjō-dōri."

Disse, simulando que seguiria um pouco adiante.

"Deve ser por aqui. O único prédio de apartamentos por aqui... é este. Bem, embora não tenha certeza de que ele more em um apartamento alugado."

Mitarai foi subindo as escadas de metal enquanto falava. Havia um bar chamado Chō no andar térreo deste condomínio. Claro que estava fechado nesse horário. A porta feita de compensado decorativo, cuja parte inferior já estava empenada, brilhava palidamente com o sol da manhã.

Havia também um boteco bem ao lado. Por isso, parecia que as escadas de metal haviam sido encaixadas à força nesse pequeno vão entre eles. A largura é estreita. Quase não dá para uma pessoa subir.

Chegando no corredor acima, havia caixas de correio, uma ao lado da outra. Competimos para achar o nome Yasukawa. Mas não estava lá.

Pude ver uma expressão de "acho que cometi um erro" no rosto de Mitarai. No entanto, o homem autoconfiante imediatamente mudou a expressão pois não era possível ter errado, e bateu na porta mais próxima. Ninguém respondeu. Talvez ainda estivesse dormindo. Bateu na porta seguinte, mas nada aconteceu.

"Isso não é bom", disse Mitarai.

"Se continuarmos batendo de casa em casa, os inquilinos vão achar que somos vendedores, e mesmo que estejam lá, não vão atender. Vamos recomeçar pela outra ponta."

Disse, caminhando até o final do corredor.

Ao bater na última porta, desta vez percebemos uma leve movimentação de gente lá dentro. A porta se abriu um pouco e uma senhora gorda nos atendeu.

"Com licença, não estamos empurrando assinatura de jornal, não. Por acaso um senhor chamado Tamio Yasukawa morava neste prédio?", perguntou Mitarai.

"Ah, o sr. Yasukawa. Sim, mas ele se mudou há muito tempo."

Disse a mulher, que respondeu sem se mostrar muito incomodada. Mitarai se virou para mim com uma cara de "está vendo?", e perguntou:

"É mesmo? E a senhora saberia me dizer para onde ele se mudou?"

"Olha, não sei, já faz tanto tempo e eu não cheguei a perguntar. Mas o senhorio fica aqui do lado, experimente perguntar a ele. Ah, mas talvez ele tenha saído, se ele não estiver aí, deve estar no bar em Kitashirakawa."

"Qual é o nome do bar em Kitashirakawa?"

"Chama-se Shiroi Chō. Ele deve estar em casa ou aí nesse lugar."

Mitarai agradeceu e fechou a porta. Mas o senhorio, como esperado, não estava em casa.

"Então, teremos que fazer uma expedição até Kitashirakawa. O nome do senhorio é... Ōkawa. Vamos, Ishioka."

Enquanto andávamos de ônibus, pude avistar construções com tetos cobertos por telha *kawara* em alguns lugares, talvez templos. Surgiu um muro de barro, que continuou por um bom tempo. Era a vista que eu tanto esperava. Pensei que isso, sim, era uma cidade antiga. Não seria ruim viver em uma cidade como esta por algum tempo.

Ao descer do ônibus em Kitashirakawa, nem precisamos procurar, pois o Shiroi Chō estava bem à nossa frente. Ao nos aproximarmos, um homem de cerca de 40 anos saiu, abrindo a porta bem nessa hora.

"Você é o sr. Ōkawa?"

Assim que Mitarai o abordou, o homem parou seus movimentos e olhou para nós alternadamente.

Quando Mitarai explicou um pouco sobre a situação e quis saber para onde o sr. Tamio Yasukawa havia se mudado, ele ficou pensativo: "Humm, será que sei dizer, será que perguntei...?".

"De qualquer forma, não tenho como saber aqui, tenho que voltar para Kawaramachi. Acho que ele tinha me falado, mas a propósito, vocês são da polícia?"

Tirando as mulheres, éramos a dupla que menos se parecia com policiais em todo o Japão. Não há dúvida de que ele disse isso com uma certa ironia.

No entanto, Mitarai manteve a calma. Disse, com um sorriso:

"O que acha que somos?"

"Poderiam me dar o seu cartão de visita?", disse o homem, e eu senti que estava encrencado. Desta vez, Mitarai deve ter sentido o mesmo que eu. Franziu o cenho e fez uma cara de muita aflição.

"Na verdade...", disse Mitarai, diminuindo a voz.

"Por causa de motivos de força maior, não podemos entregar nosso cartão de visita. Poderíamos, se tivéssemos nos encontrado em outra ocasião, mas neste caso... A propósito, você já ouviu falar do nome Agência de Inteligência da Segurança Pública do Gabinete do Japão?"

Imediatamente, o semblante do homem se turvou. Depois ele disse:

"Bem, apenas o nome... Eu nunca tinha ouvido falar."

"Ah, bem...", e Mitarai hesitou.

"Ah, não. Esqueça o que eu disse. Aliás, quando conseguiria saber? O local para onde Tamio Yasukawa se mudou?"

A tensão no rosto do homem era bem visível.

"Esta noite... não, acredito que às cinco, às cinco horas da tarde. Tenho um compromisso inadiável agora e preciso ir para Takatsuki. Mas voltarei o mais rápido possível, por isso acho que consigo às cinco. Vou procurar até esse horário, poderia telefonar para mim?"

Pegamos só o número do telefone e nos despedimos. Como acabava de dar meio-dia, ainda tínhamos cinco horas pela frente. No entanto, não podíamos forçá-lo a nos contar só porque queríamos saber logo.

"Acho que você é do tipo que tudo dá certo, independente do que faça", eu disse, com sarcasmo, ao chegar na beira do rio Kamo.

"Leva jeito para ser golpista, principalmente."

Mitarai disse "Aah", mas não parecia redimir-se.

"A culpa é dele", justificou-se.

"Você acha que, por exemplo, uma pessoa de uma agência de detetives que viesse investigar sobre um pretendente de casamento se daria ao trabalho de deixar o cartão de visita?"

No entanto, Mitarai certamente devia estar pensando que encontrar Tamio Yasukawa seria mais complicado do que imaginava, enquanto caminhava às margens do Kamo, rio abaixo. Hoje é dia 6, sexta-feira, e me pus a pensar também que, pelo rumo das coisas, uma semana passaria num instante.

"Como se sente?", perguntei, porque comecei a me sentir inseguro.

"Sei lá", respondeu Mitarai.

Seguimos caminhando silenciosamente, lado a lado, por uma longa distância, e avistamos uma ponte no caminho. Pude ver os carros indo e vindo na ponte, sem cessar.

Eu reconheci os prédios perto da ponte. Aparentemente, estávamos nos arredores de Shijō Kawaramachi, onde tínhamos descido do trem da linha Hankyu esta manhã. Eu estava começando a ficar com um pouco de sede. Meus pés já estavam cansados. Quando pensei em dizer que queria tomar algo gelado em alguma cafeteria, Mitarai se pôs a falar.

"Estou esquecendo alguma coisa. Algo que qualquer um perceberia. Algo minúsculo, uma coisa de nada", Mitarai olhou para baixo e franziu a testa.

"Este caso parece ser uma obra de arte vanguardista feita com sucata de ferro montada grotescamente, mas ela aparenta ser incompreensível porque alguma coisa está fora do lugar. Basta puxar um pino, um só pino essencial e tudo o mais se encaixará, de modo que qualquer um poderá compreender, provocando um alívio instantâneo. Eu sei disso.

"Não está dando certo porque não levei a sério desde o primeiro momento. Provavelmente há um lapso ridículo na parte inicial. Sim, na parte inicial. Da metade para cá, eu até que levei isso a sério. Não tem como um crime tão inconcebível se concretizar sem que haja um grande lapso na parte fundamental. Os detetives mais famosos de todo o Japão ignoraram esse pino insignificante por mais de quarenta anos, e isso se repetiu mais de cem milhões de vezes. Bem, eu também sou um deles até o momento..."

2

Nós nos instalamos em uma cafeteria de estilo japonês em Shijō Kawaramachi. Bebi o suco da maneira mais vagarosa que podia, e quando vimos já eram quase 17h, então Mitarai logo voou para o telefone público. Ficou conversando por um tempo, disse "Entendi" e retornou. Não fez mais menção de se sentar, se pôs ao lado da mesa, disse que o nosso intervalo tinha acabado e sairíamos imediatamente.

Ao sair para a rua, o horário de pico de saída do trabalho já estava começando. Mitarai foi costurando a multidão e atravessou a ponte em direção à estação de trem da linha Keihan, em vez da linha Hankyu que tínhamos usado esta manhã.

"Onde é?", perguntei.

"Disse que é no condomínio Ishihara em 4-16 do bairro Koya, cidade de Neyagawa, na província de Osaka. A estação de trem é a Kōrien, da linha Keihan. Veja, é ali na Keihan Shijō que precisamos embarcar."

Mitarai apontou para a estação enquanto atravessávamos o rio Kamo.

"Kōrien é o nome da estação?"

"Isso mesmo."

"Humm, é um nome bonito."

A Estação Keihan Shijō fica às margens do rio Kamo. Enquanto esperávamos o trem na plataforma, o rio Kamo, que ficava logo abaixo, tingia-se de cores escuras lentamente.

Já começava a escurecer quando chegamos a Kōrien. O local não tinha nada a ver com o que eu havia imaginado pelo nome, e tudo o que se podia ver em frente à estação era a iluminação própria de bares. E isso foi bem na faixa de horário em que esse tipo de iluminação passa a ter um significado.

Os homens cambaleantes já começavam a aparecer. E as mulheres que pareciam ser da noite, por sua vez, andavam a passos firmes e seguiam ultrapassando esses homens.

O sol havia se posto completamente quando finalmente encontramos o condomínio Ishihara. Batemos incansavelmente na porta onde havia a placa da zeladoria, mas como ninguém respondeu, subimos para o andar de cima e batemos na porta mais próxima. No entanto, a resposta da mulher de meia-idade que apareceu foi que, surpreendentemente, ninguém chamado Yasukawa morava lá.

Tentamos outro apartamento. "Humm, talvez a pessoa que se mudou outro dia se chamava Yasukawa", disse o morador do quarto ao lado. "Mas como não tínhamos contato, não sei para onde ele se mudou… Por que você não pergunta para o zelador lá embaixo?" A decepção tomava conta do rosto de Mitarai. Até agora, esta era a única pista que havia para investigarmos.

Descemos e mais uma vez batemos na sala da zeladoria. Desta vez, tivemos a sorte de obter uma resposta. Contamos que estávamos à procura de uma pessoa chamada Yasukawa, e o zelador disse que havia se mudado.

Ao perguntar para onde, ele respondeu:

"Não fiquei sabendo. A pessoa não parecia querer falar, então nem insisti. Bem, como o velho faleceu, devia estar em choque."

"Faleceu?!", elevamos a voz ao mesmo tempo.

"Essa pessoa era Tamio Yasukawa?"

"Tamio? Ah, sim, acho que era esse o nome."

Tamio Yasukawa acabou morrendo aqui em Neyagawa. Senti como se estivesse perdendo a força de todo o meu corpo.

Nem imagino que tipo de vida ele levou durante esses quarenta anos, desde a época em Kakinokizaka em Tokyo, durante e após a guerra, mas de qualquer forma este velho apartamento de argamassa cheia de rachaduras foi o ponto final de sua vida.

O que me surpreendeu no relato do zelador foi que Tamio Yasukawa não estava sozinho. Ele tinha uma filha de mais de 30 anos, que era casada com um carpinteiro. Ele morava com essa filha e o marido, que cuidavam dele. Disse que esse casal tinha duas crianças. Uma estava no primário e a outra só tinha um ou dois anos.

A luz fluorescente na frente da sala do zelador parecia velha e piscava de vez em quando. Cada vez que isso acontecia, o zelador desviava o olhar de nós e olhava para o teto, meio aborrecido.

Quando saímos, olhei mais uma vez para o prédio. Não consigo explicar como me sentia naquele momento, mas era uma sensação meio amarga. Por algum motivo, tive a mesma sensação de quando era criança e descobriam a travessura que eu tinha aprontado. Perseguir a vida de alguém era como espreitá-la, e isso parecia ser uma blasfêmia contra a humanidade.

Mitarai também parecia estar se perguntando se deveria ou não ir atrás dessa filha. Ao se despedir, o zelador disse assim:

"Não sei o endereço para onde eles se mudaram, mas se realmente quiser saber, pergunte à transportadora. Eu sei qual foi a transportadora. Eles acabaram de se mudar no mês passado. A transportadora é a Neyagawa Unsō, em frente à Estação Neyagawa."

"Que horas são agora?", perguntou Mitarai.

"São dez para as oito."

"Ainda é cedo..., ok, então vamos até o Neyagawa Unsō!"

Voltamos para a Estação Kōrien e pegamos o trem para Neyagawa. Achamos a Neyagawa Unsō rapidamente, mas já não podíamos esperar grandes resultados naquele horário.

Mitarai parou na frente do estabelecimento, e primeiro anotou o número do telefone que estava na fachada. E quando vimos, através da porta de vidro onde estava escrito: "Para mudanças, consulte-nos", uma fraca luz acesa lá no fundo, nós dois gritamos em uníssono: "Boa noite". Então, vimos alguém se movendo lá dentro.

O que o velho da transportadora disse estava dentro do esperado. Ele não tinha ideia, mas os jovens que viriam trabalhar na manhã seguinte talvez conseguissem se lembrar. Disse que se fosse no bairro de Kiyamachi seria com Sato ou Nakai.

Agradecemos e pegamos o trem de volta para o nosso abrigo em Nishikyogoku. Será que era certo ficar fazendo isso? Assim, a sexta-feira, dia 6, foi acabando sem avanços. Era provável que Mitarai estivesse pensando a mesma coisa.

3

Na manhã seguinte, acordei quando ouvi a voz de Mitarai do outro lado da porta divisória, falando ao telefone. Emoto começava seu expediente cedo e parecia já ter saído. Saí da cama, dobrei meu edredom e fui para a cozinha preparar café instantâneo.

Quando entrei na sala com o café, Mitarai tinha acabado de colocar o fone no gancho. Assim que pus a xícara de café em frente ao seu nariz, ele destacou o papel no qual acabara de escrever e disse que finalmente conseguiu.

"Parece ser para os lados de Higashi Yodogawa, em Osaka. Não souberam me dar o endereço exato, mas parece que era perto do ponto de ônibus chamado Toyosato-cho. Toyosato-cho é o ponto final, então há uma rotatória onde o ônibus pode fazer o retorno, e de lá é possível ver uma loja que vende doces e *okonomiyaki* chamada Daidōya. O apartamento é o que fica na via ao lado.

O sobrenome da filha agora é Kato. Parece que era bem perto da barragem do rio Yodo. Os ônibus para Toyosato-cho saem de Umeda, mas podemos pegá-lo também em Kamishinjo, da linha de trem Hankyu. Vamos?"

A estação do nosso abrigo, Nishikyogoku, também fazia parte da linha Hankyu, então era só seguir em linha reta para Kamishinjo. De Kamishinjo pegamos um ônibus e descemos no ponto final, em Toyosato-cho. Lá longe, pude ver uma ponte de ferro que parecia estar sobre o rio Yodo. Esta área ainda era uma zona rural, e havia um monte de terrenos baldios espalhados com ervas daninhas crescendo e pneus velhos jogados em alguns pontos. A estrada por onde o nosso ônibus veio segue até a ponte de ferro. Ela ficava íngreme naquela direção, atingindo a altura que correspondia justamente à da barragem.

A estrada se destacava na paisagem por ser nova, e o cimento na beira da estrada ainda estava branco. Havia uns poucos prédios velhos e rudimentares que mais se pareciam com escombros, destoando da estrada nova. Daidōya também era uma dessas construções. Começamos a caminhar em sua direção.

Esses prédios também estavam desgastados e não apresentavam diferença alguma dos pneus velhos. Entramos na lateral do Daidōya e, depois de ter andado por um tempo, olhei para trás e vi que a parte de trás da loja era de ferro galvanizado.

Havia alguns apartamentos, um ao lado do outro, e procuramos o nome nas caixas de correio, um por um, mas não precisamos nos esforçar muito para achar o sobrenome Kato.

Ao subir as velhas escadas de madeira chegamos no corredor do segundo andar, mas inusitadamente havia um monte de roupas penduradas para secar no corredor e foi só depois de nos curvarmos e desviarmos delas que conseguimos chegar até a porta com uma pequena placa escrita Kato.

Uma pequena janela de vidro fosco ao lado da porta estava ligeiramente aberta, e parecia que alguém estava lavando a louça por causa do tilintar de porcelanas que se ouvia. Também era possível ouvir um bebê chorando.

Quando Mitarai bateu na porta, ouvimos alguém responder. Ainda assim, como a porta não abriu de imediato, imaginei que a pessoa estivesse enxugando a louça calmamente.

A porta se abriu. Ela parecia ser uma pessoa que não se importa com nada, pois seu rosto estava sem maquiagem e o cabelo, bagunçado. Enquanto Mitarai explicava as circunstâncias com muitos rodeios, pude ver que ela começava a se arrepender de ter aberto a porta. E quando ele disse que, por causa de tudo isso, gostaria de conversar um pouco sobre Tamio, o pai dela...

"Eu não tenho nada para falar!", ela disse, de forma direta.

"Meu pai não tem nada a ver com isso. Já nos causaram muito transtorno por causa dessas coisas, várias vezes. Por favor, deixe-nos em paz."

Dito isso, a porta foi fechada rispidamente. O bebê que ela carregava nas costas começou a chorar novamente.

Depois de a porta ser fechada de forma fria e ouvir o som da tranca que ecoou até os ossos, Mitarai ficou grunhindo e com os olhos revirados durante algum tempo, mas inesperadamente desistiu e disse para irmos embora.

O fato de que ela falava o dialeto de Tokyo, ou pelo menos não ter nenhum sotaque da região de Kansai, me causou uma impressão muito marcante. Depois de chegar aqui, sentia-me como se tivesse pulado para dentro de uma enxurrada de dialeto de Kansai. Essa linguagem me causava uma forte impressão e parecia que todos que me rodeavam eram comediantes ou algo assim. Eu não esperava encontrar uma mulher que falasse o dialeto de Tokyo aqui.

"Bem, não que eu tivesse alguma expectativa", disse Mitarai, como se tentasse não mostrar fraqueza.

"Mesmo que o sr. Tamio Yasukawa estivesse vivo, provavelmente não diria nada muito importante. Muito menos sua filha. Só pensei em ir ao seu encontro no lugar do sr. Bunjiro Takegoshi porque ele não conseguiu realizar o desejo de vir até Kyoto. Então, agora podemos parar de perseguir Yasukawa de uma vez por todas."

"E o que faremos daqui em diante?"

"Vamos pensar."

Voltamos para a Estação Kamishinjo e pegamos o trem da linha Hankyu novamente.

"Você disse que veio para Kyoto somente na viagem de formatura?", perguntou Mitarai. Quando confirmei com a cabeça, disse:

"Então vá visitar a região de Arashiyama e Sagano. Desça na próxima estação, Katsura, e faça baldeação no sentido de Arashiyama. Vou te emprestar este guia de informações turísticas de Kyoto. As flores de cerejeira já devem ter desabrochado a esta altura. Vamos agir separadamente a partir de agora. Quero ficar um pouco sozinho para pensar. Você sabe como voltar ao apartamento de Nishikyogoku, certo?"

Ao descer na Estação Arashiyama e perambular seguindo o fluxo de pessoas, vi as belas flores de cerejeira aqui e ali.

Cheguei às margens de um rio amplo. Era o rio Katsura. A estrada leva a uma ponte de madeira. A ponte é comprida, já que o rio é largo. Enquanto atravessava, cruzei com uma aprendiz de gueixa. Ela estava acompanhada de um jovem loiro com uma câmera pendurada no pescoço. Não sei qual é o nome daquilo, mas ela usava sandálias arredondadas ao estilo *pokkuri*, que emitiam um delicado som de madeira. Não havia mais ninguém que estivesse com calçados que faziam barulho.

Procurei o nome da ponte no guia de informações turísticas depois de atravessá-la e vi que ela se chamava Ponte Togetsu.* O nome fez sentido, e me convenci de que havia atravessado a lua que se reflete na superfície do rio.

Havia uma cabana de madeira que parecia um santuário de uma imagem bodisatva perto do término da ponte e, ao me aproximar para ver o que era, me surpreendi pois constatei que era uma cabine telefônica. Até pensei em ligar para alguém daqui, mas não conhecia ninguém em Kyoto.

Parecia haver uma distância considerável até Rakushisha. Então comi um almoço leve em Arashiyama e logo peguei o trem da linha Keifuku. A linha de Keifuku era de bondes. Fiquei maravilhado, porque raramente se vê bondes em Tokyo.

Esqueci o título, mas em um romance policial que gosto, havia uma passagem que dizia ser melhor botar a cabeça para raciocinar dentro de um bonde. Às vezes eu penso que ao mesmo tempo em que os bondes desapareciam de Tokyo, os bons e velhos romances policiais também foram morrendo.

Eu não sabia direito para onde esse bonde iria. Quando desci onde parecia ser o ponto final, havia uma estação chamada Shijō Omiya, que ficava bem perto de uma rua movimentada. Cheguei em um lugar familiar ao caminhar por essa avenida. Era Shijō Kawaramachi. Aparentemente, em Kyoto, não importa aonde você vá, há um mecanismo que o faz voltar para Shijō Kawaramachi no final.

Dali, andei um pouco mais e resolvi ir até o templo Kiyomizu-dera. Depois de subir e descer as ruas de pedra nas imediações de San'nenzaka, fiquei feliz por sentir que estava em Kyoto. Olhei os produtos em uma loja de lembrancinhas e também experimentei tomar *amazake* em uma casa de chá com beiral baixo.

---

* O nome Togetsu é formado por dois ideogramas japoneses cujos significados são "atravessar" e "lua". [NE]

A menina de quimono que me trouxe *amazake* saiu para a rua e jogou água* na calçada de pedra. Ela tomava cuidado para que não espirrasse na loja de souvenirs, do outro lado da rua.

Depois disso fui a Shijō Kawaramachi novamente e acabei voltando a Nishikyogoku, pois estava cansado de andar e já não tinha mais para onde ir.

4

Quando entrei no apartamento, Emoto disse: "Olá, bem-vindo de volta".

"O que achou de Kyoto?"

"Ah, realmente é muito bom."

"Aonde você foi?"

"Fui para os lados de Arashiyama e ali perto do templo Kiyomizu-dera."

"E o Mitarai?"

"Ah, ele me enfiou dentro de um trem e me abandonou."

Nesse momento, Emoto parecia se compadecer de verdade comigo.

Enquanto fritávamos tempurá para o jantar, Mitarai voltou, como se estivesse em uma crise de sonambulismo. Então, nós três nos sentamos ao redor da pequena mesa de jantar.

Ao olhar de relance, percebi que Mitarai estava vestindo a jaqueta de Emoto.

"Ei, Mitarai, essa é a jaqueta do Emoto. Tire a jaqueta quando estiver aqui dentro. Está me dando calor só de olhar."

Mitarai parecia não escutar o que eu dizia. Estava distraído, com o olhar fixo em um canto da parede.

"Ei, Mitarai, tire essa jaqueta."

Falei de novo, desta vez com mais firmeza. Mitarai se levantou lentamente. Mas quando voltou para a mesa depois de um tempo, estava vestindo sua própria jaqueta.

O sabor do tempurá estava excepcional. Ele era um cozinheiro de primeira classe, como esperado. Mas acho que Mitarai nem notou.

---

* É costume no Japão molhar a rua na fachada da casa ou do estabelecimento, a fim de refrescar o ambiente e evitar que a poeira se levante. [NE]

"Amanhã é domingo", disse Emoto a Mitarai.

"Estarei de folga também. Eu gostaria de levar o Ishioka para a região de Rakuhoku, de carro. O que acha?"

Fiquei secretamente contente.

"Fiquei sabendo sobre a situação geral pelo Ishioka. É só botar a cabeça para funcionar, não é? Então o corpo pode estar andando de carro, não acha? Isso se não tiver outra coisa para fazer". Desta vez Mitarai meneou assentindo, para minha surpresa.

"Tudo bem, desde que eu possa ficar todo o tempo em silêncio no banco de trás."

Durante o percurso que Emoto fez dirigindo rumo ao Templo Sanzen-in em Ōhara, Mitarai não disse uma só palavra, conforme havia anunciado na noite anterior, plantado no banco de trás como se fosse uma hostil estátua de Buda.

Em Ōhara, comemos o tradicional banquete *kaiseki-ryori*. Emoto explicava sobre os pratos com entusiasmo, devido a sua profissão, mas Mitarai permaneceu alheio a tudo.

Eu e Emoto nos demos muito bem. Ele era uma pessoa legal, e nos levou para quase todos os cantos de Kyoto, desde a Universidade Dōshisha até as imediações da Universidade de Kyoto, o Castelo Nijō, o Templo Heian Jingu, o Palácio Imperial de Kyoto e o parque temático Uzumasa Eigamura. E em Kawaramachi, embora tenhamos recusado (para ser exato, fui o único a recusar), ele pagou sushi para nós e até mesmo o café depois da refeição, em uma cafeteria clássica às margens do rio Takase. Foi um dia divertido para mim. Só que o domingo, dia 8, também acabou assim.

Quando acordei na manhã seguinte, o edredom do Mitarai que ficava ao lado estava frio e Emoto já tinha saído. Levantei-me porque estava com fome e fui para as ruas de Nishikyogoku. Fiz uma refeição leve, entrei em uma pequena livraria, depois passei pela frente da estação e ao atravessar o riacho, cheguei a um parque esportivo de tamanho razoável, com o Estádio Nishikyogoku em seu centro. Tentei pensar novamente no caso enquanto cruzava com alguns grupos pequenos de pessoas correndo, vestidos com roupas de treino. Meus pensamentos não progrediram desde que eu e Mitarai havíamos tomado rumos diferentes. Mas não há um só momento em que o caso deixe a minha mente.

Era evidente que este caso tinha uma espécie de poder mágico. Lembrei das histórias que li no *Assassinatos do Zodíaco da Família Umezawa* sobre o homem que estava tão absorto em resolver o mistério deste caso que acabou com toda sua herança, e do entusiasta que se jogou no Mar do Japão, enfeitiçado com a ilusão da mulher lendária. A lenda de Azoth... É compreensível que, ao ficarem compenetrados assim como eu estou, eles ficassem com desejo de vê-la ao menos uma vez.

Quando percebi, tinha voltado para a região da estação, agora na parte de trás. Como já tinha passeado por todo o Nishikyogoku, decidi ir para Shijō Kawaramachi mais uma vez. A cafeteria clássica de ontem não era ruim, e como vi que tinha uma livraria da Maruzen, pensei em procurar pelo anuário do *American Illustration*.

Sentei-me no banco da plataforma da Estação Nishikyogoku e esperei o trem para Kawaramachi. Ainda estava longe do horário de pico e a única pessoa que vi ao redor era uma idosa, sentada sozinha em um banco banhado pelo sol. Ouvi o som dos trilhos, e quando levantei o rosto para olhar o trem que estava vindo, pude ver a palavra "expresso" escrita em letras vermelhas.

O trem expresso passou, bem na minha cara. Era como se fosse uma rajada de vento inesperada. O jornal que estava ao sol, jogado, tremulou e veio voando para onde eu estava, na sombra. Nessa hora, de súbito, lembrei-me das proximidades do ponto de ônibus de Toyosato-cho.

Havia muitos terrenos baldios perto da barragem do rio Yodo e os pneus velhos que estavam espalhados deixavam a impressão de um lugar meio sujo. E isso logo se conectou à filha de Tamio Yasukawa, aquela mulher que usava o dialeto de Tokyo.

Não sei o que Mitarai está fazendo agora, mas será que não seria impossível investigar este caso deixando aquela mulher de lado? Quando me dei conta disso, levantei-me indignado. Desci as escadas e fui para a plataforma do lado oposto. Então, fiquei esperando o trem que iria em direção a Umeda, no intuito de ir para Kamishinjo.

Quando desci na Estação Kamishinjo, o relógio da plataforma marcava um pouco depois das 16h. Pensei em entrar no ônibus, mas também tive vontade de perambular um pouco por um terreno desconhecido. Só a região em volta da estação é movimentada em Kamishinjo, quase como se pedisse desculpas pela tristeza que surgia, instantaneamente, assim que ficava um pouco afastado. Era um lugar com características típicas de Osaka, pois havia muitos estabelecimentos de *takoyaki* e *okonomiyaki*. Andei bastante e fui parar em um lugar familiar. Era possível avistar a ponte de ferro sobre o rio Yodo ao longe. Em pouco tempo, vi a rotatória de ônibus e o Daidōya.

Não que eu estivesse confiante de que ela conversaria comigo por estar sozinho. Mas eu tinha calculado que ela devia ter um certo interesse no caso da família Umezawa por causa do pai, então se eu contasse os detalhes do manuscrito de Bunjiro Takegoshi, ela certamente ficaria curiosa.

Para justificar eu estar me intrometendo dessa forma, sem ser policial nem nada, já havia pensado em uma desculpa: mentir dizendo que aquela mulher chamada Misako Iida era uma conhecida minha de longa data. Esse seria também o motivo pelo qual tive a oportunidade de ler aquele manuscrito.

Não se tornaria um problema significante, desde que não mencionasse o nome do sr. Takegoshi. Além disso, ela disse ter sido incomodada várias vezes por causa do pai. Então, ela também tem o direito de conhecer o conteúdo daquele manuscrito.

No entanto, acima de tudo, eu queria conseguir algum indício de que Heikichi Umezawa estava vivo, ou mesmo uma pista a fim de farejar por evidências. Eu também estava curioso em saber que tipo de vida Tamio Yasukawa levou após os incidentes. Quero saber. Será que não haveria algum indício de que Tamio Yasukawa tinha contato com Heikichi Umezawa depois dos incidentes...?!

Desta vez, não havia roupas penduradas no corredor. Bati na porta. Notei sinais de que a porta seria aberta e fiquei tenso. Um rosto espiou pela fresta. Ao me ver, a expressão dela ficou turva de imediato.

"O-olá, com licença...", falei, apressado. Senti como se concentrasse todos os meus esforços para enfiar as minhas palavras no espaço da porta entreaberta.

"Estou sozinho hoje. Fiquei sabendo de coisas que ninguém mais sabe sobre aqueles crimes que aconteceram antes da guerra. Foi por pura coincidência, mas queria lhe informar também..."

Ela deixou escapar uma risada, provavelmente por causa do meu jeito afoito de falar. Ela saiu, dando um passo adiante, como se tivesse cedido.

"Tenho que procurar meu filho, então, se puder ser lá fora...", disse, no dialeto de Tokyo.

Ela novamente estava com uma criança, que carregava nas costas. Ela foi subindo a barragem do rio Yodo, dizendo que o filho sempre ficava por ali. Quando terminamos de subir, a vista se abriu. Era como se ela estivesse procurando o filho com os olhos em meio a ampla área de várzea. Não havia nenhuma criança, até onde minha visão alcançava.

Ela apertou o passo, e eu comecei a contar o que havia planejado, apressadamente. Ela parecia ter ficado um pouco interessada, mas muito menos do que eu esperava. Ouviu tudo em silêncio. Por fim, foi a vez de ela falar.

"Eu cresci em Tokyo. Não, não foi em Kakinokizaka, mas em Hasunuma, perto de Kamata. É a segunda estação da linha Ikegami, saindo de Kamata. Minha mãe sempre caminhava até a Estação Kamata para economizar na passagem de trem."

Depois de dizer isso, ela sorriu um pouco. Pareceu-me um sorriso forçado.

"Quanto ao meu pai, não sei muito sobre o passado dele antes de eu nascer, então não sei se isso será útil.

"Depois daqueles incidentes, meu pai foi para o exército, se machucou e seu braço direito ficou ruim. Parece que ele era carinhoso na época em que se juntou a minha mãe após a guerra, mas foi se decaindo gradativamente. Apesar de receber subsídio da assistência social, o dinheiro não era suficiente porque ele ia todos os dias a lugares como a corrida de barcos em Ōmori ou ao hipódromo de Ōi, por isso a minha mãe tinha de trabalhar.

"Mas aos poucos ela foi se cansando disso e chegou a um ponto em que não conseguia mais aguentar. Vivíamos em um apartamento de dez metros quadrados, ele havia passado a levantar a mão contra ela quando ficava bêbado, e parecia que estava começando a ficar com uns parafusos soltos. Começou a mentir, dizendo coisas como ter acabado de encontrar com alguém que não deveria mais existir..."

Eu fiquei apreensivo de imediato.

"Quem era essa pessoa que ele dizia ter encontrado?! Quem ele dizia que encontrou? Não seria Heikichi Umezawa?"

"Sabia que diria isso. Meu pai só falava sobre os cálculos de dinheiro, e acho que cheguei a ouvir esse nome também. Tinha vezes que ele falava sobre essas coisas, mas eram apenas disparates de um bêbado.

Talvez meu pai estivesse até usando drogas como *pon** ou morfina naquela época. Parece que tinha alucinações também."

"Mas talvez Heikichi estivesse vivo de verdade, e ele realmente tivesse encontrado com o Heikichi vivo. Há muitas partes nesse caso que ficam sem explicação a não ser que considere que Heikichi continuou vivo."

Expliquei a ela o que eu pensava, impulsivamente. Como eu e Mitarai havíamos discutido repetidamente, conseguia explicar o quanto fosse necessário, sem titubear. O fato de o cadáver de Heikichi não ter barba e a morte de Kazue depois de armar uma cilada para Bunjiro Takegoshi. E também o fato de Heikichi ser o único que tinha motivação para cometer os assassinatos Azoth. Mas, em contraste com meu entusiasmo, ela parecia ficar cada vez menos interessada. De vez em quando, balançava a criança em suas costas. O vento atravessava o rio e agitava seus fios de cabelo que haviam se soltado do coque, na testa e nas bochechas.

"Ele, o sr. Tamio, nunca chegou a falar de Azoth? Não explicou algo ou disse, por exemplo, que viu Azoth...?"

"Não sei, tenho a impressão de que ele chegou a falar, mas eu era pequena... Quanto ao nome Heikichi Umezawa, acho que ele falava até recentemente. Mas tanto faz para mim. Nunca me interessei por essas coisas. Sinto-me mal quando ouço esse nome. Não me traz boas lembranças.

"Quando aquele caso ficou famoso, muita gente estranha veio ver meu pai. Teve uma vez que, quando cheguei da escola, havia um homem sentado no degrau da entrada do apartamento esperando meu pai voltar, durante muito tempo. Era um apartamento pequeno, uma quitinete, e eu me sentia muito mal só de pensar que ele bisbilhotou todo seu interior. Não consigo esquecer até hoje. Foi por causa dessas coisas que viemos para Kyoto."

"Entendo... Você passou por muitas coisas... Eu nem imaginava uma coisa dessas. Certamente eu também lhe causei incômodo."

"Não, eu não quis dizer isso. Sinto muito pela última vez que veio."

"E a sua mãe, ela faleceu?"

"Ela pediu o divórcio. Meu pai era um caso perdido. Minha mãe disse que ficaria comigo, mas meu pai não queria me deixar. Fiquei com pena dele, então decidi ficar com ele."

* Abreviação de Philopon, nome comercial da droga sintética metanfetamina que era legalmente consumida no Japão principalmente para combater a fadiga, antes de o governo restringir sua fabricação e consumo ao constatar que o produto causava dependência química aos usuários. [NE]

"Comigo, meu pai era gentil. Nunca apanhei. Meu pai era infeliz porque não podia mais trabalhar com o que gostava. Levávamos uma vida realmente miserável, mas todo mundo passava pelo mesmo naquela época, e devia haver famílias em situações até piores..."

"O sr. Tamio não tinha ninguém próximo, em particular?"

"Acho que ele tinha os parceiros de jogos e de bebida, mas só tinha uma pessoa de quem era particularmente próximo. Uma pessoa chamada Shusai Yoshida. Não que fosse próximo, na verdade. Parecia que o meu pai o idolatrava de forma unilateral."

"Como ele era?"

"Parece que ele lia a sorte, acho que fazia parte do chamado quatro pilares do destino. Deve ser uns dez anos mais novo do que meu pai. Parece que morava em Tokyo antes e o conheceu em um bar ou algo assim."

"Em Tokyo?"

"Em Tokyo."

"Tamio também tinha interesse na leitura da sorte, então?"

"Aí eu já não sei... Acho que nem tanto. Acho que meu pai se interessou pelo Yoshida porque ele tinha como hobby fazer bonecos."

"Fazia bonecos?!"

"Sim, e acho que foi por isso que se deram bem. Acho que meu pai se sentiu motivado a vir para Kyoto porque esse Yoshida acabou sendo transferido para Kyoto, por algum motivo."

Shusai Yoshida... mais uma pessoa em quem podemos nos focar.

"Você falou com a polícia sobre isso?"

"Polícia? Nunca falei com um policial sobre meu pai."

"Então a polícia não sabe sobre o Yoshida? E quanto aos entusiastas amadores? Chegou a comentar com eles?"

"Nunca me dei ao trabalho de lidar com esse tipo de gente. Hoje é a primeira vez."

O sol começou a se pôr enquanto caminhávamos lado a lado ao longo do rio Yodo, e eu não conseguia mais ler a expressão dela, pois seu rosto não passava de uma silhueta. Já estava chegando a hora de ir embora.

"E qual é a sua opinião? Gostaria de fazer uma última pergunta: você acha que Heikichi Umezawa morreu de verdade? Acha que Azoth foi produzida? O que será que o sr. Tamio, seu pai, pensava a respeito?"

"Não sei, não faço a mínima ideia. Nem tenho vontade de pensar sobre isso.

"Não posso dizer com clareza o que meu pai achava porque ele tinha praticamente se tornado alcoólatra e o estado era grave, mas não parecia que ele pensasse como se fosse alguém que não estivesse mais neste mundo.

"Mas como eu disse várias vezes, eram disparates de um bêbado, por isso não acho que você deva agir acreditando no que ele diz... Se você visse como meu pai estava naquela época, acho que entenderia o que digo...

"Mas você deveria perguntar sobre o que meu pai estava pensando ao sr. Yoshida, sobre quem falei antes. Eu não levava a sério as coisas que meu pai dizia. Tenho certeza de que meu pai deve ter contado as coisas com mais detalhes para o sr. Yoshida."

"Yoshida... Qual o nome dele mesmo?"

"Shusai. Escreve-se com o ideograma de 'excelência' e de 'colorir'."

"Sabe dizer onde ele mora?"

"Não sei o endereço exato e nem o número de telefone. Eu só o encontrei uma vez. Mas meu pai me disse que era perto da Garagem Karasuma no distrito de Kita-ku, em Kyoto. Qualquer um em Kyoto conhece a Garagem Karasuma. Fica no final da rua Karasuma, e ele disse que era bem perto do muro dessa garagem."

Agradeci educadamente e me despedi dela na parte de cima da barragem do rio Yodo. Andei por um tempo, parei e olhei para trás, e a vi desaparecendo na escuridão rapidamente, enquanto balançava seu filho, sem se virar uma vez sequer. Fui descendo a barragem e pensei em me enveredar pela mata de caniço que ficava na margem do rio. Ao olhar mais de perto, os caniços eram muito mais altos do que eu esperava. Deveria ter uns dois metros porque eram bem mais altos do que eu. Uma trilha estreita seguia para o fundo da mata. Conforme avançava em ritmo acelerado, vi que continuava por dentro da mata, como se fosse um túnel. O chão ficou lamacento, gradualmente. Senti o cheiro de caniços secos.

Inesperadamente, acabei chegando na beira d'água. A água do rio se movia em ondas em direção ao solo duro, negro e argiloso. Consegui ver a ponte de ferro escura à esquerda, no crepúsculo, e as luzes dos carros indo e vindo.

Pensei sobre o caso. Agora eu tinha em mãos uma pista grandiosa, que nem a polícia nem Mitarai sabiam.

Shusai Yoshida! O que será que esse homem e Tamio Yasukawa conversaram? Será que na conversa que os dois tiveram não haveria alguma evidência de que Heikichi estava vivo? Acho que ninguém consideraria isso improvável.

Ela tinha acabado de reiterar diversas vezes que não passava de disparates de um bêbado. Mas de qualquer forma, não há dúvida de que Yasukawa pensava que Heikichi estava vivo. E eu simplesmente não conseguia pensar que isso era um disparate de um bêbado.

Olhei para o relógio, a fim de ver que horas eram. Já passava das 19h05. Hoje é segunda-feira, dia 9, que está praticamente acabando. Faltam apenas três dias para quinta-feira, o término do prazo. Não posso ficar de bobeira. É bem diferente do prazo de entrega de um trabalho. Se for exagerar, posso até dizer que na sexta-feira os atos vexaminosos do sr. Bunjiro Takegoshi serão anunciados sob os céus. Pisei com força adentrando na mata de caniços novamente e corri de volta pelo caminho de onde vim.

Esperei pelo ônibus, fui até a Estação Kamishinjo e peguei o trem, mas não desci em Nishikyogoku e fui até o ponto final, em Shijō Kawaramachi. Em seguida, peguei o ônibus para a Garagem Karasuma. Soube mais tarde que essa não era a melhor rota. Disseram-me que, para chegar à Garagem Karasuma, era melhor ter descido em Karasuma, um ponto antes de Kawaramachi. Como eu havia perdido muito tempo com as esperas, já eram quase 22h quando cheguei às proximidades do muro de blocos da Garagem Karasuma.

Nem tinha como perguntar o caminho para as pessoas porque quase não havia gente na rua. Então, não tive escolha a não ser dar uma volta ao redor da Garagem Karasuma, contornando o muro de blocos. No entanto, não havia nenhuma placa de identificação escrita Yoshida nas casas ao longo deste muro. Como último recurso, fui até a avenida e perguntei no posto policial.

Cheguei em frente ao portão da família Yoshida. Claro, estava escuro lá dentro, e os moradores pareciam estar dormindo. Como não sabia o número de telefone, teria que vir mais uma vez até aqui no dia seguinte.

De qualquer forma, eu não tinha pensado em encontrar com o Shusai Yoshida esta noite. Essa possibilidade até passou pela minha cabeça, caso ele estivesse acordado, mas não estava na expectativa. Eu queria encontrar a casa ainda naquela noite. Assim poderia vir no dia seguinte, no primeiro horário. Se eu chegar bem cedo, não iremos nos desencontrar, mesmo que ele tenha planos para sair.

Corri para pegar o último ônibus e o último trem para retornar ao apartamento em Nishikyogoku, e ao chegar, tanto Mitarai quanto Emoto já estavam dormindo. Mitarai aprontou a minha cama, não por ser atencioso, mas por cautela, para evitar que eu fizesse barulho do seu lado. Fiquei um pouco sem jeito, e tomei cuidado para entrar debaixo do edredom sem fazer barulho.

5

Quando acordei na manhã seguinte, os edredons de Mitarai e Emoto estavam vazios, mais uma vez. Pensei que eu tinha pisado na bola. Não tinha conseguido contar a Mitarai sobre a nova pista que descobri depois de encontrar com a Kato ontem. Isso tinha acontecido porque não consegui dormir logo, de tanta exaltação.

Mas pensei melhor e achei que não tinha problema. Não havia uma razão que me proibia de resolver o caso. Tudo ficaria bem, se a *equipe* composta por mim e Mitarai resolvesse o caso.

Levantei-me, troquei de roupa e logo fui para Nishikyogoku, em direção à Estação Karasuma. Eu tinha averiguado o local ontem à noite, então conseguiria ir à casa do sr. Shusai Yoshida mais rapidamente. Olhei para o relógio, e havia apenas passado um pouco das 10h.

Deslizei a porta de vidro na entrada e disse "Com licença". Então, uma senhora de quimono apareceu, em passos apertados. Deve ser a esposa. Perguntei se Shusai estava em casa e expliquei que soube dele através da filha de Tamio Yasukawa, de Osaka.

"Meu marido está fora desde ontem", disse a elegante idosa. Fiquei terrivelmente desapontado.

"Entendo. Sabe onde ele estaria...?"

"Disse que ia para Nagoya. Como falou que voltaria ainda hoje, acredito que deva estar aqui no final da tarde."

Pedi o número de telefone e disse que voltaria depois de ligar para confirmar se ele estava em casa.

Fiquei com tanto tempo disponível que acabei perdendo um pouco da força de vontade. Acabei caminhando até o rio Kamo, sem nada em mente, e pensei em ir para o sul, ao longo do rio.

Curiosamente, este rio em Kyoto é conhecido como rio Kamo, com os ideogramas de comemoração e bosque. Descendo um pouco mais ao sul, conflui-se no formato da letra Y com o rio Takano que vem do leste, formando um único rio. A partir daí, é chamado de rio Kamo, mas com o ideograma de pato, que tem a mesma leitura. A confluência ocorre nas imediações de Imadegawa, onde os pais de Tae, ex-mulher de Heikichi, tinham falhado ao abrir a loja de tecidos tradicionais nishijin.

Então, essa associação me leva a pensar no caso, naturalmente. Mitarai se gabou, dizendo ao detetive Takegoshi que resolveria os casos em uma semana, mas o que será que a resolução significa? Seria esclarecer o truque (se é que existe) e apontar o criminoso? No entanto, aquele detetive provavelmente não ficará satisfeito só com a identificação sustentada pela teoria. Primeiro, seria difícil provar que esse criminoso era o culpado. A não ser que o criminoso já esteja morto, não teríamos que descobrir o endereço atual desse sujeito, ir até lá, encontrá-lo e confirmar que ainda esteja vivo?

Se esse for o caso, hoje é terça-feira, dia 10. Será desolador se não conseguirmos identificar o criminoso ainda hoje, pois faltam apenas três dias, incluindo hoje. Não sabemos onde o criminoso reside aqui no Japão, ou melhor, pode nem estar no Japão. Mesmo que esteja, pode estar em Wakkanai ou até em Okinawa. Teremos que deixar os dois últimos dias, amanhã e depois de amanhã, para descobrir o paradeiro desse criminoso.

Mesmo esses dois dias seriam apertados, pois o mais provável é que demore mais de dois dias. Afinal, trata-se de um caso antigo, que aconteceu há quarenta anos. Se possível, seria melhor estar em Tokyo na quinta-feira e, nesse dia, explicar o caso ao detetive Takegoshi e à sra. Iida e fazer os preparativos para queimar o manuscrito. O ideal seria solucioná-los amanhã, na quarta-feira, e retornar a Tokyo ainda amanhã à noite. Estaremos perdidos se Mitarai não resolver o mistério dos crimes hoje.

Por exemplo, quanto à minha parte, talvez não dê muito certo, mas se o que Shusai Yoshida disser me der a confirmação de que Heikichi estava vivo, então o criminoso seria Heikichi e ponto final. No entanto, ele não deve saber o endereço atual de Heikichi, o que me levaria a perguntar onde o encontrou pela última vez, e eu teria que ir a esse lugar amanhã a fim de obter informações, e seguir até depois de amanhã buscando. Eu também estou no limite do prazo final.

O tempo passou bem devagar, e agora são pouco mais das 14h. Entrei na cabine telefônica e disquei o número da família Yoshida. Mas, como imaginei, ele ainda não tinha chegado. A esposa se desculpou de forma extremamente educada. Seria rude telefonar várias vezes e eu ficaria envergonhado ao ouvi-la se desculpar daquele jeito a cada vez que eu ligasse. Resolvi esperar até as 17h. Fiquei sentado na cerca do parque com vista para o rio Kamo por um tempo, e depois de andar de livraria em livraria, entrei em uma cafeteria de onde podia avistar do alto a rua e passei as duas horas restantes sentado na cadeira. No entanto, quando os ponteiros do relógio da cafeteria chegaram às dez para as cinco, não pude mais esperar e fui ávido para o telefone.

Desta vez, o sr. Shusai estava de volta. Disse que tinha acabado de voltar. Eu falei que iria o mais rápido possível e desliguei, quase arremessando o telefone.

Shusai Yoshida, que me recebeu na porta da frente, deveria ter cerca de 60 anos pelo que Kato havia me contado, mas, para mim, parecia ter mais de 70 anos, pois os cabelos dele tinham ficado completamente prateados e brilhavam. Assim que comecei uma explicação detalhada já na porta de entrada, ele me convidou para acompanhá-lo até a sala de estar. Senti-me inquieto até para me sentar no sofá que ele indicou, e comecei a explanar. Eu disse que o pai de uma amiga de longa data havia morrido há alguns dias e que, ao arrumar seu escritório, apareceu um manuscrito. Omiti o nome do sr. Takegoshi e, de início, discorri sobre partes do conteúdo do manuscrito.

Então disse a ele que queria resolver o caso pelo falecido pai da minha amiga. Reiterei minha teoria de sempre sobre o fato de que, sem dúvida, Heikichi Umezawa teria continuado a viver, e que este caso não teria explicação sem pensar dessa forma.

"E foi por isso que falei com a filha do sr. Tamio Yasukawa, e me parece que o sr. Yasukawa acreditava que Heikichi Umezawa estava vivo. E como ela comentou que talvez ele tivesse falado sobre essa ideia em detalhes com o senhor, eu achei que precisava conhecê-lo. O que o senhor acha da teoria de que Heikichi permaneceu vivo? E a tal Azoth, será que realmente foi produzida?"

Shusai Yoshida escutou tudo mantendo seu corpo afundado no sofá de cor escura, e quando eu terminei de falar, comentou que era uma história muito interessante. Olhando para o rosto dele com mais atenção, por baixo dos cabelos prateados que pareciam brilhar, Shusai Yoshida tinha um nariz fino e alto, bochechas meio magras e um olhar que ora ficava extremamente aguçado, ora ficava bondoso. Era um rosto deveras atraente. Não tinha excesso de peso e era alto para um homem velho. Não sei como era seu caráter, mas pensei que não havia ninguém além dele que mais se encaixava na descrição de pessoas solitárias em virtude de ideais elevados.

"No passado, cheguei a tentar fazer adivinhações sobre aquele crime. No entanto, no que diz respeito ao Heikichi, a chance de estar vivo ou morto eram sempre meio a meio, e não foi possível obter um hexagrama claro. Mas agora acho que ele estava morto, com probabilidade de sessenta por cento.

"Mas quando se trata de Azoth, bem, eu faço bonecos por hobby, e nem sei se seria correto dizer isso, mas depois de ter se dedicado tanto a isso, chegando ao ponto de cometer assassinatos, ah, então acho que ele chegou a produzi-la, sim. Mesmo que eu pareça estar me contradizendo."

Nessa hora, a esposa entrou na sala trazendo chá e doces na bandeja, e eu me curvei várias vezes em agradecimento. Então percebi o quão mal-educado fui de ter vindo de mãos vazias e fiquei vermelho. Aparentemente, a parte ruim de Mitarai era contagiosa.

"Eu estava tão aflito que acabei vindo de mãos vazias. Sinto muito..." Quando falei isso, Shusai Yoshida deu risada e disse que não deveria me preocupar.

Foi então que, pela primeira vez, olhei ao redor da sala de estar de Shusai Yoshida. Não tinha prestado atenção antes pois estava com a cabeça fervendo quando entrei, como um touro numa arena de touradas. Havia vários livros enfileirados que, pelas suas lombadas, pareciam ser sobre a leitura da sorte, e bonecos pequenos e grandes que deviam ser obras de Shusai. Alguns eram de madeira, mas a maioria parecia ser feita de resina sintética. Eram trabalhos realistas, de modo geral.

A partir daí, passei a elogiar o acabamento dos bonecos (eles eram realmente impecáveis) e conversamos sobre bonecos por um tempo.

"Isso é plástico?"

"Ah, isso é PRFV."*

---

* Sigla de Plástico Reforçado com Fibra de Vidro. [NE]

"Ah, sim..."

Fiquei um pouco surpreso em ouvir uma sigla da boca de um idoso.

"Por que o senhor passou a se interessar em fazer bonecos?"

"Humm, é meio difícil de explicar, mas acho que foi porque eu tinha interesse nos *humanos*. Bem, acho que não vai entender o que eu disse. É difícil explicar o motivo do hobby para alguém que não compartilhe do mesmo interesse."

"O senhor falou anteriormente como se fosse produzir Azoth, se fosse o senhor. O processo de confeccionar bonecos seria algo tão fascinante assim?"

"Pode-se dizer que tem um poder mágico. Bom, na verdade, um boneco é um ser humano *espelhado*. Isso é difícil de explicar, mas quando estou fazendo um boneco e acho que está ficando bom, tenho a sensação de que o objeto humanoide que estou tocando vai se enchendo de alma gradualmente. Eu tive essa sensação várias vezes. Por isso, fazer bonecos é assustador, em certo sentido. Talvez possa até estar produzindo um cadáver. Então, nesse sentido, uma palavra tão serena como 'fascinante' me parece insatisfatória. Por exemplo, os japoneses fizeram o possível para não confeccionar bonecos. Isso é evidente, se olhar para a história. Há as figuras de terracota *haniwa*, mas aquelas eram um completo *substituto dos humanos*. Isso também é muito simbólico, mas não é o mesmo conceito de um boneco ou uma escultura.

"Há pouquíssimos retratos pictóricos, muito menos estátuas, na história dos japoneses. Se você olhar para Grécia e Roma, por exemplo, encontrará muitos retratos, estátuas e esculturas em relevo dos governantes e heróis. Pode-se dizer que de pessoas famosas a maioria foi mantida. Mas se parar para pensar em como era o rosto de um governante japonês, há tão poucos artefatos que chega a causar estranhamento. Temos somente alguns retratos pictóricos, mas quando se trata de esculturas, não há nada além de imagens de Buda.

"Isso não quer dizer que os japoneses não tivessem a técnica, mas acho que tinham medo, como se isso fosse levar suas almas. Por isso, mesmo as pinturas são em menor número. Pela nossa mentalidade, hoje, achamos que poderiam existir pelo menos as pinturas, mas mesmo elas são escassas.

"Consequentemente, fazer bonecos era um trabalho feito às escondidas no Japão. Estava longe de ser um hobby, era um trabalho solene, em que se dedicava corpo e alma, arriscando a própria vida. Acho que foi só quando começou o período Shōwa que a produção de bonecos passou a ser feito por hobby e diversão."

"Entendo, então algo como Azoth..."

"Aquilo era, obviamente, uma completa heresia. Todo o seu conceito. Um boneco só é um boneco quando feito de outros materiais que não sejam o corpo humano, você não pode usar a coisa real.

"Mas, como eu disse, fazer bonecos é um trabalho feito em um mundo espiritual grotesco, sombrio, mesmo do ponto de vista histórico. Por isso até consigo entender que aquele tipo de ideia tenha nascido, justamente por ser japonês.

"Bem, pessoas com mais ou menos a minha idade e que já tenham se dedicado seriamente à confecção de bonecos conseguiriam entender. Elas poderiam entender o sentimento, com certeza. Mas se me perguntasse se eu faria isso, aí é outra questão. Não tem a ver com a moralidade ou coisas do tipo. Sabe, a ideia fundamental de fazer bonecos, a postura de criação, é diferente da nossa."

"Entendo. Agora há pouco entendi o senhor dizer que Azoth talvez tenha sido feita, mas também que Heikichi provavelmente não continuou vivo. O que isso significa?"

"Isso foi, na verdade, porque teve uma época que me interessei por esse caso, como alguém que produzia bonecos por diversão. Mesmo porque eu conhecia o Yasukawa, que teve a oportunidade de se encontrar com Heikichi Umezawa. Mas não cheguei ao ponto de querer saber dos detalhes específicos do caso. Então só fiquei com essa vaga impressão. Certamente há contradições. Se você me questionar isso, eu teria que parar para pensar. Mas deixei de ser bom em pensar nas coisas de modo teórico, e sinto angústia principalmente se tenho que dar uma explicação lógica para um jovem como você.

"Só que, mesmo que Heikichi estivesse vivo, não teria como tocar a vida sem ao menos interagir com seus vizinhos. Nem viver sozinho nas montanhas é algo tão fácil quanto parece, e pode acabar sendo alvo de rumores até para conseguir comida. Surgiriam boatos de que um eremita vive naquela montanha, entende? Além disso, para levar a vida, seria ruim não ter uma esposa. Afinal, ele teria que se adequar à sociedade para não chamar a atenção e, nesse caso, a família dessa esposa provavelmente buscaria informações sobre ele. Na prática, acho que seria impossível no Japão, que é tão pequeno. Seria difícil que Heikichi, que deveria estar morto, continuasse vivendo secretamente, esquivando-se dos olhares alheios.

"Bem, ele pode ter cometido suicídio logo depois de fazer Azoth, mas aí a descoberta inesperada de um cadáver viraria notícia. A menos que ele morresse de uma maneira que seu cadáver sumisse completamente. Mas acho que não conseguiria fazer isso sozinho. Ele precisaria de alguém que desse um jeito depois. Seria preciso enterrar ou queimar, do contrário, seria encontrado. Sendo assim, não poderia morrer perto de Azoth. Bem, acho que é isso, eram essas coisas que eu tinha na cabeça, vagamente."

"Entendi... e o senhor chegou a conversar sobre isso com o Tamio Yasukawa, eu suponho."

"Sim, conversei."

"E o que o Yasukawa disse?"

"Olha, ele não acreditou em nada disso, desde o princípio. Ele tinha o seu lado meio fanático, então não duvidava que Heikichi Umezawa estivesse vivo."

"E quanto a Azoth..."

"Dizia também que Azoth foi feita e que certamente estava em algum lugar no Japão."

"Não chegou a dizer onde?"

Então, Shusai Yoshida riu alto.

"Hahaha, disse sim."

"Onde?"

"Disse que estava em Meiji-mura."*

"Meiji-mura?"

"Você não conhece?"

"Só pelo nome."

"É uma vila que foi construída em Inuyama, ao norte de Nagoya, pela Meitetsu. Que coincidência, acabei de voltar dessa vila, Meiji-mura."

"É mesmo? Nossa... E em que lugar de Meiji-mura estaria? Estaria enterrada em algum lugar?"

"Não, é o seguinte. Tem a Agência de Correios de Ujiyamada em Meiji-mura. Tem um pequeno museu lá dentro, com uma exposição panorâmica da história do correio, que permite ter uma noção geral só de bater

---

* Meiji-mura (Vila Meiji) é um parque temático com réplicas de edifícios dos períodos Meiji (1868-1912), Taishō (1912-1926) e início do período Shōwa (1926 a 1989). [NE]

o olho. Sabe? Daqueles que tem por aí. Tem um manequim do mensageiro do período Edo, depois uma caixa de correio do período Meiji, em seguida, um carteiro do período Taishō e assim por diante."

"Sei, sim."

"Não sei por que, mas no fundo desse panorama, bem no canto, há uma boneca feminina, e ele disse que é ela."

"Ué, mas por que em um lugar desses? Afinal de contas, devem saber quem a fez e levou até lá, não sabem?"

"Não, é que houve um pequeno mistério aí. Eles sabem muito bem quem fez, sim, porque fui eu que fiz.

"Eu e a Manequins Owari de Nagoya recebemos o pedido, e aqueles bonecos foram feitos por nós. Eu ia e voltava de Nagoya e Kyoto, o pessoal de Nagoya também vinha ao meu ateliê em Kyoto, e nós levamos os bonecos que cada um fez para expô-los em Meiji-mura. No dia da abertura, porém, tinha um a mais, e quando perguntei ao pessoal da Manequins Owari, ninguém sabia dela. Fiquei um pouco surpreso.

"Mesmo porque não fizemos bonecas femininas. Não era necessário ter uma mulher na história dos correios. Acho que alguém do Meiji-mura a colocou lá porque achou que estava meio sem graça daquele jeito, mas além de ser um pouco misterioso, é uma boneca meio assustadora e bem-feita. Não era de se admirar que Yasukawa dissesse aquilo."

"Entendo... Então, o senhor foi para lá desta vez por causa dessa boneca?"

"Não, isso já não tem mais importância. Tenho um amigo em Meiji-mura que, antigamente, também fazia bonecos por prazer. E haja essas coisas ou não, eu gosto de Meiji-mura. Então, mesmo nessa idade, pego ônibus e trem para visitar com alguma frequência. Sinto-me calmo quando vou lá.

"Passei minha infância em Tokyo e me lembro muito bem de lugares como o posto policial da Estação de Tokyo e da fábrica ferroviária em Shinbashi. É bem nostálgico. A ponte sobre o rio Sumida, o Hotel Imperial...

"Além disso, tem poucas pessoas lá se não for nos feriados, e fico em paz quando caminho por lugares assim. Chego a ter inveja do meu amigo que se mudou para lá. Não dá mais para viver em Tokyo ao chegar na minha idade, é bom aqui em Kyoto, melhor ainda se for assim, um pouco afastado. Meiji-mura é ainda melhor."

"Meiji-mura é um lugar tão bom assim?"

"Eu gosto. Não sei para vocês, jovens."

"Bom, voltando um pouco a conversa, o que o senhor acha da teoria do Yasukawa e a maneira de pensar dele? O senhor não acha que existia a possibilidade?"

Shusai Yoshida riu um pouco novamente.

"Isso é delírio de um louco. No mínimo, não se deve perder tempo levando a sério."

"Yasukawa veio para cá atrás do senhor, que foi transferido para Kyoto, certo?"

"Hum... será que foi?"

"Suponho que a relação de vocês era bem próxima."

"Ele costumava vir bastante aqui, e no ateliê também. Só que... sei que não se deve falar mal de uma pessoa que morreu, mas ele estava bem esquisito antes de morrer... Pode-se dizer que ele era um maníaco obcecado pelos Assassinatos do Zodíaco da Família Umezawa, de certa forma, uma vítima.

"Pode haver muitas outras pessoas assim no Japão, mas ele acreditava piamente que tinha recebido a missão dos céus para descobrir a verdade sobre aquele caso. Sempre que ele ficava próximo de alguém, independentemente de quem fosse, logo começava a contar sobre o caso, querendo debater. Aquilo já era doença.

"Não tinha uma vez sequer que ele não carregasse uma garrafinha de uísque barato no bolso. Eu lembro de ter dito a ele várias vezes para parar, porque ele já tinha uma boa idade. O que me impressionava era que ele não fumava. No entanto, como ele sempre fazia a mesma coisa aos meus amigos enquanto bebia dessa garrafinha, todos iam embora assim que Yasukawa chegava.

"Pouco antes de ele morrer, comecei a fazer cara feia, então ele não vinha muito. Mesmo assim, ainda aparecia de vez em quando, e geralmente era depois de sonhar algo peculiar, e ficava me contando todos os detalhes desse sonho. Mas sempre no final da história não conseguia mais distinguir se estava falando de sonho ou realidade.

"E por fim, não sei se teve alguma revelação num sonho ou o quê, mas chegou ao ponto de começar a dizer que um dos meus amigos era Heikichi Umezawa. E era categórico, toda vez que essa pessoa vinha ele ficava extremamente humilde, só faltava se colocar de joelhos, e dizia coisas como 'Há quanto tempo'. Essa pessoa tem uma marca de queimadura aqui nessa parte da sobrancelha, e ele dizia que essa era a maior prova de que o sujeito era Heikichi Umezawa."

"Por que a marca de queimadura era uma prova de que era Heikichi?"

"Sei lá. Acho que havia alguma razão que só ele sabia."

"O senhor ainda tem contato com essa pessoa?"

"Sim. É meu melhor amigo. O amigo que foi para Meiji-mura, que mencionei agora há pouco, é ele."

"Qual o nome dele?"

"Chama-se Hachiro Umeda."

"Umeda?!"

"Calma, Yasukawa também falou sobre isso, mas só porque tem o mesmo ideograma de Ume do sobrenome de Heikichi Umezawa, não prova nada. Em Osaka, até a área próxima à estação se chama Umeda, então não é um sobrenome raro na região de Kansai."

"Mas..." O que me chamou a atenção naquele momento não foi o Umeda, mas sim o nome *Hachiro*. Hachiro tem o ideograma de número oito, e as pessoas mortas naqueles assassinatos do Zodíaco foram Heikichi, não, um homem parecido com o Heikichi, as seis filhas e Kazue, então não seria *um total de oito pessoas*?!

"Umeda nunca deve ter estado em Tokyo. E ele deve ser um pouco mais novo do que eu, o que significa que é jovem demais para ser Heikichi."

"Que tipo de trabalho ele faz em Meiji-mura?"

"Tem o posto policial Kyoto Shichijō ali. Trata-se de uma construção do período Meiji. Ele tem bigode inglês e um sabre pendurado na cintura, e fica lá o dia todo em pé, vestido como policial do período Meiji."

Nessa hora, pensei que valia a pena ir lá dar uma olhada. Shusai Yoshida parece ter percebido o que eu estava pensando e falou:

"Não é da minha conta se quiser ir para Meiji-mura, mas Umeda definitivamente não é Heikichi. Tem essa questão da idade que acabei de mencionar, e acredito que Yasukawa achou Umeda parecido com o Heikichi jovem, da época que o conheceu em Tokyo. Ele simplesmente esqueceu que o tempo passou desde então.

"Além disso, Heikichi tinha uma personalidade introvertida e sombria, já Umeda é um homem brincalhão e alegre, do tipo cujo maior prazer é fazer as pessoas rirem. Fora isso, Heikichi era canhoto. Umeda é destro."

Agradeci profundamente e fui saindo da casa da família Yoshida. A esposa apareceu e curvou-se educadamente, se desculpando por não ter me recebido adequadamente.

Shusai Yoshida veio até a rua calçando tamancos, e disse que se eu fosse para Meiji-mura, lá fica aberto até as 17h porque já está no horário de funcionamento de verão, mas mesmo assim, as pessoas de Kyoto e Osaka geralmente se frustram porque chegam lá pelas 15h, 16h. Disse ainda que eu deveria me atentar, pois o local estaria aberto a partir das 10h da manhã, e que precisaria de pelo menos duas horas para ver toda a Meiji-mura.

Curvei-me de maneira demorada e fui em direção à rua onde passa o ônibus. O sol já tinha se posto e as pequenas lanternas amarelas dos carros chamavam a atenção. O dia 10, terça-feira, também estava prestes a acabar. Faltam apenas dois dias.

Quando voltei ao apartamento em Nishikyogoku, Emoto já estava de volta e escutava um disco, distraído. Eu também me sentei e falei sobre o que tinha acontecido hoje.

"E Mitarai? Sabe dele?", perguntei.

"Encontrei com ele agora há pouco, ali fora", disse Emoto.

"Como ele estava?", indaguei imediatamente.

"Então..." Ele hesitou.

"Ele me encarou com um olhar terrível, disse que ia descobrir sem falta e saiu para algum lugar."

Eu me senti meio mal. E foi então que decidi que eu tinha que fazer o meu melhor. Falei um pouco mais sobre o andamento até agora e perguntei ao Emoto se poderia me emprestar o carro amanhã porque eu queria ir para Meiji-mura. Para chegar ao Meiji-mura, eu deveria pegar a via expressa Meishin pela interseção de Kyoto, sair na interseção de Komaki e seguir para o norte. Não ia demorar muito. Emoto foi gentil e disse que emprestaria.

Pensei em acordar às seis da manhã e sair. Devo conseguir dormir cedo, porque estou cansado. Não tenho certeza sobre as condições das estradas em Kyoto, mas em Tokyo o horário de pico já começa depois das 7h. Mesmo que fosse parecido em Kyoto, sem dúvida pegaria as ruas vazias se saísse pouco depois das 6h.

Não terei chance de falar com Mitarai, mas não tem outro jeito. Ele deve estar fazendo as coisas dele, e se eu esperar ele acordar no dia seguinte, o horário de pico já terá começado. Não há problema em conversarmos depois de voltar.

Deixei a cama de Mitarai pronta ao meu lado e logo me cobri com o edredom.

6

Talvez por estar nervoso, despertei naturalmente na manhã seguinte, logo após o dia clarear. A luz amarela do sol da manhã iluminava a porta divisória logo à minha frente.

Parecia que eu tinha sonhado. No entanto, não conseguia me lembrar de como foi o sonho, de jeito nenhum. Só me lembrava da sensação que tive.

Não tinha sido um sonho bom. Mas também não achava que tivesse sido um sonho ruim e angustiante. Tentar lembrar me dava nervoso. Não era nada sério, mas dava uma sensação triste e dolorosa. O sonho é uma coisa que nos deixa apenas a sensação.

Mitarai estava dormindo do meu lado. Soltou um gemido angustiado, bem na hora em que eu estava me levantando devagar.

Desci as escadas e saí em meio ao frescor da manhã. O ar que expirava ficava branco. Parecia que meu corpo e minha cabeça ainda não tinham acordado por completo, mas isso chegava a me dar uma sensação confortável. Devo ter dormido por pelo menos oito horas. A duração do sono deve ter sido suficiente.

A via expressa Meishin estava vazia, como eu pensei. Depois de cerca de duas horas na estrada, ultrapassei o ônibus pela faixa de ultrapassagem e olhei para a esquerda, quando tentava voltar para a faixa normal. Havia um grande outdoor no meio da plantação. Era o anúncio de uma geladeira, e nele o cabelo da garota sorridente esvoaçava para o lado com o vento. Naquele momento, lembrei-me do sonho que tive de manhã.

Parecia que estava no fundo do mar. Em meio aos raios de luzes azuis, oscilava uma mulher nua com cabelos compridos como aqueles. A pele era muito branca e tinha marcas abaixo dos seios, no abdômen e nos joelhos, como se tivesse enrolado uma linha bem forte nessas partes.

Parecia que os olhos estavam abertos e fixos em mim, e no momento seguinte parecia não haver nada no rosto. Embora seus lábios não dissessem nada, ela parecia acenar e me chamar, e foi imergindo para o fundo do mar. Agora eu conseguia lembrar nitidamente. Foi um sonho lindo, assustador e misterioso.

Ao pensar que isso poderia ser uma revelação em sonho de que eu estivesse indo para onde ela está, senti um frio na espinha. Lembrei também de Tamio Yasukawa e do entusiasta que se jogou no Mar do Japão. Quando pensei ter chegado ao nível dessas pessoas, fiquei arrepiado.

Embora eu tivesse saído bem cedo, já eram 11h quando entrei no estacionamento do Meiji-mura. Significa que levei quase cinco horas saindo de Kyoto. Isso aconteceu porque estava congestionado quando saí da interseção de Komaki.

Desci do carro e notei que o portão do Meiji-mura não ficava tão perto dali. Aparentemente, eu tinha que pegar um ônibus exclusivo para chegar ao Meiji-mura.

Fiquei um pouco surpreso, pois o ônibus parecia subir ladeiras e mais ladeiras. Como a estrada não era muito ampla, os galhos proeminentes roçavam nas janelas. Às vezes eles batiam no vidro. E atrás dos galhos que voavam para longe, pude ver a superfície azul da água estender-se.

Essa represa, que não era tão grande quanto um lago, podia ser vista daqui e dali durante a caminhada pelo Meiji-mura. Meiji-mura estava em um lugar pouco acima das margens dessa represa Iruka.

Ao entrar lá, era como se fosse um museu a céu aberto. Ainda era cedo e pensei que seria bom caminhar seguindo o itinerário da visitação, a princípio.

É estranho pensar que andar pelas ruas do Japão de cem anos atrás faz você se sentir como se estivesse no interior dos Estados Unidos. Isso significa que a construção das casas na Europa e nos Estados Unidos é basicamente a mesma de cem anos atrás, mas no Japão, mudou completamente.

Os ingleses que agora moram na Baker Street vivem em casas que não são diferentes da de Holmes, e estão cercados por imóveis semelhantes. Mas esse não é o caso dos japoneses. O modo de vida japonês mudou vertiginosamente desde o período Meiji. Nem deu tempo de uma tradição nascer. Essas coisas de cem anos atrás também não eram originárias do Japão.

E será que a escolha atual foi mesmo correta? Paredes de argamassa e muros de blocos, janelas sem nenhum charme — os japoneses parecem ter decidido viver suas vidas em meio às cores de lápides.

A imitação pura e simples que as pessoas do período Meiji fizeram dos países ocidentais deve ter sido um problema. As construções focadas na privacidade, como as da Europa e dos Estados Unidos, eram provavelmente inadequadas para o Japão, que tem altas temperaturas e é úmido. No entanto, agora, com a difusão dos aparelhos de ar-condicionado, as casas japonesas retornam para essa fase.

A forma de construção das casas e cidades japonesas dá voltas. Sinto-me bem enquanto ando aqui, e a maior razão de ser completamente diferente das ruas do Japão é o fato de não ter muros de blocos. Os japoneses ficaram abastados. Se todas as casas tiverem equipamentos de aquecimento e refrigeração e as casas voltarem para esse estágio, não seria a hora de remover os muros de bloco...? A caminhada por Meiji-mura fez com que eu pensasse nessas coisas.

Depois de passar pela Casa de Carnes Ōi e pela Igreja de São João, saí em frente à varanda de uma casa japonesa, apresentada como sendo de Ōgai Mori e de Sōseki Natsume. De acordo com a placa, *Eu sou um gato** foi escrito nessa casa.

Uma das pessoas de um grupo de quatro ou cinco visitantes que caminhavam à frente sentou-se na varanda e fingiu chamar um gato em voz alta, em direção ao interior da casa. As brincadeiras que vêm à mente nessas horas devem ser sempre algo desse tipo. Se Mitarai estivesse aqui, provavelmente teria dito algo do gênero. Acho que, se ficasse tirando uma soneca dentro desta casa, ouviria a mesma brincadeira cada vez que alguém viesse.

Mas não foi sobre o gato que pensei nessa hora, e sim sobre a passagem mais famosa de *Travesseiro de grama*:**

"Trabalhar de forma racional causar-lhe-á conflitos. Deixar as emoções fluírem fará com que seja influenciado. O mundo não é lá um lugar fácil de se viver..."

Mitarai é um exemplo típico de pessoa que age racionalmente e acaba causando conflitos. Não consigo encontrar ninguém no planeta que se enquadre tão bem nessas palavras quanto ele.

---

* Em japonês, *Wagahai ha Neko de aru*. Romance de estreia de Sōseki Natsume (1867-1916), expoente da literatura do Japão moderno. A história, originalmente publicada em série na revista *Hototogisu* entre janeiro de 1905 e agosto de 1906, é narrada por um gato que retrata os humanos à sua volta de forma satírica e caricatural. [NE]

** Em japonês, *Kusamakura*. Publicado em 1906 na revista *Shin Shōsetsu*, este romance de Sōseki Natsume apresenta a visão do autor sobre a arte, por meio da história de um jovem pintor aborrecido com a desumanidade do mundo e uma mulher sagaz. [NE]

Por outro lado, eu devo ser a pessoa fraca que vive sendo influenciada por deixar as emoções fluírem. E tanto eu como Mitarai seguimos sofrendo por não ter dinheiro, sem dúvida este mundo não é um lugar fácil de se viver para esses dois tipos de pessoas.

Bunjiro Takegoshi também era outro que só sabia ser levado pelas emoções. Não consegui ler aquele manuscrito achando que não tinha nada a ver comigo. Se eu estivesse na posição dele, provavelmente o resultado teria sido exatamente o mesmo. Para ele, o mundo era muito pior do que um lugar onde "não é fácil de se viver".

Ao passar pela casa de Sōseki e começar a descer os degraus de pedra, dei risada quando um gato branco coincidentemente cruzou meu caminho. Sendo assim, aquilo talvez não tenha sido uma mera brincadeira. Alguém bem-humorado do Meiji-mura deve ter trazido o gato aqui.

O gato parecia muito confortável vivendo ali. Era porque não há trânsito de carros. Concluí que isso também era Meiji-mura.

Quando terminei de descer os degraus de pedra, cheguei em uma praça. O bonde antigo estava andando vagarosamente. Ouvi gritos de alegria femininos, e ao olhar para essa direção, havia um senhor bem vistoso, vestido de calças pretas com bordados dourados, ajeitando um bigode inglês que parecia estar modelado com cera, sendo rodeado pelo grupo de meninas para tirar foto. Tinha também um sabre brilhante pendurado na cintura.

Duas ou três pessoas se revezaram para ser fotógrafas, e não sei por que motivo, os gritos de alegria aumentavam a cada vez. No entanto, o homem de calça com bordados dourados continuava firme, pacientemente.

Aparentemente, aquele era Hachiro Umeda. Decidi dar uma volta primeiro, pois a sessão de fotos ainda poderia demorar. Na verdade, eu queria ver logo a tal Agência de Correios de Ujiyamada.

Aqui também provavelmente é um ponto turístico, mas por não ser muito conhecido, não está cheio de gente. Talvez por isso, os velhos que trabalhavam na vila são muito gentis (por algum motivo, quase não há jovens). E ainda, trabalham com vivacidade. Ou será que são gentis justamente porque trabalham de forma vivaz?

Foi quando entrei no bonde de Kyoto: depois que o velho motorneiro perfurou meu bilhete com a tesoura, ele se deu ao trabalho de marcá-lo com carimbo da vila, dizendo que seria para recordação, e me entregou cordialmente. Por morar em Tokyo há muito tempo, fiquei extremamente surpreso, pois a única imagem que eu tinha dos tripulantes de trem era alguém que chutava as costas das pessoas quando o vagão estava cheio.

Mas o velho condutor era mais poderoso ainda. Como se estivesse só aguardando o bonde a dar partida, ele começou a atuar como guia, usando toda a sua fluência para dizer: "À direita encontra-se o Farol de Shinagawa, e à esquerda a residência de Rohan Kōda". Além disso, a voz dele era bem grave. A garganta dele estava completamente arruinada, mas sua voz ecoava pelo vagão. Deve ter sido um palestrante antes, sem dúvida. Dava para sentir toda a autoconfiança que corria pela garganta.

Infelizmente, um grupo de senhoras de meia-idade que eram um tanto desprovidas de boas maneiras estava na mesma viagem e elas corriam pelo vagão como uma manada de búfalos sempre que o condutor dava alguma informação, fazendo com que o antigo e precioso bonde fosse sacudido como uma caixa de fósforo a cada vez que elas se moviam.

Não foi apenas o vozeirão do velho condutor que me surpreendeu. O mesmo ocorreu quando o bonde chegou ao ponto de retorno. O velho condutor, que até então parecia ter toda a serenidade do mundo, pulou do bonde feito um coelho, então eu colei meu rosto na janela e o segui com os olhos para ver o que tinha acontecido.

Um cabo pendia do pantógrafo. O velhinho pulou como um gato pula em um galho e se pendurou nele, de corpo inteiro. Vendo que o pantógrafo foi puxado para baixo pelo seu peso, ainda com o cabo nas mãos o velho correu rapidamente em arco ao lado do bonde, levou o pantógrafo para a frente do trem e o soltou. Ou seja, ele mudou a direção do pantógrafo. Então, mais do que depressa, ele pulou no bonde novamente e o veículo começou a andar em uma velocidade tão lenta que não condizia com a intensa paixão do condutor naquele momento.

Ele nem era condutor de um trem superlotado nas imediações de Tokyo. Ninguém vai reclamar se atrasar um pouco (aliás, eu me pergunto se este trem chega a ficar superlotado), mas e essa paixão toda que ele demonstra?! Mal consigo acreditar que seja um idoso. Fiquei profundamente admirado.

Mas também fiquei preocupado. A família daquele senhor certamente ficaria, se o visse. Considerando sua atuação, ele nem deve sofrer de dores nas artérias e provavelmente consegue dormir profundamente à noite sem sequer sonhar, mas e se numa dessas ele morrer de uma hora para outra durante o trabalho? Não acho que seja necessário se esforçar tanto, daquele jeito.

Mas repensei, reconhecendo que aquilo era formidável. Morrer segurando o cabo de um pantógrafo em vez de ser um velho aposentado e morrer dando trabalho para os filhos e netos seria motivo de orgulho para um homem. Realmente, agora entendo por qual motivo Shusai Yoshida sente inveja.

Desci do trem, passei pelo alojamento ferroviário da fábrica Shinbashi e pela fábrica de vidros Shinagawa do Ministério da Indústria, e me deparei com uma caixa preta no caminho. Aparentemente era uma caixa de correio. "É ali!", gritei por dentro. Achei, é a Agência de Correios de Ujiyamada. Eu me segurei para não sair correndo.

Subi os dois, três degraus de pedra na entrada e caminhei até o piso de madeira marrom, que era escuro como se estivesse encharcado de óleo. Meu coração palpitava.

Estranhamente, não havia nenhum visitante ali. Um raio de luz do início da tarde que entrava por uma janela alta iluminava o chão, e a claridade mostrava a poeira no ar.

Avisto o manequim de um antigo mensageiro e a primeira caixa de correios do período Meiji. Havia diversas delas em fileira, e o último, já familiar, era em formato de cilindro vermelho. Ao lado dele estão o carteiro do período Meiji e os do período Taishō e Shōwa, respectivamente... E Azoth?! Busquei com os olhos, inquieto.

Está ali! Do outro lado dos raios de sol do meio-dia que criavam uma clareira. No canto da sala, que parecia escura aos olhos acostumados com o sol do lado de fora, a boneca feminina estava de pé, silenciosamente, vestindo um quimono e com os cabelos lisos caindo na testa.

Essa é Azoth?

Aproximei-me dela, pé ante pé, como uma criança assustada com a ameaça da escuridão.

O quimono era vermelho. Ela não fazia nenhuma pose e suas mãos apenas pendiam para baixo. A poeira fina acumulada nos cabelos e nos ombros parecia indicar o intervalo de tempo de quarenta anos de maneira sinistra. E com os olhos de vidro que pareciam buracos escancarados logo abaixo de seu cabelo, ela me encarava vagamente. Era uma mulher completamente diferente da que aparecera no meu sonho.

Lembrei-me de um filme sobre o mar, a que assisti há muito tempo quando criança, da cena em que os olhos de um tubarão me surpreenderam, aparecendo de repente no fundo do mar onde se estendia a claridade da luz subaquática.

Embora ainda fosse pleno dia, fui apanhado na ilusão de que eu era a única pessoa nesta vasta vila. Neste momento, estou sozinho encarando essa boneca (ou algo que se parece com uma). Previ que esse silêncio avassalador logo se transformaria em medo, na mesma proporção.

Pensei em manter toda a minha coragem. Coloquei meu corpo para a frente, me escorando na cerca. Estiquei meu pescoço, colocando o meu rosto o mais próximo possível. Notei que meu corpo estava enrijecido e fiquei surpreso ao perceber que estava me precavendo para o caso de esse objeto começar a se mover.

Devagar, coloquei meu rosto mais perto até o limite. Mas ainda assim a distância entre mim e ela era quase da minha altura. Seria a disposição dos raios de luz naquela distância? Parecia haver rugas finas ao redor dos olhos. Mas os olhos são claramente de vidro. E as mãos?! Não são mãos humanas. Não dava para ver o suficiente dali, mas não são. São mãos de boneca. Mas e o rosto?

O que há de errado com seu rosto? Aquela ruguinha quase imperceptível?!

Não conseguia ver direito dali. Olhei de volta para a entrada. Não tinha ninguém. Tudo bem, passaria por cima da cerca e... quando coloquei força nas pernas, ouvi um som que fez meu coração sair pela boca e a funcionária da limpeza entrou. Ela segurava uma vassoura e uma pá com um cabo longo. A pá em forma de caixa de metal emitia um som exagerado.

Ela começou a varrer rapidamente entre as tábuas. Varria bitucas de cigarro e pedrinhas, fazia um pequeno monte no chão, colocava a pá grosseiramente na frente e recolhia tudo.

Não tive escolha senão deixar o prédio. É claro que eu planejava voltar mais tarde, mas, por ora, decidi descer a ladeira.

Vi uma loja que parecia uma casa de chá, à esquerda. De repente, percebi que estava com muita fome. Não há restaurantes ou cafeterias no Meiji-mura. Havia um em frente ao portão principal, mas aí teria que sair da vila. Comprei pão e leite e me sentei no banco com vista para a entrada central do Hotel Imperial, que Shusai Yoshida havia comentado.

O banco ficava no pé da Ponte Shin-Ōhashi do rio Sumida, coisa que ele também tinha comentado.

Essa área era a parte que fica mais ao fundo do Meiji-mura, e chegando até lá, tudo o que resta fazer é voltar. Tinha uma lagoa na frente, e a Ponte Tendō em Arco, construída sobre ela. Havia cisnes flutuando na superfície da água. A água fluía gradualmente em direção à represa Iruka. Até que era um lugar bem tranquilo. Até onde se podia ver, não havia ninguém nos arredores daquele espaço tão amplo. Avistei uma fumaça passando por cima das árvores: era a locomotiva a vapor. Puxava apenas três vagões de passageiros. A locomotiva apareceu de repente no viaduto, sobre um lugar alto e distante.

O bom senso sugere que aquela boneca não pode ser Azoth. Um ser humano, que era de carne e osso, de quarenta anos atrás, servindo de enfeite em um lugar desses. Sendo uma boneca que provavelmente foi exposta aos olhos de várias pessoas e verificada antes de ser entregue aqui. Pensar que essas pessoas teriam permitido que esse tipo de coisa acontecesse já é algo fora do comum.

Mas então eu não deveria descartar essa hipótese depois de confirmar de onde aquela boneca foi transportada, onde ela foi feita, por quem e por qual via foi trazida? Se ao colocar todos os pingos nos "i"s, constatar que não houve possibilidade de a boneca ser substituída por outra no momento da entrega, eu deveria esquecê-la de uma vez por todas. Seria uma perda de tempo se mesmo assim eu ficasse me preocupando com aquela boneca.

Levantei-me, dei uma rápida olhada no resto das construções e voltei para a Agência de Correios de Ujiyamada. Tinha a intenção de pular a cerca se aquela funcionária da limpeza tivesse ido embora.

No entanto, fiquei desapontado quando entrei lá novamente. Havia vários visitantes desta vez, e vi mais pessoas chegando, uma após a outra. Desse jeito, seria impossível.

Fui para o centro da sala novamente e vi a boneca. Ela olhava apenas para mim, por cima dos ombros de vários visitantes.

Saí da agência de correio e corri para o posto policial de Kyoto Shichijō sem olhar para os lados. Quando cheguei à praça em frente ao posto policial, Hachiro Umeda estava varrendo a calçada de pedra com uma vassoura. Um grupo de garotas se despediu dele quando estavam passando. Ele também se despediu, batendo uma leve continência. Ele realmente representava bem aquele papel, e parecia um policial de verdade. (Mas parei para pensar que eu nunca tinha visto um policial de verdade bater continência.)

Quando me aproximei dele, não esperava que tivesse um rosto tão gentil, e tive a impressão de que seria fácil puxar conversa com ele. Por isso, consegui abordá-lo de forma descontraída.

"Você é Hachiro Umeda?"

"Sim, sou eu."

O fato de não ficar surpreso ao ser chamado pelo nome indica que ele deve ser uma celebridade na vila.

"Meu nome é Ishioka, na verdade, soube de você através do Shusai Yoshida. Vim de Tokyo."

Hachiro Umeda ficou com uma expressão surpresa somente depois de ouvir o nome de Shusai Yoshida. Aquela era a terceira abordagem que eu fazia e já estava me acostumando, então me portei igual a um vendedor que fala a mesma coisa várias vezes, e contei o que tinha falado à Kato e a Shusai Yoshida para ele.

Com seu vestuário chamativo, ele segurava a vassoura com as duas mãos e ouviu o que eu tinha a dizer, vez por outra indicando que estava prestando atenção. Quando fiz uma pausa, me convidou para a delegacia para conversarmos melhor.

Depois de me oferecer a cadeira, puxou para si uma cadeira de escritório cinza com rodízios, e Hachiro Umeda começou a falar:

"Realmente, tinha uma pessoa assim. Um velho bebum chamado Yasukawa, é, eu lembro. Parece que ele morreu, não foi? Se ele tivesse vindo para cá, teria vivido mais, que desperdício. Aqui o ar é bom e é bem pacato. A comida é boa. Seria o paraíso, se não fosse o fato de não poder beber durante o dia.

"Olha o jeito que me visto. Legal, não é? Sonhava com isso quando era criança, sabe? Eu podia ser qualquer coisa, nem que fosse músico de rua, desde que pudesse andar com um sabre na cintura, e sempre estava com essa ideia na cabeça. Então essa oportunidade apareceu do nada, e eu podia até virar motorneiro, condutor, o que quisesses. Mas aí, implorei tanto que me deixaram ser um policial."

Não pude deixar de ficar um pouco desapontado ao ouvir o que ele dizia. Hachiro Umeda estava longe de ser alguém intelectual. Não acho que ele esteja fingindo. É seu estado natural. Seria difícil acreditar que uma pessoa desse nível de inteligência, bom, talvez seja grosseiro da minha parte dizer assim, mas, que uma pessoa tão bondosa planejasse e executasse friamente uma série de assassinatos sangrentos como aquela. Além disso, ele é jovem. Deve ter menos de 60 anos. Ou talvez esse ambiente com boa qualidade de vida o faça parecer mais jovem.

Eu experimentei mencionar o nome Heikichi Umezawa.

"Heikichi Umezawa? Ah, sim, não sei onde aquele bêbado tinha batido a cabeça, mas ele vivia dizendo que eu era esse cara. Ele não acreditava, por mais que eu dissesse que não era. Eu devo ser muito parecido com esse homem.

"Só que esse cara era uma pessoa muito má, não era? Não dá pra ficar muito contente ao falarem que sou esse cara. Bem, eu ficaria contente se me dissessem que sou parecido com o Conde Nogi ou com o Imperador do período Meiji. Hahahahaha!"

"Onde você morava quarenta anos atrás, por volta de 1936?"

"Ah, eu sei o que está fazendo! É o tal do Alibaba, que falam? Não, não é isso, ali, ali..."

"Como?"

"Aladim? Alibaba...?"

"Ah, você quer dizer álibi? Não, não foi por isso que perguntei, só perguntei por perguntar."

"Quarenta anos atrás, deixa eu ver, quando eu tinha 20 anos, foi antes da guerra... eu ainda estava em Takamatsu, lá em Shikoku. Eu era aprendiz de uma loja de bebidas em Takamatsu."

"Ah, certo..."

Aquela era uma cena esquisita na qual eu, um civil, estava questionando o álibi de um policial, ainda que do período Meiji. Acho que seria rude perguntar mais detalhes.

"Você nasceu em Takamatsu, então?"

"Sim."

"Mas usa o dialeto de Osaka."

"Ah sim, é porque morei em Osaka por muito tempo. Tinha voltado do exército, e olha, era uma época em que gente como eu não conseguia emprego se não fosse em lugares como Osaka. Dei um jeito de trabalhar numa loja de bebidas em Osaka, mas o lugar acabou fechando. Depois disso, fiz um montão de coisas. Vendi lámen em uma barraca e trabalhei em loja de manequins também."

"Foi aí que conheceu o Yoshida?"

"Não, não, não. Eu o conheci depois de muito, muito tempo, aliás, faz pouco tempo. Foi na época em que eu trabalhava de segurança num prédio em Namba. Mas já faz uns dez... quase vinte anos... tinha um artista que trabalhava nesse prédio, e eu ia lá toda hora porque tinha uns bonecos de escultura no local de trabalho dele, aí comentei que tinha saudade, porque já tinha trabalhado na fabricação de manequins. Aí ele disse que tinha um conhecido em Kyoto que organizava um clube de entusiastas de bonecos e me deu a ideia de ir lá. Ele até escreveu uma carta de recomendação, e foi assim que fui lá. O tal organizador do clube era o Shusai.

"Depois disso, comecei a ajudar o Shusai além de trabalhar de segurança num prédio em Kyoto. Ele diz que faz bonecas por diversão, mas isso é muita humildade, porque a qualidade dos bonecos dele é número um no Japão, sem dúvida. Olha só, não sou o único que fala isso, até os grandes mestres dizem a mesma coisa. Ele é bom em tudo, mas se pedir que faça um rosto de estilo ocidental, em particular, não tem ninguém no Japão que possa se igualar a ele. Isso é certo.

"Naquela época, bem na época quando o conheci, ele tinha acabado de se mudar de Tokyo. Então consegui ajudá-lo em algumas coisas.

"Mas virei amigo mesmo do Shusai quando fizemos aquele trabalho da Expo. Já tínhamos certa idade e tivemos que virar a noite, foi sofrido, mas se tornou uma bela recordação."

Isso significa que, assim como Tamio Yasukawa, esse Hachiro Umeda se mudou para Kyoto e morou lá durante um tempo por gostar do Shusai Yoshida. Esse senhor chamado Shusai Yoshida, com quem conversei ontem, certamente tinha esse tipo de charme, de personalidade cativante.

Ainda assim, me pareceu que essa pessoa tinha vivido uma vida muito livre. Será que tem esposa e filhos?

"Já cheguei a ter esposa e filho... tive sim. Faz muito, muito tempo, me dói só de lembrar, foi na guerra, eu os perdi para um ataque aéreo. E como pode ver, eu, o marido, fui até o Sul e voltei vivo, mas minha mulher, que estava na nossa terra natal, morreu, o que é uma ironia.

"Depois disso, fiquei sozinho, não tenho mais vontade de ter família. Ser sozinho é mais livre, e já me acostumei também. Se não fosse sozinho, nem conseguiria ter vindo pra um lugar desses. Teria virado um velho sem graça em Shikoku, a essa altura."

Realmente, talvez tivesse mesmo. Ou talvez não, mas um jovem como eu não tinha palavras para confortá-lo.

"Parece que Shusai Yoshida veio aqui ontem, certo?"

"Veio. Ele vem bastante. Diz que gosta deste lugar e sempre vem, pelo menos uma vez por mês. Fico ansioso para encontrá-lo também, e quando ele não dá as caras por mais de um mês, sou eu que vou até lá."

De onde será que vem o charme de Shusai Yoshida? Não é do seu trabalho como vidente. Será que é porque ele é um artista? Por falar nisso, onde será que Shusai Yoshida aprendeu a técnica para fazer bonecas tão perfeitas? Pelo que Hachiro Umeda contou, eles não se conhecem há tanto tempo.

"Não sei muito sobre o Shusai. Nem pergunto. Ninguém, nem os outros membros sabem direito. Ouvi dizer que é de uma família rica de não sei onde, porque tinha casa e ateliê desde quando era novo. Que ele é de Tokyo, isso eu sei, mas, pra mim, tanto faz. Ele é mais como se fosse um guru, uma pessoa importante. Fico aliviado quando encontro com ele. Provavelmente todos os membros se sentem assim. Ele sabe de tudo. Foi acumulando todo tipo de experiência. Ele previu várias coisas sobre meu futuro. Ele acerta mesmo, não, não é isso, ele sabe, ele sabe mesmo."

Quando o escutei dizendo "ele sabe", foi como se eu tivesse sido atingido por um raio. Por que não percebi isso até aquele momento?! Suspeitei de Hachiro Umeda, mas tinha alguém muito mais suspeito do que ele.

Que tem um charme sobrenatural, conhecimentos, mente afiada, é bom em fazer bonecas e tem a habilidade de ler a sorte.

Shusai Yoshida?!

Muitas coisas se encaixam ao pensar nesse sentido. Pelo que me falaram, ele teria cerca de 60 anos ou mais, mas dependendo de como você olha, parece ter mais de 80. Porém, mais do que qualquer outra coisa, foram as palavras de Shusai que me vieram à mente.

"*Heikichi era canhoto*, mas Umeda não, ele é destro."

O fato de Heikichi ser canhoto não estava escrito nem mesmo em *Assassinatos do Zodíaco da Família Umezawa*, livro que li avidamente. Como o Shusai Yoshida sabia de uma coisa dessas?!

Ele citou uma infinidade de problemas que surgiriam se uma pessoa que deveria estar morto fosse viver às escondidas. Aquilo parecia bem real. Será que se tratava da sua própria experiência?

Ele me contou um pouco sobre as bonecas na história japonesa. Será que não é o que deveria ser escrito na continuação daquele caderno de Heikichi?

E tinha o tal do Tamio Yasukawa. Por que ele se deu ao trabalho de ir atrás do Shusai de Tokyo a Kyoto, mudando de casa?

Será que não havia alguma razão para isso, além do charme da personalidade dele?

Fiquei tão agitado que senti meu estômago embrulhar. Meu coração disparou e veio até a garganta.

No entanto, Hachiro Umeda não pareceu notar o meu nervosismo, e continuou fazendo elogios ao Shusai Yoshida, sem parar. Agora que parece improvável que Hachiro Umeda seja o criminoso, tudo que preciso saber se concentra na boneca da Agência de Correios de Ujiyamada. Indiquei que prestava atenção no que Hachiro Umeda dizia, e quando ele fez uma pausa na fala, sem demora toquei no assunto daquela boneca.

"A boneca dos Correios de Ujiyamada? Foi o Shusai e Manequins Owari que fizeram... ah, você já sabe, então. O quê? Tinha uma boneca que ninguém sabe de onde veio? Disso eu não sabia. Não fazia ideia, é a primeira vez que ouço falar disso. Shusai também não sabe? É mesmo...? Humm...

"Bom, se quiser mesmo saber, é só perguntar no escritório da administração lá na entrada. O diretor daqui fica lá, normalmente. O nome dele é Murooka, e ele sim, deve saber."

Agradeci profundamente e me despedi de Hachiro Umeda, que era bem mais gentil do que eu esperava. Foi estranho, porque por um momento senti tristeza em me despedir dele. Mas é claro que não voltaria mais a me encontrar com ele. Ele parecia não ter nem um pouco de receio de terminar sua vida sendo um policial de sabre com bordados dourados, aqui em Meiji-mura.

Quando disse que queria falar com o diretor Murooka na administração, me levaram até a sala do diretor. Ele me deu o seu cartão de visita, e eu me senti mal por não ter um cartão para entregar. Eu devia ser um visitante misterioso para o diretor, pois não tinha cartão de visita, não estava lá para fazer uma entrevista e nem era alguém que tinha interesse em fazer bonecas.

Falei sobre o pequeno mistério que envolvia aquela boneca, da mesma forma que Shusai Yoshida havia me contado, e perguntei qual seria o motivo de aquilo ter acontecido.

O diretor riu alto e disse que não era nada demais.

"Quando a exposição foi montada, achei que o espaço estava meio vazio e insosso e comentei isso com o homem que estava comigo. Ele era da companhia ferroviária Meitetsu e disse que tinha um manequim sobrando em uma das lojas de departamento da rede ferroviária, e que iria trazer no dia seguinte quando viesse."

Por via das dúvidas, perguntei o nome dessa pessoa e onde poderia encontrá-la. Esse lugar ficava perto da Estação Nagoya, mas ele disse que era o endereço do trabalho dele e que hoje eu não conseguiria chegar a tempo, mesmo que me apressasse. Já era hora do fechamento do parque quando saí do Meiji-mura.

Fiquei pensando enquanto dirigia em direção à via expressa Meishin. O homem da Meitetsu se chamava Sugishita. Será que eu deveria me hospedar por ali e encontrá-lo amanhã de manhã? Mas amanhã era o último dia, ou seja, quinta-feira, dia 12. Seria bem ruim não encontrar com Mitarai na manhã do último dia do prazo. Pensando bem, embora Mitarai tenha dormido ao meu lado todas as noites a uma distância de um metro aproximadamente, não conversamos desde que nos separamos dentro do trem da linha Hankyu no sábado, dia 7. Acredito que devemos compartilhar as informações que cada um de nós obteve. Não seria bom eu vagar sozinho em Nagoya, por mais que fosse apenas durante a metade do dia, em uma data tão importante como amanhã.

Avistei a interseção de Komaki. Não hesitei mais e entrei na fila dos carros para a via expressa. Não tinha escolha a não ser desistir de encontrar com Sugishita. Não acho que ele tenha algo tão interessante para me contar. Com certeza seria algo parecido com o que aquele diretor Murooka disse.

Mas Shusai Yoshida sim, ele parece ser o indivíduo perfeito em quem apostar minhas fichas, na investida a ser feita no último dia. Ele deve ter prioridade. Shusai Yoshida era alguém que fazia você sentir que há nele algo escondido. Sim, era realmente suspeito. Ele guarda alguma coisa, no mínimo.

Depois de uma curva suave, a estrada se juntou à rodovia. Não entrei na faixa de ultrapassagem e fiquei atrás do caminhão na faixa normal, continuando a pensar.

Eu estava pensando em uma coisa havia um tempo. Não existiria alguma forma sagaz de falar com Shusai Yoshida, que o deixasse escapar, sem querer, algo que somente o autor dos crimes soubesse? Será que não haveria uma boa estratégia para que Shusai Yoshida cometesse um deslize nas próprias palavras e isso provasse que ele era o culpado, de modo que ele não pudesse voltar atrás, independente do que dissesse...?

O assassinato de Heikichi foi um truque de mágica para apagar sua própria existência. Se Shusai for Heikichi, será adequado que o caso termine com um truque de mágica parecido. O que seria preciso para um desfecho impecável e vibrante usando algum tipo de truque? Se por acaso Mitarai não tiver feito muito progresso, pensarmos nisso juntos parece-me uma boa ideia. Ele é ótimo com esses métodos meio dramáticos e pode sugerir algo sábio.

Mas mesmo que ele não pudesse ajudar, eu pretendia fazer isso sozinho. Se puder confirmar que Shusai Yoshida é o culpado, a investigação sobre a boneca da Agência de Correios de Ujiyamada pode ficar para mais tarde, e ser feita com toda calma.

Pensando por esse ângulo, ter ido para Meiji-mura talvez tenha sido inútil. Se eu tivesse percebido isso na noite passada, poderia ter encontrado com Shusai Yoshida hoje e teria economizado um dia. No entanto, fiz o que mais fazia sentido. Não tive escolha a não ser colocar grandes expectativas na única pista que era Tamio Yasukawa. Até achei que Yasukawa sabia quem era o autor dos crimes. Yasukawa, que achamos depois de tanta dificuldade, teria dito que Azoth estava em Meiji-mura, e que Hachiro Umeda era Heikichi. E ao perguntar onde esse homem está agora, descubro que está lá em Meiji-mura. Com isso, qualquer um suspeitaria que Umeda mora lá perto justamente porque colocou sua Azoth em Meiji-mura, secretamente. Bom, eu precisava mesmo ter ido. Teria me arrependido mais tarde se não tivesse feito isso.

E foi graças às palavras de Hachiro Umeda que senti que Shusai poderia ser Heikichi. A razão da suspeita veio da história de que ninguém conhecia a vida anterior de Shusai. Shusai Yoshida não seria alvo de suspeita se alguém que o conhecesse bem por volta de 1936 pudesse confirmar que ele não tinha nenhum envolvimento com a família Umezawa na época do crime. Não se pode suspeitar de Shusai sem ao menos certificar-se de que uma pessoa próxima a ele não conhecia nada acerca do seu histórico nessa época. Tive essa confirmação hoje, com as palavras de Hachiro Umeda. No fim das contas, a viagem de hoje ao Meiji-mura não foi em vão.

A via expressa estava cheia de carros a caminho de casa. O sol de quarta-feira está se pondo. Resolvi fazer uma refeição leve no drive-in, aproveitando para evitar o trânsito desse horário.

Sentado à mesa, pensei: "Mas...". Cheguei à conclusão de que seria muito difícil fazer com que Shusai Yoshida cometesse um deslize. Sem dúvida, aquele homem chamado Shusai Yoshida parecia ser muito inteligente, e poderia ser diferente de lidar com o Hachiro Umeda, que havia encontrado naquele dia. Mais do que isso, eu teria que apontar algum fato que só o criminoso saberia, e ainda provar que ninguém além dele teria como saber daquele fato.

No entanto, ele tinha um amigo chamado Tamio Yasukawa, que conhecia Heikichi. Não faço ideia de quanta informação Tamio Yasukawa tinha sobre Heikichi, aliás, nem tenho mais como descobrir, e se Shusai disser que soube do determinado fato através do Yasukawa, não tenho nem como discutir. Em outras palavras, Tamio Yasukawa era como se fosse uma cobertura conveniente para Shusai Yoshida.

Voltei à via expressa e já passava das 22h quando cheguei ao apartamento em Nishikyogoku. Mitarai não tinha voltado e só estava Emoto, assistindo à TV. Entreguei a ele uma pequena lembrança que comprei em Meiji-mura e agradeci por me emprestar o carro.

Depois de conversar sobre Meiji-mura por um tempo, fui atingido por um sono intenso. Sentindo-me impaciente até para arrumar a cama para duas pessoas, caí no edredom.

7

Não sei se levantar às 6h uma vez faz com que isso acabe virando um hábito, mas na manhã seguinte meus olhos se abriram no mesmo horário do dia anterior. No mesmo instante, me veio à cabeça: Shusai Yoshida! E imediatamente me lembrei da determinação de ontem. Desisti de dormir e me virei para Mitarai. Se ele acordasse, poderíamos compartilhar até onde cada um de nós avançou. Mas no momento seguinte tomei um susto e acordei por completo. O leito de Mitarai estava completamente vazio.

Achei incrível que ele já estivesse de pé e começado a agir, mas logo percebi que não era esse o caso. O edredom estava da mesma forma que eu tinha ajeitado quando estava prestes a cair no sono, na noite passada, e a prova disso era que ele estava na diagonal. "O que será que aconteceu?", pensei, sem sair da cama. Era evidente que Mitarai não havia voltado durante a noite.

Em primeiro lugar, pensei que talvez ele tivesse ido à caça do criminoso, aí acabou ficando em perigo e não tinha conseguido voltar. Será que está sendo mantido em cativeiro em algum lugar...? Mas achei difícil acreditar que o mundo ao qual eu pertenço tomasse um rumo desses, como em um filme.

Mas pensei que, ao menos, aquilo poderia ser o resultado de algum progresso. Se ele ainda estivesse colocando a cabeça para funcionar, poderia fazer isso em casa, debaixo do edredom. Se não fez isso, era porque tinha um motivo para estar fora, que não deve ser nada mais nada menos do que o andamento da investigação. E hoje já é quinta-feira, dia 12, o último dia. Hoje é o prazo final de verdade, então ele deve estar agindo a todo vapor, sem desperdiçar tempo.

Talvez já tenha ido a algum lugar fora de Kyoto. Ele foi, com certeza, por isso não conseguiu voltar para casa. Pensar dessa forma me deixou um pouco aliviado, mas, ao mesmo tempo, queria encontrá-lo logo e ouvir seu relato. Eu também tinha um monte de coisas para contar. E ele precisava saber delas o mais rápido possível.

Não acho que minhas ações de até ontem tenham sido em vão. E se não estiver errado, o que Mitarai conseguiu deve ter alguma relação com os fatos que investiguei. Mesmo que ele ainda não tenha conseguido chegar a uma conclusão definitiva, é possível que a resposta correta surja à nossa frente assim que juntarmos os fatos.

Mas de qualquer forma ele deve telefonar para cá. É só aguardar. Eu estava sentado na cama, encolhido, porém me deitei novamente. No entanto, me senti inquieto, sem conseguir dormir. Queria entrar em ação de alguma forma. Sentei-me de novo.

Emoto parecia estar dormindo. Falta quase uma hora até o horário em que ele acorda. Levantei-me devagar, tomando cuidado para não o acordar, e resolvi dar uma volta. Se Mitarai ligasse nesse meio-tempo, Emoto atenderia e, mesmo que ele venha a sair com pressa por causa do telefonema, pelo menos deixaria um bilhete para mim.

Eu já conhecia o bairro de Nishikyogoku como a palma da mão, um lugar que era completamente novo para mim quando cheguei. Caminhei até o parque esportivo e, quando chegou perto da hora de Emoto acordar, voltei ao apartamento. Abri a porta com cuidado, e Emoto estava escovando os dentes. Mitarai não tinha feito nenhuma ligação.

Já estava perto das 8h, horário em que Emoto sai de casa. Na hora de sair, ele perguntou:

"O que vai fazer? Quer sair junto comigo?"

"Não, vou ficar, acho que Mitarai deve telefonar."

"Ah, é mesmo, acho que é melhor."

Então a porta se fechou, o som dos sapatos de Emoto descendo as escadas acabou e, quando pensei que ele já devia ter chegado ao asfalto, o telefone tocou tão alto que quase dei um pulo. Havia algo naquela situação que parecia despertar a ansiedade das pessoas.

Peguei o telefone.

"Ishioka...", disse uma voz masculina. No entanto, custei a crer que aquela voz fosse do Mitarai. Ele normalmente faria alguma brincadeira idiota depois de tanto tempo sem nos falarmos. A sua voz era lamentavelmente fraca e estava falha. A ponto de não ser possível entender o que dizia. Senti meu peito apertar com a ansiedade. Tinha mesmo acontecido alguma coisa.

"O que houve?! Onde você está agora?! Está em perigo? O que foi? Está tudo bem?"

Elevei a voz, sem querer.

"Estou... sofrendo..."

E houve uma longa pausa.

"Estou quase morrendo... venha logo..."

Julguei que essa era uma situação bem grave.

"Onde você está? O que aconteceu?"

Mas estas perguntas não eram boas. Primeiro, tinha que saber onde ele estava. A voz de Mitarai estava tão fraca que eu mal conseguia ouvi-lo. Era mais baixa do que um sussurro. De vez em quando, ouvia-se o som de carros e as vozes de crianças, que pareciam estar a caminho da escola. Esses barulhos chegavam a ser mais altos. Parecia que estava na rua.

"Não tenho como ficar te explicando agora... sobre o que aconteceu..."

"Entendi, entendi!", falei. "Deixa pra lá, diga-me onde está que irei agora mesmo!"

"Estou... na entrada... do Caminho do Filósofo... não do lado do Templo Ginkaku-ji... na entrada... do lado oposto..."

Caminho do Filósofo? Que diabos é isso? — pensei. Nunca ouvi falar de um nome desses. Achei que ele deveria estar falando coisas estranhas por estar confuso.

"Tem um caminho chamado Caminho do Filósofo? Tem né, se eu perguntar a um taxista, ele vai saber?"

"Vai saber... E compre pão e leite no caminho... por... favor..."

"Pão e leite?! Tudo bem, mas o que vai fazer com isso?"

"O que você faz... com pão e leite... além de comer...?"

Achei incrível que ele conseguisse ser tão sarcástico, mesmo em sofrimento. Ele era mesmo um homem com um temperamento horrível.

"Você não está ferido?"

"Ferido...? Não..."

"Entendi, fique aí, já estou indo!"

Larguei o telefone, saí correndo do apartamento e corri até a Estação Nishikyogoku. As lembranças desagradáveis do caso anterior encheram minha mente. O que foi que aconteceu com Mitarai, afinal de contas? Espero que ele não esteja morrendo. Ele é um homem que não tem salvação, mas isso não muda o fato de ser meu único amigo. O fato de ele estar falando com sarcasmo não é garantia de que ele esteja bem. Teve gente que morreu deixando um poema em tom de brincadeira, em que dizia que partia deste mundo juntamente com a fumaça do incenso. Mitarai certamente era desse tipo.

Comprei pão e leite em Shijō Kawaramachi, parei um táxi e embarquei nele. O motorista parou numa ladeira e me disse que era no final da rua, então saí em disparada, segurando o saco com pão e leite, até que vi uma pedra esculpida com as palavras "Caminho do Filósofo". Quando cheguei ao monumento de pedra, havia uma pequena praça. Mas não havia ninguém lá.

O Caminho do Filósofo começa depois da praça, ao longo do córrego. Depois de percorrer um pouco, avistei um banco, onde um homem barbudo que parecia um mendigo estava dormindo. Tinha um cachorro preto do lado dele, abanando o rabo em sua direção, então jamais pensaria que aquele fosse o meu amigo. Quase passei reto.

Quando espiei o rosto de Mitarai, ele tentou se levantar, dizendo: "Aí está você, Ishioka". Parecia que ele não tinha força o suficiente, então tive que colocar a mão nas costas dele para ajudar.

Tomei outro susto quando finalmente vi o rosto de Mitarai sentado no banco. Não era de se estranhar, pois eu talvez até tenha visto o rosto dele enquanto dormia, mas pensando bem, já não falava com ele há quatro ou cinco dias. A barba havia crescido, o cabelo estava desgrenhado, os olhos estavam fundos e vermelhos, e as bochechas estavam sem gordura, encovadas. A pele também estava pálida de forma mórbida e ele parecia um mendigo convalescente ou um marginal sem rumo.

"E o pão? Você comprou para mim?", perguntou Mitarai, antes de mais nada. Entreguei-o a ele rapidamente.

"Esqueci completamente de comer. É tão inconveniente para os humanos, não é? Se pudéssemos economizar o tempo que desperdiçamos comendo e dormindo, os humanos conseguiriam fazer trabalhos muito mais grandiosos!", disse ele, mordendo o pão com pressa, sem nem mesmo abrir a embalagem por completo.

Por um momento, uma suspeita passou pela minha mente. O estado em que Mitarai se encontrava não transmitia serenidade. Quando as coisas que ele quer fazer estão indo bem, ele consegue passar muito mais essa tranquilidade. Um pressentimento desagradável começou a surgir em mim. Eu exterminei aquilo à força. Não, isso não seria possível. Ele esqueceu de comer justamente porque estava em ação.

Ver Mitarai mordendo o pão como uma criança em jejum me fez sentir pena ao mesmo tempo que me desanimava.

"Você não tem se alimentado?"

"Pois é, fui descuidado, não sei se foi anteontem ou antes de anteontem, mas não lembro de ter comido nos últimos tempos."

Ou seja, Mitarai devia estar com uma fome descomunal. Fui um idiota em me preocupar. Ele é assim, um homem sem um pingo de bom senso, que precisa de alguém ao seu lado para dar instruções como "Você precisa comer", "Está na hora de dormir" etc., caso contrário, com certeza não terá uma vida longa.

Mas de qualquer forma, como eu queria contar sobre meu progresso, achei que o certo seria ouvir o que Mitarai tinha a dizer primeiro. Assim, esperei que ele terminasse de comer (chamei a atenção dele várias vezes para comer devagar) e perguntei se tinha tido algum avanço, tudo isso no tom mais sutil possível. Mitarai não respondeu, e não sei por que, soltou um grunhido baixo. Aí, de repente, gritou:

"A manhã nada mais é do que o bagaço de ontem!"

Fiquei atônito.

"Que decepção!"

Mitarai continuou.

"Fiquei sem dormir tantas noites, correndo pela Tōkaidō feito um gafanhoto, e mesmo assim, por que todo mundo se lembra das coisas que aconteceram ontem, já tão distante, quando dizem bom dia?"

Os olhos de Mitarai estavam faiscantes e insinuavam estar dominado pela loucura.

"Tudo bem ficar uma ou outra noite sem dormir. A resistência do corpo cai moderadamente, fazendo com que se enxergue o que se deve. É um campo de flores de canola que vai até onde a vista alcança. Sim, esta cidade, que parece um monte de livros virados para baixo. E o rangido dos freios! Dá para escutar em todo o lugar! Você deve ouvir também. Você não sofre com isso?

"Não! É um campo de flores de cosmos. Sim, aquele era um campo de cosmos. Lá eu andei cortando os caules com uma espada de madeira, em atitude ultrajante. Perdi aquele gingado e agora não consigo sequer matar uma mosca. Não tenho espinhos, nem garras, nem presas, e até esqueci onde guardei a espada de madeira.

"É o musgo! O musgo está grudado em mim! Como se fosse mofo. Mas na realidade, deve ser agradável aos olhos. E se tirar uma foto?

"Ficará de lembrança.

"A toupeira! Toupeira... Ah, sim! Tenho que ir encontrá-la logo! Não posso ficar aqui, assim. Venha me ajudar. Se não cavarmos um buraco logo, não será possível capturá-lo nunca mais!"

"Isso não é bom!", dizia meu instinto. Apressei-me a conter Mitarai que se punha de pé, e disse a ele duas ou três vezes, repetidamente, que ele estava cansado. De fato, ele estava exausto. Falei para ele repousar um pouco, e ajudei Mitarai a deitar no banco gelado de pedra, lentamente.

Quando concluí essa tarefa, senti o desespero subindo pelos meus pés tardiamente, e tudo ficou escuro. Não é só força da expressão, esse tipo de coisa acontece de verdade. Não tinha mais dúvidas. *Mitarai não havia progredido um passo sequer*!

Acho que o pior foi ele ter começado em meio àquele estado de depressão. Mas, de qualquer forma, se isso era uma competição entre Mitarai e aquele detetive Takegoshi (uma competição bastante desleal, mas inevitável porque Mitarai imprudentemente o desafiou, de forma unilateral), Mitarai claramente foi derrotado.

No entanto, era uma competição em que não havia chances de vitória desde o início. O adversário só tinha que ficar parado, esperando, e o mistério que Mitarai se dispôs a resolver era um problema complicado, que gente de todo o Japão queimou os neurônios durante quarenta anos e não conseguiu solucionar. Mesmo que esse mistério seja resolvido neste exato momento, não será mais a tempo. Mesmo que o criminoso seja identificado, podemos dizer que é impossível encontrá-lo até o final do dia de hoje. Nem sabemos se está no Japão; aliás, sequer em qualquer outro lugar do mundo. Mitarai havia perdido.

A única esperança que resta talvez seja a informação que eu tinha conseguido. A possibilidade de Shusai Yoshida ser Heikichi. Havia uma ínfima esperança ali. Mas eu tinha uma certa confiança a respeito disso. Há algo naquele senhor chamado Shusai Yoshida. Ainda assim, já estávamos sem tempo. Nesse caso, eu tenho que agir de imediato, mesmo que tenha de largar o Mitarai aqui. Afinal de contas, é tudo o que temos. Temos que depositar toda a nossa esperança nas horas que nos restam.

Ainda assim, hesitei em falar sobre o que obtive até agora para Mitarai, no estado em que ele se encontrava. Poderia agravar ainda mais. Aparentemente, Mitarai havia passado sua noite naquele banco. Que homem descomedido. Será que ele quis se punir por sua incompetência? O que pretendia fazer se chovesse?

Olhei para o meu relógio de pulso. Já tinha passado bastante das 9h. Não podíamos mais continuar desse jeito. Bem na hora em que eu estava pensando que, se não pudesse deixar Mitarai sem cuidados, ia ligar para Emoto para vir buscá-lo a fim de ir sozinho até a casa de Shusai Yoshida, Mitarai abriu a boca e, desta vez, disse coisas que pessoas normais também entenderiam.

"Como você disse antes, devo ter sido castigado por falar muito mal sobre Holmes. Você tinha razão. Eu não me coloquei no meu lugar. Pensei que um mistério daquele poderia ser resolvido logo. Na verdade, eu estava prestes a desvendar. Eu sentia isso. É um pino. É só um, eu sei disso, merda! Fiquei tão compenetrado que não consigo mais desembaraçar! Preciso de algum gatilho. Se pudesse ter um pequeno, um simples gatilho!"

E Mitarai segurou a cabeça.

"Ai! Nossa, isso é impressionante! Meus lábios estão realmente inchando, exatamente como você havia dito. É difícil até para falar. Perdi meu ritmo e fiquei completamente desnorteado. Parece que você se dedicou bastante, então me conte. Pode me falar sobre a sua atuação?"

O Mitarai de hoje estava dócil demais. Isso significa que às vezes os humanos precisam se sentir frustrados. Mas o preço dessa frustração seria bem alto. Foi só a esta altura que senti que seria inadmissível que esse meu amigo se ajoelhasse diante daquele policial arrogante. Até pensei em esconder Mitarai em algum lugar e confrontar aquele detetive sozinho.

Enfim, achei que aquele era o momento certo, então falei que visitei Kato em Higashiyodogawa novamente, que soube da existência de Shusai Yoshida por ela, que fui até as proximidades da Garagem Karasuma visitá-lo, e que fiz uma expedição ao Meiji-mura no dia anterior, em busca de Azoth e de Hachiro Umeda, sobre quem Tamio Yasukawa dizia ser Heikichi, contando tudo o que eu tinha feito até agora sem deixar nenhum detalhe de lado.

Achei que Mitarai, que estava deitado de barriga para cima no banco de pedra, com a cabeça sobre os braços, não estava nada bem, pois ele continuou distraído olhando para o céu sem demonstrar nenhum lampejo de interesse como era o esperado. Parece estar pensando em algo completamente diferente. Mitarai já desistiu e está quase jogando a toalha. Fiquei profundamente decepcionado.

Ao menos, Mitarai havia se acalmado. Como achei que ele ficaria bem mesmo que o largasse ali, tomei a decisão de ir atrás de Shusai Yoshida sozinho. Não consegui pensar em uma boa estratégia, mas não tinha outra saída. Ia dar um jeito ao me encontrar com ele. De qualquer forma, hoje é o último dia, e não me sinto à vontade para ficar brincando com um louco.

"Já deve estar na hora do Nyakuōji abrir", disse o louco, com voz sonolenta, sentando-se no banco.

"O que é Nyakuōji? Um templo?"

"Humm, é um santuário. Não, não é! É aquilo."

Olhei para a direção que ele apontava, onde havia uma pequena torre de relógio com arquitetura em estilo ocidental no final do Caminho, cuja ponta se projetava em meio às árvores.

O Caminho do Filósofo, onde estávamos, fica no topo da barragem de um córrego, mas como essa barragem é bem alta, todas as construções ao redor estão construídas em terrenos de 4 a 5 metros abaixo do nível da via. Essa construção também é uma delas e tem um portão voltado para o Caminho, e ao passar por ele, há degraus de pedra por onde descemos. Parece que eles nos levam ao salão em estilo ocidental, onde fica a torre do relógio.

"Uma cafeteria?"

"É. Quero beber alguma coisa quente."

Não podia me opor ao pedido de Mitarai, tão debilitado, de beber algo quente. Nós nos levantamos, passamos pelo portão, cambaleamos pelos degraus de pedra e entramos no salão em estilo ocidental.

Soube que um ator famoso construiu esse estabelecimento destacando uma parte do jardim de sua mansão. A parte frontal era um espaço envidraçado, como um solário. Ao sentar-me, avisto uma escultura e um poço de pedra de estilo espanhol no jardim. Estava bastante confortável, pois o sol matinal iluminava a nossa mesa e não havia clientes além de nós.

"É um lugar bom", falei, depois de apreciar essa sensação por um tempo e de tomar quase todo o café.

"Sim", disse Mitarai, ainda distraído.

"Daqui, vou até a casa de Shusai Yoshida, de quem falei agora há pouco. E você, o que pretende fazer? Quer ir comigo?"

Depois de pensar por um bom tempo, Mitarai disse:

"É né, seria bom..."

"Então não vamos perder tempo! Afinal de contas, precisamos colocar o preto no branco ainda hoje, lembra?"

Eu estava tão impaciente que nem tomei o último gole do café do fundo da xícara, me levantei e peguei a conta que estava na mesa. Bem nessa hora, o sol matinal que iluminava o interior do salão através de um grande vidro desapareceu, e de repente ficou nublado. Por um instante, pensei: "Nossa". Estava tão ensolarado há pouco, mas o tempo poderia virar.

Mitarai saiu primeiro, tranquilamente. Abri minha carteira para pagar, mas como tinha usado os trocados, só tinha uma nota de dez mil ienes. O estabelecimento tinha acabado de abrir e o atendente, que não tinha troco, foi até os fundos pegar. Isso me atrasou bastante em relação a Mitarai. Enquanto subia os degraus de pedra que davam para o Caminho do Filósofo, como de costume fui virando e colocando na mesma direção as nove cédulas de mil ienes que o atendente devia ter juntado às pressas. Uma das nove cédulas estava rasgada no centro e colada com fita adesiva. A metade direita do rosto de Hirobumi Ito estava sob a fita adesiva.

Mitarai estava sentado no banco novamente. Aquele cachorro de antes havia aparecido de algum lugar e se aproximado de novo. Mitarai parece atrair os cães. Provavelmente eles consideram-no como sendo da mesma espécie. Comecei a andar, fazendo Mitarai se mover também para que fôssemos até a Garagem Karasuma. Era chegada a hora da nossa última aposta. Senti algo arder dentro de mim.

Na hora de colocar as nove cédulas de mil ienes na carteira, falei:

"Olhe, me deram uma nota emendada com fita", e mostrei para Mitarai só por mostrar.

"Não é uma fita opaca, é?", disse Mitarai. "Ah, é transparente, então tudo bem."

"Como assim, tudo bem?"

"Não, bem, é improvável que aconteça com uma nota de mil ienes, mas se fosse uma nota de dez mil ienes com uma fita opaca, ela poderia ser falsa."

"Por que existe a possibilidade de ser uma nota falsa se for uma fita opaca?"

"Porque... ah não, dá trabalho explicar com palavras. Seria mais fácil se eu pudesse desenhar. Dizer que a nota é falsa também não está correto, talvez seja melhor chamar de golpe da nota de... dez... mil... ienes..."

Parecia que ele tinha perdido a vontade de falar, de novo. Não consegui escutar o que disse no final. Isso acontece com ele às vezes. Normalmente, é um sinal da depressão.

Olhei para o rosto de Mitarai, pensando que a coisa estava feia. Só que ao ver uma expressão que eu nem imaginava estampando a cara de Mitarai, fiquei apreensivo. Era a primeira vez que o via com essa fisionomia. Seus olhos estavam arregalados e eu podia ver claramente os vasos sanguíneos vermelhos saltados. E uma energia avassaladora, vinda da loucura, foi irradiada violentamente no ar. A boca, em contraste, estava aberta, sem fazer força alguma.

Naquele instante, eu fiquei totalmente aflito, sem saber o que fazer. Estávamos, afinal, em uma situação desesperadora. Esperei o momento derradeiro, em meio à confusão que minava minha energia.

Isso começou num piscar de olhos. Mitarai fechou os dois punhos com tanta força que seus músculos chegaram a tremer e, quando os projetou para a frente...

"Uoooooh...!", começou a urrar bem alto.

Um casal que passou por nós parou e virou-se para olhar. O cachorro também estava prendendo a respiração e, intrigado, fitava Mitarai.

Já reclamei inúmeras vezes dele, mas não houve uma única vez que eu tivesse duvidado da sua capacidade cognitiva. Eu até respeitava sua acuidade. Mas foi justamente por causa dessa acuidade que havia chegado o momento da derrocada. Imerso em uma tristeza desesperadora, eu vi a morte do seu cérebro, ou seja, vi o momento em que ele atravessou o portão da verdadeira loucura.

"O que foi?! Mitarai, fale comigo!"

Eu não podia, todavia, ficar na posição de mero espectador. Aos gritos, fiz perguntas estúpidas que não precisavam ser feitas e adotei um comportamento assustadoramente medíocre (mas o que mais eu poderia fazer?!), ou seja, eu o segurei pelos ombros e tentei sacudi-lo.

Mas quando vi seu rosto, senti um tipo de emoção estranha, que fez meus movimentos congelarem. Mitarai, que estava com a barba por fazer do queixo até as bochechas sem gordura, se esgoelava, soltando sons incompreensíveis com toda a força do seu corpo magro. Parecia um leão magro e altivo que de forte só tem a autoestima e, por conta disso, não consegue alimentar-se e está prestes a morrer, mas que continua a urrar com toda sua força.

De repente, o leão magro parou de urrar e saiu em disparada.

As crises de um louco são tão impactantes, semelhantes à gritaria de alguém que rechaça qualquer ajuda. Corri atrás dele timidamente, e pensei seriamente que ele tivesse visto alguém, quem sabe uma criança prestes a cair no rio, e por isso saiu correndo para salvá-la. Tenho certeza de que é isso, espero que seja! Trabalhava meu cérebro, incessantemente. É estranho quando penso nisso. Mesmo porque eu tinha visto com meus próprios olhos e sabia que ninguém havia caído no rio.

No entanto, antes mesmo de atingir trinta metros, Mitarai freou bruscamente e correu na direção contrária, quase esbarrando em mim. O casal que estava parado começou a fugir, correndo a todo vapor. Eu o segui o mais rápido que pude. Mitarai os ultrapassou num piscar de olhos e parou, e desta vez agachou, segurando a cabeça. O sábio cão preto já tinha desaparecido há muito tempo, se refugiando em algum lugar seguro.

Enquanto fui caminhando exausto, me perguntando o que estava acontecendo. O casal assustado olhou para mim e para o perigoso Mitarai alternadamente, com olhar de reprovação. A área onde Mitarai estava agachado era perto de onde ele estava urrando agora há pouco. Resumindo, era só eu ter ficado ali, esperando.

Mitarai ergueu o rosto quando me aproximei. Mas o seu semblante voltou a ter o olhar travesso e tranquilo que sempre mostrava no apartamento. E então ele soltou:

"Ora, ora, Ishioka, por onde você andou?"

Ainda não podia baixar a guarda, mas nem tenho como colocar em palavras o alívio que senti nesse momento. Eu não conseguia pensar em mais nada.

Entendi muito bem que você corre rápido —, tentei dizer. As pernas de um louco realmente são ágeis. Mas ele foi um segundo mais rápido do que eu, e gritou:

"Eu fui muito idiota!"

Nisso eu concordo, pensei.

"Quanta estupidez! Desse jeito, nunca mais vou poder rir, pelo resto da minha vida, de um homem que fica revirando o quarto em busca dos óculos que estão na própria cabeça! De agora em diante, levarei as coisas a sério desde o início. Mas ainda bem que não era nada do tipo que alguém fosse vitimado por ter me atrapalhado tanto. Ufa, ainda bem."

"Como assim, ainda bem? Ainda bem que eu estava com você, não é? Se fosse só aquele casal, você já estaria ouvindo a sirene da ambulância se aproximando..."

"O pino! Aquele único pino, Ishioka! Finalmente achei. Eu finalmente achei! Como eu pensei. Ao puxar esse pino, olhe só, tudo se encaixou instantaneamente, de uma só vez, do jeito que eu imaginava.

"Essa pessoa é mesmo incrível, tenho que admitir! Mas de qualquer forma, eu é que fui muito estúpido. Se eu tivesse escutado tudo direito, teria solucionado assim que ouvisse a sua explicação, na primeira vez! Na verdade, é um caso tão simples que chega a ser ridículo! Onde é que eu estava com a cabeça, hein?! Pareço até a toupeira que queria roubar o nabo do campo e cavou um buraco saindo do outro lado do planeta!

"O que está fazendo, Ishioka? Você deveria caçoar de mim. Todos caçoem de mim, por favor, você aí, pode rir de mim. Eu perdoo. Fui um palhaço. Esta é, de longe, a parte mais surpreendente de todo este caso. Quem diria que eu, logo eu, fosse demorar tanto em uma charada tão simples como essa?! É um mistério que até uma criança saberia solucionar. Sendo assim, temos que nos apressar! Que horas são agora, Ishioka?"

"Hein?"

"Hein nada, estou perguntando as horas. Isso aí no seu pulso esquerdo não é um relógio?"

"São 11h, e...?"

"11h! Isso é terrível, quase não temos tempo. Vamos ter que correr. A que horas parte o último trem-bala com destino a Tokyo?"

"Acho que às 20h29..."

"Ok, vamos pegar esse então. Então, Ishioka, volte para o apartamento de Nishikyogoku e espere por um telefonema meu. Não tenho tempo, adeus!"

"Ei, espere um minuto! Aonde você vai?"

Como Mitarai já estava se distanciando, elevou um pouco a voz.

"Ora, está na cara, vou *aonde está a pessoa que cometeu os crimes!*"

Fiquei atônito.

"Você enlouqueceu de novo? Está levando isso a sério mesmo? Em primeiro lugar, onde está essa pessoa?"

"Vou procurar seu paradeiro agora, mas fique tranquilo, eu encontrarei até o final da tarde."

"No final da tarde?! Você sabe o que está procurando? Não é como procurar o guarda-chuva que esqueceu por aí. E o Shusai Yoshida? Não precisa ir lá?!"

"Shusai o quê? Quem é esse? Ah! A pessoa de quem você estava falando antes? Não precisa ir, não."

"Por quê?"

"Porque ele não é o criminoso."

"Como você pode afirmar isso?"

"Porque eu sei quem cometeu os crimes."

"Olha só..., quem cometeu..."

Enquanto eu tentava falar, Mitarai virou a esquina e desapareceu rapidamente.

Foram apenas duas ou três horas, mas fiquei extremamente cansado. Como pude virar amigo de uma pessoa assim, semilouca? Devo ter feito algo muito ruim na minha vida anterior.

Mas ao ficar sozinho, percebi que havia uma grande questão que me obrigava a fazer uma escolha de imediato. O que fazer com Shusai Yoshida? Mitarai disse que não precisava ir até lá. Mas até que ponto posso acreditar no que um homem como ele diz?

Um caso *tão simples* que chega a ser ridículo? Tão simples que é ridículo? Onde está a parte fácil?! Não existe um caso tão ridiculamente complicado. Até uma criança saberia? Algo que até uma criança saberia é o fato de que ele é um doente, isso sim.

Do que será que Mitarai tinha se dado conta? Mas antes de tudo, será que ele *realmente* havia se dado conta? Aquilo sem dúvida foi um ataque de loucura. Começar a correr de repente, urrar e sair gritando não são coisas que uma pessoa em sã consciência faça. Vai ver ele se convenceu de que solucionou o caso, deixando seus delírios tomarem conta de si.

Mesmo que porventura ele tivesse tido uma grande sacada, era absolutamente impossível encontrar o criminoso até o final da tarde, de maneira tão casual. Ninguém, em quarenta anos, conseguiu encontrar. Eu não me importaria de andar por toda a Kyoto, virando-a do avesso, se nessas poucas horas que restam fosse possível encontrar o criminoso do mesmo modo como se acha um guarda-chuva esquecido numa cabine telefônica. Posso dizer com convicção que isso, sim, é definitivamente o disparate de um louco, aliás, de um nível bem grave. Até aqueles que duvidam que a caixa de correio é vermelha* não questionariam sua insanidade. Dez entre dez pessoas concordariam comigo, provavelmente.

Em primeiro lugar, os conhecimentos preliminares que Mitarai tinha eram os mesmos que os meus. Não, não, ele sabia muito menos que eu porque não tinha conhecimento sobre Shusai Yoshida ou Hachiro Umeda. É espantoso que, mesmo assim, esteja dizendo que irá localizar o criminoso ainda naquele dia!

Ele me disse para ir ao apartamento e esperar pelo seu telefonema. Se eu obedecesse, significaria que eu acreditei, ainda que minimamente, naquela conversa — que mais parece um devaneio — de que aquele sujeito terrivelmente insano fosse encontrar o criminoso até o final do dia.

Partindo do senso comum, não havia como, de forma alguma, de jeito nenhum, acreditar nessa possibilidade. No entanto, mesmo que haja uma grande probabilidade de o palpite dele estar errado, se aquele digníssimo homem com sintomas de doença terminal se pôs a correr (no sentido literal da palavra), sinto que precisará da minha ajuda. Por esse motivo, necessito voltar e ficar no apartamento. E agora...?

Hoje é o prazo final. Se constatar que Mitarai fracassou, o que vou fazer? Não é melhor eu fazer ao menos o que estiver ao meu alcance, por precaução?

---

* O sistema postal foi implantado no Japão em 1871 e, a partir do ano seguinte, difundiu-se a caixa de correio de cor preta no país, mas em 1908 sua cor mudou para vermelha para facilitar a identificação e permanece como padrão até hoje. [NE]

Na verdade, o fato de Mitarai ter saído correndo sem me explicar direito, embora isso tenha sido por falta de tempo também, é a causa de eu ficar tão preocupado. Se o lampejo de pensamento que ele teve fosse algo convincente, eu até poderia voltar para casa obedientemente e ficar sentado na frente do telefone, mas do jeito que ele estava... Sem querer, levanto os olhos para o céu. Agora, o céu está repleto de nuvens espessas, tão nebuloso quanto a minha mente.

Decidi, por ora, analisar se era possível que Mitarai realmente tivesse solucionado o caso. Haveria a possibilidade, ainda que mínima? Em que momento ele teve o ataque e começou a urrar mesmo...? Ah sim, foi depois de eu ter mostrado a cédula com fita adesiva. Isso significa que aquilo lhe deu alguma pista.

Peguei a minha carteira, rapidamente. Puxei a cédula de mil ienes com fita adesiva colada nela. Não há nada de estranho. Só estava colada com uma fita transparente. O que é que ele descobriu a partir disso? Olho o verso da cédula. Tinha fita adesiva no verso também. Mas Mitarai não olhou o verso.

Achei que poderia estar escrito alguma coisa nela e observei com atenção, mas não tinha nada. Sua cor também não está diferente. Será que o nome Hirobumi Ito desencadeou alguma ideia? Acho que também não. Então será que era por causa do número mil? Pode ser que sim. Mas não consigo imaginar nada.

A cédula, ou seja, o próprio conceito de *dinheiro* pode ter chamado sua atenção. Porque havia dinheiro envolvido naquele caso, será...? Mas isso era óbvio. Não vem ao caso agora.

Não é isso, espera, não é isso, já sei. É a *nota falsa*! Ele falou algo sobre a nota falsa. É isso!

Será que notas falsas estavam envolvidas naquele caso? Fizeram com que o caso da família Umezawa parecesse assassinatos ligados ao zodíaco, mas, na verdade, foi um crime envolvendo notas falsas? Heikichi era um artista, então quem sabe...?

Mas como isso se conecta com as informações que conseguimos até o momento? Não acho que houvesse qualquer sinal ou evidência de que este foi um caso ligado a notas falsas.

No entanto, parece bem improvável que aquela agitação de Mitarai não tenha relação com as palavras "notas falsas". A palavra nota falsa é que lhe serviu de pista. Então como?! E ele ainda falou que seria uma nota falsa se estiver colada com uma fita *opaca*. E que não haveria possibilidade se fosse uma nota de mil ienes, mas que se fosse uma nota de dez mil ienes, sim... Por quê? Será que a qualidade do papel da nota de dez mil ienes é superior?

Ah, é mesmo, entendi. É assim. Fazer notas falsas de mil ienes não dá muito lucro. Uma nota falsa de dez mil ienes é dez vezes mais lucrativa. Se existisse uma nota de cem mil ienes, certamente dariam preferência a ela. Deve ser isso.

Mas por que se trataria de uma nota falsa se tivesse uma fita opaca colada em vez de fita transparente? Notas de dinheiro falsas devem ser impressas criando-se chapas de impressão novas. Não deve haver necessidade de se colar uma fita. Ele é um homem que diz coisas incompreensíveis.

Depois de pensar nessas e noutras coisas, decidi fazer o favor de voltar ao apartamento. Ele disse que entraria em contato comigo até o final da tarde. Assim, caso eu venha a constatar que ele fracassou, ainda será possível sair correndo para a casa de Shusai Yoshida. Não dizem que há uma linha tênue entre a burrice e a genialidade? Relutei mas decidi apostar, só desta vez, nessa linha tênue.

Talvez o momento seja um pouco tardio. Mas isso é porque eu queria que o maior número possível de leitores solucionassem este mistério, além de esperar, obviamente, que fosse um jogo totalmente limpo. Deixo escrito aqui aquela famosa frase, com toda a minha coragem:

〈 DESAFIO AO LEITOR 〉

Nem preciso dizer que os leitores já dispõem de informações mais do que suficientes. Além disso, não se esqueçam de que a chave para resolver o mistério está na palma de suas mãos.

Soji Shimada

IV
A CHEGADA DA TEMPESTADE DE PRIMAVERA

1

Eu estava em estado de apagão de pensamentos, propositalmente. Não me era possível conceber que esse caso estava na *fase final*, então se eu começasse a raciocinar nem que fosse só um pouco, era óbvio que eu iria querer largar tudo e ir até Shusai Yoshida.

Deixei o telefone bem perto de mim — só faltava colocá-lo no meu colo — e me deitei, mas eu não estava em um estado mental muito agradável. Mas como amigo eu deveria me alegrar pelo fato de Mitarai, que parecia uma bexiga murcha, ter recuperado a sua energia.

No caminho de volta para o apartamento, fiquei pensando no que poderia fazer para matar o tempo até o final da tarde, na frente do telefone. Por isso, fiz de tudo para comer o antecipado almoço o mais lentamente possível. No entanto, foi completamente desnecessário me preocupar com essas coisas. Em menos de 20 minutos, depois de chegar ao apartamento e deitar-me ao lado do aparelho telefônico, ouvi o telefone tocar. Não achei que fosse Mitarai, pois era muito cedo. Então, peguei o telefone e disse:

"Alô, aqui é o Emoto."

"Você não devia falar 'aqui é o Ishioka'?"

Mitarai disse, zombando de mim.

"Ah é você? Que rápido. Por acaso vai me pedir para levar alguma coisa que esqueceu?"

"Estou em Arashiyama agora", disse Mitarai.

"Ah, que bom, eu gostei daí, especialmente onde tem as flores de cerejeira que você odeia. A propósito, como está seu cérebro?"

"Nunca esteve tão bom quanto agora, desde que nasci! Você conhece a Ponte Togetsu, não conhece? A de Arashiyama. Você se lembra que havia uma cabine telefônica que parecia uma casa de uma imagem bodisatva bem no final dela?"

Eu me lembrava claramente.

"Estou ligando dela agora. Tem uma casa de chá chamada Kotokiki Chaya do outro lado da rua desta cabine. O *sakuramochi* dali é uma delícia, não contém pasta de feijão, sabe? Venha comer agora mesmo.

"Há uma pessoa com quem quero que encontre."

"Tudo bem, mas quem é?"

"Você vai saber quando encontrar."

Em momentos como esse, Mitarai nunca me conta.

"Tenho certeza de que é alguém com quem você quer muito encontrar. Se eu me encontrar com a pessoa sozinho, tenho certeza de que você guardará rancor pelo resto da vida. Mas quero que você se apresse. Mesmo porque, por ser uma pessoa famosa e ocupada, acabará indo embora se não vier logo."

"É uma estrela ou algo assim?"

"Ah, isso mesmo, uma superestrela, eu diria. O tempo não está bom e começou a ventar também. Vai chover. Por isso, quero que traga o guarda-chuva. Tem dois guarda-chuvas na entrada desse apartamento, um tradicional, que é do Emoto, e outro branco, feito de plástico, daqueles que são baratos. Comprei quando choveu, há muito tempo. Traga esses dois, por favor. Então até mais, venha logo!"

Eu me levantei num pulo e peguei minha jaqueta. Ao chegar na entrada, vi que tinha um guarda-chuva branco e um guarda-chuva preto atrás da sapateira. É para mim e para Mitarai.

Corri novamente, dessa vez para a estação. Hoje estou sendo obrigado a correr bastante. "Tenho certeza de que é bom para a saúde", pensei, enquanto corria. Mas por que Mitarai quer que eu me encontre com alguém — seja lá uma estrela de cinema ou algo assim — neste momento tão corrido? Lógico que eu gostaria de encontrar, se for uma grande atriz, mas qual seria a relação com o caso?

Ainda estávamos no meio do dia quando saí da Estação Arashiyama, mas o céu estava encoberto por nuvens e também se mostrava cinzento com tons de amarelo, como se o crepúsculo estivesse se aproximando, e as copas das árvores ressoavam sons com o vento forte de vez em quando. Quando atravessei a Ponte Togetsu caminhando rapidamente, pensei ter visto um raio e olhei para o céu. Observei por um momento, mas não relampejou mais. Devem ser os trovões anunciando a chegada da primavera.

Ao entrar na casa de chá Kotokiki, havia poucos clientes e vi Mitarai sentado em uma mesa coberta com um pano vermelho, ao lado da janela. Ele me viu e ergueu levemente a mão. Pude ver as costas de uma senhora de quimono diante dele.

Aproximei-me da mesa carregando os guarda-chuvas e, ao sentar do lado de Mitarai, pude ver o rio e a Ponte Togetsu atrás dele. Ouvi uma voz me perguntando o que eu gostaria, e notei que uma atendente veio logo atrás de mim. Mitarai disse "*sakuramochi*" e entregou à garota algumas moedas de cem ienes. Parece que aqui o pagamento é antecipado.

Como sentei-me bem na frente da mulher, tendo entre nós apenas a curta distância da mesa, fiquei em uma posição onde podia ver seu rosto claramente. Seu olhar estava levemente voltado para baixo. Ela tinha um rosto com ar aristocrático e uma aparência elegante, o que me fez pensar que devia ser muito bonita quando jovem.

Ela devia ter seus quarenta e poucos anos, não devia ter completado cinquenta ainda. Então, mesmo que ela tivesse 50 anos, na época dos crimes teria cerca de 10 anos. Significa que não deve ser uma pessoa que sirva de grande referência. O que será que Mitarai pretende com ela?

Havia chá e um *sakuramochi* intocados na frente dessa senhora, e provavelmente já estavam frios. Eu me perguntei por que essa mulher mantinha o rosto inclinado para baixo.

E fiquei pensando o tempo todo que a fisionomia desta mulher não me trazia nenhuma lembrança em particular. Não me lembro de tê-la visto nem na TV de tubo e nem na tela de cinema.

De qualquer forma, como pensei que Mitarai me apresentaria a ela assim que eu me sentasse, esse momento de silêncio constrangedor me pegou desprevenido, então tentei chamar a atenção de Mitarai com um gesto discreto. Mas parece que até mesmo Mitarai, que não tem modos, percebeu isso e falou: "Depois que o seu *sakuramochi* chegar", para depois se calar novamente.

Entretanto, não tive que aguentar por muito tempo, pois logo vi a garota trazendo na bandeja um pratinho e chá, que foram colocados na minha frente. E assim que a garota virou as costas, Mitarai falou:

"Este é Kazumi Ishioka, um amigo que veio comigo."

Essa senhora sorriu levemente e, pela primeira vez, olhou rapidamente para o meu rosto. E acenou com a cabeça. Durante muito tempo eu não consegui me esquecer daquele sorriso misterioso. Foi a primeira vez em toda a minha vida que vi uma mulher de 50 anos sorrindo assim. Tinha uma certa timidez, e dizer isso me faz sentir terrivelmente banal, mas o fato é que achei, nessa hora, que era um sorriso sem malícia alguma. E a princípio pensei se isso era o que chamam de "encanto de uma mulher adulta", mas logo reconsiderei, porque definitivamente não era o caso.

Mitarai se virou lentamente para mim. E proferiu uma fala inusitada, como de um personagem que aparece nos sonhos.

"Ishioka, esta é a sra. Taeko Sudo. Trata-se da *autora dos crimes* que tanto admiramos, daquele caso dos Assassinatos do Zodíaco da Família Umezawa."

Nesse instante, senti como se minha alma estivesse desprendendo-se do corpo. Suportei essa sensação e tive a impressão de que nós três ficamos muito, muito tempo encarando um ao outro. Talvez esse intervalo tenha sido correspondente aos quarenta anos que se passaram.

Então, como se quisesse dar um fim àquele momento insólito, o raio da primavera relampeou com furor e, por um momento, o interior do estabelecimento penumbrado ficou mais claro do que o sol do meio-dia. Escutei uma garota gritar nos fundos, e logo depois, um estrondo.

Então, como se aquilo tivesse sido um sinal, a chuva repentina começou a cobrir dramaticamente tudo do lado de fora da janela, deixando o rio e a ponte invisíveis com a névoa que se formava. O som da chuva forte batendo no telhado encheu o interior do estabelecimento, impossibilitando uma conversa sem que se falasse em voz alta. Por isso, ficamos em silêncio.

A chuva passou a cair em diagonal, começou a bater no vidro, e pude ver as pessoas fugindo apressadamente por aquele mundo quase invisível que mais se parecia com um sumiê* borrado. Algumas delas abriram a porta de correr do estabelecimento de forma brutal e correram para dentro. Suas vozes, falando alto, me pareceram sons de um mundo distante.

Algo estava murchando dentro de mim e, por algum motivo, a visão de um pedaço de papel em chamas que ia se enrolando me ocorreu diversas vezes.

Aos poucos, comecei a achar que Mitarai poderia ter contado uma de suas típicas piadas indiscretas e pensei em encará-lo, mas ao observar a mulher, percebi que não parecia ser o caso.

* Pintura feita com tinta *sumi*, ou tinta-da-china. [NE]

Mas então por quê?! Finalmente consegui recuperar a calma para pensar direito e me sentir confuso.

Ele disse que ela se chama Taeko Sudo. Nunca ouvi falar desse nome. Então é uma pessoa que desconhecíamos totalmente?!

Ela deve ter no máximo 50 anos. Em 1936, não tinha nem 10 anos. Mesmo que tenha 55 anos, teria 15 na época. O que uma criança dessas poderia fazer?!

Se ela é a autora dos crimes, quer dizer que essa mulher sozinha matou Heikichi, Kazue e as demais, cometendo assassinatos em série?! Uma criança com menos de 10 anos?!

Então foi essa mulher sozinha que ameaçou Bunjiro Takegoshi com a carta e fez com que ele agisse a seu mando?! Ela esquartejou os corpos de seis mulheres para tentar fazer a Azoth? Não foi nem Yoshio, nem Yasukawa, nem Fumiko, nem Heikichi, e sim essa mulher sozinha?! Sem ajuda de ninguém?!

E quanto à motivação?!

Que tipo de relação ela tem com a família Umezawa? Não havia nenhuma criança assim nas informações que obtivemos até agora. Onde diabos ela estava escondida? Quer dizer que nós, aliás, as pessoas de todo o Japão, simplesmente deixamos passar? Como e onde uma criança dessas levaria seis adultas para matá-las com veneno? Em primeiro lugar, onde ela conseguiria obter um veneno desses?

Na verdade, tem uma questão ainda mais intrigante. Se esta mulher foi a criminosa que despistou o Japão inteiro durante quarenta anos, como foi que Mitarai a encontrou nesse curto espaço de tempo? Desde aquela hora, ele só teria tido tempo para deslocar-se do Caminho do Filósofo até aqui e fazer uma refeição, no máximo.

O mistério continuava sendo um completo enigma até eu chegar ao Caminho do Filósofo hoje de manhã. Provavelmente estava quase no mesmo estado em que se encontrava em 1936. Foi quando saímos de Nyakuōji que Mitarai teve um lampejo. Mas por quê? O que houve?

A chuva lá fora continuava forte, a luz dos raios brilhava ocasionalmente, e o interior do estabelecimento foi preenchido por aquela sensação de abafado, bem peculiar às chuvas de final de tarde. Acho que nós parecíamos totalmente petrificados para os demais clientes. O som da chuva foi diminuindo aos poucos e senti que aquela intensidade momentânea estava desaparecendo.

"Eu sabia que alguém viria, algum dia", disse a senhora repentinamente, como se estivesse esperando por aquele momento.

No entanto, a voz era surpreendentemente fraca, quase rouca, e foi difícil conectar esta voz à mulher que estava na minha frente. Pela voz, talvez ela tivesse mais idade.

"Do meu ponto de vista, é até impressionante que tenha demorado mais de quarenta anos, com um enigma tão simples como aquele. Mas... pensei que as pessoas que viriam até mim certamente seriam jovens, como vocês."

"Há uma única coisa que eu gostaria de perguntar."

Disse Mitarai, educadamente.

"Por que a senhora continuou todo esse tempo em um lugar tão fácil de ser descoberta? Certamente poderia ter se mudado para outro lugar. Tendo a sua inteligência, não seria tão difícil dominar uma língua estrangeira."

O lado de fora da janela ainda era dominado pelo cinza-escuro amarelado, continuava a chover de maneira constante e, de vez em quando, o lampejo do raio se projetava no céu escuro.

"Isso é... um pouco difícil de explicar... Acho que eu estava disposta a esperar. Eu era solitária, e não encontrei ninguém que eu pudesse considerar como a pessoa certa para mim. Alguém que viesse até mim seria, no mínimo, parecido comigo... Ah, não, não no sentido de ser uma pessoa má como eu."

"Claro, entendo."

Mitarai assentiu, com um semblante sério.

"Estou feliz em conhecê-lo."

"E eu, o triplo."

"Você tem uma capacidade extraordinária. Tenho certeza de que fará algo grandioso daqui em diante."

"Já fiz. Não sei se seria possível encontrar uma missão maior que esta no futuro."

"Não deveria dizer uma coisa dessas só por causa do meu pequeno enigma. Você é jovem, ainda tem muito pela frente. Você é muito competente, mas por favor, não se encha de orgulho ou se dê por satisfeito só por ter conseguido resolver meu caso."

Nesse momento, ponderei sobre o significado dessas palavras que soavam como preceitos.

"Haha, não se preocupe com isso. Afinal, fiquei martelando bastante a cabeça e perdi bastante tempo no começo", disse Mitarai.

"Bem, sinto que vou acabar me empolgando demais com meu modesto sucesso se continuarmos assim, então acho que já está na hora de ir embora. Uma coisa que me arrependo de verdade é de ter me deixado levar pelas circunstâncias e prometido à polícia que contaria sobre você amanhã, após voltar a Tokyo hoje à noite. Ao detetive Takegoshi, filho do sr. Bunjiro Takegoshi, que a senhora conhece tão bem. Esse cara é um estúpido que parece um chimpanzé de terno, mas decidi fazê-lo por um certo motivo. Se eu te contar, certamente concordará também. Se não fosse isso, eu apenas me despediria da senhora e retornaria a Tokyo para continuar o trabalho que deixei de lado há uma semana. Estou bem ciente de que neste tipo de missão não há nada mais satisfatório do que a reunião que estamos tendo agora .

"Vou me encontrar com o chimpanzé amanhã. Portanto, será provavelmente amanhã à noite que esse cara virá aqui, trazendo seus companheiros. Onde a senhora estará até então, fica por sua conta."

"Se disser uma coisa dessas, por mais que seja um crime prescrito, poderá ser indiciado por auxílio à fuga."

Mitarai olhou para o lado e riu.

"Hahaha, eu tive muitas experiências até agora, mas infelizmente ainda não sei como é dentro do xilindró. De vez em quando tenho a oportunidade de encontrar algum criminoso, mas é uma pena que não consigo explicar a eles onde estão prestes a entrar."

"Você é jovem. Não deve ter nada a temer, não é? Até eu que sou mulher era assim quando jovem."

"Achei que seria apenas uma chuva de fim de tarde, mas ainda não parou. Leve este guarda-chuva, mesmo não sendo de boa qualidade, é melhor do que se molhar."

Mitarai ofereceu o de plástico branco.

"Mas não conseguirei devolvê-lo."

"Não se preocupe, foi barato."

Nós três nos levantamos da cadeira ao mesmo tempo.

Taeko Sudo abriu a bolsa que carregava e colocou a mão esquerda nela. Eu tinha muitas perguntas para fazer. Elas estavam quase saindo pela garganta, mas não consegui proferi-las porque parecia que iria estragar a atmosfera do momento. Era como assistir a uma aula na universidade sem saber os conceitos básicos.

"Quero te dar isso, já que não tenho como agradecê-lo."

Dito isso, Taeko Sudo entregou a Mitarai um saquinho tirado da sua bolsa. Era feito de um tecido extremamente bonito, com fios vermelhos e brancos entrelaçados. Mitarai disse "Muito obrigado" num tom seco, desproporcional à atmosfera daquele momento, pegou o saquinho e observou-o na palma da sua mão esquerda, sem demonstrar muito interesse.

Ao sair do estabelecimento, entramos debaixo do guarda-chuva preto e caminhamos em direção à ponte, e a senhora de guarda-chuva branco foi caminhando no sentido oposto, em direção a Rakushisha. Ao se despedir, a senhora se curvou para Mitarai e depois para mim. Eu me inclinei às pressas.

Caminhei espremido sob o guarda-chuva estreito até a ponte, e quando olhei para trás casualmente, foi justamente quando ela também olhou para trás, e se curvou novamente enquanto ia embora. Nós retribuímos o cumprimento, meneando a cabeça.

Eu ainda não conseguia acreditar que essa figura tão frágil, se distanciando de nós, era a pessoa que havia causado tanto alvoroço em todo o Japão. A senhora ia caminhando devagar. Muitas pessoas passavam por ela, mas ninguém prestava atenção.

Os trovões pareciam ter cessado. O momento dramático havia acabado. Enquanto íamos para a Estação Arashiyama, eu disse a Mitarai:

"Você vai me contar tudo direito, certo?"

"Claro que sim. Se estiver disposto a ouvir."

Quando ouvi isso, perdi as estribeiras.

"Você acha que eu não quero ouvir?!"

"Não, não, só achei que você não gostaria de admitir que sua capacidade mental é inferior à minha."

Caí em profundo silêncio.

2

Ao voltar para o apartamento em Nishikyogoku, Mitarai fez uma ligação interurbana para Tokyo e parecia estar conversando com a sra. Iida.

"Sim... foi solucionado. Sim... claro que entendo. Ela estava viva, sim. Acabei de encontrar com ela. Quem é ela? Bem... se quiser saber, por favor, venha à minha sala de aula amanhã à tarde. Qual era mesmo o nome do seu irmão...? Fumihiko? Então ele se chama Fumihiko, ah, certo, não imaginava que tivesse um nome tão bonitinho. Por favor, diga ao Fumihiko para que venha também. Diga a ele que pedi para trazer aquele manuscrito do sr. Bunjiro sem falta quando vier, e por favor diga a ele que insisti muito sobre isso. Não haverá nada que eu possa lhes dizer sem o manuscrito. Sim, estarei no apartamento o dia todo amanhã. Não importa o horário. Telefone antes de vir. Até mais..."

Ouvi o som do discador girando novamente, e parecia que desta vez ele estava ligando para Emoto.

Encontrei uma vassoura na cozinha, fui para o recinto ao lado e comecei a limpar o apartamento que nos acolheu por uma semana, sem hesitar. Mitarai permaneceu sentado no centro da sala mesmo depois de desligar e não se movia, como se estivesse abstraído, o que me atrapalhou bastante na faxina.

Agora a chuva tinha se transformado em garoa e não chegava a molhar o quarto, mesmo deixando as janelas abertas.

Quando subimos para a plataforma da Estação de Kyoto com a nossa pequena bagagem, Emoto já estava nos esperando e entregou dois embrulhos de marmita para nós.

A chuva havia parado.

"Para vocês. Espero que venham novamente", disse Emoto.

"Estou com o coração apertado por você se preocupar até com isso, depois de termos dado tanto trabalho. Venha passear em Tokyo algum dia, sem falta. Muito obrigado pela sua ajuda. Foi muito divertido."

"Não, não, eu não fiz nada. Não se incomode, várias pessoas vêm de supetão no meu apartamento e passam dias lá. Venham quando quiserem novamente, sem fazer cerimônia. Que bom que conseguiram solucionar o caso."

"Ah, pois é, eu gostaria de dizer que sim, mas eu mesmo ainda não consegui entender nada. Para dizer a verdade, sinto que tudo não passou de ilusão... Só esse doutor barbudo é que sabe a verdade."

"Ah, e obviamente ele não quer te contar, certo?"

"Isso mesmo."

"Esse doutor é assim desde sempre. Por exemplo, ele mesmo esconde várias coisas no apartamento e acaba se esquecendo. Por isso, quando faço uma faxina geral, aparece tudo quanto é tipo de coisa de lugares inimagináveis."

Dei um leve suspiro.

"Ah... ele realmente é um pouco anormal, não é...? Talvez seja melhor pedir a ele que me explique logo sobre esse caso, senão pode acabar se esquecendo."

"É melhor se apressar, mesmo."

"Mas por que será que os doutores de adivinhação são tão excêntricos?"

"Porque a adivinhação é um trabalho de velhos excêntricos."

"Mas ainda é tão jovem..."

"É uma pena..."

"Bem, pessoal! Vamos acabar com a despedida por aqui. Logo chegará o trem que nos levará embora para a noite de quinhentos anos adiante, que nos manterá afastados por muito tempo. Vamos vestir nossa armadura romana e montar em um burro branco!"

"É sempre desse jeito."

"Deve ser cansativo para você, não é?"

"Vou te escrever uma carta quando entender completamente sobre o caso, uma bem longa."

"Mal posso esperar. Venham novamente em breve, de verdade. No verão, temos também o festival Daimonji no Okuribi."*

---

* Evento anual realizado no final do *obon*, feriado que celebra os espíritos dos antepassados. Fogueiras em formato de letras gigantes são acesas e iluminam as encostas das cinco montanhas ao redor da cidade de Kyoto. Segundo a crença, o fogo envia de volta os espíritos que visitam o mundo terreno nesse período. *Daimonji* significa "letra grande" e *okuribi*, "fogo que envia". [NE]

O trem-bala partiu, já não dava para enxergar Emoto acenando da plataforma, e assim que começamos a percorrer as planícies levemente iluminadas pelo pôr do sol, me virei para Mitarai.

"Que tal me dar pelo menos uma dica? Mitarai, não acho que isso vá te fazer mal."

Nós pegamos um trem bem antes do último do dia, que era o que tínhamos planejado, já que o caso tinha sido resolvido de forma tão simples, e porque Mitarai disse que não tinha dormido nada e queria descansar logo em sua própria cama.

"Mas é que a dica é... a fita adesiva."

"Como a fita adesiva na nota pode ser uma dica?! Você está falando sério?"

"Nunca estive tão sério quanto agora. Mais que uma dica, posso até afirmar que a própria fita adesiva é o caso em sua *totalidade*."

"..."

Eu fiquei mais perdido ainda.

"Então, a Kato de Osaka, o Tamio Yasukawa, Shusai Yoshida e Hachiro Umeda não têm relação nenhuma?"

"Bem, não que não tenham, mas é possível solucionar o caso mesmo sem saber deles."

"De qualquer forma, eu tenho todas as informações de que preciso para resolvê-lo, então?"

"Claro. Todas, mesmo. Não falta absolutamente nada."

"Mas... mas... a autora do crime, você disse que se chama Sudo, é isso? Não teria como saber até o paradeiro dela, não?"

"Pois tinha como saber, sim."

"Só com aquelas informações?"

"Só com aquelas informações."

"Mas você não tinha conseguido alguma pista pelo que investigou? Algum fato que eu não saiba. Durante o tempo que eu estava indo para Osaka e para Nagoya."

"Nenhuma! Eu fiquei tirando soneca às margens do rio Kamo durante todo aquele tempo. Nós já tínhamos todas as informações antes de chegarmos na Estação de Kyoto a bordo deste trem-bala. Eu poderia ter ido ao encontro de Taeko Sudo logo depois de desembarcar na plataforma da Estação de Kyoto. Só atrasei um pouco, de forma meio inacreditável."

"Mas então, quem é Taeko Sudo? É o nome verdadeiro dela?"

"É claro que é um nome falso."

"Quer dizer que é alguém de quem tenho conhecimento? É isso, não é? Então, quem é?! Qual era o nome dela na época do crime? Mitarai, me diga, nem que seja alguma coisinha! O que aconteceu com Azoth? Conseguiram produzi-la?!"

Já demonstrando preguiça de explicar, Mitarai disse:

"Azoth... sim, ela existe, está viva e se movimentando. Aquela mulher foi quem fez tudo".

Eu quase pulei do assento.

"De verdade?! Ela pôde viver? Ganhou vida?!"

"Foi usada magia, no final das contas."

Minha agitação se dissipou.

"Entendi, você está brincando. É, né... não teria como... Mas quem era aquela, de hoje? Quem era? Aquela lá."

Mitarai semicerrou os olhos e sorriu de modo debochado.

"Diga-me! Você não entende, não é? Não estou me aguentando agora. Morrendo de vontade de saber. É tão sufocante que me dá vontade de rasgar o peito, não estou aguentando."

"Tudo bem, faça o que quiser, porque vou dormir um pouco", disse Mitarai com uma expressão vaga, encostando a cabeça no vidro da janela.

"Mitarai..."

Disse, e suspirei.

"Para você, tudo bem. Mas e eu?! Estou sofrendo, sabia? Acho que você tem o dever de contar pelo menos alguma coisinha para este seu amigo leal. Viemos fazendo as coisas juntos, o tempo todo. Se por acaso existe uma amizade entre nós, acho que só depende da sua decisão agora para que ela termine ou continue."

"Que exagero! O que você está dizendo? Agora resolveu me ameaçar? Não estou dizendo que não vou explicar. Mas não posso fazer de uma maneira tão desleixada. Já que vou fazer, quero juntar os pontos e explicar por completo. Esse é um dos motivos.

"O outro motivo é que estou terrivelmente cansado. Tanto físico quanto mentalmente. Não vou conseguir descansar nem um pouco se ficar respondendo às suas perguntas a todo momento.

"E tem mais um motivo, se eu responder agora e tiver que explicar mais uma vez para Fumihiko Takegoshi, terei que contar a mesma história duas vezes. Fora que nem tenho uma lousa aqui para desenhar.

Uma maneira de atender a todas essas condições é explicar uma única vez amanhã, no meu apartamento. Você também concorda, não? Pare de ser mimado e durma. É só aguentar mais um dia, ora."

"Não estou nem um pouco com sono."

"Ah, ficar dois dias sem dormir me deixa com muito sono. Quero me barbear logo, nem consigo dormir direito com essa barba por fazer porque ela fica pinicando quando encosto na janela. Por que será que cresce barba nos homens, Ishioka? ... Está bem, vou te contar mais uma coisa. Quantos anos você acha que a sra. Sudo tem?"

"Pouco menos de 50 anos, não?"

"Isso porque você é um desenhista! Ela tem 66 anos. Embora tenha acabado de completar."

"Sessenta e seis anos?! Então, há quarenta anos, ela tinha 26..."

"Quarenta e três anos atrás."

"Quarenta e três anos atrás...? Então... bem, 23 anos...?

"Já sei! Era uma das seis filhas! Então havia mesmo um cadáver de outra pessoa entre os que foram deixados para apodrecer de propósito nos buracos profundos! É isso, não é?!" Mitarai bocejou exageradamente.

"Vamos terminar com a revisão de hoje. Não seria tão fácil conseguir um corpo da mesma faixa etária, ainda mais de uma bailarina."

"O quê?! Então não foi isso?! Mentira! Mas, sim, realmente...já cheguei a pensar nisso antes. Droga! Acho que não vou conseguir dormir esta noite."

"É só uma noite, no seu caso. Você terá a sua resposta amanhã. Não acha melhor me acompanhar, só por uma noite? Como prova dessa amizade que parece existir entre nós."

Mitarai disse isso e fechou os olhos de novo, confortavelmente.

"...Você está se divertindo, não é?"

"Não, só estou com sono."

No entanto, apesar disso, Mitarai abriu os olhos e começou a mexer nas coisas dele. Puxou o saquinho que ganhou de Taeko Sudo de dentro da bolsa e a colocou na palma da mão para contemplá-la.

Do lado de fora da janela, até parecia que aquela tempestade de algumas horas nem tinha acontecido. Inesperadamente, o pôr do sol surgiu ao redor do horizonte que se movia lentamente, como uma fenda laranja que se abriu horizontalmente em uma cortina corta-luz. Recapitulei a estadia de uma semana em Kyoto. Aconteceram muitas coisas em apenas uma semana: conversei com a Kato nas margens do rio Yodo em Osaka, visitei Shusai Yoshida na Garagem Karasuma e vi Hachiro Umeda, vestido de policial, a postos no Meiji-mura, em Inuyama.

E por último, a Taeko Sudo, em Arashiyama. Era inacreditável que havia encontrado ela apenas algumas horas atrás, naquele mesmo dia. A impressão de que foi em um horário mais tarde do que agora, por ser uma tarde escura devido à tempestade da primavera, não desaparecia.

"Então foi perda de tempo eu ficar correndo para lá e para cá, na direção errada, indo para Osaka e Meiji-mura..."

Eu estava com uma sensação de derrota que não sabia nem de onde vinha. Mitarai respondeu, alheio a tudo, enquanto manuseava o saquinho.

"Claro que não."

Achei que o que havia investigado também serviu de referência para o julgamento de Mitarai, então me recompus e perguntei.

"Por que você acha isso?!"

"Porque... pelo menos você conseguiu visitar Meiji-mura, ora."

Mitarai sacudiu o saquinho, colocando-o de ponta-cabeça. Então, dois pequenos dados rolaram na palma da sua mão esquerda. Mitarai ficou rolando os dados com o dedo direito na palma da mão e disse, de repente:

"Aquela mulher achava que as pessoas que chegariam até ela seriam jovens, como nós, não foi?"

Quando eu assenti, ele disse novamente: "Pergunto-me se foi bom ter sido jovens como nós".

"O que quer dizer?"

"Não, não é nada em especial."

Mitarai ficou brincando com os dados dentro da mão por muito tempo. Ao fundo, o sol foi se pondo.

"O show de mágica acabou", disse Mitarai.

〈 SEGUNDA CARTA DE DESAFIO 〉

Não há nenhum exagero nas palavras do sr. Mitarai. Eu poderia ter escrito a primeira carta de desafio aos leitores no momento em que eles chegaram à plataforma da Estação de Kyoto. Mas achei que assim o nível de dificuldade seria demasiadamente alto, então decidi esperar até que surgisse uma grande pista.

Dei pistas explícitas e fiz até a autora do crime aparecer. No entanto, presumo que a maioria dos leitores ainda não tenha entendido (afinal de contas, é um problema difícil, que todo o Japão não conseguiu solucionar durante quarenta anos). E assim, serei ousado o bastante para lançar um segundo desafio aqui.

Quem é Taeko Sudo? Claro, ela é uma pessoa que todos vocês conhecem. E como ela cometeu os crimes? Acho que, a essas alturas, vocês já são capazes de solucionar o caso.

Soji Shimada

V
MAGIA
DA
NÉVOA
DO
TEMPO

1

O que acontecerá com a mulher chamada Taeko Sudo? Não faço ideia porque tenho pouco conhecimento da lei, mas, de acordo com Mitarai, o prazo de prescrição para propor ação pública é fixado em 15 anos, então provavelmente ela escapará da pena de morte.

Parece que não há prescrição para homicídio qualificado (assassinato planejado) no Reino Unido e nos Estados Unidos, nem para nazistas de Auschwitz. Ela é japonesa, mas de qualquer forma não poderá mais esperar levar uma vida pacífica.

Ao desembarcar na Estação Tsunashima e caminhar pelo bairro no dia seguinte, sexta-feira 13, a região dos hotéis, que geralmente não tem uma atmosfera muito boa, ainda dorme tranquila por ser de manhã cedo.

Eu mal consegui dormir na noite anterior, como esperado. Pensei sobre o caso a noite toda, mas não consegui nem ao menos ter uma vaga ideia de quem era aquela mulher chamada Taeko Sudo que apareceu de repente, causando confusão e me deixando mais perdido do que na época em que fiquei pensando em várias alternativas depois de ler o *Assassinatos do Zodíaco da Família Umezawa*. Tive a impressão de que, naquela época, eu conseguia enxergar melhor os fatos do caso do que agora. Dei-me conta de o quanto a minha capacidade cognitiva era medíocre.

Em uma cafeteria que já tinha ido algumas vezes, vi o gerente saindo para colocar a placa de "Aberto" na entrada e resolvi entrar. Pedi a combinação de café da manhã e comecei a me preparar para o momento dramático que estava por vir.

No entanto, quando cheguei ao escritório de Mitarai, eu já meio que esperava por isso, mas ele ainda estava dormindo e tive que passar horas no sofá, o que não foi nada dramático.

Como receberíamos a visita de pelo menos duas pessoas hoje, lavei as xícaras de café e as deixei prontas para usar. Do jeito que Mitarai é, se eu deixasse como estava, ele obviamente não faria nada. Coloquei um disco para tocar bem baixo para não acordar Mitarai e fiquei deitado no sofá. Parece que peguei no sono e acordei com o barulho da porta do quarto sendo aberta por Mitarai.

Mitarai parou na porta, bocejou e coçou a cabeça. Para minha admiração, a barba estava feita, e parecia que ele ainda tinha tomado banho na noite anterior, passando uma impressão mais asseada do que o esperado.

"Conseguiu descansar?", perguntei.

"Até que sim. Você veio trabalhar tão cedo. Não conseguiu dormir, suponho", disse Mitarai.

"Bem, hoje é um dia decisivo."

"Decisivo? Por quê?", disse Mitarai.

"Porque hoje é o dia em que o mistério de quarenta anos será solucionado, certo? Publicamente. Você deve estar pronto para fazer um discurso, já que é bom nisso."

"Para um chimpanzé? Humm, não parece ser algo muito decisivo. Para mim, o momento decisivo já acabou. Hoje é como se fosse o dia da limpeza, depois de um festival. Mas é claro que, se for para explicar a você, penso ser necessário e bem significativo."

"Mas podemos dizer que é uma tarefa pública, a de hoje."

"Uma limpeza pública."

"Tanto faz de que jeito resolva falar, mas por mais que hoje discurse só para duas pessoas, eles são, digamos, o microfone, e depois pode ser que bilhões de pessoas ouçam pelo alto-falante."

Por algum motivo, Mitarai riu com uma voz seca e disse:

"Ah, sim, isso seria esplêndido. Vou até escovar os dentes."

Mitarai não parecia estar muito animado com a ideia. Mesmo depois de lavar o rosto e se acomodar no sofá, ele não parecia estar tenso com o momento memorável que estava prestes a criar em breve. Pode ser que depois de ter se encontrado com a mulher que cometeu os crimes ele estivesse se sentindo amargurado pelo papel que tinha que desempenhar, o de contar ao detetive sobre a existência dela.

"Mitarai, você vai se tornar um herói hoje", eu disse.

"Não tenho nenhum interesse nisso! Resolvi o mistério e pronto, acabou. O que mais espera que eu faça? Claro que seria diferente se o autor do crime fosse um assassino maníaco e inescrupuloso, que apresentasse risco de continuar produzindo mais cadáveres, mas este caso está bem longe disso.

"Se você conseguisse fazer uma ótima pintura e estivesse satisfeito com o resultado, o que faria depois disso? Se você é um bom pintor e consegue fazer uma ótima pintura, seu trabalho acaba aí. É papel do negociante de arte colocar o preço nela e sair buscando pessoas ricas que possam comprar, certo?

"Não quero ter uma medalha pendurada no meu peito. Se for pesada, vai me atrapalhar na hora de correr. Um desenho realmente bom não precisa de uma moldura espalhafatosa. Na verdade, nem quero fazer isso. É o cúmulo ter que ajudar o chimpanzé! Se não fosse por aquilo, sabe, a qualquer momento eu poderia virar o homem desleixado que não cumpre suas promessas."

Foi por volta do meio-dia que Misako Iida telefonou. Contando a partir da hora que Mitarai atendeu ao telefone e disse que não tinha problema, ainda demorou cerca de uma hora para eles aparecerem. Mitarai parecia ter desistido, e durante esse tempo ficou desenhando alguma coisa.

Finalmente ouvi o som da batida na porta que eu tanto esperava.

"Olá, sejam bem-vindos! Por favor, entrem", disse Mitarai alegremente à sra. Iida. Depois de dizer a ela para que se sentasse onde indicava, seu rosto parecia um pouco surpreso.

"Ué, o que aconteceu com Fumihiko?"

Vi que o tal detetive grandalhão não estava lá, e no lugar dele havia um outro homem atrás da sra. Iida, pequeno e muito magro, de aparência relativamente humilde.

"É que... ah, peço minhas sinceras desculpas pelo meu irmão no outro dia. Sinto muito. Como deve ter visto, meu irmão é daquele jeito, nem sei como me desculpar...

"Ele disse que surgiu um compromisso no trabalho e que não poderia vir hoje, por isso o meu marido veio no lugar dele. Meu marido também é policial, então acho que pode substituí-lo."

O marido da sra. Iida curvou-se duas vezes para cada um de nós e sentou-se na cadeira. Não tive uma má impressão dele. Ele mais parecia um gerente de uma loja de quimonos do que um detetive.

Mitarai parecia um pouco desapontado, mas foi homem o bastante para se recompor, e disse:

"É mesmo...? Será que surgiria um compromisso que ele não conseguiria desmarcar, mesmo que eu tivesse falhado? Ah, essas pessoas importantes que estão sempre ocupadas... Ué, Ishioka, você não ia fazer café para nós?"

Levantei-me num instante.

"Bem, pedi para que viessem hoje..."

Mitarai começou a falar, depois de me expulsar para a cozinha.

"... Para que eu pudesse informá-los sobre o autor dos crimes dos tais Assassinatos do Zodíaco da Família Umezawa, que aconteceram há 43 anos. Opa, quase me esqueci, a senhora trouxe o manuscrito do seu pai, certo? Que bom. Dê-me aqui, por favor."

Mitarai disse isso, mas era certo que a existência desse manuscrito nunca havia saído da sua mente. Como prova disso, assim que Mitarai pegou o manuscrito, vi as veias do dorso da sua mão saltando, apertando as anotações com força, como quem diz que não as entregará a mais ninguém. Pensando melhor, foi por causa desse manuscrito que Mitarai consumiu sua energia de forma tão imprudente.

"Bem, é fácil dizer quem cometeu os crimes. Seu nome é Taeko Sudo, ela tem uma pequena loja que vende saquinhos de tecido em Kyoto. O endereço é Shin-Marutamachi-dōri Kiyotaki Kaidō-agaru, em Sagano, Kyoto, e fica perto do Templo Seiryō-ji. O nome da loja de saquinhos é Megumi-ya, e é fácil de achar pois não há outra loja com o mesmo nome em Sagano. A dona desta loja é Taeko Sudo.

"Tudo bem se eu encerrar por aqui? Pois mesmo que eu explique agora tudo que se passou, tenho certeza de que farão perguntas minuciosas a ela... Ah, não posso? Então não há jeito, deixe-me explicar. Mas preparem-se, pois pode ser um pouco demorado. Então, começarei a apresentação assim que chegar o café do Ishioka."

A aula que o virtuoso Mitarai ministrou com todo esplendor teria sido mais apropriada diante de uma plateia com uns mil ouvintes. Esta pequena sala de aula de Mitarai, onde ele dá aulas sobre astrologia, é razoável por ter um pequeno quadro-negro e bancos, mas infelizmente havia somente três alunos, incluindo eu, e lá estávamos nós, curvados e dando bicadas no café enquanto o ouvíamos com toda atenção.

"O caso em si é de caráter extremamente simples. Não haverá quem pense o contrário ao ouvir a explicação. Uma mulher chamada Taeko

Sudo, claro, esse é só o seu nome atual, matou sozinha os membros da família Umezawa, um após o outro. Só isso.

"Mas como a artimanha de um caso tão simples não foi descoberta por mais de quarenta anos? Acontece que ninguém enxergava essa mulher chamada Taeko Sudo, como se ela fosse uma mulher invisível. Isso porque, como disse certa vez Ishioka, que está sentado aí, ela usou um truque de mágica. Ele pensou que era um truque de mágica que Heikichi Umezawa usou para apagar a sua própria existência, mas não, na verdade foi um truque para que a mulher chamada Taeko Sudo apagasse os vestígios de si mesma.

"Conforme Ishioka disse, não parece ser possível achar o autor dessa série de crimes. Não, não só ele, mas as pessoas em todo o Japão foram enganadas dessa forma, por quarenta anos. Isso é até compreensível. A criminosa usou um truque de mágica para se tornar invisível, e o segredo é que foi um truque da astrologia ocidental, ou seja, um truque astrológico. Bem, a artimanha desse truque de mágica é o ponto crucial deste caso, então vou explicar depois, com calma. Vamos resolver passo a passo, partindo do homicídio de Heikichi em ambiente fechado.

"Todas as janelas, incluindo as claraboias, tinham grades de ferro, então seria improvável que uma pessoa de carne e osso pudesse entrar e sair por elas. Além disso, não havia uma porta secreta e nem tinha como sair pelo banheiro; a porta era bem firme e nela havia, além do trinco, uma coisa que complicava tudo, que era o cadeado na parte de dentro. Para complicar ainda mais, o quarto estava duplamente vedado porque, do lado de fora, houve a primeira nevasca forte em trinta anos, e não tinha como os visitantes não deixarem pegadas.

"Além do mais, a vítima, Heikichi, tomou comprimidos para dormir pouco antes de ser assassinado. E tem mais, ele ou alguém havia cortado sua barba bem curta, utilizando tesoura. Até daria para entender se a barba tivesse sido feita com uso de lâmina, mas ela foi aparada, ou seja, cortada bem curta por algum motivo, e parece que não havia nenhuma tesoura no ateliê.

"Havia dois tipos de pegadas na neve do lado de fora. Pegadas de sapatos femininos e sapatos masculinos, e a pessoa de sapatos masculinos foi embora por último. A neve parou às 23h30, a hora estimada da morte é por volta da meia-noite, com margem de erro de uma hora antes ou depois disso. A modelo da pintura desse dia permanece desconhecida até hoje. Trata-se de um caso verdadeiramente misterioso. No entanto, as pegadas dos sapatos masculinos e femininos do momento em que chegaram havia desaparecido, portanto, essas duas pessoas devem ter se encontrado no ateliê.

"Então, basicamente, quais seriam as hipóteses de como Heikichi foi morto, levando em consideração essas pegadas?

"Em primeiro lugar, como a hora estimada da morte de Heikichi é a partir das 23h, se alguém porventura chegasse depois das 23h01, matasse Heikichi e se retirasse rapidamente, as pegadas *tanto da chegada quanto da saída* poderiam desaparecer, pois ainda nevou por quase 29 minutos depois disso.

"Em seguida, a hipótese de que a modelo de sapatos femininos tenha cometido o assassinato sozinha e ido embora. E a hipótese de que o dono dos sapatos masculinos tenha cometido o assassinato sozinho e ido embora, do mesmo jeito que a hipótese anterior. Há também a hipótese de que os dois sejam cúmplices.

"Por último, podemos pensar que na verdade as pegadas eram um truque, no qual apenas uma pessoa sai do ateliê, e essa pessoa produz dois rastros de pegadas, o de sapatos masculinos e o de sapatos femininos.

"De início, vamos supor que a modelo tenha produzido os dois rastros.

"Ou então a modelo teria ido embora enquanto nevava, e alguém de sapatos masculinos chegou logo depois, trazendo os sapatos femininos, e produziu os dois rastros de pegadas.

"Acho que é mais ou menos isso, não acham...? Também existe a teoria da cama içada, mas vou excluí-la porque foge ao bom senso. Vamos lá, quantos foram mesmo, ah sim, seis hipóteses, não é? O mistério dessas pegadas é realmente bem interessante, mas não é um tipo de quebra-cabeça conveniente que possa ser resolvido somente com o uso do raciocínio lógico. É possível apresentar várias razões para isso, e qualquer uma dessas seis alternativas chega a um beco sem saída. A razão pela qual os grandes detetives em todo o Japão se perderam no meio do caminho ao longo de quarenta anos é que o labirinto da parte introdutória escondia essa armadilha.

"Mas, bem, por outro lado, pode-se dizer que isso é o que aponta para a solução.

"Se formos avaliar cada uma dessas alternativas, começamos pela teoria das 23h01, que não é de todo refutável, mas ainda assim é um pouco inusitada e esquisita.

"Pois isso significa que outras pessoas que não o criminoso viram a cena depois de o serviço já ter sido feito, ou seja, a cena do crime onde estava o corpo de Heikichi. E essas pessoas são aquelas com sapatos femininos e sapatos masculinos, mas também pode ser que tenha sido uma pessoa só. No entanto, não existe nenhuma evidência de que uma testemunha assim tenha aparecido. Pode ter havido alguma razão para que essa pessoa não pudesse se revelar, mas não sei, ela poderia ter escrito uma carta anônima, se quisesse. Qualquer um pensaria em fazer algo a respeito, se fosse inocente e houvesse suspeita de que suas pegadas eram as do criminoso. Portanto, não é plausível.

"Em segundo lugar, a hipótese de que a modelo de sapatos femininos comete o assassinato sozinha. Bem, isso é praticamente improvável. Considerando o horário em que a neve parou, tanto a pessoa que calçava os sapatos masculinos como a que calçava os sapatos femininos deveriam estar simultaneamente no ateliê e, nesse caso, a pessoa de sapatos femininos teria cometido assassinato enquanto o dono dos sapatos masculinos estivesse ali parado, olhando. Durante esse tempo o dono dos sapatos masculinos não tentou impedir, e tampouco prestou depoimento mais tarde. Não dá para acreditar numa coisa dessas.

"Terceiro, no caso de o dono dos sapatos masculinos ter agido sozinho. Apesar de parecer mais provável do que o anterior, da mesma forma, desta vez a pessoa de sapatos femininos teria presenciado o assassinato. Não acho que isso tenha acontecido porque causaria transtornos posteriores para o dono dos sapatos masculinos.

"Em quarto lugar, a teoria de que as duas pessoas são cúmplices é um pouco melhor do que as duas anteriores. No entanto, aqui também nos deparamos com um problema. Os comprimidos para dormir de Heikichi. Mesmo que não fossem necessariamente um homem e uma mulher, será que ele tomaria o comprimido enquanto duas pessoas estivessem ali, ainda que eles fossem muito próximos? Talvez ele tenha sido forçado a tomar, mas aí qual seria a necessidade de fazê-lo tomar os comprimidos para dormir? O que podemos imaginar é que talvez seja um elemento para sustentar a teoria da cama içada.

"Mas nesse caso, aumenta a possibilidade de que tanto o próximo assassinato de Kazue, quanto Azoth, sejam obras destas duas pessoas. Quando se trata de múltiplos envolvidos, a chance de haver desentendimentos também aumenta. Uma pessoa fria e calculista não faria isso.

Este caso cheira a um crime praticado por uma única pessoa. Se houvesse duas pessoas, acho que os métodos dos assassinatos de Kazue e Azoth seriam diferentes, e não haveria a necessidade de envolver o sr. Bunjiro Takegoshi.

"Quinto, a hipótese de que a pessoa de sapatos femininos fez isso sozinha, e de as pegadas terem sido um truque. Mas aqui também tem alguns empecilhos. A questão é que essa modelo teria entrado no ateliê antes de nevar, ou seja, antes das 14h do dia 25. Nesse horário não havia sinais de que iria nevar, e muito menos poderia prever que teria o maior acúmulo de neve em trinta anos, então é difícil imaginar que ela tenha preparado os sapatos masculinos com antecedência.

"Se pensarmos em como pôde ter sido feito, diríamos que ela usou os sapatos de Heikichi, mas ele tinha apenas dois pares de sapatos, e ambos estavam no degrau da entrada. Além disso, considerando para onde iam as pegadas, não há possibilidade alguma de os sapatos de Heikichi terem sido devolvidos ao vestíbulo.

"Isso quer dizer que ela teria que fazer da seguinte forma: ir da entrada do ateliê até o portão dos fundos calçando seus próprios sapatos e voltar na ponta dos pés ou algo do tipo, e isso tudo dando passadas largas. Em seguida, colocar os sapatos masculinos de Heikichi e andar pisando nas pegadas feitas com a ponta dos pés, apagando-as. Seria isso. Entretanto, não havia outras pegadas e não teria como ter devolvido os sapatos masculinos para o vestíbulo depois disso.

"E tem mais uma coisa, não entendo por que ela teve todo esse trabalho para deixar mais um rastro de propósito, junto com o rastro dos sapatos masculinos. Poderia ser só o rastro dos sapatos masculinos, e foi neste ponto que eu tive problema.

"O que se pode pensar é que, provavelmente, deve ter feito isso para confundir a investigação. Existem duas direções possíveis para os investigadores se perderem. Uma é a teoria da cama içada, e a outra é fazer um julgamento equivocado, de achar que o criminoso é um homem, ligando ao assassinato de Kazue. A polícia naturalmente pensaria que o assassinato de Kazue foi praticado por um homem, por causa dos fluidos corporais do sr. Bunjiro. É uma tentativa de fazer esses dois pensamentos ressoarem um com o outro. Mas não é uma confusão causada por ter dois rastros de pegadas, de um homem e de uma mulher. Um rastro de sapatos masculinos seria o suficiente para levá-los ao engano.

"Em sexto, podemos considerar o oposto. O dono dos sapatos masculinos veio sozinho. Porém, como já estaria nevando há um bom tempo, seria possível prever que teria problema com pegadas mais tarde. Portanto, poderia trazer consigo um par de sapatos femininos. Provavelmente todos pensaram que esta é a hipótese mais plausível.

"Só que esta alternativa também nos leva ao seguinte ponto: se for apenas um truque, só os rastros de sapatos femininos não seriam suficientes? Essa pergunta fica ainda mais expressiva aqui do que na quinta hipótese, mencionada agora há pouco. Sendo sapatos femininos, poderiam pensar que eram da modelo, mas em se tratando de sapatos masculinos, a suspeita de que são do criminoso é imediata. Outra coisa é o fato de Heikichi não ter um amigo tão próximo a ponto de tomar comprimidos para dormir em sua presença, e isso torna esta alternativa um beco sem saída.

"Dessa forma, todos acabaram descartando essas seis alternativas. No entanto, se dermos um passo adiante e examiná-los em detalhes, descobriremos que a resposta correta só pode ser a quinta hipótese. Pode-se dizer que essas seis hipóteses são também os seis passos do andamento do raciocínio.

"O descarte da primeira hipótese nos leva ao fato de que pelo menos uma das duas pegadas deve pertencer ao criminoso. Não é?

"E ao descartarmos a quarta hipótese, ou seja, a teoria de que as pessoas de sapatos masculinos e de sapatos femininos são cúmplices, concluímos que o autor do crime fez tudo *sozinho*. Essa condição é acrescentada neste ponto.

"Além disso, ao considerar na segunda e na terceira hipótese que seria estranho essas duas pessoas estarem presentes no ateliê ao mesmo tempo, nos resta concluir que *uma dessas duas pegadas seja um truque*. Então, somos levados a concluir, naturalmente, que a opção válida deve ser a quinta ou a sexta hipótese.

"E no caso da sexta hipótese, como mencionei anteriormente, se a ideia era deixar o rastro dos sapatos femininos como truque, seria definitivamente esquisito deixar também o rastro dos sapatos masculinos. Portanto, só nos resta a quinta hipótese. A conclusão se estabelece na quinta hipótese.

"Então, ao contrário do que se pensa, os motivos pelos quais a quinta hipótese foi descartada, ou seja, a questão de não poder devolver os sapatos, ou a questão de deixar até o rastro dos sapatos femininos, acabam se transformando em armas poderosas para chegarmos perto de desvendar o mistério.

"A pessoa de sapatos femininos fez isso sozinha e as pegadas eram um truque, esta é a resposta correta, mas, neste momento, fica uma dúvida: podemos pensar que esses sapatos femininos eram da modelo? Considerando que esta modelo nunca se pronunciou, e que Yasue Tomita do Médicis, que tinha grande possibilidade de ser a dona dos sapatos femininos, foi excluída por conta do álibi e da falta de motivação, não acho que haja problema em ligar os sapatos femininos à modelo.

"Assim, conclui-se que esta modelo devia ser uma mulher próxima de Heikichi, a ponto de ele tomar comprimidos para dormir na frente dela, e que também conseguiria colocar de volta na entrada do ateliê os sapatos de Heikichi usados no truque das pegadas. Esta é uma condição bastante limitadora.

"Sim, isso mesmo, essa modelo é Taeko Sudo. Enquanto ela estava posando, começou a nevar do lado de fora, e como a neve que caía era surpreendentemente volumosa, ficou aflita, mas pensou bastante e teve a ideia de pegar emprestados os sapatos de Heikichi. Afinal, ela deve ter tido bastante tempo para pensar.

"Ela já tinha premeditado uma cilada para Masako e as garotas, simulando a suspensão da cama. Para isso, tinha feito os preparativos meticulosamente, dando-se ao trabalho de causar rachadura no vidro da claraboia do ateliê e fazer substituí-lo por um novo, só que a nevasca não estava inclusa nos planos. É fácil imaginar que ela tenha se desesperado por dentro, mas por conta de sua frieza inata deve ter conseguido pensar em uma alternativa enquanto fazia pose. Algo como: 'O que aquelas mulheres fariam depois de içar a cama e matar? Deixar as pegadas de todas, uma por uma, é algo que elas não fariam...'

"Provavelmente ela já tinha planejado também o próximo assassinato, o de Kazue. E ela faria com que parecesse ser obra de um homem. Sendo assim, deve ter pensado que seria conveniente usar os sapatos masculinos naquela ocasião. Embora tenha um pouco de incoerência, ela deve ter pensado que o importante era apontar outra pessoa, que não ela. Ela devia ter até levado uma arma plana como uma frigideira para simular que Heikichi teve uma contusão cerebral decorrente da batida de cabeça no chão, e não poderia mudar seu plano simplesmente por causa da neve.

"Depois de dar o golpe fatal, ela provavelmente esfregou na cabeça de Heikichi a sujeira e pedriscos do chão para fazer parecer que ele bateu contra o chão. Depois, aparou a barba de Heikichi com uma tesoura, mas não entendi isso também, por que ela fez isso.

"Bem, se fizerem questão de saber, diria que o intuito dela provavelmente era causar confusão, pois sabia que Yoshio, o irmão mais novo, era muito parecido com Heikichi. Não seria melhor, então, que ela raspasse a barba de uma vez? Mas ela obviamente já imaginava que surgiriam teorias de que Heikichi estava vivo e, para corroborar, deve ter achado melhor fazer aquilo também. Não acham que foi uma ideia bem característica de alguém jovem?

"Todos acreditam que estes crimes acabaram não sendo solucionados pela razão de que foram bem pensados e friamente executados, com perfeição, mas acho que isso está errado, pois se observarmos bem, há pequenas falhas em muitos pontos.

"Por exemplo, no assassinato seguinte, o de Kazue, houve um erro típico de uma moça jovem: não pensar direito e ajeitar a barra do quimono de Kazue, que estava desarrumada, sendo que ela teria sido violentada e morta por um homem *rude*. Porém o melhor exemplo é ter forjado as pegadas mencionadas anteriormente.

"Acho que isso revela, claramente, que sua cabeça ficou confusa diante do primeiro assassinato que estava prestes a cometer, e ainda por cima, por ter pensado demais, acabou se equivocando. Não havia a necessidade de deixar dois rastros de pegadas, os de sapatos masculinos e femininos. Poderiam ser apenas os de sapatos masculinos, pois seria muito mais eficaz para a teoria da cama içada. Para aqueles que vão investigar depois, é mais fácil ser enganado ao pensar que o homem subiu no telhado depois que a modelo foi embora, em vez de ter subido enquanto ela estava lá. Heikichi talvez já estivesse adormecido quando a neve parou, e seria muito mais natural pensar que a modelo foi embora enquanto ainda estava nevando. Pude descartar tranquilamente a cama içada graças a esses dois rastros de pegadas.

"Ah, e havia mais uma coisa que não havia sido calculada pela criminosa, que é o fato de Heikichi ter tomado os comprimidos de dormir enquanto ela estava lá. Isso provavelmente a deixou atrapalhada novamente, mas, no final, ela não tinha escolha a não ser agir conforme o planejado.

"Sim, sim, ainda restam grandes problemas, de como ela devolveu os sapatos mencionados anteriormente, e de como ela conseguiu criar o ambiente fechado com cadeado, mas não preciso me forçar a dar explicações neste momento, pois são elementos que serão compreendidos naturalmente, se continuarmos avançando. É fácil forjar um ambiente fechado se for apenas com o trinco, certo? Poderia encaixar o trinco usando uma linha, a partir daquela janela lateral, onde havia pegadas desordenadas. Se deixasse o fio em círculo, seria fácil coletá-lo depois também.

"Em seguida, vamos passar para o assassinato de Kazue. Isso não foi tão difícil. Todo mundo cometeu um erro básico, fundamental. Acho que o de agora há pouco foi meio complicado, não é? Perdão. Está ficando cada vez mais cansativo falar dos detalhes por tanto tempo, então vou começar pela conclusão.

"O sr. Bunjiro chegou na casa de Kazue às 19h30 e saiu às 20h50. A hora estimada da morte é entre 19h e 21h, e isso pode soar estranho, mas não se aflijam: Kazue já estava morta no quarto ao lado. Se o sr. Bunjiro tivesse aberto a porta divisória, daria de cara com uma cena exatamente igual à de quando a polícia fez a perícia. A autora do crime mudou intencionalmente a ordem dos dois incidentes, que são a relação sexual de Kazue com sr. Bunjiro, e o assassinato de Kazue.

"Quem seduziu o sr. Bunjiro Takegoshi, ou seja, quem teve relação sexual com ele não foi Kazue, sim, isso mesmo, foi Taeko Sudo. A razão, claro, era para intimidar o sr. Bunjiro e fazer com que ele transportasse os corpos por todo o país, mas havia mais um motivo, ela provavelmente precisava do sêmen do sr. Bunjiro. Assim, ela fez parecer que o assassinato de Kazue foi cometido por um homem.

"Ela deixou rastros de sapatos masculinos quando matou Heikichi e queria que isso reforçasse a ideia de que essa série de casos foi obra de um homem. Dessa forma, mesmo que porventura Masako e as garotas fossem consideradas inocentes, ela poderia manter-se segura.

"A princípio me perguntei se ela havia trazido esse sêmen de algum lugar, mas ela o tinha fresco, porque foi só transferir o que foi ejaculado nela para o cadáver no quarto ao lado. Talvez tenha feito algo para parecer que foi necrofilia. Este é um bom exemplo de quão profundos são os ressentimentos de uma mulher. O sr. Bunjiro Takegoshi teve relação sexual com uma mulher viva, mas a teoria consagrada do assassinato de Kazue é de que houve necrofilia. Essa é a razão dessa incongruência."

"Então, se ela queria que a série de crimes parecesse ter sido cometida por um homem, seria melhor que não tivesse feito parecer que foi obra de um ladrão casual, não é?", perguntei.

"Não, isso não, porque se não parecesse obra de um ladrão casual, a polícia acharia que tinha relação com o assassinato de Heikichi e poderia aparecer várias vezes na casa de Kazue. Se isso acontecesse, encontrariam os corpos das jovens no depósito. Fazia parte do plano dela.

"Além disso, simular que um homem foi o autor dessa série de crimes, inclusive do assassinato de Heikichi, era somente uma garantia para o caso de Masako ser considerada inocente.

"Só que presumir que a polícia não voltaria mais à casa por ter feito parecer que foi um ladrão, é algo bastante duvidoso. Por mais que tenha sido casual, trata-se de um assassinato.

"Por isso ela deve ter apressado o sr. Takegoshi o máximo possível, mas acho que essa parte foi muito arriscada. Deve ter dado certo porque Kaminoge ainda era bem pacato naquela época. Os policiais também eram mais tranquilos.

"Pensando dessa maneira, acho que esse truque dificilmente conseguiria enganar a perícia dos dias de hoje.

"Acima de tudo, as fotos no jornal devem ser muito mais nítidas do que eram naquela época, e o sr. Bunjiro perceberia que se tratava de outra pessoa quando visse a foto de Kazue. Se bem que ainda hoje utilizam retratos de quando a pessoa era jovem, e também editam as imagens, então talvez não seja tão diferente quando se trata de fotos de jornais.

"Bem, seguindo o raciocínio, passamos a entender várias coisas. O sangue que havia sido limpo no vaso de vidro grosso. Isso é porque ela quis que sr. Bunjiro visse o vaso sem sangue. Ela poderia ter sujado o vaso com sangue novamente mais tarde, e talvez até pareça irrelevante que o sr. Bunjiro o visse, mas não é. Ela calculou que se fizesse o sr. Bunjiro se lembrar do objeto e pensar: 'Ah, então foi aquele vaso', isso o deixaria com muito mais medo, e acima de tudo, não queria deixar que o sr. Bunjiro pensasse na possibilidade de que Kazue havia sido morta *antes da sua chegada*.

"E depois, temos o fato de ela ter sido morta na frente do espelho. Isso indica automaticamente o quanto o relacionamento entre Kazue e Taeko Sudo era próximo. Portanto, para esconder esse fato, ela limpou o sangue do espelho cuidadosamente e tentou mudar o local do assassinato para outro que não fosse na frente do espelho. Em relação a isso, acho que novamente ela não agiu bem; ela deveria realmente ter matado em outro lugar.

"No entanto, pode ser que o momento em que uma mulher olha para o próprio rosto no espelho seja o momento em que ela está mais vulnerável. Se for isso mesmo, Taeko Sudo saberia porque ela também é uma mulher.

"Além disso, pode ser que uma mulher olhando fixamente para o próprio rosto, bem diante de si, tenha algum elemento que desperte o ímpeto assassino. Será que Taeko tinha previsto isso nos seus cálculos...? De qualquer forma, estou só especulando, pois nunca tive a experiência de me tornar uma mulher.

"Fora as razões que mencionei anteriormente, há mais duas motivações possíveis para esse assassinato de Kazue. Em primeiro lugar, deve ser o rancor em relação a Kazue. Essa também é a motivação para a série de assassinatos, como explicarei mais adiante. E a outra seria o preparativo para os Assassinatos Azoth.

"É provável que aquela casa tenha sido o local onde as jovens foram assassinadas, sem dúvida. Em outras palavras, um lugar para envenenar as jovens e um lugar que servisse de motivo para reuni-las. Além disso, a garantia de um lugar onde guardaria um monte de corpos por um tempo e onde pudesse cortá-los. Este local também tinha uma localização perfeita. Esse assassinato teve todas essas razões a mais. Bem..." Mitarai deu uma respirada nesse momento. Nós prendemos a respiração, sentindo que enfim nos aproximávamos do ponto crucial.

"Em seguida, finalmente chegamos em Azoth. Este é o grande truque de mágica que a criminosa utilizou, como quem mostra a frente e o verso de um lenço branco para distrair, tapeando-nos por quarenta anos! Quando ouvi o resumo deste caso pela primeira vez tive a intuição de que havia alguma coisa aqui, mas é como se eu tivesse falhado logo no começo da corrida com barreiras, e por mais que saltasse, não conseguia fazê-lo no momento certo e acabava esbarrando nas barreiras, sendo difícil retomar o ritmo.

"Só consegui solucionar este mistério ontem porque me lembrei de um problema desafiador, bem parecido com este. E a partir daí tudo se descomplicou, e em apenas duas horas eu consegui ficar frente a frente com a autora do crime. Em outras palavras, a artimanha por trás deste caso é simples a esse ponto. É simples de forma tão ousada que todos achariam inacreditável, e talvez por isso não chegaram a pensar nisso. Bom, essa é uma forma modesta de dizer, como eu sempre procuro fazer.

"Bem, o tal problema bem parecido também é um crime que já aconteceu, portanto, quem é da polícia certamente tem conhecimento. Quando eu explicar, compreenderão imediatamente a artimanha usada em Azoth.

"Refiro-me ao caso bem elaborado de fraude de notas de dez mil ienes, que ficou popular principalmente na região de Kansai há três ou quatro anos. Foi nessa época mesmo que eu soube disso por meio de um noticiário, assistindo à TV distraidamente enquanto eu fazia uma refeição num restaurante. Como já faz muito tempo, esqueci quais foram as palavras exatas usadas pelo apresentador para explicar, mas foi mais ou menos assim:

"'Foi encontrada hoje, no distrito tal da cidade tal, uma nota de dez mil ienes com corte na parte central. Como essa nota está parcialmente recortada, o seu comprimento é um pouco curto, e a parte onde foi feito o corte foi colada com fita adesiva.'

"Aí mostraram uma foto dessa nota ao lado de uma nota comum de dez mil ienes. Estavam tentando mostrar a diferença de comprimento. E disse:

"'Trata-se de uma tentativa de fazer outra nota *usando a parte recortada desta nota*. Já havia casos em Kansai, mas é a primeira vez que foi encontrada em Kanto. A característica desta nota é que os *números de série dos lados direito e esquerdo são diferentes*.'

"Acho que foi assim, mas não dava para compreender o que foi dito, de imediato. Até os estudantes que estavam na mesa ao meu lado naquele momento ficaram discutindo sobre isso: 'Caramba, estão fazendo uma nota juntando as partes recortadas, de pedaço em pedaço? Mas aí a nota fica cheia de fita, parecendo uma sanfona. Dá pra usar uma coisa dessas?'

"Não era de se admirar que pensassem assim, pois a explicação dada foi bem simplória. Mesmo que tentassem, seria difícil explicar só com palavras. Ficaria mais fácil se fizessem um desenho, mas se explicassem o método minuciosamente e alguém resolvesse imitar, acabaria piorando ao invés de ajudar. Acho que foi por isso que noticiaram apenas os pontos de distinção em relação às notas comuns, sem dar detalhes.

"Quando disseram que os números de série dos lados direito e esquerdo eram diferentes, na hora não entendi como o truque funcionava, embora não tenha pensado como o estudante que mencionei antes. Então, quando voltei para o meu apartamento, lembrei-me disso e me pus a pensar. Se desenhar é bem fácil. O sr. Iida deve conhecer, mas acho que Ishioka e a sra. Misako provavelmente não, então deixe-me explicar."

Dito isto, Mitarai virou-se para o quadro-negro e desenhou várias figuras com formato de cédulas.

"Suponhamos que enfileiramos vinte notas, assim. Podem ser dez também, mas a parte que falta será muito grande e o risco aumenta. Trinta seria mais seguro, mas menos lucrativo. A quantidade ideal seria de quinze a vinte notas.

"Vamos cortar sobre essas linhas e separar cada uma dessas vinte notas. São vinte linhas de corte ao todo, então dividimos o comprimento da nota por 21 e o valor encontrado é a medida da distância de uma linha a outra. Assim, as vinte notas foram divididas em duas, de modo que se tornaram quarenta pedaços. Agora, vamos marcar um número pequeno em cada um destes quarenta pedaços... dessa forma. Vamos reagrupar os pedaços e emendar com fita conforme indicado por estes números pequenos. 2 com 2; 3 com 3; 4 com 4, e assim por diante. Você pode emendar os pedaços com fita transparente, mas aí o comprimento acaba ficando menor, pois teria que juntá-los bem rentes. É por causa disso que surge a necessidade de deixá-los um pouco afastados e remendá-los com uma fita *opaca*.

"Então, vejam só, esta é a número 1, e se juntar esta com esta é a número 2, esta com esta é a número 3, e desse jeito, ao ir montando novas notas, ficará com a nota de número *21* no final, certo? Não é incrível? Se tiver vinte notas, poderá lucrar dez mil ienes com apenas trinta e poucos minutos de trabalho, desde que tenha uma tesoura e uma fita adesiva. É interessante, não é?!

"As notas de número 1 e 21 ficarão com um pedaço faltando na ponta, mas se for nesses locais onde pegam notas dobradas é capaz de poder usá-las sem problemas. Quando eu era criança, inclusive, era frequente ver notas rasgadas remendadas com papel artesanal ou algo do tipo.

"Bem, vamos para o assunto principal. Quando estão sendo usadas, enxergamos 21 cédulas, mas na realidade, *são apenas vinte.*

"Entendem o que quero dizer, certo? Esse caso de fraude das cédulas foi, nada mais nada menos do que o gatilho para eu chegar à essência deste caso. Embora haja uma lacuna de mais de trinta anos entre eles, esses dois casos, o de Azoth e o da fraude de notas de dez mil ienes que mencionei agora, são fundamentalmente iguais.

"Nós acreditamos piamente que havia seis corpos das jovens, resultantes dos assassinatos Azoth. Certamente havia seis que nós podíamos ver, na prática. Mas na realidade, *havia apenas cinco corpos!*"

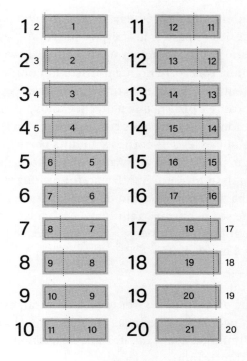

Figura 06

2

"Ah!", exclamei.

Desapareceu na minha frente! Como se fosse uma miragem.

É isso! Aquilo era miragem?!

Notei que não só eu, mas o casal lida também ficou bastante impactado.

"É uma *miragem inferior*!", gritei no meu íntimo.

Como se um holofote tivesse sido aceso bem diante de mim, tudo ficou repentinamente claro e meus olhos ficaram ofuscados. Tive dificuldade até de conseguir ficar em pé e, naquele momento ao menos, eu admirei Mitarai. Senti a região da nuca ser tomada por arrepios.

"Mas diferentemente das cédulas, neste caso não podemos remendar com fita adesiva as partes dos corpos que foram separadas." Mitarai continua calmamente, alheio à nossa exasperação. "Portanto, era necessário ter uma *cola* forte no lugar disso. Em outras palavras, foi a ilusão de Azoth que fez o papel de uma *fita opaca*. Essa teoria, ou ilusão, era tão chocante e bizarra que nem chegamos a pensar em algo tão simples como montar os cadáveres trocando suas partes. Acreditamos inocentemente que esses seis corpos sem uma parte fossem o resultado da amputação parcial para que Azoth fosse produzida.

"Como? Sim, isso mesmo. Azoth não foi produzida. A autora dos crimes não tinha a menor intenção de criá-la, desde o começo. Isso é tudo. Todos que se encontram aqui têm a capacidade de complementar a história por conta própria, sem que eu precise ficar explicando mais por horas e horas. Então..."

"Explique mais, por favor!"

Gritei, sem querer.

Nós três, que estávamos de frente para Mitarai, estávamos com o coração saindo pela boca, ofegantes em meio à exaltação. No entanto, apesar de Mitarai ter esboçado um sorriso quando exclamei, depois disso parecia estar ficando enfadado.

Estranhamente, o que me veio à mente neste momento foi uma palavra: "perspectiva". Assim como a lâmpada vermelha de um cruzamento de ferrovia, que se movia para baixo e para cima, os vasos sanguíneos nas minhas têmporas tremulavam, piscando dentro da minha cabeça sem parar.

As pessoas ficaram desorientadas durante esses quarenta anos e pegaram o caminho errado por causa da sagaz *ilusão de ótica* chamada Azoth, que parecia ter sido traçada por um grande artista renascentista, e porque seu sorriso era repleto de mistério.

Azoth foi desenhada usando o método de perspectiva ironicamente funcional, que tem *um ponto de fuga*. E o *ponto de fuga*, para onde todas as linhas do desenho se resumem, era o local para o qual meus olhos foram forçados a se voltar naquele momento: o ponto de fuga de Azoth. Nesse momento, vi as inúmeras paisagens falsas relacionadas a Azoth, que se afastavam num impulso deslumbrante, ficarem como um pontinho na ponta de uma agulha até desaparecerem.

Mas eu ainda sentia como se estivesse em pé no meio de uma floresta de pontos de interrogação. A floresta, soprada por uma rajada de emoções, era tão ruidosa como uma tempestade ao pé do ouvido.

E quanto à autora do crime?

Por que havia corpos enterrados profundamente e corpos enterrados superficialmente?!

Então não foi por causa da teoria astrológica que os cadáveres foram espalhados por todo o país?

Qual foi o motivo para definir aqueles locais, como Aomori e Nara, de forma tão específica?!

E a linha de 138°48'L?

Corpos que foram descobertos mais tarde, corpos que foram descobertos mais rápido... qual era o sentido disso?

E a motivação?!

Por onde andou a autora do crime depois de apagar a própria existência?

Mas antes de tudo, como fica aquele manuscrito de Heikichi? Não foi escrito por ele?! Então quem escreveu?!

"Parece que você tem um gosto meio peculiar", diz Mitarai.

"Sempre quando falo coisas que valem muito mais a pena do que isso, você nem me escuta ou me dá atenção.

"Hoje o conteúdo está mais para uma palestra com o intuito de enaltecer a autora do crime. Uma coisa que sempre penso é que a explicação para revelar o mistério é um trabalho que deveria ser feito por quem cometeu o ato. Se eu fosse um criminoso, jamais deixaria isso a cargo de outra pessoa. Senhoras e senhores, têm certeza de que ainda querem ouvir isso da minha boca?"

O detetive Iida meneou a cabeça com humildade, eu também assenti, claro, e a sra. Misako, que estava com os olhos arregalados a ponto de quase saltarem, balançou a cabeça diversas vezes, num impulso desesperado.

Não sei se era de verdade ou estava apenas fazendo graça, mas Mitarai suspirou um pouco e disse:

"Assim não tenho alternativa. Então farei essa grande cortesia a vocês e seguirei para a prorrogação.

"Aqui temos os desenhos dos seis corpos, organizados na ordem em que foram encontrados."

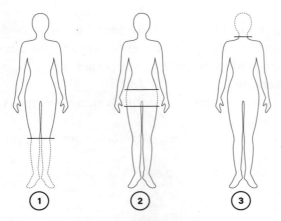

① Tomoko, 26 anos ♒♄ — encontrada em 15 de abril em Hosokura, província de Miyagi
   Sem a parte inferior das pernas

② Akiko, 24 anos ♏♂ — encontrada em 4 de maio em Kamaishi, província de Iwate
   Sem a parte do quadril

③ Tokiko, 22 anos ♈♂ — encontrada em 7 de maio em Gunma, província de Gunma
   Sem a cabeça

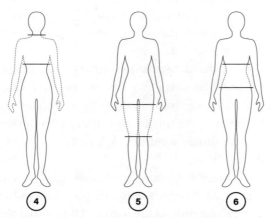

④ Yukiko, 22 anos ♋☽ — encontrada em 2 de outubro em Kosaka, província de Akita
   Sem a parte do tórax

⑤ Nobuyo, 20 anos ♐♃ — encontrada em 28 de dezembro em Ikuno, província de Hyogo
   Sem a parte das coxas

⑥ Reiko, 22 anos ♍☿ — encontrada em 10 de fevereiro do ano seguinte em Yamato, província de Nara
   Sem a parte do abdômen

Figura 07

Dito isso, Mitarai me entregou o papel do desenho que tinha feito momentos antes para que eu entregasse a todos. (Figura 07)

"Mas é difícil de entender por meio disso, ou melhor, a criminosa fez, intencionalmente, com que a sequência de descoberta dificultasse a compreensão. Portanto, vamos reordenar de forma que fique mais fácil, de cima para baixo, ou seja, a partir do corpo em que falta a parte da cabeça, depois o que falta o tórax, o que falta o abdômen e assim por diante. Portanto, na sequência de Tokiko de Áries, Yukiko de Câncer e Reiko de Virgem."

Ao dizer isso, Mitarai apagou os desenhos das notas que havia feito anteriormente e desenhou no quadro-negro as figuras de corpo humano, conforme a seguir. (Figura 08)

"Como será que identificaram que era a própria pessoa? Yukiko, Nobuyo e Reiko foram respectivamente a quarta, a quinta e a sexta a ser encontrada. No caso delas já havia se passado quase um ano, se verificarmos a data, então não seria possível identificar o rosto por causa da decomposição. No entanto, os demais corpos foram encontrados dois ou três meses após a morte, então provavelmente foram determinados pelo rosto, ou seja, pela parte da cabeça e pelas roupas. Os corpos em estado de esqueleto provavelmente foram identificados tendo como referência o tal manuscrito.

"Se nomearmos a parte superior e inferior dos corpos, ficará assim. (Figura 09) Ao traçarmos setas e ligarmos as partes diagonalmente, assim, vejam como é simples: elas se juntam e os corpos vão se formando. Se eu for desenhar como fiz com as notas agora há pouco, deve ficar assim... ela separou os cinco corpos desta forma. E a partir daí, foi combinando-os com pares diferentes, só isso. (Figura 10)

"E aqui também havia um ponto cego, pois ao saber que quem fez tudo isso foi uma única mulher, nós ficamos muito surpresos. Isso porque, até agora, tínhamos assumido que a autora do crime havia feito um total de *dez cortes*, sendo que, dentre os seis corpos, em quatro corpos fez *dois cortes*, e em dois corpos fez um corte. E ainda tivemos a criatividade de imaginar que ela tivesse feito o trabalho duro de carregar para algum lugar as seis partes extirpadas, a fim de montá-las. Seria um trabalho pesado que certamente só poderia ser realizado por um homem, e levaria tempo.

"No entanto, ao repensarmos agora, é possível observar que, na prática, o trabalho que a autora do crime teve foi bem leve.

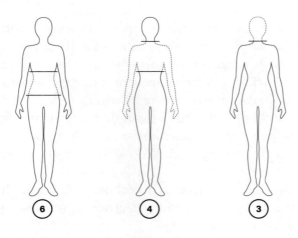

③ Tokiko ♈ — Gunma, Oeste

④ Yukiko ♋ — cova profunda, Akita, Leste

⑥ Reiko ♍ — cova profunda, Nara, Oeste

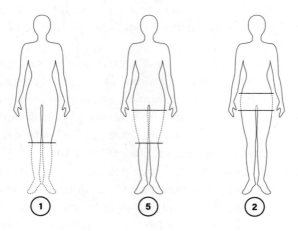

② Akiko ♏ — Iwate, Leste

⑤ Nobuyo ♐ — cova profunda, Hyogo, Oeste

① Tomoko ♒ — não foi enterrada, Miyagi, Leste

Figura 08

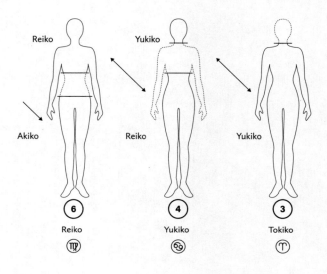

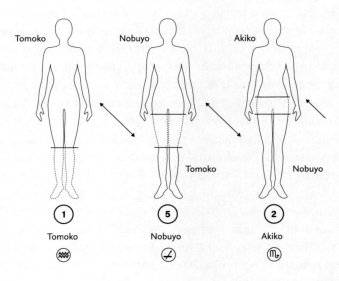

Figura 09

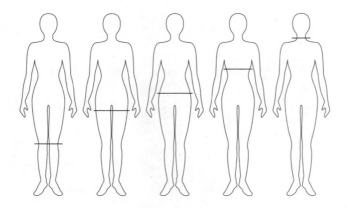

Figura 10

"Não foi ela que abandonou os corpos por todo o país, e em relação aos cortes, foram apenas *cinco*, sendo *um* em cada um dos cinco corpos. Aí foi só ir rearranjando a parte cortada, juntando-a com o corpo do lado. Bem, ela deve ter tido o trabalho de trocar as roupas, mas isso foi tudo que ela fez. Uma mulher conseguiria fazer isso sozinha tranquilamente.

"Porém, por mais que a fantasia de Azoth servisse de camuflagem, se os seis conjuntos de corpos criados dessa forma fossem todos enfileirados de uma vez, poderiam pensar em trocar as partes e colocar os corpos em ordem quando descobertos, e foi por isso que eles foram espalhados por todo o país. Esta é a verdadeira razão pela qual os cadáveres foram abandonados de forma tão dispersa em todo o Japão. Ela provavelmente não acreditava no sentido sobrenatural relacionado à disposição dos corpos. Grosso modo, os locais de abandono podem ser divididos em leste e oeste de Tokyo, mas os corpos adjacentes foram apartados em leste e oeste, sem exceção. Bem, a criminosa é, obviamente, uma dessas seis mulheres. Mesmo que seja possível pregar peça em relação ao corpo, não se pode fazer isso com a cabeça, ou seja, com o rosto. Em outras palavras, aquela sem cabeça, sem rosto, é a criminosa. Dando uma olhada rápida, isso mesmo, não vemos o rosto de Tokiko, e isso significa que Tokiko é a criminosa."

Embora Mitarai tenha interrompido seu discurso aqui, nós três nem conseguíamos falar. Depois de muito tempo, finalmente abri a boca.

"Então Taeko Sudo é..."

"É Tokiko."

O silêncio reinou novamente. Todos ficaram quietos, absortos em sua própria perplexidade.

"E então, vocês têm mais alguma pergunta?"

No caso, os dois além de mim não são muito próximos de Mitarai. Em se tratando do detetive Iida, hoje era a primeira vez que o via, por isso não devia estar muito à vontade. É meu trabalho fazer uma enxurrada de perguntas a Mitarai.

"Os corpos de Yukiko, Nobuyo e Reiko, ou seja, do quarto corpo em diante, foram descobertos muito tempo depois... vamos ver, quase seis meses depois. Isso é porque foram enterrados profundamente, não é? Por que esses três corpos foram enterrados profundamente?"

"Ora, os corpos que estão lado a lado aqui no desenho do quadro-negro, como Tomoko e Nobuyo, por exemplo, tinham que ser encontrados com uma defasagem de tempo considerável. Por mais que os abandonassem em locais afastados, não se poderia descartar a possibilidade de eles serem transportados para Tokyo, ou algum outro lugar, e serem dispostos um ao lado do outro. Seria extremamente arriscado se fossem colocados assim. As pessoas teriam a ideia de combiná-los com os corpos adjacentes, já que os cortes corresponderiam — se bem que estavam vestidas, e talvez fosse difícil terem uma ideia dessas. E foi por isso que ela pensou que se um desses corpos que se encontram lado a lado fosse descoberto bem mais tarde, seria pouco provável que o outro corpo permanecesse preservado até então. Acho que ela foi muito esperta nisso também, afinal, a descoberta de todos os três corpos da fase inicial ocorreu na primavera, e entre esse período e o verão é a estação do ano em que os corpos deterioram com mais facilidade. Portanto, já os teriam cremado até o verão. Bom, seria arriscado se fosse um país com o costume de sepultamento, como na Europa.

"Então, ao fazer com que o corpo de Tomoko fosse encontrado primeiro, ela se aproveitou do fato de que Tomoko era um corpo com uma parte e não duas, e por isso era um corpo absolutamente seguro porque não haveria problemas sobre o aspecto do corte ou do tipo sanguíneo.

"Tokiko, que está no outro extremo, também é um corpo de apenas uma parte, mas a criminosa deve ter ficado com medo de colocar este em primeiro lugar, pois está sem a cabeça, e na realidade, não é Tokiko. Fazer com que o encontrem primeiro é fácil, basta não enterrar.

"De qualquer modo, se ela faria com que o corpo de Tomoko fosse encontrado primeiro, o mais prudente seria deixar Akiko e Yukiko serem encontradas em seguida, adiar bastante os de Nobuyo, Reiko e Tokiko, deixando que a decomposição avançasse, para que os corpos estivessem em estado de esqueleto na época em que fossem localizados. Assim, mesmo que o grupo de corpos adjacentes encontrado na fase inicial permanecesse preservado, já não seria possível observar o formato dos cortes. Em outras palavras, os corpos foram divididos em dois grupos, o da fase inicial e da fase final, com três corpos cada. Dessa forma, os cadáveres do grupo da fase inicial sem dúvida já teriam sido cremados quando os corpos da fase final fossem localizados, então não haveria risco de compararem os cortes.

"E trocando a ordem dos três corpos, mesmo que conseguissem reunir os da fase inicial de uma só vez, ela não teria que se preocupar com a possibilidade de pensarem em reordená-los e recombiná-los. Por conta desses motivos, ela resolveu enterrar Nobuyo, Reiko e Tokiko, do segundo grupo, em covas fundas.

"Sim, sim, eu sei que, todavia, o corpo que deveria ser de Tokiko não foi enterrado profundamente. E Yukiko foi enterrada em cova profunda. Em outras palavras, Tokiko e Yukiko trocaram de grupos. O motivo disso foi porque Tokiko ainda devia estar insegura em relação ao que ela havia preparado para ser seu corpo. Mesmo que soubessem que se tratava de uma bailarina devido à deformação dos pés e das unhas, só isso seria muito fraco. Havia o risco de desconfiarem que se tratava de um corpo substituto, já que não tinha um rosto. E ainda que não chegassem a dizer isso, podiam querer investigar insistentemente justo esse corpo *sem rosto*.

"Por isso ela preparou mais um material de reconhecimento, somente para este corpo. Uma *marca de nascença*. Constava no manuscrito de Heikichi, certo? Tokiko tinha uma marca no quadril ou em algum outro lugar. Tokiko sabia que Yukiko tinha uma marca e se aproveitou disso, já que este era, na verdade, o corpo de Yukiko. Portanto, não seria possível reconhecer a marca se deixasse o corpo apodrecer. Além disso, a deformação das unhas dos pés, característica das bailarinas, poderia desaparecer se o corpo virasse um esqueleto. Tudo bem se isso acontecesse com os outros corpos, mas tal coisa devia ser evitada em relação a este corpo em particular. Bem, foi por causa desses motivos que este corpo não foi enterrado profundamente.

"Mas, dessa forma, surge uma série de riscos aqui. Em primeiro lugar, havia a possibilidade de o corpo ser colocado ao lado do de Yukiko. Podemos pensar que não teria problemas já que Gunma e Akita são bem distantes um do outro, mas não dá para ser tão otimista. Seria extremamente problemático se os corpos fossem colocados lado a lado. Se simplesmente alocassem a parte do pescoço em direção a Tokiko, o corpo de Yukiko estaria completo, e pronto, tudo estaria acabado. E ao usarem a marca de nascença como material de reconhecimento constatarão que o *corpo de Yukiko* tem uma marca. Yukiko é a filha biológica de Masako, e não é possível que a mãe não saiba que sua filha tem uma marca no quadril, portanto, seria necessário montar um esquema para que Masako não visse o corpo de Tokiko, e que o de Yukiko fosse mostrado a ela apenas depois de se decompor. Tem mais. Tae, de Hoya, iria ver o corpo de Tokiko. Por isso, surge também a necessidade de Tokiko exibir de antemão a Tae que ela tem uma marca na região do quadril, que teria se *formado com o tempo.*

"Como podemos ver, são várias as questões que começam a surgir, mas Tokiko não pode deixar de fazer isso. Vamos considerar que ela faça uma marca em si mesma e mostre de antemão à Tae. Quanto aos dois riscos anteriores, há uma forma fácil de evitá-los. É só *enterrar Yukiko numa cova funda* e tudo se resolve. Assim, Yukiko e o corpo que seria considerado como Tokiko foram colocados em grupos trocados.

"No entanto, essa troca pode gerar novos riscos, ou seja, como mencionei anteriormente, se por acaso os três corpos do grupo a ser descoberto no começo forem enfileirados em um só lugar, poderia acabar tendo corpos adjacentes incluídos ali.

"Mas, por uma tremenda sorte, isso aconteceu no grupo da fase final, e não no da fase inicial. Os corpos de Akiko e Tokiko não eram adjacentes. E o grupo da fase final é o grupo de decomposição, então não há problema.

"Por falar no grupo de decomposição, havia um outro sentido em deixar Nobuyo, Reiko e Yukiko no grupo final. É que Masako estaria detida como suspeita, e suas condições psicológicas estariam fora do normal. Portanto, mesmo que ela percebesse alguma anormalidade e alegasse algo estranho, a probabilidade de a polícia não dar ouvidos seria alta. Além disso, se o corpo estiver em estado avançado de decomposição a ponto de parecer difícil que até mesmo os pais reconheçam-no, a chance de a polícia nem se dar ao trabalho de levar uma pessoa detida para fazer o reconhecimento seria alta também. Consequentemente, era mais provável que Yukiko fosse cremada sem ser vista pela própria mãe.

"Porém, isso não vale para o caso de Fumiko, a esposa de Yoshio Umezawa. Ela estaria livre, então se o corpo da filha aparecesse, ela iria aonde quer que estivesse. E, claro, observaria detalhadamente o corpo da sua própria filha. Trata-se da obsessão de uma mãe. Então, se Fumiko alegasse que havia algo suspeito, podemos considerar que a polícia daria ouvidos, diferente do caso de Masako. E por isso havia a necessidade de deixar que as filhas de Fumiko sofressem uma considerável decomposição, ou até mesmo fazer com que ficassem no estado de esqueleto.

"Bem, acho que Tokiko decidiu dividir os corpos em grupos, dos que seriam enterrados superficialmente e dos que seriam enterrados profundamente, por causa dessas diversas razões."

Fiquei embasbacado. Não imaginei que fosse um crime tão bem arquitetado.

"Realmente... estou um pouco surpreso. Mas... então, ao invés de ter todo esse trabalho de trocar os grupos, não seria melhor que o grupo que incluía o corpo de Yukiko, que fazia o papel de Tokiko, fosse o grupo que seria enterrado superficialmente, ou seja, que se tornasse o grupo a ser descoberto na fase inicial? Se fizesse isso..."

"*Tsc, ts*c! Ora bolas, eu já te expliquei. Era de se considerar que a polícia tomaria um susto com o primeiro e investigaria minuciosamente, e Tokiko morria de medo disso.

"Vamos supor que tivesse planejado para que Tokiko fosse a segunda ou a terceira a ser encontrada, enterrando-a superficialmente. Sendo assim, teria que colocar Nobuyo ou Reiko no primeiro posto. Mas aí, a parte superior e inferior destes dois corpos são de garotas diferentes. Independentemente de qual corpo fosse o primeiro, se deixasse abandonado sem sequer enterrar, como foi com Tomoko, sua mãe, Fumiko, definitivamente perceberia que havia algo de errado. Posso apostar. As mães são incríveis nesse aspecto. Acho que Tokiko foi cautelosa com esse plano mais por causa das mães do que da polícia.

"Além disso, se encontrasse um corpo chamativo, composto de partes de pessoas diferentes e em boas condições, a polícia, por mais que fosse do interior, ficaria desconfiada e empregaria todo seu conhecimento no caso.

"E se colocasse em primeiro aquele que não tem rosto? Este também é um corpo de uma parte só. Mas isso traz ainda mais insegurança. É conforme expliquei agora há pouco.

"Não importa quantos neurônios queime, não dá para pensar em ninguém além de Tomoko para ser o primeiro corpo a ser encontrado, abandonado ao céu aberto."

"Mas então poderia, de uma vez por todas..."

"Ter enterrado todos os corpos. Não é o que você queria falar? Se fizesse isso, perderia a oportunidade. Poderia levar dez anos para juntarem os seis conjuntos de corpos se a polícia não conseguisse entender o caderno de Heikichi. Nesse caso, obviamente a marca de nascença e também a deformação das unhas e dos ossos, características das bailarinas, desapareceriam.

"Ainda assim, se fossem descobertos não seria de todo ruim, mas nada garante que não daria errado, pois poderia acontecer de os seis conjuntos nunca serem descobertos, ou que apenas cinco fossem localizados e, coincidentemente, não encontrarem justamente o corpo *sem cabeça*. Então, poderia acontecer uma coisa bem idiota, em que o 'acaso' apontasse o criminoso. Aí não teria sentido nenhum, depois de todo o trabalho que teve para preparar seu próprio cadáver.

"Para Tokiko, ela estaria a salvo somente quando esses seis corpos fossem encontrados. E teria que ser antes que se passasse muito tempo. Não era apenas para que as características de bailarina não sumissem. Mas sim pela razão de que era um caso difícil, em que não se tinha ideia de quem era o autor do crime, e aí tinha grande risco de que a pessoa cujo corpo não foi encontrado fosse considerada a criminosa. Com isso ela teria que se esconder e viver fugindo até que todos os seis corpos fossem encontrados, e não seria nada favorável para Tokiko se demorasse muito para que isso acontecesse."

"Hum... entendo..."

Suspirei profundamente.

"Mas então, a parte de cima e a de baixo... eram de corpos diferentes... é mesmo possível fazer isso? Como foi que conseguiu enganar tão bem a polícia, até em relação ao tipo sanguíneo?"

"Por coincidência, o tipo sanguíneo de todo mundo era A. E os signos também, eram convenientemente diferentes. Deve ter sido justamente por causa disso que ela teve a ideia sobre este plano.

"Mas você está certo. Se fosse nos dias de hoje, um truque desses estaria completamente fora de questão. O sr. Iida, que é especialista, deve saber bem que até mesmo em relação ao tipo sanguíneo, hoje em dia não temos só o sistema ABO. Existem vários, como o sistema MN, Q e Fator Rh. Resumindo, vários anticorpos foram descobertos, e se combinarmos cada um deles, os tipos sanguíneos das pessoas podem ser classificados em cerca de mil tipos diferentes no sistema de combinação sequencial.

"Não só pelo tipo sanguíneo, mas em se tratando de um corpo cujas partes superior e inferior foram separados, seria praticamente impossível conseguir enganar as pessoas, pois é óbvio que ele seria examinado minuciosamente, desde o DNA até o tecido ósseo."

"Mesmo no caso da polícia do interior seria assim?"

"Acho que não há nenhum lugar no Japão de hoje, por mais afastado que seja, onde não seja possível chegar a alguma cidade que tenha um hospital grande em três ou quatro horas, não é? Mesmo que haja, a polícia provavelmente deve ter um cientista forense, e custo a acreditar que fossem analisar apenas pelo sistema ABO nos dias atuais. Mas os outros sistemas, MN e Q, foram descobertos no pós-guerra. Sr. Iida, saberia dizer quando a polícia passou a adotar isso? Ah, então foi mesmo um bom tempo depois da guerra. Na época, em 1936, só existia o sistema ABO."

"E o DNA, pode ser identificado através do sangue?"

"O DNA pode ser identificado a partir de quase qualquer coisa. Através do sangue, da saliva, do sêmen, da pele e até de fragmentos ósseos. É por isso que esse tipo de truque não serviria nos dias de hoje, mesmo que o corpo esteja carbonizado ou em estado esquelético. Isso só foi possível porque aconteceu em 1936. Agora seria preciso esperar que ficasse no estado de esqueleto e triturar os ossos até se transformarem em um pó bem fino. Só assim para não saber o tipo sanguíneo, DNA e tecido ósseo. Hoje, até um material microscópico é objeto de investigação e, nesse sentido, estamos em uma era em que os criminosos nem podem ter seus devaneios."

"Entendi perfeitamente tudo que ouvi até agora. Realmente, não é à toa que você chegou a ponto de urrar. Mas como é que somente com essas informações você soube onde estava Taeko Sudo, ou melhor, Tokiko?"

"Ahá! Ora, isso é muito fácil! É compreensível, se pensar na motivação dela."

"É mesmo, nem sei que motivação era essa. Qual seria?"

"Sabe aquele seu livro, *Assassinatos do Zodíaco da Família Umezawa*? Empreste-me um pouco. Bem, veja... aqui está a árvore genealógica. Olhando para ela, vemos que só a Tokiko é filha de Tae, a ex-esposa, e essa Tae é a pessoa mais infeliz dentre as que aparecem nesta árvore genealógica. Acho que Tokiko, a única filha biológica desta mulher, pensou na vingança de sua mãe.

"Daqui em diante é uma dedução, mas o pai, Heikichi, era um homem sem caráter, que abandonou sua mãe, uma mulher obediente, para ficar com Masako, uma pessoa bem ativa. Nem preciso dizer que Masako e as três filhas dela eram suas inimigas. Tokiko morava com elas, mas deve ter se sentido excluída no dia a dia.

"Tokiko tinha laço de sangue com Reiko, Nobuyo e Yukiko, mas essa ligação era por meio de Heikichi, que causou sofrimento à sua mãe. Pode ser que quando se juntavam essas seis mulheres, ou melhor, oito mulheres, incluindo Masako e Tokiko, acontecesse algo de vez em quando, ou até mesmo com frequência, que fizesse Tokiko ter a sensação de que só ela era excluída. Talvez algum incidente que tenha causado diretamente nela um desejo de matar.

"Não sei do que se trata, porque não perguntei ontem. De qualquer forma, isso a consumiu a ponto de montar um plano desses. Achei que não seria algo tão simples, nem que faríamos uma perguntinha e ela pudesse responder rapidamente, em questão de minutos.

"De qualquer forma, falando resumidamente, embora ela mesma guardasse rancor, Tokiko cometeu esses crimes por sua mãe, Tae, que não foi nada favorecida. Tae era uma mulher que sempre batalhou muito, desde que os negócios dos seus pais deram errado. Quando pensou que finalmente a felicidade havia batido à sua porta por estar com um homem mais ou menos rico chamado Heikichi, teve seu marido roubado por uma mulher chamada Masako. Uma dona de casa dos tempos modernos faria manobras hábeis e provavelmente não permitiria que uma mulher como Masako entrasse em sua casa, mas nem isso Tae foi capaz de fazer, porque era uma mulher passiva, à moda antiga. A motivação deste crime deve ter sido fazer a mãe receber algum dinheiro, já que a coitada não teve sorte nem financeiramente, nem com nada.

"Pensando dessa forma, seu possível endereço atual começa a surgir de forma muito clara. Tae queria abrir uma loja de saquinhos de tecido em Sagano. Isso porque este bairro de Sagano, em Kyoto, foi o único lugar que trazia boas lembranças para Tae. Mas, no final das contas, isso não se concretizou e ela acabou morrendo em Hoya. Então não seria de se admirar que Tokiko decidisse levar adiante o sonho da sua mãe. Claro que ela poderia não estar mais lá, porém se a compaixão e o amor intenso que ela tinha por Tae fosse a motivação desse crime, valia a pena ir a Sagano conferir.

"E de fato lá estava Tokiko. Mesmo agora, quarenta anos depois, ela ainda estava morando lá, como se estivesse se escondendo. Imaginei que talvez o nome da loja tivesse algo que lembrasse a mãe e pudesse se chamar Tae-ya ou Megumi-ya, baseado em um dos caracteres do nome de Tae; então fui a um posto policial e perguntei se havia alguma loja de saquinhos com um nome desses, e descobri que tinha, de fato, uma loja chamada Megumi-ya. Tokiko também tinha mudado o nome para *Taeko*."

"Então, o que dizem ser o manuscrito de Heikichi Umezawa nem foi escrito por Heikichi, não é?"

"Claro que foi obra de Tokiko."

"E a modelo que posou para Heikichi no dia que nevou, em 25 de fevereiro, era Tokiko?"

"Tudo indica que sim."

"Heikichi fez a sua própria filha posar de modelo...? A propósito, você poderia também explicar sobre o ambiente fechado com cadeado?"

"Chegando a esse ponto, aquilo não tem a menor importância. Assim como o tal problema dos sapatos de Heikichi, nem precisaria mais explicar.

"Começou a nevar enquanto ela posava. Foi por isso que ela pensou no truque das pegadas. Eu já falei isso antes, certo?

"Quem estava ali era só Tokiko, em quem Heikichi confiava, então ele tomou os comprimidos para dormir enquanto ela ainda estava no ateliê. Tokiko já deveria estar pronta para ir embora.

"Aí, subitamente, Tokiko matou o pai. Então ela deixou a cama torta para que pensassem que o móvel havia sido suspenso, colocou os pés de Heikichi embaixo da cama e aparou a barba dele. Depois disso ela saiu e, dali da tal janela, com pegadas desordenadas, pôs a trava usando um fio ou barbante laçado em círculo. Mas claro, trancar o cadeado era impossível.

"Então foi até o portão de madeira a passos largos calçando seus sapatos femininos, depois voltou na ponta dos pés, sua especialidade, trocou os sapatos na entrada e, calçando os sapatos de Heikichi, pisoteou completamente as pegadas embaixo da janela. Dali foi andando até a rua principal, apagando as pegadas das pontas dos pés que foram feitas antes.

"Depois disso, não sei para onde foi. Teria ido até a casa da mãe em Hoya? Mas já não tinha ônibus ou trem, e se pegasse um táxi deixaria vestígios, então acho provável que ela ficou escondida em algum lugar, esperando amanhecer. Quer dizer, ela passou a noite da maior nevasca em trinta anos tremendo, esperando pela chegada da manhã. Acho que nessa ocasião deve ter descartado a arma do crime.

"Ao amanhecer, voltou para a casa da família Umezawa. Ela devia estar carregando uma sacola ou uma bolsa nesse momento. O motivo? Porque os sapatos de Heikichi deveriam estar ali dentro.

"Em seguida preparou o café da manhã, levou até Heikichi, e quando fingiu fazer a descoberta, espiando pela janela, devolveu os sapatos no vestíbulo, jogando-os pela janela. Não importava se os sapatos ficassem meio largados no vestíbulo, pois de qualquer forma as mulheres arrombariam a porta em conjunto.

"Tokiko chamou todo mundo, a porta foi arrombada, e enquanto as outras corriam até Heikichi e faziam algazarra, Tokiko sozinha levantou a porta, fingindo somente uma tentativa de endireitá-la, e em seguida trancou o cadeado.

"Caso todas elas tivessem se aglomerado na janela para espiar o interior do ateliê antes de arrombarem a porta, talvez pelo menos uma delas teria percebido que a porta estava sem cadeado. No entanto, Tokiko conseguiu impedi-las de ir até a janela pois tinha uma boa justificativa, que era de não apagar a evidência das pegadas sob a janela."

"Entendi... se a polícia perguntasse se a porta estava com cadeado, era só Tokiko responder que sim. Afinal, Tokiko foi a única que espiou lá dentro..."

"Exatamente."

"Tae, de Hoya, mentiu sobre o álibi de Tokiko, certo?"

"Tudo leva a crer que sim."

"Então obviamente foi Tokiko quem matou Kazue em Kaminoge e armou uma cilada para o sr. Bunjiro Takegoshi, certo?"

"Deixando de lado os assassinatos em série da família Umezawa, o que mais me desagrada neste caso é o fato de ela ter envolvido Bunjiro Takegoshi, que não tinha relação alguma. Por causa disso, Bunjiro acabou sofrendo pelo resto de sua vida. Mas hoje, embora tenha sido tardio, temos condições de aliviar pelo menos um pouco desse sofrimento do sr. Bunjiro. Ishioka, tem um galão de querosene que sobrou do inverno naquela sala. Pode trazer para mim?"

Mitarai estava esperando na frente da pia de azulejos quando voltei com o galão de querosene, que não estava muito pesado porque tinha pouco conteúdo. Então, ele jogou o manuscrito de Bunjiro Takegoshi na pia e despejou sobre ele um pouco de querosene com auxílio da bomba.

"Sra. Misako, você teria um fósforo ou um isqueiro? Ah, você tem, que bom, me empreste por favor. Ora, ora, você também tinha, Ishioka? Guarde o seu no bolso, acho que é melhor que seja o da sra. Iida."

Quando Mitarai acendeu o fogo, o manuscrito começou a queimar rapidamente.

Nós quatro cercamos a pia e ficamos parados, olhando o manuscrito em chamas, como se fosse uma pequena fogueira de acampamento. Quando Mitarai cutucava com uma vara, de vez em quando, dois, três pedacinhos de papel que haviam se transformado em cinzas pretas pairavam no ar.

Ouvi Misako Iida murmurar: "Que bom", bem baixinho.

3

O caso certamente tinha sido solucionado, mas eu ainda tinha muitas e muitas dúvidas. Fiquei tão surpreso na hora que Mitarai estava desvendando o mistério que nem consegui pensar em questões para confrontá-lo, mas quando fiquei sozinho e comecei a matutar, a confusão que havia se instalado na minha cabeça — mais parecida com um redemoinho de água barrenta — foi passando gradualmente e comecei a enxergar alguns pontos obscuros.

A maior dúvida era onde e como Tokiko, uma moça de 22 anos na época, conseguiu produtos químicos, a começar pelo ácido arsenioso que foi usado para o envenenamento, bem como o óxido de chumbo e óxido férrico. Se fosse mercúrio, por exemplo, poderia obtê-lo quebrando um monte de termômetros, mas acho que não seria possível no caso do nitrato de prata ou estanho, a menos que ela tivesse acesso a alguma faculdade de farmácia. Além disso, não consigo deixar de me perguntar onde ela se escondeu para continuar sua vida depois de apagar a própria existência. É certo que ela estava em Sagano quarenta anos depois, mas será que imediatamente após os incidentes ela teria conseguido mudar o nome e começado uma nova vida lá sem correr risco algum? Como Shusai Yoshida me disse antes, acho que seria bem difícil para uma pessoa que deveria estar morta conseguir viver tranquilamente, sem chamar a atenção de ninguém.

Além de tudo, tem mais uma coisa. Se Tokiko estava posando no ateliê do seu pai, a possibilidade de outras filhas aparecerem sem avisar não era nula. Ela se atreveu a se arriscar tanto assim?

Se bem que Heikichi provavelmente queria esconder isso das outras filhas e de Masako, e se ele trancasse a janela por dentro e puxasse a cortina, isto é, se o próprio Heikichi tivesse uma intenção forte de manter isso em segredo, talvez não fosse uma questão tão complicada assim.

E se aconteceu de outra forma? Será que há a possibilidade de que este plano não tenha sido arquitetado por Tokiko, e sim por Tae, sua mãe, ou planejado em conjunto por mãe e filha?

Pensando assim, é possível aceitar o fato de Tae mentir sobre o álibi de Tokiko sem qualquer resistência, e de ela não ter alegado nenhuma anormalidade quando foi reconhecer o corpo de Yukiko, que foi colocado no lugar de Tokiko. Ademais, Tokiko teria um lugar para ir durante a noite do assassinato de Heikichi, sem a necessidade de ficar tremendo enquanto espera o amanhecer em meio à neve. Isso parecia muito provável.

Outra dúvida era como o tal Shusai Yoshida sabia que Heikichi era canhoto. Fiquei encucado demais com isso e resolvi ligar para ele do meu quarto. Foi meio decepcionante, pois ele disse que Tamio Yasukawa havia-lhe contado, embora fosse um desfecho que já estava prevendo.

Depois que o detetive Iida e sua esposa abriram a porta do escritório de Mitarai e foram embora para contar ao mundo sobre esses fatos incríveis, Mitarai voltou à sua vida preguiçosa como se nada tivesse acontecido, e eu também voltei rapidamente para meu apartamento. No entanto, eu estava meio entorpecido, e não consegui retomar facilmente o meu ritmo anterior.

E ainda foi necessário um outro incidente para que este caso dos Assassinatos do Zodíaco da Família Umezawa, que durou de 1936 a 1979 com uma guerra no meio, realmente chegasse ao fim. Na manhã seguinte à resolução do mistério, abri o jornal com o coração batendo forte.

E fiquei desapontado. Eu esperava uma grande manchete como "Solucionado o caso dos Assassinatos do Zodíaco da Família Umezawa depois de quarenta anos", mas em vez disso havia um artigo mais austero.

Um artigo de tamanho médio, no canto da quarta página, noticiava o suicídio de Taeko Sudo. Não faço ideia de o que Mitarai imaginava, mas da minha parte, algo já me dizia que o final poderia ser assim. No entanto, não pude deixar de me sentir chocado.

De acordo com o artigo, ela fora encontrada na noite da sexta-feira, dia 13, então provavelmente alguém da polícia que havia sido contatado pelo detetive lida foi quem a encontrou. A causa da morte foi por envenenamento, a mesma dos assassinatos Azoth, devido à ingestão de compostos de arsênico. Neste artigo que dizia que ela morreu silenciosamente na sala de tatame nos fundos da loja Megumi-ya, havia a menção, em apenas uma linha, de que existe a hipótese de que ela esteja relacionada ao caso do massacre da família Umezawa, ocorrido antes da guerra.

Segundo o artigo, havia uma nota de suicídio também, mas parece que era algo como um simples pedido de desculpas às duas meninas que trabalhavam lá. Pelo menos era o que o jornal informava. Ao que parece, ela tinha deixado junto da nota de suicídio uma quantia para as meninas que acabariam perdendo o emprego. Achei que tinha de encontrar Mitarai novamente e saí do apartamento, levando comigo esse jornal que eu tinha enrolado.

Depois de ler o artigo, algo me veio à mente imediatamente. Como dizia que foi arsênico, imaginei que, depois de ter usado esse veneno letal nos crimes que cometeu, Taeko Sudo talvez tenha guardado o remanescente e mantido sempre junto de si, por quarenta anos. Pensando assim, também pude entender um pouco sobre a solidão dessa mulher chamada Taeko Sudo. Mas por que ela morreu sem contar nada...?!

Quando cheguei à estação, percebi que o jornal que eu assinava era de uma editora muito pouco ambiciosa. Na frente do quiosque, vi chamadas enormes que diziam "Assassinatos do Zodíaco de Tokyo solucionado", "Autora dos crimes é uma mulher" e coisas do tipo, e estava vendendo como água. No meio tempo em que fiquei olhando, os montes de jornais, dispostos em formato cilíndrico, estavam ficando numa altura cada vez menor. Comprei também, antes que acabasse.

No entanto, o artigo não detalhava o truque utilizado para o abandono dos corpos por meio de figuras, mas em seu lugar trazia um breve resumo do caso de 1936 e concluía que a solução foi resultado da investigação constante que a polícia vinha realizando ao longo de mais de quarenta anos. O conteúdo parecia fora de foco para quem conhecia a situação real. Claro que o nome de Kiyoshi Mitarai não aparecia em lugar algum.

Mitarai, como sempre, ainda estava dormindo. Quando entrei sem cerimônia no seu quarto e disse que Taeko Sudo estava morta, Mitarai abriu bem os olhos ainda na cama e disse: "É mesmo...?".

Ele deitou a cabeça sobre o braço e ficou assim por um bom tempo, o que me fez pensar que ele diria uma de suas palavras dramáticas em breve, então esperei. No entanto, a fala dele foi: "Você não quer fazer café para mim?".

Mitarai leu avidamente o jornal que comprei enquanto tomava café, mas logo colocou-o sobre a mesa e sorriu de forma cínica.

"Você leu? Diz que foi o triunfo da constante investigação", disse Mitarai.

"Ainda que fizesse uma investigação constante por mais cem anos, o que um cara como o detetive Takegoshi teria descoberto? Bem, a loja de sapatos com certeza teria lucrado com ele."

Decidi aproveitar esta oportunidade para confrontá-lo com aquelas dúvidas, e comecei perguntando dos seis tipos de produtos químicos.

"Sei lá, como será que fez? Não faço a mínima ideia."

"Você teve tempo até eu chegar, lá em Arashiyama."

"Ah, sim, mas quase não conversamos."

"Por quê?! Era a autora dos crimes, que você finalmente tinha encontrado."

"Se eu fizesse muitas perguntas, acabaria tendo compaixão. Além disso, não fui aquele que conseguiu chegar até ela ao fim de uma investigação constante, e mesmo quando fiquei diante dela não senti nenhuma emoção especial como quem pensa: 'Nossa, deu tanto trabalho'."

Mentiroso... foi o que pensei. Quem foi que sofreu a ponto de ficar quase louco?

Este homem chamado Mitarai corre até ficar sem fôlego, mas segura a respiração ofegante quando fica diante de mim a fim de mostrar que aquilo não foi nada para um gênio como ele.

"Fora que era desnecessário perguntar. Não havia nada que eu não tivesse entendido, nas partes importantes. Não faz muito sentido perguntar à própria pessoa sobre os detalhes só para efeito de confirmação."

"Então me diga onde ela conseguiu os produtos químicos."

"De novo isso? Parece que você também quer fazer uma investigação constante. Tanto esse produto químico quanto os 138°48'L são apenas decorações em relevo que se encontram nos pilares. É um adereço de primeira classe. Como o talento dela era real, a decoração também era elaborada e vívida, e ficamos tão atraídos que esquecemos de olhar para todo o prédio. Mas a questão era como a estrutura foi montada. Se fosse eu, seria o que mais me interessaria nisso. Se ficar analisando apenas a decoração, não dá para entender a estrutura do edifício. No caso dos produtos químicos, por exemplo, se você precisasse deles de qualquer maneira agora, pois caso contrário a sua vida estaria em risco, daria um jeito, certo? Mesmo que venha a descobrir em qual universidade a pessoa se infiltrou disfarçada de funcionário da limpeza, isso não tem muito sentido."

"Então, que tal isso? O que acha da possibilidade de que o plano não tenha sido arquitetado apenas por Tokiko, mas que foi uma conspiração conjunta com a sua mãe Tae, ou ainda, sendo mais ousado, que Tokiko foi só manipulada num plano criado por Tae?"

"Acho que não."

"Quer dizer que foi só Tokiko?"

"Acho que sim."

"Mas acho que é algo provável. Você tem certeza, então?"

"Pode ser. Mas não tenho provas, apenas acho isso."

"Não estou convencido. Tudo bem não ter provas, mas pode me contar um pouco mais?"

"Não acho que seja uma questão que possa ser esclarecida pela lógica. Eu apenas deduzi, como sendo uma questão emocional delas.

"Deixe-me ver, em primeiro lugar, acho que isso invalidaria o fato de que até os dias de hoje, depois de quarenta anos, Tokiko usava o nome Taeko e estava administrando uma loja de saquinhos chamada Megumi-ya, ainda por cima em Sagano. Tudo bem ter a loja, mas ela não precisava continuar até ontem, ciente do risco que corria, certo? Até parecia que tinha a intenção de levar isso até a morte. E sim, foi isso mesmo, ela acabou se matando lá.

"Em segundo lugar, há a questão do dinheiro. Se fosse uma conspiração conjunta, assim que Tae recebesse o dinheiro, bem, poderia ser um tempo depois, mas a metade disso teria que desaparecer. Pelo menos Tae não gastaria esse dinheiro com seus caprichos como bem entendesse.

Na verdade, não posso afirmar porque não investiguei direito, mas acho que o que acabei de dizer não deve ter acontecido.

"Quer que eu fale um pouco mais sobre o primeiro palpite? O que eu quis dizer é que se Tokiko estivesse perto de Tae na época em que o plano deu certo e o dinheiro entrou, será que Tae não teria vindo para Sagano, em Kyoto, de imediato? Tae deveria ter sido capaz de realizar seu sonho. A solitária Tae ganhou muito dinheiro, mas no final das contas não adiantou nada porque ela era solitária e nem sequer conseguiu realizar seu pequeno sonho. Independentemente de o plano ter sido bem-sucedido, a sensação de plenitude de Tokiko deve ter diminuído por conta disso. Acho que Tokiko estava lá por isso, mesmo sabendo do risco que corria."

"Entendo..."

Eu me senti um pouco deprimido.

"Mas isso não é uma evidência lógica. Se quiser refutar isso com fervor, pode argumentar exatamente o contrário, usando o mesmo motivo. Agora que ela está morta, ninguém jamais saberá."

"Foi uma pena... perdemos uma oportunidade única."

"Será...? Foi melhor assim."

"Mas quem sabe se não vai chegar uma carta de despedida para você, daqui a uns dois, três dias?"

"Impossível. Não dei meu endereço, e nem me apresentei direito. Até porque não é lá um nome muito adequado para dizer a plenos pulmões em uma cena dramática."

"Hum, é que..."

Parei de falar quando estava prestes a concordar com ele. Eu senti um pouco de pena de Mitarai.

"Mas onde será que Taeko Sudo, não, Tokiko, ficou escondida depois do crime...?"

"Conversamos um pouco sobre isso."

"E onde era?"

"Parece que ela estava onde agora é a China continental."

"Na Manchúria... entendo, deve ser como os criminosos britânicos que fogem para os Estados Unidos."

"Quando ela voltou e olhou pela janela de dentro do trem, sabe quando a gente olha as montanhas pela janela e as considera como a representação de coisas distantes? Mas ela me contou que, para ela, as montanhas que viu pela janela do trem no Japão pareciam que estavam ao alcance de suas mãos. O Japão é mesmo bem pequeno. É tão poético e bonito, não é? Isso ficou gravado na minha memória."

"Hmm..."

"Aquela época devia ser boa. Hoje em dia, muitos japoneses morrem sem nunca terem visto a linha do horizonte."

"As coisas em geral estão ficando mais módicas... mas esse foi um crime grandioso, não é? Ela foi uma criminosa destemida. E ainda por cima, uma mulher que fez tudo sozinha, com apenas 23 anos."

Nesse momento, Mitarai ficou com um olhar distante.

"É... ela era extraordinária. O Japão inteiro foi enganado por quarenta anos por essa única pessoa. Foi a primeira vez que vi uma mulher como aquela. É de tirar o chapéu."

"Sim... mas como foi que você... bom, eu sei que a nota de dinheiro foi o gatilho, mas não foi só isso, não é? Como você percebeu? Uma artimanha dessa dimensão. Não dá pra pensar no truque dos corpos só pelas coisas que te expliquei, de uma hora pra outra, certo? Não pode ser."

"Ah, claro. Porque quem estava explicando estava fazendo isso partindo do princípio de que Azoth foi criada.

"É só que em relação à Azoth, cheguei a achar que era impossível ter tido tempo ou lugar para criá-la.

"Aliás, isso não tem importância, o ponto era aquele manuscrito de Heikichi. Tinha um monte de coisas estranhas ali. Achei que cheirava a falcatrua."

"Por exemplo?"

"Acho que tinha várias coisas... veja só, tinha um ponto fundamentalmente estranho. Constava lá que, por esse manuscrito ser um acessório de Azoth, ele deveria ser colocado no centro do Japão e que não deveria ser exposto aos olhos dos outros, mas aí dizia também que se ganhasse dinheiro, deveria ser entregue para Tae. Está na cara que foi escrito supondo que seria lido por outras pessoas.

"Além disso, era imprescindível que o criminoso o levasse consigo, mas ao invés disso deixou-o na cena do crime, junto com o corpo de Heikichi. Não seria possível a pessoa indicar os locais de abandono dos corpos sem levar e ler essas anotações de vez em quando, a menos que o próprio criminoso tivesse escrito, certo? Qualquer um acabaria se esquecendo dos detalhes se não tirasse uma cópia, afinal, foi Heikichi, um terceiro, que escreveu as anotações, estou errado?! Bom, talvez não fosse a primeira vez que via o manuscrito quando matou Heikichi, pode ter lido um monte de vezes e acabou memorizando, mas ainda assim, é certo que deveria ter levado embora. Se ele foi deixado lá, era para que fosse lido. E nesse caso é bem provável que não seja de autoria de Heikichi.

"E diz ainda: 'se por acaso Azoth der retorno financeiro'. Isso é bem esquisito. Por que Azoth, que seria criada para salvar o Império Japonês, *geraria recursos*? Tais palavras são de alguém que consegue enxergar o plano como um todo. E ainda por cima está dizendo para entregar esse dinheiro para Tae. Era o suficiente para ter percebido. A intenção do criminoso aparece claramente nesta parte.

"E mais, acho que ainda havia alguns pontos estranhos naquele manuscrito. Por exemplo... sim, você disse que Heikichi era um fumante inveterado. Mas acho que havia um trecho naquele manuscrito mencionando que ele não ia tanto a bares porque a fumaça de cigarro o irritava. Isso era Tokiko escrevendo sobre si mesma.

"Além disso... sim, a música. Heikichi disse que gostava de 'Ilha de Capri' e 'Orquídeas ao Luar'. São canções que fizeram sucesso de 1934 a 1935. Sei um pouco sobre elas porque cheguei a pesquisar músicas daquela época no passado. Ambas são músicas muito boas. Tem também uma outra música famosa, chamada 'Yira Yira', cantada pelo Carlos Gardel... bom, isso não importa. O ano de 1935 é logo antes de ele ser assassinado. Heikichi já devia estar vivendo isolado no ateliê. Onde é que ele poderia aprender músicas assim, a ponto de cantarolar sem que se desse conta? Não tinha rádio nem vitrola no ateliê. Mas Tokiko sim, ela naturalmente ouviria músicas desse tipo na sala de estar da casa principal, porque parece que Masako gostava de música."

"Entendi..." Pensando sobre esses aspectos, eu percebi que realmente deixei passar uma porção de coisas.

Tentei buscar algum elemento na história de Mitarai que explicasse por qual motivo Taeko Sudo morreu sem contar nada. Mas não consegui encontrá-lo.

"E o suicídio de Taeko Sudo...", falei. "Por que ela morreu sem falar nada? Logo ela, que causou tanto alvoroço, sem explicar nada. Por que será?"

"Qual é o seu problema? Como eu devo responder para que se satisfaça?" Mitarai disse como se fosse uma questão pessoal.

"Olhe para este jornal. Está afirmando que ela morreu em resignação porque o crime foi descoberto, e ninguém duvida disso. Acham que o motivo é só esse. Se um vestibulando comete suicídio, dizem que foi em decorrência do sofrimento causado pelo estresse do exame. Parece que aceitam imediatamente que tenha sofrido com a pressão dos exames, independentemente de ele ter notas altas, baixas ou medianas. Será que é tão simples assim?! Que besteira! Isso é o que chamam de generalização. Os tipos que generalizam vivem em uma mediocridade ridícula e só estão tentando se livrar do seu senso de crise e complexo de inferioridade com esses atos violentos.

"Um ser humano decidiu apagar tudo que viveu por décadas. Há razões de todos os tipos, diria até inúmeras. Como você acha que devo explicar as coisas pra esse povo que recebe informações de forma tão irresponsável? Será que existe mesmo a necessidade de dar explicações? Morrer em silêncio já é o bastante! E você, será que é uma exceção? Espero que saiba o motivo do suicídio, já que está fazendo tantos comentários sobre a forma que ela morreu."

"..."

4

No final das contas, Mitarai evitou falar o que pensava sobre a morte de Taeko Sudo. Mas senti que ele queria dizer que não foi porque a verdade do caso veio à tona, como se ele soubesse de algum fato de que só ele tinha conhecimento.

Ainda não tenho ideia de o que isso seria. Depois disso, tive várias oportunidades de indagar, mas toda vez Mitarai se esquivava daqui e dali, dizia que era por causa daqueles *dados* e sorria de forma cínica.

Por falar em dados, às vezes penso que esses Assassinatos do Zodíaco da Família Umezawa são parecidos com o *sugoroku** que eu costumava jogar no Ano-Novo quando era criança. Muitos incidentes foram

---

* Jogo de tabuleiro no qual os jogadores avançam pelas casas de acordo com o número que sai nos dados. [NE]

colocados como armadilhas no meio do caminho, como a suspensão da cama, os 138°48'L, o centro dos números 4 - 6 - 3, e a Azoth, fazendo com que Mitarai e eu enfrentássemos uma montanha-russa de emoções a cada vez que jogávamos os dados, como a dupla *Yaji Kita*.** E já perto da linha de chegada acabei errando o caminho, partindo sozinho para uma pacata expedição até o Meiji-mura, em Nagoya.

Mas não tenho nenhuma lembrança ruim. Fui a vários lugares e conheci muitas pessoas, mas o único que me fez sentir desconfortável foi aquele detetive Takegoshi. Embora ache irônico, posso dizer que a pessoa que me passou a impressão mais agradável foi a autora dos crimes. Que tipo de lição devo aprender com isso?

Falando em sensações desagradáveis, acho que devo incluir a sensação que tive no final. Conforme esperado, o mundo estava em polvorosa daquele dia em diante, e as ruas foram dominadas por rumores sobre a resolução dos Assassinatos do Zodíaco da Família Umezawa. Os jornais continuaram a veicular artigos relacionados dizendo que foi assim ou assado por quase uma semana, e as revistas semanais competiam entre si, publicando edições especiais. Na TV, chegaram a fazer programas especiais sobre o assunto, e até aquele discreto detetive Iida apareceu na tela da TV de tubo. Fomos sensatamente poupados do sofrimento de ver a cara do detetive Takegoshi nas imagens da TV, possivelmente porque seu rosto não era adequado para ser exibido no horário de programas de entretenimento.

Até mesmo uma corajosa editora, que vinha divulgando ativamente que a teoria dos canibais e a teoria do disco voador tinham relação com este caso, produziu e lançou vários livros às pressas, numa última tentativa de ganhar dinheiro com isso.

Cheguei a ler em algum lugar que o detetive Iida foi promovido por terem reconhecido esta conquista, mas para Mitarai foi enviado apenas um cartão da sra. Misako, no qual ela escreveu algumas frases de agradecimento que não passavam de mera formalidade.

** Dois personagens principais do romance *Tōkaidōchū Hizakurige*, de Ikku Jippensha, que se passa no período Edo. [NE]

E por mais que eu tenha buscado minuciosamente, como quem examina com uma lupa, em todos os materiais impressos que eram publicados, não encontrei nenhuma menção ao nome de Mitarai. Em outras palavras, meu amigo foi completamente ignorado pelo mundo. Não pude deixar de me sentir traído por isso.

Mas nisso também havia o seu lado bom. O nome de Mitarai não foi revelado ao público e foi dito que o caso foi resolvido graças à investigação constante dos policiais, e com isso o manuscrito de Bunjiro Takegoshi e o nome dele foram perfeitamente encobertos aos olhos de todos.

Fiquei muito satisfeito com isso. Afinal, senti que nossos modestos esforços também foram totalmente recompensados. Mitarai também deve ter se sentido dessa forma. Não, essa sensação deve ter sido maior para ele. Mas, ainda assim, minha alegria parecia reduzir-se à metade porque o nome do meu amigo foi ignorado. No entanto, para o próprio Mitarai, era como se isso fosse extremamente natural e não merecesse ser visto como um problema, e ele seguia com a sua vida, cantarolando, alheio a toda a agitação da sociedade.

"Você não se sente frustrado?"

Não pude deixar de perguntar.

"Do que está falando?" Mitarai perguntou de volta, inocentemente.

"Ora, quem foi que resolveu este caso? Foi você, certo? Você está sendo totalmente ignorado! O certo seria você ter aparecido na TV ou algo assim, aí poderia ter se tornado mais famoso, não é? Poderia até ganhar dinheiro.

"Não, eu sei que você não é do tipo que pensa assim. Mas neste mundo muitas vezes as coisas se tornam mais fáceis se você for famoso. Não acho que seu trabalho seja uma exceção. Você poderia até se mudar para um prédio melhor e comprar um sofá maior!"

"E aí esta sala ficaria cheia de gente bizarra com baixo nível de raciocínio, uns bisbilhoteiros sem massa cinzenta. Eu teria que berrar para te procurar no meio da bagunça, toda vez que eu voltasse para o meu apartamento. Você pode não entender, mas eu gosto desta vida de agora. Não quero que aquela gente que parece ter esquecido a cabeça em algum lugar venha bagunçar meu ritmo.

"Se eu não tiver trabalho no dia seguinte, posso dormir até a hora que eu quiser. Posso até ler jornal de pijama. Posso fazer os experimentos que gosto e posso sair por aquela porta só para trabalhos que me agradam. Posso dizer para um cara desagradável que ele é desagradável, e posso até dizer que branco é branco, preto é preto, sem fazer cerimônia para ninguém. Esses são todos os bens que conquistei em troca de ser chamado de vagabundo que não é levado a sério pela sociedade, tal como disse um detetive, certa vez. Não quero perder isso por enquanto. Não estou sozinho, porque tenho você se eu me sentir solitário. Eu gosto muito dessa vida."

Isso aqueceu o meu coração facilmente, num instante. Puxa, então é isso que represento para ele. E acreditei que, sendo assim, eu tinha algo a fazer por ele como prova da minha amizade. Ao pensar nisso, não pude deixar de sorrir, por mais que eu tentasse segurar.

"Então, Mitarai", eu disse. "Você ficaria surpreso se eu lhe dissesse que vou colocar em papel todo o processo pelo qual passamos até agora e levá-lo para uma editora, não é?"

Mitarai fez uma cara de quem acabava de se deparar à noite com a esposa de quem havia fugido por medo anos atrás. E tentou desesperadamente desviar do assunto, em vão.

"Pare de brincar desse jeito, faz mal para o coração... Ah, Ishioka, olhe, já está tão tarde!"

"Não sei se será impresso, mas tenho certeza que vale a pena tornar isso público."

"Veja bem, eu posso suportar qualquer outra coisa", disse Mitarai, do fundo do coração. "Mas por favor não faça isso."

"Por quê?"

"Parece que você não entendeu suficientemente bem o que eu acabei de falar. E existem outras razões."

"Gostaria muito de saber."

"Não tenho muita vontade de falar sobre isso."

Depois de terminar de escrever, devo mostrar primeiro para Emoto, de Kyoto, a quem dei tanto trabalho, pensei. Do jeito que as coisas estão, Mitarai seria o último a ler. Como minha profissão é desenhar ilustrações, tenho muitos contatos nas editoras. Não deve ser tão difícil pedir para que eles leiam.

"Você não deve fazer a mínima ideia do pavor que sinto quando falo o meu nome para alguém e essa pessoa me pergunta com que ideograma se escreve...", disse Mitarai em voz fraca, afundado como um velho no sofá.

"Eu também apareço na sua obra?"

"Isso é óbvio, não é?! Sem um personagem excêntrico como você não teria os atrativos necessários para se tornar uma obra-prima."

"Então me dê um nome mais legal, como Hoshinosuke Tsukikage ou algo do tipo."

"Haha, tudo bem. Posso lhe permitir esse disfarce."

"É o truque de mágica de um astrólogo..."

Entretanto, o caso não tinha acabado ainda e um desenrolar surpreendente nos aguardava no final.

Parece que Taeko Sudo deixou uma nota de suicídio para Mitarai. Aparentemente, os fatos que são divulgados ao mundo são assim, repletos de disparates. Além disso, foi somente cerca de meio ano após a conclusão do caso que soubemos disso e Mitarai recebeu uma cópia da carta de suicídio, e pasmem, foi o detetive Takegoshi quem a trouxe.

Foi numa tarde de outubro que se fez ouvir de uma forma bem discreta a batida na porta do escritório de Mitarai. Mitarai respondeu imediatamente, mas como ele estava bem longe da porta e falou voltado para baixo, aparentemente o visitante não escutou. O silêncio pairou no ar por um bom tempo, e novamente ouvi uma batida que parecia ser de uma mulher reservada.

"Entre!", gritou Mitarai, desta vez.

A porta se abriu lentamente, e quando olhei, havia um homem grande, que me parecia familiar.

"Ora, ora!"

Mitarai pulou da cadeira, como se seu melhor amigo, que não via há dez anos, tivesse chegado.

"Que visita peculiar. Ishioka, temos que preparar um chá para ele!"

"Não, não se incomode, não tomarei muito do seu tempo", disse o grandalhão, tirando um monte de cópias da sua bolsa.

"Só vim entregar isso...", disse o detetive enquanto entregava tudo a Mitarai.

"Acabei demorando... e peço desculpas por serem cópias, mas...", disse o grandalhão, como estivesse se justificando. "Este é um material importante para nós também e, bom... levamos algum tempo para identificar a quem se destinava..."

Não estávamos entendendo absolutamente nada.

"Bem, então aqui está."

Depois de dizer isso, o detetive Takegoshi deu meia-volta e nos deu as costas.

"Ah, você já vai embora? Faz tanto tempo que não nos víamos. Tenho tanta coisa para te contar", disse Mitarai, de forma sarcástica. O detetive não deu ouvidos e saiu para o corredor, segurou a maçaneta da porta que havia sido deixada aberta e já estava prestes a fechá-la.

No entanto, a porta parou a apenas dez centímetros de ser fechada. Ela foi aberta novamente e o detetive deu um passo para dentro do apartamento. E então murmurou:

"Se eu não disser isso, não posso me considerar um homem."

Em seguida, ele ficou olhando para nossos sapatos e, com relutância, continuou:

"Sou imensamente grato por tudo que fez. Meu pai também deve sentir o mesmo. Agradeço também em nome do meu pai. Obrigado. Peço desculpas pelas grosserias que disse da outra vez. Então... com licença."

Após enfim dizer essas palavras, o detetive fechou a porta rapidamente, mas de forma cuidadosa. No final das contas, ele nem olhou para a nossa cara.

Mitarai moveu ligeiramente os cantos da boca e riu baixinho. E disse: "Até que ele não é um cara mau".

"Sim, ele não é um cara mau", eu disse também. "Tenho certeza de que ele aprendeu muito com você neste caso."

"Humm, é verdade...", continuou Mitarai. "Pelo menos ele aprendeu como bater à porta."

O volumoso maço de cópias que o detetive deixou era uma nota de suicídio dedicada a Mitarai por Taeko Sudo. Como todos os detalhes do caso são revelados nela, apresentarei, por último, o seu conteúdo na íntegra para assim encerrar esta longa história.

A VOZ DE AZOTH

Ao jovem cavalheiro que conheci em Arashiyama,

Estive esperando por você esse tempo todo. Estou ciente de que falar dessa maneira é bem estranho, mas só consigo pensar nessa forma.

Eu acabei ficando bem desequilibrada. E tenho clara consciência disso. Você deve pensar que isso é óbvio, já que eu sou a mulher que cometeu uma coisa tão ultrajante como aquela, mas esse sentimento de insegurança não deixa de ser estranho para mim.

Enquanto vivia humildemente na terra preferida da minha mãe, sonhei várias vezes que um homem forte e assustador aparecia de repente na minha frente, me repreendendo, me arrastando para o meio da rua em frente à loja e me levando para a prisão. E nessa hora eu sempre acabava voltando para o meu eu da época do crime. Eu tinha muito, muito medo todos os dias, tanto que quase sentia minhas pernas tremerem. Mas, por outro lado, é fato que eu também esperava por isso.

Mas você, que apareceu diante de mim, era tão jovem e ainda por cima tão gentil, e sequer fez perguntas sobre o caso. Estou muito, muito grata por isso agora. Eu queria muito te dizer isso, e é o que me fez pegar a caneta.

Mas quando penso nisso, acredito que ao final de tudo, muitas coisas sobre o caso, que foi tão perturbador para a sociedade, ficaram sem explicação graças à sua gentileza. Eu não fiz nada de bom neste mundo, portanto gostaria de explicar o quanto for possível a respeito daqueles incidentes, como palavras de confissão.

A vida na família Umezawa, onde eu morava com minha madrasta Masako e suas filhas, era um inferno para mim. Embora seja imoral, ainda hoje não sinto nenhum arrependimento, no sentido verdadeiro da palavra. Ao pensar naquela vida que levei, achava que poderia suportar qualquer dificuldade na vida, onde quer que fosse. E como realmente era assim que eu me sentia, continuei vivendo até hoje, descaradamente.

Eu tinha apenas um ano de idade quando minha mãe foi abandonada pelo meu pai. Ela pediu desesperadamente que pudesse ficar comigo, mas meu pai não permitiu, dando a desculpa de que ela tinha a saúde frágil. No entanto, não acho certo que a pessoa abandone uma mulher que julga ter a saúde fraca e dizer a ela para administrar uma tabacaria sozinha.

Fui criada pela minha madrasta e ela me maltratava muito. Sei que posso estar passando dos limites ao me justificar e que é muita covardia culpar alguém falecida, mas, desde criança, nunca recebi mesada da minha madrasta. Não só nunca ganhei mesada, como também não houve uma única vez que ela tenha comprado ao menos uma boneca ou um quimono novo para mim. Tudo que eu tinha era o que Tomoko e Akiko não usavam mais.

Mesmo depois de começar a frequentar a mesma escola que Yukiko — eu estava uma série acima dela, mas o fato de ter uma irmã da mesma idade me fazia morrer de vergonha todos os dias —, ela sempre estava de roupas novas, e eu, de roupas que haviam sido das irmãs mais velhas. Eu não queria perder para Yukiko de jeito nenhum, e como comecei a tirar notas muito melhores que ela, mãe e filhas passaram a atrapalhar meus estudos.

Ainda hoje acho estranho; por que minha madrasta não me devolveu para a minha mãe, em Hoya? Talvez porque ela temia os rumores da vizinhança e porque não podia se dar ao luxo de ter uma ajudante, mesmo a casa sendo grande. Desde criança sempre fui a empregada conveniente e, por conta disso, toda vez que eu dizia que queria morar com a minha mãe, em Hoya, ela dava alguma desculpa e não permitia que eu fosse para lá. Mas ninguém, nem os vizinhos (não que tivéssemos um relacionamento próximo), nem meus amigos da escola perceberam a situação em que eu me encontrava. Porque do muro para dentro a casa da família Umezawa era uma espécie de universo diferente, isolado do mundo.

Toda vez que eu ia até a minha mãe em Hoya, e quando voltava também, minha madrasta e suas filhas conspiravam para me maltratar de alguma forma. Ainda assim, eu tinha uma razão para ir até a minha mãe.

Todos pensavam que eu visitava a minha mãe frequentemente em Hoya, mas na realidade eu estava trabalhando. Há várias razões para isso. Em primeiro lugar, a renda que a minha mãe tinha com a pequena tabacaria era irrisória, e eu tinha que pagar as despesas dela, além de ela ter a saúde debilitada e ter a possibilidade de ficar doente a qualquer momento. Portanto, havia a necessidade de fazer uma pequena poupança.

E a outra razão é que, morando com a família Umezawa, frequentemente eu passava por situações muito difíceis caso eu mesma não tivesse uma certa quantia de dinheiro. Minha madrasta nunca fez esforço algum para gastar dinheiro comigo. Mas em relação às suas filhas biológicas ela fazia de tudo para mostrar à sociedade que elas viviam uma vida próspera, como se fizessem isso para me causar inveja.

De qualquer forma, eu precisava trabalhar por conta própria de qualquer jeito para manter algum dinheiro na carteira. Eu não podia pegar da minha pobre mãe. Minha mãe estava bem ciente dessa minha situação. Por isso, mesmo que alguém dos Umezawa telefonasse, ela sempre mentia, dizendo que eu estava com ela. De vez em quando elas tentavam bisbilhotar. Naquela época as coisas eram diferentes, e se soubessem que eu estava trabalhando, nem sei o que as mulheres dos Umezawa diriam.

Aquela época foi um período em que uma mulher solteira não conseguia nem trabalhar em um bar a menos que soubessem sua procedência claramente. No entanto, graças a uma pessoa que conheci por acaso, pude trabalhar uma vez por semana em um hospital universitário. Por favor, perdoe-me por não revelar como isso aconteceu e o nome da universidade, pois poderia causar transtorno para essa pessoa e seu filho. Graças a essa pessoa, até tive a oportunidade de observar a autópsia do corpo humano.

Mas isso me tornou niilista. Passei a enxergar a vida humana como algo muito efêmero; passei a acreditar que a vida se instala neste corpo e que dele escapa dependendo de sorte ou azar ínfimos, que por sua vez são influenciados pela vontade das pessoas ao redor.

Aos poucos, comecei a pensar em morrer, em me matar. Não que eu tivesse uma razão relevante, pensando agora. Não sei quanto aos jovens de hoje, mas as moças daquela época sentiam uma forte admiração, quase uma espécie de fé, pelo fato de morrerem puras.

A universidade tinha os departamentos de farmácia e de ciências no mesmo campus. Minha decisão de morrer consolidou-se diante do frasco de produto químico que me disseram ser de arsênico. Depois de colocar um pouco de veneno furtado em um pequeno frasco de cosmético, fui para a casa da minha mãe, e encontrei-a curvada sobre um *hibachi** onde batia o sol, encolhida, como de costume.

---

* Chamada de tigela de fogo, é usada para aquecer alimentos na brasa. [NE]

Naquele dia, tinha ido lá com a intenção de me despedir da minha mãe, mas quando ela me viu, me mostrou um saco de papel contendo *imagawayaki*,** que tirou debaixo do braço. Ela deixou comprado porque sabia que eu iria.

Enquanto comia o *imagawayaki* junto com a minha mãe, senti que não poderia morrer sozinha. Pensei muito sobre o motivo de haver nascido neste mundo. Eu sentia que não fazia sentido algum, pois não tinha nenhum prazer em estar viva. Mas nessa hora, percebi que para a minha mãe era ainda pior.

Sempre que eu a visitava, minha mãe estava sentada à frente da tabacaria, sem ânimo, como se fosse um jornal enrolado que fora esquecido. Sempre foi assim, de verdade. Eu nunca a vi em outra posição quando chegava na casa dela. Imaginei que ela chegaria à sua morte levando a vida sentada no tatame dessa loja exígua. Ao pensar nisso, me perguntei o quão tediosa era a vida dela e, gradualmente, passei a sentir que os Umezawa eram imperdoáveis.

Não houve nenhum gatilho especial ou incidente que tenha despertado em mim a vontade de matar os Umezawa. Foi o acúmulo de pequenos e diversos acontecimentos, ao longo dos anos.

Minha madrasta era uma pessoa extravagante, então a casa dos Umezawa era repleta de música e risadas. Em contrapartida, quando eu ia para Hoya, minha mãe estava cabisbaixa, sentada no balcão da loja, e eu sentia um frio na espinha sempre que via essa diferença.

Bem, mas se este gatilho existiu, há somente uma coisa que me vem à mente. Foi quando Kazue veio nos visitar, e foi na sala de jantar da família Umezawa. Havia uma cadeira que não era estável. Quando Kazue reclamou sobre isso (ela era do tipo que ficava reclamando o dia todo), minha madrasta trouxe um saquinho de tecido de algum lugar e disse para calçar um dos pés da cadeira com ele. Esse saquinho fazia parte da coleção que minha mãe havia juntado com muito carinho, mas tinha esquecido de levar quando saiu daquela casa.

Nessa hora, senti que não poderia mais deixar aquilo continuar. No meu pensamento, eu já havia morrido uma vez. Já que era para morrer, pensei em como eu poderia fazer minha mãe feliz, em troca da minha vida.

** Doce japonês com recheio de pasta de feijão *azuki*. [NE]

É embaraçoso dizer isso, mas quando pensei naquele plano, eu achava que meu rosto não era tão feio. Só que eu não me orgulhava nem um pouco do meu corpo. Talvez tenha sido esse tipo de complexo de inferioridade que me fez pensar naquilo. Pode rir de mim.

A partir daí, arquitetei o plano e passei a andar por todos os lugares. Foi nessa época que soube do sr. Takegoshi.

Eu realmente me arrependo do que fiz em relação a ele. Muitas vezes pensei em pedir-lhe perdão e me entregar. Mas eu tinha decidido que escolheria cometer suicídio a me entregar.

Fui juntando os produtos químicos, coletei tudo do meu local de trabalho pouco a pouco, ao longo de um ano. E no final de 1935 deixei meu emprego sem dizer nada. Achei que não teriam como me encontrar, pois eu tinha informado nome e endereço falsos no trabalho. Além disso, a quantidade de produtos químicos que roubei foi muito pequena, então a universidade provavelmente não notou. Eu sempre colocava óculos e mudava o penteado quando ia para o trabalho, para evitar ser descoberta caso fosse vista pelas mulheres da família Umezawa. Acho que isso também ajudou.

Eu não sentia um ódio brutal do meu pai. Só tinha a impressão de que ele era uma pessoa muito egoísta.

Para fazer a arma que matou meu pai, usei uma das caixas de madeira que serviam para guardar frascos de remédios, sempre jogadas no campus da universidade. Essa caixa era muito robusta, quase sem frestas entre as ripas. Fixei um pedaço de vara de madeira firmemente nesta caixa vazia, para usar como alça. Dentro coloquei uma placa de ferro pesada, que mal conseguia segurar com uma mão só, misturei o gesso roubado da universidade com palha e despejei entre a caixa e a placa de ferro. O motivo de ter misturado a palha foi porque eu havia ouvido dizer que isso a tornaria mais resistente. Achei que essa alça estivesse bem firme, mas ela acabou quebrando quando matei meu pai.

Aquele foi o momento mais desagradável. Meu pai era uma pessoa egoísta, mas ele nunca me fez nada terrível. Alguns dias antes daquele dia, quando eu disse que poderia servir de modelo em segredo, meu pai pareceu bastante feliz por termos um segredo só nosso. Ele tinha um lado bem infantil.

Enquanto eu estava posando começou a nevar, e ainda me estremeço só de lembrar da hora que vi a quantidade absurda de neve que havia se acumulado, como nunca tinha visto antes. Achei que eram os céus me dizendo para parar.

Fiquei muito indecisa. Eu quase decidi: "hoje não dá, vou cancelar, vou adiar para amanhã" na hora que meu pai tomou comprimidos para dormir enquanto eu estava lá. Nada saía como planejado.

Mas eu não poderia deixar para agir no dia seguinte. Porque se eu deixasse para outro dia, a pintura estaria bem adiantada. Eu tinha visto a tela. Era apenas um esboço feito com carvão vegetal e havia linhas em formato de cruz na parte do meu rosto. Amanhã, ele desenharia mais e daria para saber que eu era a modelo.

E na quarta-feira, dia 26, era o dia da aula de balé. Achei que seria improvável adiar a execução por um dia, por isso eu tinha prometido à minha madrasta que participaria da aula no dia 26.

Tomei a decisão e matei meu pai.

Talvez ninguém saiba, mas naquele momento, eu falhei. A força de uma mulher não é suficiente, e embora ele tenha caído quando o golpeei, ele não morreu e ficou sofrendo. Então tampei o nariz e a boca dele com papel artesanal molhado e dobrado em camadas e o sufoquei segurando com as mãos. Achei muito esquisito mais tarde, mas, por algum motivo, isso não foi descoberto pela polícia.

Todos se perguntaram por que a barba foi aparada com tesoura, mas eu planejava fazer a barba com uma navalha, no final. Eu tinha providenciado uma navalha, mas ele teve sangramento pelo nariz e pela boca enquanto eu aparava a barba, e fiquei com tanto medo que não tive escolha a não ser parar. Achei que tinha tomado o devido cuidado para não deixar a barba cortada cair no chão, mas não deu certo.

Então saí carregando os sapatos do meu pai e os coloquei junto com a minha bolsa em um lugar sem neve, fui até a janela lateral, e de lá encaixei a trava usando uma linha, e primeiro fui até o portão de madeira calçando os meus próprios sapatos. Pensei em voltar imediatamente por medo de ser vista, mas nesse instante me ocorreu aquela pavorosa ideia. Tive a sorte de perceber isso, pensando agora.

Caminhei na ponta dos pés pela rua principal e experimentei pisar sobre esses rastros com a sola do sapato. Então, conforme esperado, uma pequena depressão permanecia no centro da marca do sapato. Fiquei horrorizada só de imaginar o que poderia acontecer se não tivesse percebido isso.

Eu não estava carregando nada nesse momento. Peguei rapidamente toda a neve que pude carregar nas mãos e voltei para o degrau da entrada do ateliê andando na ponta dos pés.

Depois coloquei essa neve na bolsa, e como não parecia ser o suficiente, passei a mão na superfície ao redor das pedras do degrau de entrada levemente, quase como se estivesse acariciando, e coloquei mais neve na bolsa. E antes de pisar com os sapatos do meu pai sobre a pegada que havia feito andando na ponta dos pés, eu jogava essa neve no buraco que a ponta dos pés havia formado, um por um.

Quando saí para a rua principal, descartei a neve que havia restado na bolsa e coloquei dentro dela os sapatos do meu pai. Se não tivesse nevado mais um pouco pela manhã, poderiam ter descoberto os rastros que ficaram por eu ter pego neve no degrau da entrada do ateliê.

Fui para a floresta de Komazawa, não muito longe da casa, tomando cuidado para não dar de cara com as pessoas. Alguns carros passaram por mim, mas não encontrei nenhum pedestre. Será que eu poderia dizer que tive sorte, por mais que fosse de madrugada?

Há um pequeno riacho em Komazawa, e tinha um lugar nas suas margens que eu gostava. É como se fosse um campo, todo coberto por uma trepadeira que machucava ao tocar, mas só essa parte era mais baixa e ficava fora do alcance dos olhos das pessoas. Eu tinha decidido que se fosse para morrer, seria naquele lugar.

Eu tinha cavado um buraco lá de antemão, tampado com um pedaço de madeira e coberto com grama. Nesse buraco, joguei a arma que fabriquei, a navalha e os pelos da barba do meu pai, e tampei novamente. Depois fui para a floresta, me agachei e fiquei quieta lá até de manhã. Se eu me movesse, acabaria gerando testemunhas. Depois de pensar muito, eu havia concluído que não havia alternativa.

Estava tão frio que pensei que ia morrer congelada. Enquanto estava ali, parada, fui assolada por diversos arrependimentos e inseguranças. Primeiro, me perguntei se teria sido melhor ir para casa enquanto estava nevando. Mas daí ainda haveria pessoas nas ruas e eu correria o risco de ser vista.

Mesmo sabendo que era para eu voltar para a casa principal, meu pai nem falou que eu deveria ir logo senão trancariam a porta da entrada. Era o tipo de coisa para o qual ele não se atentava. Eu tinha dito para a minha madrasta que ia pousar em Hoya. Mesmo que telefonassem lá, minha mãe responderia como de costume.

Deixei o caderno que eu tinha criado no ateliê, e naquele momento comecei a me preocupar com o conteúdo. Tinha pensado bem para elaborá-lo, mas achei que pudesse ter cometido algum erro e que não devia ter montado um plano tão ousado. Será que não era melhor ter envenenado todo mundo, de modo ordinário?

Mas isso não daria certo. Em primeiro lugar, se eu fosse presa pela polícia como uma cruel criminosa que cometeu um assassinato tão ousado, minha mãe passaria por mais dificuldades na sociedade do que agora. É muito melhor forjar meu assassinato. Achei que depois, com calma, poderia pensar em como eu faria para aparecer diante da minha mãe. Além disso, sentia que não seria o suficiente se matasse minha madrasta de forma simples.

Eu não estava preocupada com a questão da caligrafia do meu pai. Isso porque meu pai quase não escrevia desde os seus 20 anos. Meu pai não tem nenhum amigo e não deixou cartas ou algo do gênero. Não havia como comprovar se a caligrafia daquele manuscrito era ou não de meu pai porque não tinha com o que comparar.

Só vi a caligrafia do meu pai em coisas da época em que ele esteve na Europa quando jovem. Era uma frase simples escrita ao lado de seu esboço, e lembro-me de ter pensado, quando vi, que somos mesmo pai e filha, porque a letra era parecida com a minha.

No entanto, seria problemático escrever com a minha letra pois minha caligrafia podia ser vista em vários lugares, por isso imitei a letra de um certo homem de meia-idade que havia enviado uma carta para mim. Como ainda assim me sentia insegura, usei o lápis de desenho mais macio possível, sem apontar demais, e escrevi de forma que se parecessem com rabiscos.

Ao ficar pensando em coisas desconexas, não conseguia parar de pensar que era como se estivesse sendo castigada, pois só me lembrava de momentos em que meu pai foi carinhoso comigo. Fui atingida por um medo terrível, enlouquecedor, por causa da imensidão do meu pecado. Pensando bem, eu era a única em quem meu pai confiava. Ele sempre me contava tudo. Foi por isso que consegui elaborar aquele manuscrito. Meu pai parecia considerar a Tomita do Médicis e eu como poucas pessoas com as quais ele podia tagarelar. E justo eu, a pessoa em quem ele confiava, o matou.

As horas que se passaram até o amanhecer foram longas e assustadoras, e quase me enlouqueceram. As noites de inverno são muito longas.

A noite começou a clarear, e desta vez outro tipo de medo tomou conta de mim. A possibilidade de alguma das Umezawa encontrar o meu pai morto, antes de mim. Se isso acontecesse, eu não poderia devolver os sapatos. Acho que minha madrasta e suas filhas sabiam que havia dois pares de sapatos no ateliê. Seria uma grande desvantagem para mim se descobrissem que um par de sapatos havia sumido. Em contrapartida, iriam desconfiar se eu voltasse para casa cedo demais. Além disso, eu não poderia ir até o ateliê antes de levar a comida, pois deixaria pegadas sem motivo. Estava tão aflita que mal conseguia ficar parada, esperando.

Ainda em relação à questão desses sapatos, como foi algo que fiz de improviso, fui acometida por novas preocupações, uma atrás da outra. Será que é melhor mesmo devolver os sapatos? O fato de os sapatos estarem um pouco úmidos não teria problema, porque não haveria uma evidência clara de que meu pai não saiu na neve, mas será que a polícia não iria comparar as pegadas com os sapatos que vou devolver no vestíbulo? Esses sapatos eram de um formato bem comum, mas eu estava com medo de que poderiam concluir que as pegadas eram dele mesmo. Aí não teria muita diferença com a situação de os sapatos não estarem lá. Não, seria bem pior do que isso. Mas depois de muita dúvida decidi devolver os sapatos.

Felizmente, senti-me salva porque não puderam determinar que as pegadas foram feitas com os sapatos do meu pai. Tive sorte por ter nevado um pouco novamente pela manhã. Ou será que a polícia não chegou a comparar os sapatos do meu pai com as pegadas?

Mas o interrogatório da polícia a nós foi extremamente rigoroso. Não foi nada para mim, pois eu já estava preparada, mas todas as filhas estavam chorando. Mesmo assim não senti nenhuma compaixão, mas sim uma sensação de vingança realizada.

Só que eu devo ter pegado um resfriado por ter ficado de pé na neve a noite toda, e sofri muito com os calafrios percorrendo o meu corpo durante o interrogatório, mas pelo fato de eu ser a filha que encontrou o pai assassinado, essa condição deve ter me favorecido.

Eu não tinha ido na minha mãe, e quando ela soube que eu não estava na casa dos Umezawa também, ela deve ter achado que algo tinha acontecido no meu trabalho e que isso havia coincidido com o incidente, e como seria um alvoroço se as Umezawa descobrissem que eu tinha um emprego, ela afirmou com firmeza que eu tinha ido para a casa dela.

Minha mãe era uma pessoa assim, simples.

Contarei sobre o caso da Kazue também. Naquela ocasião, era apenas a segunda vez que eu visitava a casa de Kazue sozinha. E ainda por cima não havia se passado muito tempo entre essas duas visitas. É porque tive a impressão de que se eu fosse muitas vezes para estudar o terreno, ou pelo contrário, se demorasse muito para ir de novo, Kazue poderia estranhar minha atitude e me dedurar para a minha madrasta.

Pensei em preparar um quimono igual ao da Kazue, mas eu não tinha condições, então tive que tirá-lo do corpo dela depois de matá-la e vestir.

Quando estava esperando pelo sr. Takegoshi na rua onde havia planejado, notei que havia uma mancha de sangue na gola do quimono e fui depressa para o lado mais escuro.

Pensando bem, senti uma série de inquietações e frio na barriga por causa daquele caso. Era um plano audacioso, que estava além do controle de uma moça de tão pouca idade. Eu estava morrendo de ansiedade do começo ao fim na vez do meu pai, e naquela vez não foi diferente.

Enquanto caminhava discretamente pela rua escura, tive tontura só de pensar que talvez justo esta noite ele poderia se atrasar. Eu tinha matado Kazue para coincidir com aquele horário.

Tudo bem se fosse isso. Quando pensei que ele poderia ter ido embora mais cedo para casa logo naquela noite, e que já teria passado por aquela rua, perdi a força nas pernas e quase caí no chão.

A mesma coisa aconteceu quando entrei na casa de Kazue com o sr. Takegoshi. Quando entrei na sala de seis tatames,[*] não pude deixar de sentir o cheiro de sangue. Fiquei pensando como é que o sr. Takegoshi não percebeu. Eu também estava preocupada com o sangue na gola e por isso pedi, aflita, que apagasse a luz.

Soube mais tarde que, mesmo assim, a estimativa da hora da morte era das 19h às 21h, o que foi muita sorte. A hora, na verdade, foi pouco depois das 19h. Talvez o perito deva ter pensado que, para horário do assassinato cometido por um ladrão, seria mais natural se fosse um pouco mais tarde.

Não foi minha primeira experiência o que aconteceu com o sr. Takegoshi.

---

[*] Equivale a aproximadamente 9,7 metros quadrados. [NE]

Depois do funeral de Kazue, sujei algumas almofadas de propósito. Depois lavei as capas e deixei-as penduradas no quarto.

Fora isso, foram pequenas coisas, mas deixei algumas pendências de propósito. Foi para ter uma desculpa para levar as meninas para a casa de Kazue, em Meguro, quando voltássemos da viagem de Yahiko.

Àquela altura, eu já estava acostumada com assassinatos e até me senti como se estivesse me divertindo com um jogo. Foi a primeira vez que pude sentir que seria divertido estar naquela horripilante viagem de sete mulheres.

Durante a viagem, ao contrário de quando matei meu pai e Kazue, tudo aconteceu como eu esperava. Eu mencionei o manuscrito de meu pai (para nós, só haviam informado seu conteúdo por cima, e além disso ocultaram a questão de Azoth; isso também foi conveniente para mim), e quando sutilmente dei a ideia de ir a Yahiko, minha madrasta concordou imediatamente. E nas termas de Iwamuro, quando induzi Yukiko e as demais para ficarmos mais um dia, pareceu bom demais para ser verdade, mas minha madrasta disse que voltaria para Aizuwakamatsu sozinha.

No entanto, eu havia imaginado desde o início que minha madrasta, que se preocupa com a opinião alheia, jamais retornaria à sua cidade natal levando consigo as seis moças da família Umezawa, que haviam se tornado conhecidas. E presumi que ela não sairia por aí de jeito nenhum, mesmo voltando para a casa dos pais. Eu só estava preocupada que ela mandasse as duas filhas de tia Fumiko e eu para casa. E para que isso não acontecesse, eu me empenhei para que tudo desse certo entre nós seis, mais do que o normal.

Acho que não chamamos tanta atenção no trem de volta, pois nos dividimos espontaneamente em dois grupos de três, sendo Tomoko, Akiko e Yukiko em um, e Nobuyo, Reiko e eu no outro.

Quando eu disse no trem para terminarmos de arrumar a casa de Kazue naquele dia, Tomoko e Akiko foram contra. Elas disseram que estavam cansadas e que eu devia fazer isso sozinha. Foi um argumento egoísta. Kazue era uma pessoa que não tinha relação alguma comigo, nem laço de sangue. Elas sempre foram assim. Esse tipo de coisa acontecia tantas vezes que até perdi a conta. Mesmo durante as aulas de balé (Tomoko e Yukiko eram inacreditavelmente ruins), se eu começasse a dançar bem, todas desistiam rapidamente. E quando eu voltava de Hoya, era frequente minha madrasta estar dando aulas para todas, sem mim.

No trem, eu disse que ficaria com medo de estar sozinha, que poderia fazer suco para todas, e finalmente, depois de tentar agradá-las de todas as formas, elas concordaram em ir.

Chegamos à casa de Kazue pouco depois das 16h do dia 31 de março. Fui para a cozinha imediatamente, fiz o suco, e envenenei as cinco. Se fosse depois de o sol se pôr, seria necessário acender as luzes, e por mais que fosse uma casa sem vizinhos, surgiria o risco de alguém ver e testemunhar que havia gente ali.

Eu sabia que existia um antídoto de ácido arsenioso e pensei em tomá-lo com antecedência, mas não consegui obter esse produto. De qualquer forma, não precisei recorrer a esse truque, pois elas deixaram todo o trabalho da cozinha por minha conta, então não tive transtorno algum.

Levei seus corpos para a área de banho e voltei sozinha para a casa da família Umezawa em Meguro no mesmo dia. Era para deixar no quarto da minha madrasta a corda com gancho e o frasco de ácido arsenioso que tinha preparado, mas também porque não tinha onde dormir. Deixei as roupas lavadas que estavam estendidas dentro do quarto do jeito que estavam. É provável que tenham permanecido assim por muitos anos.

Na noite seguinte, após esperar que os corpos começassem a enrijecer, cortei-os na área de banho, sob o luar que entrava pela janela.

Eu também estava extremamente insegura em deixar os corpos na sala de banho durante uma noite. Mas eu tinha em mente que o único lugar para cortá-los era ali, pois me parecia inviável colocar os cinco corpos no depósito durante a noite e retirá-los novamente no dia seguinte, só com a força de uma mulher. Por isso, eu decidi que desistiria de continuar com o plano de uma vez por todas caso os corpos fossem descobertos, e estava disposta a tomar o arsênico nas proximidades daquela casa, forjando que fui vítima do mesmo criminoso. Isso porque, claro, eu pensava na minha mãe. Dessa forma, as pessoas achariam que o criminoso fez seis cadáveres na tentativa de criar Azoth e estava prestes a cortá-los, mas teve o azar de ser descoberto antes disso.

Feliz ou infelizmente, os corpos não foram encontrados. Cortei os cinco cadáveres, transformei-os em seis conjuntos, embrulhei cada conjunto no papel parafinado que havia preparado, levei-os para o depósito e cobri tudo com um pano. Na ocasião do funeral, limpei o depósito na casa de Kazue cuidadosamente e até passei pano no chão. Isso foi para evitar que restos de palha, a terra da região de Kanto e outras evidências em potencial grudassem nos corpos.

Eu sabia que o tipo sanguíneo de nós seis era, por coincidência, do tipo A, porque certa vez fomos todas juntas doar sangue e descobri isso.

O problema foi o descarte das malas de viagem de seis pessoas. Mesmo sendo pequenas, eram seis, e eu não podia pedir para carregá-las e enterrá-las junto com os corpos. Não tive escolha senão colocar um peso em cada uma e afundá-las no rio Tama. Mais tarde, fiz o mesmo com a serra que usei para cortar os corpos.

Eu tinha preparado a carta destinada ao sr. Takegoshi muito tempo antes, e fui ao centro da cidade para enviá-la depois de ter descansado até o amanhecer na casa da família Umezawa em Meguro, ou seja, no dia 1º de abril, um dia após ter envenenado e matado as cinco. Foi depois disso que cortei os corpos. Isso porque eu queria preparar as coisas direito e terminar tudo antes que os corpos começassem a se decompor. Era preciso considerar também o tempo de hesitação do sr. Takegoshi depois de receber a carta.

Usei a marca de nascença como elemento para identificar meu corpo porque minha madrasta era uma pessoa que jamais demonstrava qualquer tipo de interesse por outros senão as crianças que carregou na barriga, então eu acreditei que ela não tinha como saber que eu não tinha, de fato, uma marca de nascença.

Só que a minha mãe, Tae, sabia que eu não tinha nenhuma marca de nascença, então tive de bater com uma barra de ferro no meu quadril com força e mostrar a ela, dizendo que a marca havia surgido ali há muito tempo. Minha mãe ficou muito mais surpresa do que eu esperava e esfregou a marca com a mão várias e várias vezes, o que me fez pensar que realmente foi bom não ter usado maquiagem ou algo do gênero.

Depois disso, fiquei um tempo em hospedarias baratas, em locais como Kawasaki e Asakusa, mudando o meu penteado e a forma como me vestia, e continuei acompanhando a situação enquanto procurava um emprego com moradia. O meu maior ressentimento era, sem dúvida, o fato de que minha mãe ficaria triste.

Eu havia guardado um dinheiro razoável por ter trabalhado por muito tempo, e achava que poderia continuar vivendo assim por um tempo, mas também imaginei que seria perigoso permanecer no país. Aquela época era um bom momento nesse sentido, pois o Japão tinha colônias no exterior, então se o caso corresse de acordo com minhas expectativas, eu pretendia me esconder na China continental depois de ver seus desdobramentos.

Fiquei com pena da minha mãe, mas decidi que não deveria aparecer na frente dela por um bom tempo. Minha mãe não é o tipo de mulher que consegue mentir de verdade. Achei terrível fazer com que ela carregasse o fardo de uma parte do segredo. E se a verdade acabasse sendo revelada pela minha mãe, seria muito mais triste para ela do que para mim. Foi assim que fiz das tripas coração e decidi sair da vida da minha mãe.

O caso teve a ajuda da sorte e prosseguiu como eu esperava. Então, quando eu estava trabalhando e morando em uma pousada, conheci uma funcionária que dizia estar querendo voltar para a terra natal e em seguida, junto de seus irmãos do interior, se mudar para a Manchúria como imigrantes pioneiros. Eu implorei que me levasse junto, e assim fui para a China continental.

No entanto, a China não era um lugar incrível, tão próspero como diziam no Japão naquela época. As terras eram amplas, mas nas lavouras chegava a esfriar a -40°C nas noites de inverno.

Depois de um tempo, larguei o trabalho na lavoura e fui trabalhar em Bei'an. Aquela não era uma época em que uma mulher pudesse trilhar seus caminhos sozinha. Passei por coisas terríveis, várias vezes. Não posso escrever em detalhes, mas acho que entendo por que minha mãe não foi para a Manchúria quando era jovem. Eu pensava que as dificuldades que me aconteceram uma após a outra eram, provavelmente, castigo de Deus.

Depois que voltei da China por causa da derrota na guerra, fiquei muito tempo em Kyushu. Então, passaram-se dez anos, depois vinte, e o caso foi se tornando cada vez mais famoso. Como eu tinha lido aqui e ali que a minha mãe lá em Hoya tinha ganhado muito dinheiro, senti-me ingenuamente satisfeita, pensando que depois de cerca de vinte anos ela naturalmente estaria morando em Kyoto, administrando uma loja de saquinhos de tecido.

Então, no verão de 1963, não aguentei mais e fui para Sagano, em Kyoto, para ver minha mãe. No entanto, mesmo tendo passado dois dias procurando, desde Rakushisha até Arashiyama, do Templo Daikakuji a Osawa-no-Ike, não encontrei a loja da minha mãe.

Não consigo colocar em palavras a decepção que senti na ocasião. Fui para Tokyo no mesmo dia.

Tokyo estava completamente diferente. O número de carros tinha se multiplicado, havia rodovias expressas e a palavra Olimpíadas estava em destaque em vários pontos da cidade.

Primeiro, fui para Meguro e observei a casa da família Umezawa à distância. Um condomínio recém-construído se fazia ver por entre as árvores, dentro da propriedade.

Em seguida, decidi ir para a floresta de Komazawa. Ouvi dizer que Komazawa havia se tornado um campo de golfe. Eu queria rever meu campo favorito, o riacho, a mata onde fiquei esperando o amanhecer e o lugar onde enterrei as provas do assassinato de meu pai.

Mas ao chegar em Komazawa, fiquei surpresa novamente. Escavadeiras e caminhões basculantes percorriam por toda parte, não havia floresta nem riacho, e a superfície aplainada estava totalmente coberta com a cor de terra vermelha, peculiar à formação de argila de Kanto. O pouco que restava das trepadeiras que doíam ao encostar os pés estava sendo coberta com terra enquanto eu observava.

Contornei toda a área pela estrada e vi grandes tubos de cimento na parte onde ficava o riacho. O riacho provavelmente estava passando dentro daqueles tubos. Não conseguia nem ao menos ter ideia do local onde enterrei a arma que usei para matar o meu pai.

Quando perguntei às pessoas, me disseram que ali seriam construídos um parque esportivo e um estádio para as Olimpíadas do ano seguinte.

O sol estava escaldante e enquanto eu observava a obra, parada debaixo de um guarda-sol, o suor começou a brotar em minha testa. E as sombras dos homens seminus que trabalhavam eram escuras, tudo era diferente daquela noite. Como era diferente daquela fraca luz do amanhecer na neve...

Em seguida fui para Hoya. A essa altura, eu já pressentia que minha mãe não havia se mudado de Hoya. Pensando bem, minha mãe já havia passado dos setenta. Naquele momento ela devia ter 75 anos. Mesmo por volta de 1955, quando imaginei que ela teria aberto uma loja em Kyoto, ela já estava com mais de 60 anos. Não tinha como minha mãe conseguir começar uma nova empreitada com essa idade. Eu presumi as coisas baseada no que eu imaginava ser o melhor, e estava satisfeita com o resultado, mas na verdade era puro egoísmo. Foi bem estúpido da minha parte.

Quando desembarquei em Hoya e fui em direção à loja da minha mãe, minhas pernas tremiam. Assim que virasse aquela esquina, eu conseguiria ver a loja da minha mãe, aí poderei encontrá-la, hoje também ela deve estar sentada naquele balcão.

Ao virar a esquina, porém, não consegui ver a minha mãe. A casa dela estava muito suja e velha. O entorno tinha mudado completamente, e como a maioria das lojas havia trocado a porta de vidro antiga da fachada por outra de vidro inteiriço e bonito, com caixilho de alumínio, a loja da minha mãe, que mantinha a porta de vidro com travessa de madeira escurecida pelo tempo, passava a impressão de ser miserável, chamando muita atenção.

Não havia cigarros na vitrine da loja, e minha mãe parecia ter desistido do negócio. Quando abri a porta de vidro e pedi licença, apareceu uma mulher de meia-idade que parecia ser da vizinhança. Ao dizer que eu era parente e tinha vindo da China, ela felizmente foi embora.

Minha mãe estava dormindo no quarto dos fundos. Estava bem velha e parecia muito doente. Sentei-me ao lado dela e pudemos ficar a sós.

Parecia que ela quase não enxergava mais. Por isso não sabia quem eu era. Ela disse que sentia muito por sempre dar trabalho.

As minhas lágrimas não paravam de transbordar.

Nesse momento, senti uma pontada de remorso por aquele crime enorme.

Eu me perguntei o que foi que eu havia feito. Minha mãe não estava nada feliz. Pela primeira vez, dei-me conta de que estava errada, do fundo do meu coração.

Nos dias que se seguiram, tentei pacientemente fazê-la entender que eu era Tokiko. Depois de quatro ou cinco dias, minha mãe finalmente entendeu, me chamou de Tokiko, ficou contente e chorou. No entanto, minha mãe já não parecia compreender muito bem o que estava acontecendo.

Isso foi, no entanto, conveniente para mim. De qualquer forma, eu só queria que ela entendesse que eu era Tokiko.

No ano seguinte, as Olimpíadas de Tokyo se aproximavam e comprei para minha mãe uma TV colorida que havia acabado de ser lançada. Mas acho que ela mal pôde assistir.

A TV em cores era rara naquela época, e por isso geralmente alguém da vizinhança vinha assistir. Então, no dia da tão aguardada cerimônia de abertura, minha mãe morreu enquanto via na TV os cinco anéis desenhados pelo avião a jato.

Achei que tinha muita, muita coisa que não pude fazer por ela. Foi por isso que abri uma loja em Sagano, no lugar da minha mãe. Não fosse isso, eu não teria mais motivos para viver.

Mas não me arrependo, no sentido geral da palavra. Foi algo que fiz depois de pensar muito. Penso que se for para se arrepender por causa de um revés qualquer, é melhor nem fazer. Você provavelmente entende esse sentimento.

No entanto, achei que seria muito abuso viver o resto da minha vida nesse conforto, administrando a loja em Kyoto. Tive alegrias, ainda que modestas, enquanto trabalhava com duas moças jovens.

Então resolvi fazer uma aposta. Por ser um pesquisador da astrologia ocidental, você deve conseguir compreender. Nasci em Tokyo às 9h41 do dia 21 de março de 1913.

Por ter ♇ (Plutão) na primeira casa, o meu planeta é este sinistro ♇, que simboliza a morte e a reencarnação. Meu gosto por coisas bizarras e incomuns provavelmente vem deste planeta.

Mas, de certa forma, sou uma pessoa de sorte. Tenho um triângulo de sorte formado por ♀ (Vênus), ♃ (Júpiter) e ☽ (Lua). Será que isso serviu de ajuda para que meu plano fosse completamente bem-sucedido?

No entanto, a minha quinta casa, que significa amor e sorte com filhos, ficou imprensada entre as outras, sendo apagada. Da mesma forma, do outro lado, a décima primeira casa, que exerce controle sobre assuntos ligados a amigos e desejos, também ficou vazia. De fato, eu não consegui fazer amigos, não pude ter um romance de verdade e não tive filhos. Eu tinha apenas um desejo para minha própria vida, se é que podia ter. Não queria dinheiro, nem casa, nem prestígio, não tive a mínima vontade de ter essas coisas, o que eu queria mesmo era apenas um homem.

Eu me lamentei, pensando que, se tal pessoa aparecesse, eu a serviria docilmente, sem olhar para os lados.

Então decidi não sair de Sagano e apostar no homem que viesse até mim depois de descobrir toda a verdade. É estranho quando penso nisso agora, mas eu havia colocado na cabeça que o tal bloqueio que atrapalhava a sorte no amor desapareceria naturalmente assim que eu chegasse à meia-idade. E como tenho muita sorte, pensei que poderia acontecer algo bom se eu me entregasse ao destino. Não importava que tipo de pessoa aparecesse, pois se era alguém capaz de descobrir a verdade, certamente não seria burro, e, portanto, tinha certeza de que eu poderia amar essa pessoa. Mesmo que tivesse esposa e filhos não haveria problema. Esse sujeito teria em suas mãos a minha fraqueza absoluta, então não teria escolha a não ser ficar à mercê dele. E antes que eu percebesse, comecei a acreditar que esse era o meu destino. Que tolice.

Mas o tempo foi passando, infrutífero, e fui envelhecendo. E não sei a partir de quando, mas passei a pensar que mesmo que alguém viesse até mim, com certeza seria uma pessoa muito mais jovem do que eu. O meu plano em si funcionou tão bem que acabei perdendo a aposta. Que ironia. E este, sim, pode-se dizer que foi meu maior castigo.

Mas não tenho nem um pingo de ressentimento em relação à sua pessoa. Ao conhecê-lo, soube que minha aposta pelo menos não foi um erro. Mas os dados lançados não caíram com os números que eu queria, é só isso.
    Eu estava determinada a morrer sem hesitar quando perdesse esta aposta. Tenho ♃ representando a sorte na oitava casa, que rege a morte e herança. Não acho que terei trabalho para conseguir morrer.
    Rezo pela sua saúde e descansarei a última caneta que peguei nas mãos em vida. Estarei, nas sombras, rezando pelo seu sucesso daqui em diante, para todo o sempre.

                                                                      Tokiko
                                          Sexta-feira, 13 de abril

POSFÁCIO
EDIÇÃO DEFINITIVA

Minha obra mais importante, *Assassinatos do Zodíaco de Tokyo*, foi também o meu primeiro livro. Por muito tempo, senti vergonha pelo fato de que a minha obra mais representativa sempre continuasse a ser o meu trabalho de estreia. Mas ultimamente parei de pensar assim. Isso porque o que eu vou declarar aqui pode ter acontecido devido à minha imaturidade.

Fiz a revisão completa deste trabalho e o que toma meu pensamento agora é o poder misterioso e único desta obra, que me faz sentir que eu a escrevi e não a escrevi ao mesmo tempo. Esta obra já não me pertence; ela tornou-se pública, representando as épocas, os gêneros e, por vezes, a nação. Desprendeu-se da minha mão e apropriou o poder de um porta-voz de época. Estou orgulhoso disso, mas não parece ser algo de que possa me gabar, e fico um tanto pasmado.

Como já faz muito, muito tempo, esqueci completamente das coisas que aconteceram na época em que escrevi esta obra. Não me lembro mais em que bairro eu estava e como a escrevi. Desde a estreia continuei a escrever muitos livros intensamente, e a experiência durante a criação que me parecia infinita empurrou para longe a memória da época em que eu estava concebendo esta composição. Hoje em dia, passei a admirá-la como se fosse uma obra de um outro alguém, de algum lugar no exterior, e a pensar nos diversos períodos que ela trilhou, caminhando por conta própria.

A impressão que tenho é de que a trama dessa história já pairava no ar naqueles dias da década de 1970; calhou de eu captá-la ao estar no mesmo espaço que ela, e então veio repousar sobre o papel pela minha mão, como se um oráculo fosse transmitido por uma sacerdotisa. Alguém com um determinado plano traçado para cada período histórico estava vagando no ar, escreveu a trama e a confiou a mim, que por simples casualidade estava ali por perto. Acho que isso não aconteceria se fosse com um escritor extremamente profissional. O estado de espírito de uma pessoa inexperiente é um papel em branco, portanto é mais fácil receber a influência de alguma entidade... Se não pensar dessa maneira, não há como explicar o motivo de esta história exercer um poder tão divino sobre os períodos históricos.

A época em que este trabalho me veio à mente é conhecido como um período "sob dominação de Seichō Matsumoto". O gênero de romance policial desbravado por Ranpo Edogawa aproximava-se do estilo erótico e grotesco do período Edo — um esforço para conquistar um número maior de leitores —; mas se por um lado esse estilo ganhava a aceitação do público em grande escala, do outro recebia o desprezo dos literatos, o que acabou afligindo os escritores desse gênero. Foi aí que Seichō Matsumoto surgiu com grande esplendor e dissipou tudo isso de uma vez, e o sentimento de gratidão por ele fez o cenário literário da época ser preenchido pelo naturalismo. Esse era o contexto daquela época.

Essa técnica literária, adotada por Darwin, Maupassant e Zola, florescia no Japão como um dos gêneros da literatura moderna pelas mãos de Katai Tayama e — salvo engano — Osamu Dazai, e revelou-se compatível também com romances policiais por meio do estilo de escrita de Seichō. E esse estilo estabeleceu-se como o final feliz, o mar de rosas para aquele gênero que havia enfrentado muitos reveses até então, e nenhuma mudança adicional deveria ocorrer daquele ponto em diante, tendo se transformado numa caixa-preta à prova de todo e qualquer modismo.

No entanto, gradativamente esse estilo passou a: rejeitar os truques grandiosos e o ardil do ambiente fechado; ridicularizar a presença de um habilidoso detetive, qualificando isso como coisa de criança; julgar desnecessária a inserção de pistas ao longo da história; proibir o uso de motivações que extrapolem o senso comum, e tornar tabu a resolução por deduções lógicas que parecessem muito acrobáticas. Nesse contexto, o que se incentivava era o decalque de crimes reais provenientes da fragilidade do protagonista como em *Futon*,* ou da abordagem sensacionalista centrada em sexo, dinheiro e ascensão profissional. O papel de investigar e elucidar os crimes passaria a ser restrito a policiais, que são agentes qualificados e que usam mais os pés do que o cérebro. Por fim, iniciou-se um movimento radical que expulsava do cenário literário

---

* Romance do naturalismo japonês escrito em 1907 por Katai Tayama (1872-1930), na qual o autor confessa seu amor não correspondido pela discípula. [NE]

os escritores que violassem tais regras, e até passou-se a evitar a discussão sobre "o que é o *honkaku*",** por considerá-la perigosa; e assim, ela foi sendo deixada de lado. Se olharmos pela perspectiva atual, era uma situação lamentável, mas na época ninguém se dava conta da estranheza dessa conjuntura.

Como se desferisse um golpe certeiro nessa situação, *Assassinatos do Zodíaco de Tokyo* surgiu no início dos anos 1980 e causou um grande furor no meio literário da época, a ponto de deixar rancores cujas marcas são perceptíveis até hoje, trinta anos depois. No entanto, isso acabou sendo a dor de um parto que deu origem a uma nova era de *honkaku* no Japão.

A despeito da ira do mundo literário, que continuava se arrastando, jovens talentos independentes que foram estimulados por esta obra começaram a se mover como que numa contração e logo o movimento do *shin honkaku* despontou no Oeste do Japão. Não havia nessas obras nenhuma orientação bizarra, erótica e grotesca que tanto preocupava os intelectuais. O retrospecto a partir da perspectiva atual faz-me perceber que, portanto, *Assassinatos do Zodíaco de Tokyo* abriu caminhos de forma brilhante para a nova maré chamada de *shin honkaku*.

O papel que esta obra assumiu, comparável ao do capitão da tropa de linha de frente do Shinsengumi,*** não para por aí. Em 1988, esta obra foi traduzida para o chinês tradicional de Taiwan e lançou sementes da criação de *honkaku* por aquelas terras, estimulando os jovens talentos taiwaneses. Não apenas a minha obra, mas também uma grande quantidade de obras do *shin honkaku* fluiu da fresta que se abriu no mercado editorial de língua chinesa e, gradualmente, um número considerável de talentos da escrita foi brotando naquele país.

Junto à chegada do novo século, a versão em chinês do *Assassinatos do Zodíaco de Tokyo* alcançou o continente e foi traduzido para o chinês simplificado, conquistando muitos leitores em cidades como Pequim e Xangai. E demorou pouco até que ele fizesse surgir jovens iniciantes

---

** O termo japonês *honkaku* significa "autenticidade" e é usado para indicar o subgênero de romance policial no qual o foco principal está nos truques, nas façanhas de detetives sagazes e na resolução de mistérios fundamentada em raciocínios lógicos. Depois de um período em desuso no Japão, este estilo retomou fôlego e passou a ser chamado de *shin honkaku* (o novo autêntico). [NE]

*** Tropa especial do xogunato formada em 1863, no final do período Edo. Era integrada por exímios espadachins e tinha por objetivo manter a ordem e segurança em Kyoto. [NE]

também por essas bandas. A obra continuou a avançar, indo para a Coreia do Sul ao norte, e para Vietnã e Tailândia ao sul; ou seja, ela começou a desbravar uma *era do honkaku na Ásia*, sem perder sua vitalidade mesmo no novo século.

Ela também chegou ao Reino Unido e Estados Unidos, traduzida para o inglês, e à França, traduzida para o francês, e fez os anglo-saxões, criadores desse gênero literário, afirmarem que o pêndulo para retornar à era de ouro estava armado. Dessa forma, a obra começa a mostrar sinais de que poderia abrir uma nova era de *shin honkaku* até mesmo em escala global. Sinto uma diferença e tanto em relação à época em que a obra estreou no Japão com seu modesto formato de livro de bolso em capa mole, no final de 1981, quando as críticas que recebia eram tão intensas que mais pareciam uma tempestade.

Parece que era, literalmente, uma tempestade passageira, e no ano passado, quando se completou trinta anos da publicação, minha obra foi selecionada em terceiro lugar na categoria dos melhores livros japoneses de mistério de todos os tempos, figurando logo abaixo de *Gokumon-tō** e *Kyomu he no Kumotsu*,** na lista Tozai Mistery Best 100 (Os 100 melhores livros de mistério de Leste e Oeste, em tradução livre) da Edição Extraordinária da revista semanal *Shūkan Bunshun* (2012, Bungei Shunjū). O período de incertezas e sofrimento parece ter acabado.

A obra *Assassinatos do Zodíaco — Edição Definitiva* foi incluída em *Soji Shimada Zenshū I* (Obras Completas de Soji Shimada I), além de ter sido publicada em versão de romance pela Editora Kodansha. Mas ainda não integrava o selo Kodansha Bunko, que pode ser considerado o palco

---

* Uma das histórias da série de romances de Seishi Yokomizo (1902-1981) protagonizados pelo detetive Kōsuke Kindaichi. Foi publicada pela primeira vez na revista *Hōseki* entre 1947 e 1948. Na trama, Kindaichi visita a remota ilha fictícia Gokumon-tō, terra natal de um amigo falecido na guerra cujas últimas palavras insinuavam que suas três meias-irmãs que vivem na ilha correm risco de morte.

** *Oferenda ao Vazio*, em tradução livre. Obra-prima de Hideo Nakai (1922-1993) publicada em 1964 pela Kodansha. A história gira em torno das sucessivas e misteriosas mortes de membros da família Hinuma e o empenho da aspirante a escritora de história de detetives Hisao Nana e seus colegas para desvendar o caso, valendo-se dos mais diversos e inusitados argumentos e conhecimentos técnicos.

principal. Para quem teve sua obra classificada entre os três melhores livros de mistério de todos os tempos, conforme mencionei, isso causava uma certa ansiedade. No entanto, agora estou finalmente aliviado.

Pensando nos pesquisadores que estudarão a obra posteriormente, gostaria de listar abaixo que tipo de ajustes foram feitos nesta edição definitiva.

De início, todo o texto passou por correção, do princípio ao fim, para dar mais fluidez. Na ocasião, criei uma regra independente para cada um dos manuscritos em relação ao uso dos ideogramas, a fim de não estragar as nuances que dão o ar antigo da época.

Além desses polimentos de escrita, foram feitas cerca de quatro correções.

Em primeiro lugar, adicionei uma tabela dos cadáveres encontrados. Os corpos das mulheres, que foram mortas de acordo com o manuscrito de Heikichi e posteriormente abandonadas em todo o Japão, passam a ser descobertos um após o outro, em várias partes do país. Há muito tempo, sentia a necessidade de fazer uma lista com a data e local de onde cada corpo foi descoberto, os nomes, bem como a profundidade da cova de cada um. Considerava válido ter uma tabela como esta, pois esta obra é puramente orientada pela lógica e tem a natureza de fornecer ao leitor todo o material para raciocínio, sem escondê-lo, para que possamos competir no processo de desvendar o mistério. Desta vez, finalmente tive a oportunidade de inseri-la.

Em segundo lugar, é apontado no texto que importantes locais e pontos históricos do arquipélago japonês estão alinhados na linha norte-sul de 138°48'L, mas uma coisa parecida também existe no eixo leste-oeste. É sabido que há algo semelhante na Inglaterra, onde antigos túmulos e locais de culto estão posicionados em linha reta, e que os nomes de tais lugares têm o som de "ley" no final. Esse tipo de explicação foi adicionado nesta edição definitiva.

Depois da publicação deste trabalho, engajei-me com questões judiciais e atividades para libertação de pessoas presas injustamente, frequentei centros de detenção e escritórios de advocacia e adquiri bastante conhecimento sobre a vida de condenados à pena de morte que foram sentenciados injustamente. Nesta história também aparece uma condenada à pena de morte que recebeu sentença injusta. Passei a prestar mais atenção em como o réu se comporta e que tipo de ações essa pessoa toma em sua luta.

O terceiro acréscimo foi a descrição detalhada sobre esse assunto. No entanto, o conhecimento que eu tinha obtido era enorme, e se eu escrevesse demais havia o risco de causar desvios na estrutura de quebra-cabeça *honkaku* deste livro, então limitei-me a incluir só o mínimo.

A quarta alteração foi a descrição do assassinato de Heikichi, já que toda vez que eu relia o livro após a publicação sentia que este ponto estava expondo a minha imaturidade, e eu era apanhado pelo desejo de corrigi-lo. Desta vez, finalmente consegui complementar essa parte.

Apesar de mencionar isso, o que senti em relação à minha escrita de quando tinha 30 anos não foi só imaturidade. Também vou escrever abaixo algumas das impressões que tive durante o trabalho de revisão. Os pesquisadores provavelmente terão interesse nos detalhes do cenário.

Os cenários deste trabalho, como a Linha Tōkyu Tōyoko, a área ao redor da estação da Universidade Metropolitana de Tokyo, a área residencial de Kakinokizaka e a área do campo de golfe que deixou de existir, no Parque Olímpico de Komazawa, são lugares onde passei meu tempo da escola primária. A mansão que serviu de modelo para a casa da família Umezawa ficava em frente à casa onde eu morava na época, do outro lado da rua, no bairro de Ōhara-cho, no distrito de Meguro (atual Yakumo). Ela ainda existe.

O Emoto, um cozinheiro disciplinado, é uma pessoa real com quem eu tinha amizade na época. Hospedei-me no apartamento dele e caminhamos juntos pelas ruas de Kyoto, exatamente como consta na história. Não foi com a intenção de fazer um estudo para esta obra, mas acabou sendo.

Claro, também fui à casa de chá Kotokiki Chaya em Arashiyama, onde Mitarai e Ishioka se encontraram com a criminosa. Este estabelecimento ainda existe. A cabine telefônica de onde Mitarai ligou para Ishioka também continua existindo, mas já não tem a aparência daquela época.

Esse tipo de descrição detalhada da cena real foi o que gerou a aproximação entre mim e o sr. Yukito Ayatsuji do Clube de Pesquisa de Romances de Mistério da Universidade de Kyoto e que eventualmente evoluiu para o movimento *shin honkaku*. Se o palco onde Mitarai chegasse a descobrir a verdade fosse na cidade de Sendai ou Sapporo, o movimento *shin honkaku* talvez tivesse tomado um rumo diferente.

A cidade de Hoya (atual cidade de Nishi-tokyo), em que uma das personagens passou seus últimos anos, é o lugar onde vivi na época de estudante. A cena da cerimônia de abertura dos Jogos Olímpicos de Tokyo vividamente projetada na recém-lançada TV a cores e a surpresa causada pelas suas imagens são experiências reais que eu tive.

Na fase de estreia, o escritor ainda não é tão descarado e não consegue escrever mentiras. O texto repleto de descrições que lembram redações escolares, resultante da minha imaturidade, acabou por tornar ainda mais intensa a atmosfera daquela época, e eu mesmo tive a sensação de ser um mero leitor.

Porém, o mais importante ainda é a época em que eu estava na escola primária. Há uma razão pela qual eu a considero valiosa agora, e eu sinto que ela tem relevância no meu processo de criação, então eu gostaria de encerrar o posfácio com um texto que fala sobre aquela época. Isso foi escrito um ano atrás, atendendo a um pedido para a versão em chinês simplificado do *Assassinatos do Zodíaco de Tokyo*. Nele está contido também o meu desejo de incentivar os novatos independentes a criarem suas obras.

Passei meus dias de escola primária no bairro de Ōhara (atual região de Higashigaoka 1-chōme e 2-chōme), no distrito de Meguro, além de Komazawa, Kakinokizaka e arredores. Naquela época, quando eu frequentava a escola primária Higashine em Meguro, meus heróis eram Shōnen Tanteidan (Clube dos Detetives Juvenis, em tradução livre)* e Kaijin Nijūmensō (Demônio das Vinte Faces, em tradução livre)** de Ranpo Edogawa. O radioteatro com tais peças era bem popular e eu e meus amigos trocávamos entre nós os livros desse autor e líamos avidamente.

O Demônio das Vinte Faces percorria as ruas de Tokyo com seu manto preto esvoaçante, e talvez na prática os locais de atuação fossem as regiões de Yanaka, Dangozaka, Asakusa e Kōjimachi, mas para mim e para os meus amigos, que havíamos formado uma equipe de detetives e caminhávamos juntos pela cidade, Yanaka ou Asakusa não nos causava a

---

* Grupo fictício formado por crianças que agem como detetives e figuram como personagens principais na série de romances intitulada *Shōnen Tanteidan* ou como coadjuvantes na série de romances policiais protagonizada pelo detetive Kogorō Akechi, ambas do escritor Ranpo Edogawa (1894-1965). A série foi adaptada para radioteatro, cinema e série televisiva. [NE]
** Personagem fictício criado por Ranpo Edogawa. É um ladrão cavalheiresco e hábil em disfarces que fez sua primeira aparição no *Kaijin Nijūmensō*, o primeiro de uma série de romances policiais do autor voltados para o público infantojuvenil publicados na revista *Shōnen Kurabu*, em 1936, e continuou aparecendo em outras obras de Edogawa até 1962, principalmente na série *Shōnen Tanteidan*. [NE]

menor empolgação. Isso porque não havia, naquela época, lugar que parecesse mais adequado para servir de palco para as peripécias do Vinte Faces como as cercanias de Komazawa e a área residencial de Kakinokizaka.

A área que hoje abriga o Parque Esportivo de Komazawa era um vasto terreno de um antigo campo de golfe quando eu estava na quarta série do primário. Havia flores brancas e amarelas no vale verde entre as colinas, as borboletas das mesmas cores que as flores esvoaçavam sobre o vale, e o riacho corria molhando as folhas de trepadeira.

Foi decidido que ali seria construído o segundo estádio dos Jogos Olímpicos de Tokyo de 1964 e, certo dia, as obras começaram ferozmente, as colinas foram aplainadas, a área verde foi aterrada e até mesmo o córrego acabou enfiado dentro de enormes tubos de cimento.

Mas naquela época não nos ressentíamos com a perda da preciosa natureza. A razão é que essas obras nos proporcionaram um local para aventuras emocionantes.

O controle era precário na época e, nos dias em que não havia obras, era possível adentrar os tubos pelo topo do cilindro de cimento que se erguia no solo, descendo a escada presa à parede interna. Quando pisei receoso o fundo do tubo de cimento, encontrei uma galeria cilíndrica escura à minha frente. O cheiro peculiar do cimento novo, o cheiro da água se misturando com ele. A empolgante escuridão sem fim continuava se estendendo além do facho de luz de uma pequena lanterna e ganhava mais profundidade à medida que avançávamos, e tudo era real o suficiente para nos fazer acreditar que aquilo levaria ao esconderijo do Vinte Faces.

Segundo o livro, a entrada da fortaleza subterrânea secreta do Vinte Faces ficava em algum beco da grande metrópole, num canto escuro qualquer. Para nós, do Clube dos Garotos Detetives de Kakinokizaka, aquela história de que as obras fossem para as Olimpíadas era só mais uma de suas fachadas, e na verdade tratava-se da construção de sua gigantesca fortaleza subterrânea secreta. Provavelmente poucos estudantes do ensino primário de uma cidade grande tenham tido um local tão fabuloso à disposição para suas aventuras. Éramos, portanto, muito gratos pelas obras de construção em Komazawa por nos proporcionarem tal oportunidade.

Na minha classe da escola primária Higashine, era costume mudar a disposição das carteiras na hora do almoço, virando-as e juntando-as, fazendo ilhas para almoçar conversando em grupos. Eu participei desses bate-papos por um tempo, mas comecei a ficar tão entediado com a falta de criatividade nas conversas que, um dia, contei a todos uma história delirante que surgiu das minhas aventuras no canteiro de obras em Komazawa. Era uma história de detetive, que imitava o estilo de Ranpo Edogawa e, para minha surpresa, todos ouviram entusiasmados. Como o sinal que anunciava o término do intervalo tocou no meio da contação de história, eu fiquei de continuá-la no horário do almoço do dia seguinte.

Na verdade, a ideia da grande fortaleza subterrânea secreta do Vinte Faces veio da existência factual de uma base que estava sendo construída pelo antigo Exército Japonês no final da Segunda Guerra Mundial. Embora a informação fosse de alta confidencialidade, na iminência da derrota na fase final do conflito o exército vazou levemente para o jornal a respeito da existência de tais projetos, numa espécie de exibição de força. Numa guerra entre nações, combates urbanos intensos são travados na capital do país inimigo para dar fim à guerra. Aquele que resiste sempre esconde-se nos túneis subterrâneos cavados vertical e horizontalmente, desencadeando o combate de guerrilha. Como esse é o senso comum da guerra moderna, certamente nas partes subterrâneas de Tokyo também deve ter existido algo assim.

É evidente que as histórias infantis de Ranpo foram influenciadas por tais ações do antigo exército japonês. No entanto, no grande bombardeio de Tokyo de 10 de março, cem mil cidadãos foram deixados à mercê, ao invés de serem evacuados para os abrigos subterrâneos, e acabaram morrendo queimados. Por conta desse histórico, foi sustentado com veemência que esse tipo de túnel ou abrigo subterrâneo não existia e o assunto foi encerrado, permanecendo assim até os dias de hoje. Pensando por essa perspectiva, essas histórias fictícias de meninos em si são memórias implícitas adquiridas no decorrer da história. Tenho essa noção atualmente, mas é claro que naquela época não tinha.

No dia seguinte e no dia depois dele, consegui contar a história apenas com o que vinha na mente, mas aos poucos os devaneios improvisados foram se esgotando, e notei que seria necessário me preparar adequadamente para narrar a continuação no outro dia. Então fiz o rascunho da história num caderno em casa, no dia anterior. E no almoço do dia seguinte abri este caderno sobre a mesa e narrei olhando toda hora para ele. No entanto, em dado momento comecei a achar isso trabalhoso, e decidi simplesmente ler em voz alta.

Então todos ouviam, ávidos pela história. Até as meninas que geralmente eram críticas e se apressavam em falar coisas complicadas que lhes ocorriam, franziam o cenho e escutavam com uma expressão séria. Ver tais reações foi uma grande surpresa e me senti orgulhoso; foi também a minha descoberta do enorme poder de uma história.

Embora não exista mais, naquela época havia inúmeros programas de rádio com peças teatrais e leituras de romances, e as leituras formavam um gênero de entretenimento. Além disso, em uma época em que não existiam jogos de computador ou DVDs, a leitura da minha história original tornou-se tão popular que parecia que eu não teria mais descanso.

A região de Komazawa naquela época era uma terra de sonhos para crianças, e tinha um alto poder de estimular a criação de histórias. Havia um estúdio do departamento de televisão da Tōei Company em um canto de Kakinokizaka, e foi naquele local que foram produzidas as versões live-action de *Astro Boy* e *Gekkō Kamen* (*Moonlight Mask* em inglês) para a TV, um aparelho eletrodoméstico que começava a se espalhar com notável impulso na época. A equipe de filmagem saía do estúdio e fazia as gravações o tempo todo nas imediações de Komazawa. Não havia muitos carros nas ruas, então parecia ser fácil gravar.

Esta é a razão pela qual eu não invejava Asakusa e Yanaka. Komazawa, onde as novelas de TV eram filmadas com frequência, era uma esplendorosa Hollywood para os meninos. Quando estávamos no nosso território e deparávamos com essas equipes de filmagem, podíamos avistar de longe os rostos que víamos apenas pela TV de tubo, e ficávamos muito animados. As histórias da minha imaginação tiveram origem em cenários cotidianos como esse.

No entanto, embora a área de Komazawa tenha fornecido um palco para nossas aventuras por certo tempo, uma vez que as obras terminaram e o estádio e o parque esportivo ficaram prontos, tive a impressão de que tudo estava tão limpo e demasiadamente arrumado, e o tal canto escuro inesperado não podia ser encontrado em lugar algum. Aquele cenário artificial rejeitava silenciosamente a vontade de explorar das crianças e, agora, os adultos perambulavam de maneira bem-comportada na vasta planície que havia surgido, enquanto casais conversavam sobre seus futuros em voz baixa sentados nos bancos recém-instalados.

Aos poucos, nós deixamos de frequentar Komazawa, e só então percebemos as coisas preciosas que havíamos perdido, mas para mim, particularmente, perdas como essas viriam a dar-me em troca um romance de mistério.

Minha leitura em voz alta foi ganhando cada vez mais popularidade na classe, e novos escritores apareceram um após o outro em várias ilhas e começaram a ler suas obras para competir comigo. A maioria eram romances policiais que também imitavam Ranpo, mas alguns contavam drama histórico, e eu ficava um pouco aflito diante dessa atmosfera de maturidade.

Em 1987, em cooperação com o sr. Hideomi Uyama do departamento editorial da Kodansha, consegui criar uma tendência no mundo literário, chamada de *movimento shin honkaku*, mas aquela sala de aula da escola primária Higashine também havia atingido o período de ascensão do *shin honkaku* à frente dos tempos. A moda do pré-*shin honkaku* já estava acontecendo em Meguro trinta anos antes da de Kodansha. É uma pena que nenhum dos meus colegas de classe daquela época tenha se tornado escritor.

Se eu não tivesse tido aquela experiência e tivesse começado a elaborar um romance somente aos 30 anos, elementos como humor e percepção do sonho infantil teriam sido ofuscados. Assim, o estilo de Soji Shimada seria completamente diferente do que é agora.

Relendo este trabalho de estreia, *Assassinatos do Zodíaco de Tokyo*, depois de fazer essa reflexão, percebo muitas coisas. O cenário desta história é, sem dúvida, o campo de atuação do Clube dos Garotos Detetives de Higashine de Kakinokizaka. Um caso misterioso ocorre na mansão em Yakumo, no distrito de Meguro, onde um artista mora, e policiais percorrem a área residencial de Kakinokizaka e vão à fábrica de manequins para interrogar pessoas. A criminosa se esconde em meio à relva vasta que havia na área de Komazawa antes do início das obras de construção. Pode ser que o romance tenha ficado muito melhor do que as histórias serializadas da época da escola primária Higashine, mas o palco e as ferramentas são os mesmos das leituras que fiz nas horas de almoço. Percebo que o material que prendia a atenção da plateia naquela época foi o mesmo para esta história.

Situei os truques desta história — que de repente nasceram na minha mente a partir do estudo sobre astrologia e da pesquisa sobre a fraude das cédulas que realmente aconteceu em Tokyo —, sem pestanejar, no palco onde atuava o Clube dos Garotos Detetives de Kakinokizaka. Mesmo depois de me tornar um adulto de 30 anos, minha alma não havia mudado desde quando eu era menino. Foi o mesmo impulso de detetive daquela época que me fez escrever este romance.

Olhando para trás, a própria cidade de Tokyo por volta de 1955 estava claramente vivendo a era dos romances policiais. Por influência de Ranpo Edogawa, o ar dos romances policiais havia tomado completamente o céu da cidade de Tokyo. Muitos romances do gênero haviam surgido, mangás de detetives ilustres foram criados, programas com temática de detetive transbordavam no rádio e na TV, e ouvia-se pelas vielas a canção-tema do *Shōnen Tanteidan*. Por ter crescido respirando o ar de uma cidade assim, acho que, na realidade, seria mais difícil que eu não me tornasse uma criança que tivesse escrito romances policiais.

Aos 30 anos comecei a escrever romances, mas na prática isso teve início quando eu estava na escola primária. Esperei até os 30 anos porque achava que nessa idade eu já teria entendido completamente como o mundo funcionava. Embora eu estivesse certo em determinado aspecto, se eu não tivesse começado a escrever quando estava na escola primária, minhas obras provavelmente não teriam profundidade e eu poderia ter ficado estagnado no processo de criação. Além disso, como não escrevi nada por volta dos meus 20 anos, sinto que há muitas histórias da juventude que acabaram se perdendo para sempre.

Não há, na verdade, nenhuma razão para se esperar até entender o mundo por completo para começar a escrever. Sempre haverá coisas sobre as quais não entendemos, não importando o tempo que passe; por outro lado, há mundos e conhecimentos sobre os quais temos boa compreensão quando somos jovens, mas que perdemos aos poucos.

Além disso, uma história é um ser vivo e, se for uma obra-prima, o próprio ato de escrever nos mostrará o que não sabemos. Uma história que é significativa para muitos leitores, ainda que tenha sido escrita antes de o autor conhecer o mecanismo do mundo, curiosamente não apresentará contradições. É porque alguém lá do céu fala ao mundo por intermédio da alma pura daquele que está escrevendo.

Se você, que está lendo isso agora, leu *Assassinatos do Zodíaco de Tokyo*, se surpreendeu com a existência de um mundo como o que foi abordado e pensou: "Poxa, que interessante", por favor, considere a possibilidade de escrever. Você pode ter dentro de si uma capacidade gigantesca adormecida, que você mesmo desconhece.

Quando estava na escola primária, eu nem imaginava que existisse uma capacidade escondida de escrever histórias dentro de mim. Eu acreditava, porém, que tinha capacidade de andar por montanhas e campos, desenhar, jogar beisebol e fazer plastimodelismo.

Acho engraçado que, no entanto, eu não tenha me dedicado a nenhuma dessas atividades e hoje seja um escritor de romances. Agora entendo que isso foi graças ao poder daquele período em que eu sonhava acordado.

Consegui fazer isso porque naqueles dias da minha infância criei coragem para contar e escrever histórias, e porque tinha os colegas da escola primária Higashine que me encorajavam ouvindo minhas histórias com interesse.

Por isso, hoje sou grato a eles também. Eles, que ouviam, podem ter se divertido, mas eu, que escrevia, me divertia ainda mais. Foi a primeira vez na minha vida que senti qual era o meu valor como ser humano. Espero que você, que leu este texto até o final, tenha o mesmo prazer que eu tive naquela época!

Soji Shimada

Referências

Alquimia, de Stanislas Klossowski de Rola. Tradução de Suehiro Tanemura, Editora Heibonsha.

Magia e Astrologia, de Alfred Maury. Tradução de Tadao Arita e Fumitoshi Hama, Editora Hakusuisha.

Assassinatos do Zodíaco de Tokyo – Edição Definitiva foi publicado originalmente no Japão como *Senseijutsu Satsujin Jiken Kaitei Kanzenban* na coleção *Soji Shimada Zenshū I* pela Nan'un-do em setembro de 2006 e reeditado pela Kodansha em 2013.

Soji Shimada nasceu em 1948 na província de Hiroshima. Formou-se na Universidade de Artes de Musashino. Fez uma estreia chocante em 1981 com o *Assassinatos do Zodíaco de Tokyo*. Desde então, ganhou popularidade com a série do habilidoso detetive particular Kiyoshi Mitarai, em obras como *Ihō no Kishi* (*Cavaleiro do Estrangeiro*, em tradução livre), e com a série do detetive Takeshi Yoshiki em títulos como *Hikaru Tsuru* (*Grou Brilhante*, em tradução livre). Além de romances escreveu muitas críticas, como as teorias de japonicidade e a teoria sobre o gênero de mistérios. Dedica seus esforços também em descobrir novos talentos e lançá-los ao mundo, atuando como membro do comitê de seleção para o *Shimada Soji-sen Bara no Machi Fukuyama Mistery Bungaku Shinjin-sho* (Prêmio de Revelação de Novos Talentos de Literatura de Mistério da Cidade das Rosas Fukuyama, Seleção de Soji Shimada) e o *Kodansha "Beteran Shinjin" Hakkutsu Purojekuto* (Projeto Kodansha de Descoberta de "Iniciantes Veteranos").

"O horror visível tem menos poder sobre
a alma do que o horror imaginado."
— WILLIAM SHAKESPEARE —

DARKSIDEBOOKS.COM